윤이수 장편소설

해사의 신루

3

윤이수
장편소설

해시의 신루

3

지 킬 것 이 옵 니 다

해냄

아픈 꿈일랑 꾸지 마세요

진양대군은 풍채가 좋고 목소리가 크고 우렁찼으며 웃을 땐 목젖이 보일 정도로 호탕한 사내였다. 부리부리한 눈빛은 흡사 범 같았다. 하여, 굳이 소리 내어 말하지 않아도 좌중을 압도하는 기백이 있었다.

대군의 강한 기세에 숨이 막혔다.

그런 진양대군의 기세가 한 사람의 등장으로 순식간에 돌변하였다.

"오셨습니까, 세자 저하."

좌중에 모여 있던 사람들의 시선이 왕세자에게로 집중되었다.

너른 보폭으로 대청마루로 올라온 향은 곧장 진양의 앞에 섰다.

산중을 호령하던 범이 덫에 걸린 순한 짐승처럼 얌전해졌다.

"사냥을 다녀왔다고 들었다."

향은 허리를 숙여 예를 올리는 진양에게 고개를 끄덕여 보였다.

"마침 꿩 무리를 본 자가 있어 잠시 다녀왔습니다."

진양은 서둘러 상석을 비웠다.

당연하다는 듯 향이 그 자리에 앉았다.

향이 자리에 앉기 무섭게 진양은 두 손으로 술잔을 올렸다.

가벼이 입가를 축이며 향이 물었다.

"성과는 있었느냐?"

"저하께서 새로 만들어주신 활은 그야말로 신묘하기 짝이 없는 물건이었사옵니다."

진양이 뒤쪽으로 손을 내밀었다. 그의 뒤를 지키고 섰던 무사가 얼른 벽에 걸린 활을 넘겨주었다.

"이 활은 가볍고 탄성이 강하며 흔들림 또한 적어 화살을 쏘는 족족 표적을 꿰뚫었습니다. 그야말로 백발백중이었지요."

"못 본 사이 아첨이 늘었구나."

"제가 어찌 저하의 안전에서 거짓을 고할 수 있겠습니까?"

향은 묵묵히 고개를 끄덕였다.

"오늘 이리 찾은 것은 네게 준 활의 성능이 궁금하기도 하였고, 아우의 얼굴을 본 지도 오래되어 겸사겸사 걸음 하였느니라."

"형님께서 오신다면 언제라도 대환영입니다."

향은 다시 진양이 건네는 술잔을 받고는 자리에서 일어났다.

"벌써 가시는 것이옵니까?"

"할 일이 많아 오래 머물 수 없구나. 내 급한 볼일이 끝나면 일간 다시 시간을 내보마."

"이 아우, 학수고대하며 형님을 기다리겠사옵니다."

진양은 이마가 땅에 닿을 듯 허리를 숙였다. 범의 목에 목줄이

걸린 듯 향을 대하는 진양의 태도는 지극하고 조심스러웠다. 단순히 손윗사람에 대한 존경, 그 이상의 느낌이었다.

"곧 시간을 내마."

향은 진양대군의 배웅을 받으며 걸음을 옮겼다. 그러다 문득, 그의 시선이 바닥에 머리를 조아린 몸집 작은 사내에게로 향했다.

이상하게 눈에 익은 모습이었다.

어디에서 봤더라.

향의 눈매가 가늘어졌다.

"왜 그러시옵니까?"

진양이 곁으로 다가와 세자의 눈치를 살폈다.

"아니다."

향은 고개를 흔들며 다시 걸음을 옮겼다.

그렇게 향이 떠났다.

제자리로 돌아온 진양은 굳은 표정으로 술잔을 기울였다.

"오늘 잔치는 이쯤에서 그만두도록 하지."

무슨 이유에선지 기분이 가라앉은 진양이 잔치를 작파하였다.

"진양대군께서 오래전부터 세자 저하를 두려워한다더니, 지금도 여전한 모양일세."

쫓겨나듯 진양대군의 집을 나서게 된 비연이 아쉬운 듯 입맛을 다셨다.

"거참, 음식을 제대로 즐기지 못해 아쉽군. 이보게, 해랑. 우리 다른 잔칫집에 가서 한잔 더 하는 게 어떻겠나?"

비연의 은근한 말에도 해루는 고개조차 돌리지 않았다. 그녀의 눈은 이미 사라지고 없는 향의 뒷모습을 하염없이 좇고 있었다.

'저하. 저하. 공갈 저하……'

목 놓아 부르고 싶은 그 이름을 해루는 눈물과 함께 삼켜야 했다.

❀

"너는!"

관상감으로 돌아오자 유익보의 지청구가 해루를 기다리고 있었다.

"일이 끝났으면 냉큼 돌아오지 않고 대체 어디서 무얼 하다가 이제야 기어들어 오는 것이냐?"

"집으로 돌아가셨다고 하셔서."

"그걸 네가 어찌 알아?"

"그것이……."

말끝을 늘이던 해루가 고개를 흔들었다. 저도 모르게 비연을 입에 담으려던 해루는 서둘러 입을 닫았다. 아무리 비연이 행실 가벼운 사람이라 하여도 그가 베푼 선의를 이런 식으로 배신할 수는 없었다.

"가는 길에 우연히 만난 환관에게서 들었습니다."

"그래서 내가 자리에 없는 걸 알고 농땡이를 피웠다? 쯧쯧, 들어온 지 얼마나 되었다고 벌써부터 게으름이냐?"

"송구합니다."

"오늘부터 사흘간 입직(入直)이다."

"네."

"앞으론 내 허락 없이 어디도 나갈 수 없음이야."

"명심하겠습니다."

순순히 고개를 조아리는 해루의 모습에 유익보는 흡족한 미소를 지었다. 그러나 그 웃음은 오래가지 못했다.

"유 훈도! 유 훈도!"

다급한 음성이 밖에서 들려왔다.

"장 훈도가 아닌가. 이 밤에 예까지 무슨 일인가?"

"자네, 소식 들었는가?"

"무슨 소식?"

"이런, 이런. 이리 소식이 늦어서야."

"대체 무슨 일인데 그러는가?"

"저녁 무렵에 잠행 나가셨던 세자 저하께서 낙마를 하셨다고 하네."

"무어?"

유익보의 눈이 커졌다.

존귀하신 분들의 길함과 흉함을 미리 알고 대비하는 게 바로 명과학이 존재하는 주된 이유다. 그런데 세자 저하께서 낙마하셨다니. 자칫 불호령이 떨어질 수도 있는 일대 사건이었다.

하지만 그보다 더 놀란 사람이 있었다.

"낙마라니요. 그게 대체 무슨 소립니까? 저하께서 정말 말에서 떨어지셨단 말입니까?"

해루는 저도 모르게 큰 목소리를 내고 말았다.

자리에서 일어서던 유익보는 엉거주춤한 모습으로 해루를 돌아보았다.

"너 왜 그러느냐? 세자 저하 일에 네가 왜 그리 과민 반응하는 것이야?"

해루는 유익보의 반응엔 아랑곳하지 않은 채 소식을 물어온 장 훈도의 곁으로 바싹 다가갔다.

"다시 말씀해 주십시오. 어쩌다 그리되셨답니까? 왜요?"

득달같이 달려드는 해루의 기세에 놀란 장 훈도가 더듬더듬 말을 이었다.

"세자 저하께서 낙마를……. 그 일로 관상감 사람들은 모두 본감으로 모이라는 분부가……. 어어? 이봐, 갑자기 어딜 가는 것이야?"

말이 채 끝나기도 전에 해루는 밖으로 뛰쳐나갔다.

신루의 거처에서 때아닌 놀란 소리가 흘러나왔다.

"아니, 이리 행차하시면 어찌합니까?"

김담이었다.

막 신루로 들어서던 향이 무표정한 얼굴로 물었다.

"내가 못 올 곳에 왔느냐?"

향의 질문에 이번엔 양여섭이 턱살을 출렁이며 대답했다.

"다치지 않으셨습니까? 낙마하셨단 소식을 들었습니다. 이리 오실 게 아니라 동궁전으로 가셨어야지요."

"별일 아니니, 그리 소란 떨지 마라."

향은 만류하는 학자들을 제치고 부득불 제자리에 앉았다.

"괜찮으시옵니까?"

김담이 향의 팔을 힐끔거리며 물었다.

"조금 삐끗한 것뿐이다. 한동안 조심하면 곧 나을 거라 하였다."

"그만하길 다행이옵니다."

"그래. 다들 들었듯 별일 아니니, 하던 일이나 마저 하도록 해라."

향의 말에 잠시 어수선했던 분위기가 가라앉았다. 학사들은 각기 제자리에 앉아 묵묵히 제 할 일에 집중했다. 신루에 적막이 돌아왔다. 이따금 뭔가를 두드리거나 자르는 소리를 제외하고는 사람의 목소리가 전혀 들리지 않았다.

지난 일 년간 신루는 줄곧 이런 분위기였다.

일 년 전, 화재 이후로 신루는 웃음을 잃었다. 신루의 수장이라 할 수 있는 향이 웃음을 잃은 탓이었다. 왕세자의 무색(無色)에 짓눌린 학사들은 그저 묵묵히 소임을 다할 뿐이다.

"맡은 일은 어찌 되어 가느냐?"

"하늘 지도의 완성이 가까워지고 있사옵니다."

김담의 보고에 향은 가만히 고개를 끄덕거렸다.

"다행이구나."

"다만, 걱정스러운 것은 명나라 사신들이 이곳의 동태를 엿보고 있다 하옵니다."

"천문(天文)에 관한 일이니, 예민하게 생각하는 건 당연하겠지. 그보다 연은 언제쯤 온다더냐?"

"절 찾으시는 겁니까?"

질문을 기다리기라도 한 듯, 열린 문으로 비연이 빠끔 고개를 내밀었다.

"이보게, 순지!"

김담이 반색하며 그의 앞으로 달려갔다.

"비연이라 부르라고 몇 번을 말해야 하는가? 지금은 그 이름으로 통한단 말일세."

비연의 지청구에도 김담의 얼굴에 걸린 웃음은 사라질 줄 몰랐다.

"돌아왔다는 소식은 진즉 들었건만. 이제야 얼굴을 보여주는 겐가?"

"공사다망하였다네. 그보다 잘 지냈는가?"

"나야 여전하지. 그러는 자네는 타국에서 고생했다는 소문이 자자하더니. 생각보다 신수가 훤하군."

"조선 땅에 발붙이고 조선의 향내를 맡으니 이제야 겨우 얼굴이 피네그려."

"하하하, 입담은 여전하네. 그런데 관상감의 생도가 되었다고?"

"그리되었다네."

"낮도깨비 같은 짓은 여전하군."

그때 향이 끼어들었다.

"언제쯤 신루로 돌아올 것이냐?"

비연이 금세 울상을 지었다.

"몇 년이나 타향을 떠돌아다녔사옵니다. 보십시오, 발바닥이 굳은살로 다 뒤덮였을 정도입니다."

"하여?"

"휴가를 주셨다 생각하십시오."

"휴가를 주었더니 엉뚱한 짓만 하질 않느냐. 느닷없이 관상감에 들어가질 않나, 진양의 집에서 술을 마시질 않나."

"좋은 술과 좋은 고기가 있다 해서 간 것뿐이옵니다."

너스레를 떠는 비연을 향은 물끄러미 응시했다.

"언제까지 기다리면 되겠느냐?"

"글쎄요. 지금 당장은 힘들 것 같사옵니다."

"어찌하여?"

"재미있는 녀석을 만났거든요."

"네 녀석이 재미있다고 하니 제법 흥미로운 자인가 보구나. 언제 내게도 한번 보여주려무나."

"아직 친분을 쌓는 중입니다."

"아직? 만난 지 얼마나 되었는데?"

"제가 그자를 본 것은 제법 되었는데 어이없게도 저를 기억 못 하질 뭡니까?"

"그런 사람이 있더냐?"

"네. 게다가 좀처럼 곁을 주지 않으니 이제는 오기가 생깁니다. 하하하."

"너무 길게 놀지는 마라."

"명 받잡겠나이다. 그보다……."

비연이 조심스럽게 향을 살폈다.

"이리 계셔도 되는 것이옵니까? 낙마하셨다는 소식을 들었사옵니다만. 쉬셔야 하는 것 아니옵니까?"

"소문이 네게까지 닿았더냐?"

"세상에서 가장 빠른 것이 소문이라는 놈이지요. 어쩌다 그리되신 겁니까?"

말을 하며 비연은 습관처럼 향의 뒤편을 응시했다. 어둔 그림자 아래에 시선을 둔 채 그가 말을 이었다.

"아무래도 호위를 바꿔야겠습니다. 옥체 상하신 것이 이번이 처음은 아니라고 들었사옵니다."

"내 잘못이다. 잠시 방심하여 고삐를 놓쳤다."

"말도 안 되는 말씀 마십시오. 저하께서는 잠을 자면서도 말을 타는 분이 아니십니까?"

"살다 보니 이런 실수를 하는구나."

"그럼 더더욱 쉬셔야 하는 것 아닙니까? 오는 길에 내의원에 들렀더니 저하께서 도통 쉬시지도, 젓수시지도, 잠을 주무시지도 않으신다고 다들 걱정이 한가득하였사옵니다. 어디 미령하신 곳이라도 계신 것이옵니까?"

"그런 거 없다."

"하온데 어찌 주무시지 못하시옵니까? 어찌 젓수시지도 않으십니까?"

"할 일이 많아 그런 것이다."

"거참."

비연은 머리를 긁적거렸다.

"신기하게 오늘, 같은 말을 여러 번 듣습니다."

"그래?"

"어쨌든 오늘 하루는 쉬십시오."

"되었다."

그때 묵묵히 듣고 있던 김담이 나섰다.

"세자 저하께서 괜찮으셔도 저희가 안 되겠사옵니다."

"뭐라?"

"저희도 좀 쉬게 해주시옵소서. 저하께서 쉬지 않으시니, 저희 역시 쉴 수가 없사옵니다. 소신, 벌써 열흘째 집으로 돌아가지 못하고 있나이다."

김담은 부러 초췌한 몰골을 향의 눈앞에 바싹 들이댔다.

일 년 전에 일어났던 화재는 해루와 함께 세자 저하의 감정마저도 앗아갔다.

무(無).

세자께서는 애초에 감정 같은 건 없는 사람처럼 행동했다.

한없이 차갑고, 한없이 고요했다.

그리고 공허한 빈자리를 채우기 위해 세자께서는 밤을 새워가며 일에 매진했다. 마치 중독된 사람처럼 일을 하는 세자 저하를 보고 있노라면 가슴께가 묵직했다.

김담의 앓는 소리에 향은 마지못해 자리에서 일어섰다.

"알았느니. 그럼 내 오늘은 쉴 것이니, 신루의 학사들 모두 집으로 돌아가 쉬도록 하라."

느닷없는 명인지라, 쉽게 움직이는 이가 없었다.

보다 못해 비연이 김담의 손목을 잡아끌었다.

"그만 가세. 내 아까 술을 마시다 말았더니 뒷맛이 말끔하지가 않아. 오랜만에 나와 한잔하세나. 우리 유희 과일주 담그는 솜씨는 여전하겠지?"

"과일주는 많아도 야박한 자네 줄 술은 없다네."

"그러면서 내가 마실 과일주는 꼬박꼬박 챙겨둔다는 것쯤은 알고 있네."

"누가 그런 헛소리를 하던가?"

"우리 유희가 간간이 서신을 보낸다네."

비연의 말에 김담은 제 이마를 가볍게 두드렸다.

"이런, 내 집에 세작이 있었군."

"세작 잡는 건 내 전문이지. 자, 가세나. 자네 집에 있는 세작 잡으러. 저하, 그럼 소신들은 그만 돌아가 쉬겠사옵니다."

비연과 김담이 신루를 나섰다.

"하오면 저하, 내일 뵙겠나이다."

심운기를 비롯한 양여섭과 다른 학사들 역시 하나둘 자리를 떠났다.

한바탕 와자한 소란이 휩쓸고 지나간 신루에 무거운 침묵이 내려앉았다.

홀로 남은 향이 허공을 향해 낮게 중얼거렸다.

"혁아."

"네, 저하."

어두운 그늘 속에서 무혁이 모습을 드러냈다.

"너도 오늘은 쉬어라."

"소신은 괜찮사옵니다."

"아까도 말했지만, 오늘 일은 네 잘못이 아니라 내 탓이다. 너무 곤하여 말고삐를 놓쳐버렸구나. 나도 오늘은 눈 좀 붙여야겠다. 그런데 네가 있으면 깊이 잠들지 못해. 알지 않느냐?"

"저하……."

"괜찮다. 아무도 찾을 수 없는 곳에서 단단히 빗장 잠그고 잘 터이니 걱정 마라."

보란 듯 향은 신루 안쪽으로 휘청휘청 걸음을 옮겼다.

그럼에도 무혁은 그 자리에 뿌리내린 듯 꼼짝도 하지 않았다.

"그만 가라 하였다."

어둠 저편에서 재촉하는 향의 목소리가 들려왔다. 마지못해 무혁이 느리게 걸음을 옮겼다. 텅 빈 신루에는 하얀 달빛만이 남아 있었다.

그렇게 얼마나 지났을까?

아무도 없는 신루 한구석에서 작은 그림자가 나타났다. 잠시 주위를 두리번거리던 그림자가 조용히 걸음을 옮겼다.

신루의 안쪽.

향의 은밀한 처소로 작은 그림자가 잠기듯 스며들었다.

텅 빈 어둠 속엔 향의 고른 숨소리만이 들려왔다.

그가 깊이 잠들었다 생각한 것인지 그림자가 다시 움직였다. 자리에서 일어난 그림자는 조심조심 향에게로 다가갔다.

창문 틈새로 파고든 달빛이 그림자를 비췄다.

작고 하얀 얼굴.

향을 향해 다가가는 이는 다름 아닌 해루였다.

향이 알려준 비밀 통로는 여전했다. 일 년 전 화재로 궁 곳곳에 새로운 길이 생기고 새로운 담벼락과 새로운 문이 생겼건만 그와 함께 걸었던 비밀 통로는 일 년 전과 다름없었다.

마치 그녀가 이곳으로 오길 기다리고 있기라도 한 듯 깨끗했다.

하지만 그럴 리 없잖아.

세자께서 자신을 기다리고 계실 리 없었다.

그녀는 이미 이 세상에서 사라진 존재였다. 영원히 지워진 사람.

해루는 쓸쓸한 미소를 입가에 떠올렸다.

세자 저하께서는 이제 나를 잊었으리라. 아니, 행여 기억하신다 하여도 향에게 그녀는 감히 역모를 꾀한 역적의 자식, 멸망한 왕조를 되살리기 위한 반역의 무리 중 하나일 뿐이리라. 두 번 다시는 그의 곁에 설 수 없다는 것을 알고 있었다.

그럼에도…….

걱정되었다. 세자께서 말에서 떨어졌다는 소식을 듣는 순간, 그대로 심장이 멈춰버리는 것만 같았다.

아무것도 생각나지 않았다. 그저 한 사람, 오직 향만이 그녀의 머릿속에 가득했다.

저하…….

차마 입 밖으로 내지 못한 한마디가 해루의 입속을 가득 메웠다.

해루는 고르게 숨을 내쉬는 향의 곁으로 다가갔다.

오랫동안 잠을 자지 못한 듯 향은 깊게 잠들어 있었다. 그녀가 바로 앞에 서 있음에도 눈치채지 못할 만큼.

해루는 그의 앞에 조심스레 무릎을 꿇고 앉았다.

"저하……."

대답이 돌아오지 않아도 상관없었다.

"공갈 저하……."

그저 이렇게 한 공간에 있는 것만으로도 감사했다. 살아 있음이 감사했고, 이리 바라볼 수 있음이 감사했다.

코끝이 알큰해졌다. 눈가가 붉어지고 뜨거운 그을음을 머금은 듯 목이 따가웠다. 마음 같아서는 당장에라도 향의 품에 안기고 싶었다. 저 너른 품에 안겨 엉엉 울어버리고 싶었다.

그러나…….

해루는 야윈 향의 얼굴을 손끝으로 더듬었다. 아니, 행여 그가 깰세라 그저 허공을 더듬을 뿐이다. 소리 없는 울음이 눈물이 되어 연신 턱 끝으로 떨어졌다.

그때였다.

잠든 향이 불현듯 팔을 뻗어 허공을 잡쥐었다. 눈에 보이지 않는 무언가를 잡으려는 듯 그는 안간힘을 썼다.

"……야."

낮게 갈라진 목소리가 신음처럼 그의 입술을 비집고 새어 나왔다. 반듯한 이마에 주름이 가득 그려졌다.

해루는 맥없이 허공을 휘젓는 그의 팔을 가만히 잡았다.

'아무 꿈도 꾸지 마십시오. 아픈 꿈일랑은 꾸지 마세요.'

조용한 염원이 손끝을 타고 그에게 전해진 것일까? 일그러진 그의 얼굴이 점점 편안해졌다.

다시 그의 숨소리가 규칙적으로 들려왔다. 오랜만에 깊은 잠에 빠진 그를 해루는 오래도록 지켜보았다.

"해루야……."

낮게 중얼거리며 향은 눈을 떴다.

긴 잠에서 깨어난 그의 입가엔 오랜만에 미소가 걸려 있었다. 그러나 눈을 뜨고 주위를 두리번거리던 향의 얼굴에선 점점 표정이 사라졌다.

"꿈이었구나."

꿈을 꾸었다.

해루를 만나는 꿈을, 그녀가 곁을 지키는 꿈을 꾸었다.

꿈속의 그녀는 따뜻하였다.

하지만…….

다시 마주한 현실은……. 해루가 곁에 없는 세상은 여전히 차갑기만 하였다.

향은 긴 한숨을 내쉬며 몸을 일으켰다.

잠시 눈을 붙인다는 것이 그만 깊이 잠든 모양이다. 생각해 보니 제대로 잠을 청한 것이 열흘 전이었다. 몸이 견디지 못한 것은 당연했다. 그러나 유난스러울 것 없었다. 해루가 화염 속으로 사라진 이후, 그는 도통 잠을 이룰 수 없었다. 겨우 잠이 드는 것은 이렇듯 미친 듯이 몸을 혹사한 후였다.

그날 이후 수많은 밤을 그는 습관처럼 이곳에서 보냈다.

언젠가처럼 해루가 불쑥 나타나진 않을까? 이곳에서 기다리면 해루가 다시 돌아올까 하는 어리석은 마음에 매번 붉게 충혈된 눈으로 밤을 하얗게 새웠다.

차가운 벽에 등을 기대고 앉은 향은 동창 밖을 바라보았다.

삐죽 열린 문틈으로 시린 달빛이 새어 들어왔다. 해루와 이곳에 있던 그 날도 저리 달이 밝았었지. 저리 하얗고 저리 포근하였더랬다.

멍하니 달빛을 바라보던 향은 눈을 감았다.

미칠 듯한 그리움이 그를 덮쳐왔다.

—저하!

—공갈 저하!

하루도 빠짐없이 귓가를 울리는 낮은 목소리.

그러나 날이 갈수록 그 목소리가 희미해지고 있었다. 색이 바랜 그림처럼 해루의 얼굴이 흐렸다.

사람의 기억이란 얼마나 덧없는가.

향은 손바닥에 남아 있는 상처를 손끝으로 더듬었다.

불에 뜨겁게 달궈진 방울을 쥐었던 자리. 기어이 손바닥엔 각인처럼 붉은 상처가 남았다.

그 상처를 해루인 듯 어루만지며 그는 다시 눈을 질끈 감았다.

그리움의 대상은 점점 흐려졌건만, 그리운 마음일랑은 날이 갈수록 깊어졌다.

언제나 되어야 이 그리움이 사라질 것인지…….

이 모든 것이 자신의 잘못이었다.

힘없는 자신의 탓. 망국의 망령들이 감히 이 궁을 넘볼 수 있었던 것도 자신의 힘이 약했기 때문이다. 힘을 기르리라. 감히 누구도 엿볼 수 없는 힘. 다시는 소중한 것을 잃지 않도록 힘을 기르리라. 모든 것을 내 의지대로 흐르게 하리라.

노력해서 바꾸지 못할 것은 없었다. 사람의 의지로 안 되는 것은 존재하지 않았다.

그럼에도…… 단 하나, 그가 아무리 노력해도 돌이킬 수 없는 것이 있었다.

해루.

그녀가 돌아오지 않았다.

불 속으로 뛰어들어 간 해루는 그대로 불길과 함께 사라지고 말았다.

더러는 잊으라 하였다. 더러는 그만 놓아주라 하였다. 땅 위에 발붙이고 살아가는 목숨붙이의 인연이란 허망하게 스러지는 꿈결 같은 것. 지나가는 바람 같은 것.

그러니 그만 잊으라 하였다. 그만 놓아주라 하였다.

하지만 어찌 잊는단 말이냐. 어찌 놓을 수 있단 말이냐.

한여름 밤의 꿈처럼 황홀하였던 너를 어찌 잊을 수 있단 말이냐.

해루야, 나는 차마 네가 그리워 잠조차 잘 수 없구나.

나는 차마 네가 서러워 꿈조차 꿀 수 없구나.

그러니…… 그만 돌아오너라, 해루야.

너 떠나던 날의 기억일랑 내 머릿속에서 모두 지웠으니.

너만 돌아오면 된다. 그만 내게로 돌아오너라. 제발 돌아와다오, 해루야.

향은 팔을 들어 눈을 가렸다.

눈가에 맺힌 눅눅한 습기가 소맷자락 사이로 번져갔다.

서러운 밤, 외로이 불 밝히는……

늦은 밤.

창덕궁 앞에 자리한 관상감 본감으로 관상감의 관원들이 들어섰다. 사람들은 각기 저마다 정해진 자리로 향했다.

긴 직사각형 탁자의 정중앙, 가장 상석에는 천문학 교수 정윤기가 자리했고 그 옆에는 지리학 교수 고동진이 자리를 잡았다. 이름은 쓰여 있지 않았지만, 집무실 의자는 제 주인이 정해져 있었다. 또한, 자리 위치는 관상감 안에서의 서열을 의미했다. 상석에 가까울수록 서열이 높고, 멀수록 서열이 낮았다. 상석을 중심으로 천문학과 지리학의 훈도와 생도들이 모였다.

해루가 소속된 명과학은 가장 끝자리, 사람들의 눈에 잘 띄지 않는 후미진 곳이었다. 한때는 관상감 최고의 권세를 자랑하던 명과학이었지만, 지금은 그야말로 꿔다 놓은 보릿자루이자 관상감의 위상을 실추시킨 천덕꾸러기 취급을 받았다.

일 년 전의 화재 이후, 침묵을 가장한 멸시와 조롱이 명과학을 향했다. 명과학 교수 최정현은 천문학과 지리학의 생도들보다 더 하찮은 취급을 받았다. 어린 생도들마저 그에게 머리를 숙이지 않았다.

그러나 누구 하나 그 부당한 처사에 대해 항의하는 사람은 없었다. 모두들 그것을 당연하게 받아들였다. 그것은 명과학에 소속된 사람들 역시 마찬가지였다.

"모두 모이셨소?"

자정이 가까워진 시각. 천문학 교수 정윤기가 좌중을 돌아보며 입을 열었다.

"이 야심한 시각, 그대들을 이리 부른 것은 내일 있을 왕실 사냥에 대해 마지막 검토를 하기 위함이오. 모두 알겠지만, 작은 것 하나도 실수가 있어서는 아니 될 것이오."

"걱정 마십시오. 아시다시피 여기 있는 사람들 모두가 여러 날 논의하고 검토하였습니다. 실수가 있으려야 있을 수 없습니다."

고동진의 말에 실내를 채운 사람들의 고개가 위아래로 움직였다.

"만약의 경우를 대비한 것이니, 마지막으로 검토해 봅시다."

"정히 그러시다면……."

고동진이 제 옆자리에 있는 지리학 훈도를 돌아보았다.

"주상 전하와 왕세자 저하께서 휴식을 취하실 곳은 마련하였느냐?"

"사냥터 초입에 오행의 기운이 가장 잘 융합된 곳을 찾아 천막을 치게 하였습니다."

정 교수는 이번에는 천문학 훈도 장만돌에게 고개를 돌렸다.

"주상 전하와 세자 저하께서 궁 밖으로 나가실 때 이용할 문은 어디더냐?"

"내일은 바람이 동에서 서로 불 것입니다. 진시초(辰時初, 아침 7시)에 서쪽 문으로 나가심이 옳을 줄 압니다."

"그렇구나. 허면⋯⋯."

사냥을 위해 궁을 나갈 때 어느 문으로 어느 시각에 나가야 무탈한 것인지, 왕과 왕세자 그리고 사냥에 참가하는 대군들의 작은 행보 하나하나까지 검토가 이어졌다. 그렇게 한참의 시간이 흐르고, 마지막 검토까지 끝이 났다.

정윤기의 얼굴에 흡족한 미소가 피어올랐다.

"이만하면 되었으니. 수고들 하였소. 그럼 이것으로 회의를 마칠까 하오. 무에 더 할 말 있으면 하시오."

주위를 훑으며 그가 의례적인 말을 던졌다.

"하온데⋯⋯."

그때 작은 목소리가 구석에서 튀어나왔다. 모두의 시선이 한 곳으로 집중되었다. 수십 개의 시선을 고스란히 받으며 해루가 자리에서 일어섰다.

"누구냐?"

미간을 한데로 모으며 정윤기가 물었다.

"명과학에 새로 들어온 해랑이라 합니다."

"그래? 헌데 무슨 할 말이라도 있느냐?"

"궁금한 것이 있습니다."

"무엇이냐?"

"비가 올 경우에 대한 대비는 아니 하는지요?"

"비?"

"네. 내일 비가 올 겁니다. 그런데 그에 대한 대비는 아니 하시는 듯하여 여쭙습니다."

정 교수의 얼굴에 불쾌한 기색이 떠올랐다.

"내일 비가 온다고 누가 그러더냐?"

"그것이……. 그냥 제 생각에……."

탕! 정윤기의 주먹이 탁자를 내리쳤다. 그는 부릅뜬 눈으로 해루를 노려보았다.

"누가 네 생각을 듣자고 하였더냐?"

"그런 것이 아니라……."

해루가 말을 덧붙이려는 찰나, 옆자리에 있던 유익보가 사납게 소리쳤다.

"네 이놈! 죽고 싶은 것이야? 여기가 어느 안전이라고 그런 헛소리를 하는 게냐? 비가 온다? 비가 온다니!"

"송구합니다. 다만, 저는 내일 비가 내릴 것 같아 말씀드린 것뿐입니다."

"미친놈. 이제 겨우 생도 주제에 무얼 안다고 나서는 것이야? 죽고 싶지 않으면 조용히 그 입 다물어라."

유익보는 씹어 뱉듯 한 자, 한 자 힘주어 말했다. 그는 한 번만 더 입을 벙긋했다간 뼈도 추리지 못하게 하겠다는 의지가 담뿍 담긴 눈으로 해루를 노려보았다.

"그 입, 한 번만 더 열었다간 당분간 그 입으로 밥도 못 먹게 해 줄 것이야."

유익보의 윽박지름에 해루는 하는 수 없이 다시 자리에 앉았다.

"쯧쯧, 아랫것들 단속을 어찌하는 것인지."

정윤기는 못마땅한 눈빛으로 최정현을 바라보았다.

"허허허, 소신 있는 젊은이가 아닙니까?"

사람 좋은 웃음을 짓는 최 교수를 모두들 한심하다는 시선으로 응시했다. 회의실 공기가 싸늘해졌다.

쏘아보는 눈길에 해루는 숨이 막혔다. 때마침 상궁 하나가 안으로 들어와 어색한 분위기를 깨지 않았다면, 그대로 질식해 버렸을지도 모른다.

"무슨 일이신가?"

정 교수가 상궁을 돌아보며 물었다.

"진양대군께서 관상감 교수들을 불러 계시옵니다."

"그렇지 않아도 내일 사냥에 관해 마지막 보고를 올릴 참이었네."

"아직 침소에 들지 않고 계십니다."

"알았으이."

진양의 명을 전한 상궁이 방을 나가자 정 교수가 주위를 둘러보았다.

"오늘은 그만 정리하도록 하지."

그는 곁에 있는 고동진에게 눈짓을 보냈다.

"가세나."

"네."

두 사람의 뒤로 최정현도 따라 나섰다. 회의실 밖으로 걸음을 옮기던 정윤기가 최 교수를 돌아보았다.

"어딜 가려는 것인가?"

"대군께서 관상감 교수들을 모두 보길 원하신다기에……."

"허허, 됐으이. 최 교수는 이곳에 남아 정리나 하는 것이 좋을 듯하군."

싸늘한 한마디를 남긴 채 정윤기는 고 교수와 함께 회의실 밖으로 사라졌다.

"그리함세."

노골적인 모욕에도 최 교수는 하얀 수염을 쓸어내리며 허허 웃었다.

그 곁에 선 유익보가 벌겋게 달아오른 얼굴로 연신 혀를 찼다.

"망신, 망신, 이런 망신도 없지. 내가 관상감을 때려치우든가 해야지, 원."

해루와 최 교수를 번갈아 보던 유익보는 사납게 의자를 밀치며 나가버렸다.

"큭큭."

"늙으면 죽어야지, 어찌 저리 눈치가 없는지."

억눌린 웃음과 함께 조롱하는 소곤거림이 들려왔다. 회의실을 떠나는 관원들의 얼굴에는 비웃음이 가득했다. 마침내 회의실 안에는 최정현과 해루만이 남았다.

최 교수는 굽은 등을 한 채 아무렇게나 흩어져 있는 집기들을 정리했다.

"그만두십시오. 제가 하겠습니다."

"도와주겠나? 허허허, 고맙군."

"그냥 앉아 계십시오."

해루는 최정현을 의자에 앉혔다. 이상하게도 속이 상했다. 사람들의 노골적인 조롱에도 그저 허허 웃기만 하는 최 교수가 이해되지 않았다.

"교수님은 화도 안 나십니까?"

"화?"

"이런 처사가 분하지 않으십니까?"

"내가 지은 죄에 대한 벌이니, 화가 날 것이 무엇이겠느냐."

"벌이라니. 그건 또 무슨 말씀입니까?"

"내 잘못으로 그 많은 사람이 죽었으니 이런 수모쯤이야, 기꺼이 달게 받아야지."

최정현의 허허로운 웃음을 보며 해루는 아랫입술을 왈칵 깨물었다.

"그건……."

교수님의 잘못이 아닙니다.

해루는 목구멍까지 들어찬 말을 애써 삼켰다.

그 모습을 물끄러미 바라보던 최정현이 다시 입을 열었다.

"그런데 해랑아."

"네."

"아까는 어찌 그런 말을 하였느냐?"

"그런 말이라니요?"

"비가 내린다고 하지 않았느냐? 천문학에서는 비가 올 징조는 손톱만큼도 없다고 장담하였는데, 너는 어찌 비가 온다 하였느냐?"

"비가 내릴 테니까요."

"비가 와?"

"네. 비가 올 겁니다."

최정현은 별빛 가득한 밤하늘을 올려다보았다.

다음 날 아침, 궁에서 한 시진 거리에 있는 왕실 사냥터가 모처럼 북적거렸다. 여름내 사람의 발길이 뜸했던 사냥터 초입에 긴 장막이 쳐졌다.

사냥을 알리는 북소리와 징소리, 몰이꾼이 내지르는 함성이 숲을 들썩이게 하였다. 마치 잔치라도 벌어진 듯한 풍경이라, 지켜보는 것만으로도 흥이 일었다. 그러나 그 잔치의 한복판에 자리한 왕의 표정은 어둡기만 하였다.

"거참, 시끄러워 도통 책을 읽을 수가 없구나."

왕의 입에서 기어이 불만스러운 목소리가 흘러나왔다. 곁을 지키는 상선 정동은 연신 곁눈질로 힐끔거렸다. 주상 전하의 심기 불편하시니 언제, 어디서, 어떻게 불똥이 튈지 알 수 없었다.

일 년 전부터 왕께서 불쑥불쑥 성화를 내시는 통에 정동은 하루하루가 살얼음판을 디디는 심정이었다. 그는 곁자리를 지키고 있는 영의정에게로 시선을 돌렸다.

'영의정 대감, 어찌하면 좋겠습니까?'

'걱정 마시게.'

정동과 소리 없는 대화를 주고받은 황 노인이 왕의 옆으로 다가왔다. 그러고는 왕께서 들고 있던 서책을 은근슬쩍 낚아챘다.

"이게 뭐 하는 짓인가?"

왕의 표정이 굳어졌다.

"전하, 부디 왕세자 저하와 여러 대군 마마들의 효심을 헤아려 주시옵소서."

"그게 무슨 말인가?"

"이번 사냥의 이유, 그 누구보다 전하께서 잘 알고 계시질 않사옵니까. 어의가 말하길 전하의 맥이 침(沈)하니, 이는 정신적으로 과로한 탓이라 하였사옵니다. 또한, 두 눈이 흐릿하고 깔깔하며 아픈 것은 전하께서 글과 전적(典籍)을 밤낮으로 놓지 않고 즐기시어, 기어이 안질을 얻었기 때문이라 하였지요. 그러니 전하……. 오늘 하루만이라도 푹 쉬시옵소서."

"쉬고 있다. 내 쉬엄쉬엄 볼 것이니 서책 돌려주게."

"아뢰옵기 송구하오나, 전하께서 절대 서책을 가까이하지 못하도록 하라는 왕세자 저하의 당부가 있으셨습니다."

황 노인은 왕에게서 뺏은 서책을 상선에게 건넸다.

"어디 안 보이는 곳에 치우시게나."

"네, 대감."

정동이 서둘러 서책을 들고 어딘가로 사라졌다.

"참으로 못된 신하와 못된 환관이 아닌가. 정동아, 네 주인은 나라는 것을 잊지 마라. 영의정, 그대의 주군은 아직 세자가 아니라 나라는 것을 잊지 말게."

그러나 왕의 외침은 공허한 울림이 되어 계곡을 휘저을 뿐이었다.

왕은 불만스러운 얼굴로 연신 투덜거렸다.

"그럼 나더러 뭘 하란 말인가?"

"아무것도 하지 마시옵소서."

"뭐라?"

"마음속의 근심을 모두 내려놓으시옵소서. 아무것도 보려 하지 마시고, 아무것도 생각하지 마시옵소서."

"흥! 나더러 바보, 멍충이가 되라는 말이군."

"하루쯤 그리 살아도 나쁘지 않겠지요."

"……뭐, 생각하니 나쁠 것은 없겠군."

황 노인의 말에 왕은 꼿꼿하던 허리를 느슨하게 풀고 의자 깊숙이 몸을 묻었다.

"헌데 영의정."

"네, 전하."

"뭐, 먹을 것은 없는가?"

"그렇지 않아도 전하께서 좋아하시는 걸로 준비하라 일렀사옵니다."

"내가 좋아하는 것?"

궁금해하는 왕의 앞으로 소반 하나가 다가왔다.

"여기…… 개떡이옵니다."

황 노인은 곱게 꽃잎을 올린 개떡을 왕에게 올렸다.

"그것참, 맛나 보이는군."

왕은 달게 입맛을 다시며 개떡을 입에 물었다. 그러나…… 곧 미간에 깊은 주름이 새겨졌다.

"이 맛이 아니야."

"제 입맛에는 딱이온데……."

"그 아이가 해 준 개떡은 이런 맛이 아니야. 좀 더 쫀득하고 좀 더……."

말을 하던 왕은 시무룩한 표정이 되어 입에 물고 있던 개떡을 뱉었다.

황 노인의 얼굴에 당혹스러움이 들어찼다.

"전하, 소신은 도무지 전하의 입맛을 감당할 수 없사옵니다. 대체 원하시는 개떡은 무슨 맛이옵니까?"

"그대도 알고 있지 않나?"

"끙."

황 노인의 입에서 절로 앓는 소리가 새어 나왔다.

그는 알고 있었다. 왕께서 찾으시는 것은 맛있는 개떡이 아니었다. 그것은 그리움이었다. 하지만…….

잠시 흔들리던 황 노인의 표정이 단단해졌다.

"잊으시옵소서. 전하께옵서 찾으시는 맛은 이제 세상에 없습니다."

"그 아이의 시신, 찾지 못했다 들었네."

"모든 것이 활활 타 재가 되었사옵니다. 사람의 시신인들 어디 온전할 수 있겠습니까?"

"혹, 살아 있을지도 모르지 않겠는가?"

"미련을 버리시옵소서. 천에 하나 만에 하나, 혹여 그 아이가 살아 있다 한들 궁에 돌아올 수는 없을 것이옵니다. 그 아이, 어디 출신인지 밝혀졌으니 궁에 들어오는 순간, 죽을 목숨이옵니다."

"그 아이의 몸속에 흐르는 피가 어찌 그 아이 탓이겠는가? 듣자하니 오히려 사람들을 구하다 그런 변을 당했다고 하던데."

미련 가득한 왕의 말에 황 노인은 고개를 저었다.

"잊으시옵소서, 전하. 개떡에 대한 집착도, 이미 죽은 사람에 대한 미련도…… 모두 버리시옵소서."

"그래야겠지?"

말은 그리하고 있지만, 왕의 침침한 눈가엔 안타까운 미련이 더께처럼 쌓였다. 그 미련을 떨쳐내려 연신 마른세수를 해보았지만, 우둔한 마음은 쉽사리 떨어지지 않았다.

왕은 길게 한숨을 쉬며 하늘을 바라보았다.

유난히 푸른 하늘. 처음, 해루를 보았던 그날처럼 아름다운 하늘이었다. 해루를 보듯 하늘을 바라보며 왕은 가슴속에 남은 말을 중얼거렸다.

"헌데 영의정. 나는 말이야, 여전히 믿어지지가 않아. 그 아이가 죽었다는 것이 영 실감이 나질 않는단 말이지. 꼭 어딘가에 살아 있을 것만 같아. 어딘가에 꼭⋯⋯."

　"바리바리 싸 들고 어딜 가는 건가?"
　광화방에 있는 관상감으로 들어서던 비연이 때마침 밖으로 나
오는 해루를 발견하고 물었다.
　해루는 커다란 짐 보퉁이를 메고 있었다.
　힘들어하는 기색이 역력한 모습.
　"자주 드나드십니다."
　"나도 관상감의 관원이 아니던가."
　"본감 소속이잖습니까?"
　"그리 나눌 것은 또 무언가. 그보다 그건 뭔가?"
　비연은 해루가 메고 있는 보퉁이를 턱짓했다.
　"아무것도 아닙니다."
　"힘들어 보이는데, 내가 도와줄까?"
　"괜찮습니다. 혼자 할 수 있습니다. 일 보십시오."
　"내 일이야, 해랑 자네를 보러 온 것이니. 이리 주게. 내가 도와주
겠네."
　"되었습니다."
　"어허, 동기 좋은 게 무언가. 백지장도 맞들면 더 가벼운 법."
　비연은 해루가 메고 있는 보퉁이를 반 강제로 빼앗았다.
　"이게 다 뭔가?"
　"별거 아닙니다."
　비연의 얼굴에 짓궂은 기색이 안개처럼 피어올랐다.

"그리 말하니 더욱 궁금하군."

"돌려주십시오!"

"별거 아닌데 뭘 그리 감추려는 건가?"

비연은 달려드는 해루를 교묘하게 떨쳐내며 기어이 보퉁이를 열어보았다.

대체 뭐기에 이리 감추려는 것일까? 호기심 가득한 눈으로 안을 들여다보는 순간.

"에게, 겨우 헝겊?"

비연의 얼굴에 실망하는 표정이 떠올랐다.

"주십시오!"

해루는 비연에게서 보퉁이를 낚아챘다.

별 볼 일 없는 헝겊 쪼가리만 가득 든 보퉁이를 소중히 끌어안는 해루를 보며 비연이 시큰둥하게 물었다.

"헝겊은 어디에 쓰려고? 설마, 누더기라도 만들어 입으려는 건가? 색이 알록달록하니, 그렇게도 못 쓰겠군."

"아마도 그렇겠지요. 그래도……."

해루가 맑갛게 웃으며 말을 이었다.

"길 잃은 사람의 눈엔 잘 보일 겁니다."

숲의 밤은 느닷없이 덮쳐왔다.

"낭패로구나."

향은 빗줄기가 내리긋는 하늘을 올려다보았다. 굵은 빗물 탓에 한 치 앞을 가늠할 수가 없었다. 하여 어디로 가는 것인지, 제대로 가는지조차 확신하지 못했다.

　처음 사냥을 시작했을 때는 아무 문제 없었다. 몰이꾼을 따라 어린 동생들이 사냥을 나서고, 그 뒤를 진양과 자신이 따랐다. 그때, 진양이 그에게 내기를 걸어왔다.

　"형님, 저와 내기하지 않으시겠습니까?"

　"내기?"

　"요즘 들어 아바마마의 기력이 예전만 못하다 하옵니다."

　"알고 있느니. 하여, 걱정이 태산이구나."

　"듣자 하니 노루 고기가 섯수고 싶다 하셨답니다. 누가 먼저 노루를 잡는지 저와 내기하는 건 어떻겠습니까?"

　"못 할 것도 없지."

　"제가 내기에 이기면 청을 올릴 것이옵니다."

　"좋다. 그럼 내가 이기면 어찌하겠느냐?"

　"저하께서도 원하는 것을 하나 이 아우에게 말씀하시옵소서. 무엇이든 하겠나이다."

　사냥터에서 으레 있는 형제간의 내기였던지라, 진양은 뒤따르는 호위 두 사람만을 데리고 말을 달렸다.

　향 역시 무혁과 김담, 둘만 데리고 사냥을 시작했다.

　사냥은 순조로웠다. 산으로 향하는 길목에서 운 좋게 노루를 발견하였고, 향이 쏜 화살이 어김없이 적중하였다. 급소를 맞히진 못했지만, 다리에 맞았으니 멀리 도망가진 못했으리라. 말에서 내린 향과 그의 호위들은 노루를 찾아 산을 올랐다.

일이 어렵게 변한 것은 그때부터였다. 맑던 하늘이 어두워지더니 느닷없이 소나기가 쏟아졌다. 갑자기 내린 빗물에 숲은 진창으로 변했다. 위태롭게 향의 뒤를 쫓던 김담이 기어이 산비탈을 구르고 말았다.

다행히 큰 부상은 아닌지라, 그만 돌아갈까, 고민하는 향의 눈앞에 화살 맞은 노루가 다시 나타났다. 향은 싫다는 무혁에게 억지로 김담을 부축하여 먼저 돌아가라 명하고는 노루를 쫓았다. 지친 기색이 역력한 노루를 잡는 건 그다지 어렵지 않은 일이라 판단하였다.

하지만 노루는 숲의 지형에 익숙했고, 상처까지 입은 터라 감각마저 예민하였다. 비 내리는 숲을 한참이나 달려서야 간신히 사냥을 마무리 지을 수 있었다.

결국, 향은 원하는 노루를 손에 넣었다.

하지만…….

잡은 노루를 보며 흡족한 표정을 짓는 것도 잠깐. 향은 난감한 얼굴로 주위를 둘러보았다.

"이곳이 어디지?"

사냥에 정신이 팔려 그만 길을 잃고 말았다.

무섭게 퍼붓던 비가 어느덧 그쳤다. 부옇게 일어난 물보라가 가라앉자 그 뒤를 스산한 한기를 머금은 황혼이 찾아왔다.

추위가 밀물처럼 몰려왔다.

향은 빗물에 젖은 옷을 벗어 물기를 짰다.

잠깐 사이, 어둑어둑 밀려오던 황혼이 새카만 밤에 잠식되었다. 엎친 데 덮친 격이라, 사나운 밤 짐승의 울음소리도 들려왔다. 당장 눈에 보이지 않았지만, 숲 어딘가에서 굶주린 산짐승들이 그를 노리고 있을 것이 분명했다.

남은 화살의 개수는 모두 네 개. 이 밤을 온전히 버틸 수 있을지 의문이었다. 아니, 산짐승이 아니라고 해도 추위를 견뎌낼 수 있을지.

어찌한다?

향은 버릇처럼 하늘을 올려다보았다.

별이라도 보이면 길잡이 삼아 따라가련만. 비는 그쳤지만, 하늘은 여전히 어두웠다.

난감한 찰나. 향의 눈에 무언가가 들어왔다.

"저건……."

멀리 보이는 희미한 불빛.

도깨비불인가? 간혹 묘 근처에 출몰하는 도깨비불은 아닌가 생각하였다. 그렇다고 하더라도 지금 당장은 다른 선택의 여지가 없었다.

향은 불빛을 따라 서둘러 걸음을 옮겼다. 수풀을 헤치고 간신히 도착해 보니, 등이 굽은 나무에 등롱 하나가 걸려 있었다.

깊은 숲에 느닷없는 등롱이라니.

향은 주위를 둘러보았다. 달리 사람이 사는 민가가 있는 것도 아니었다. 사람이 지나다니는 길목은 더더욱 아닌 곳.

우거진 숲 한가운데 그저 등롱 하나만 덜렁 걸려 있었다.

"이게 어찌 된 조화란 말인가."

향은 등롱을 살펴보았다. 헛것을 본 게 아닌가 하는 생각마저

들었다. 그러나 헛것이 아니었다. 쪽빛 등롱은 흔하게 볼 수 있는 물건이었다. 다만, 등을 감싼 등롱의가 기름종이로 되어 있어 쏟아지는 빗물에도 꺼지지 않았던 것이다.

"헛것은 아닌데, 이런 인적 없는 곳에 누가 등롱을 두었단 말인가?"

기이한 물건은 등롱 하나만이 아니었다. 바람에 나부끼는 등롱 너머로 붉고 노란, 화려한 원색의 나비매듭이 보였다.

나비매듭은 숲 너머로 길게 이어졌다. 마치 나를 따라오라는 듯 매듭 끝자락이 휘날리는 것을 보며 향은 고개를 갸웃거렸다.

누구의 짓인가? 정말 도깨비의 장난인가?

이유가 무엇이건, 연유가 어찌 되었건 생각할 겨를이 없었다. 드문드문 이어진 매듭을 따라가다 보면 사람을 만날 수 있을지도 모른다. 어쩌면 등롱을 걸어둔 사람일지도 모르지. 가벼운 흥분을 느끼며 향은 서둘러 걸음을 옮겼다.

그렇게 얼마나 걸었을까? 왁자한 인기척이 들려왔다. 멀지 않은 곳에서 말 탄 사람들이 보였다. 그렇게 몰려드는 사람들 중엔 무혁도 있었다.

살았구나. 안도의 한숨이 절로 새어 나왔다.

그러다 문득 향은 고개를 돌려 뒤를 보았다. 멀리 숲의 어둠 속에서 처량하게 흔들리는 등롱의 모습이 보였다. 어둡고 스산한 숲 한가운데에서 오도카니 있는 것이 마치 자신을 기다리고 있었던 듯한 느낌이었다.

'설마, 정말 나를 기다린 것이냐?'

맑은 하늘에서 돌연 비가 내리고, 하여 그가 길을 잃을 것이라는 사실을 알고 있기라도 한 듯 나타난 불빛.

순간 톡.

작은 온기가 그의 심장을 파고들었다.

소리 내어 표현하지 못한 아련한 그리움.

어둔 숲, 갈 길 잃은 사내의 앞길을 밝혀준 작은 등롱 위로 그리운 얼굴 하나가 겹쳐졌다.

시리도록 하얀 얼굴. 서럽도록 그리워 차마 꿈에서조차 만날 수 없었던 그 얼굴.

유난히 잘 웃는 여인의 모습이 향의 뇌리를 가득 채웠다.

한 사람만을 위한 북극성

향이 숲을 빠져나오고 얼마 후, 한 무리의 말을 탄 사람들이 달려왔다. 향을 찾아 헤매던 진양과 그의 수행원들, 그리고 무혁이었다. 향을 발견한 무혁이 서둘러 말 위에서 뛰어내렸다.

"송구하옵니다, 저하."

"되었다. 사냥하다 보면 종종 생기는 일이 아니더냐."

눈빛을 주고받는 두 사람 사이로 진양의 목소리가 끼어들었다.

"형님, 괜찮으시옵니까?"

"나는 괜찮다."

"저하께서 사라지셨단 말씀을 듣고 걱정이 이만저만이 아니었습니다."

진양이 걱정스러운 얼굴로 향을 살폈다.

"어디 상한 곳은 없으시옵니까?"

"길을 잃어 잠시 헤맨 것뿐이니. 너무 수선 피우지 마라."

"다행입니다. 행여 무슨 일이 생긴 것은 아닌가 하여, 이 아우 심장이 콩알처럼 쪼그라들었습니다."

"많이 놀란 모양이구나."

"놀라기만 했겠습니까. 죽을 뻔하였습니다. 하오나 이리 무탈하신 것을 보니 이제야 숨통이 트이옵니다."

"녀석."

향은 진양을 너그러운 시선으로 응시했다.

향을 마주 보던 진양이 고개를 갸웃하며 물었다.

"그런데 저하, 이번에는 어찌 이리 쉽게 길을 찾으셨사옵니까?"

향이 툭하면 길을 잃어버린다는 것은 왕실의 공공연한 비밀이었다. 진양의 말에 향은 손에 쥔 매듭을 내려다보았다.

"누군가 길잡이 노릇을 해주었구나."

"이 밤에, 그것도 이 깊은 산중에서 길잡이 노릇 할 이를 만났단 말입니까?"

"만났구나."

"천운입니다. 그야말로 하늘이 내린 행운이 아니옵니까?"

"나 역시 그리 생각한다."

향의 눈빛이 깊어졌다.

잠시 그를 바라보던 진양은 서둘러 화제를 돌렸다.

"그나저나 저하, 이리되면 제가 이긴 것이옵니까?"

진양은 보란 듯 지금껏 사냥한 사냥물을 내놓았다.

"아무래도 저하께서는 길을 잃는 바람에 아무것도 못 잡으신 듯합니다. 그럼 이 아우의 청을 들어주셔야 합니다. 하하."

"글쎄다."

향이 고개를 돌려 제 그림자처럼 서 있는 무혁을 보았다.

"혁아."

"네, 저하."

"나뭇가지에 드문드문 걸린 매듭을 따라가보아라. 그 끝에 등롱이 있을 것이야. 그 등롱에서 오른쪽으로 백 보 정도 가면 커다란 밤나무가 나오고, 그곳에 내가 사냥한 것들이 있다."

말이 끝나기 무섭게 무혁이 걸음을 옮겼다.

그 등 뒤에 대고 향이 소리쳤다.

"아이들을 몇 데리고 가거라! 그리고……."

향이 먼 곳을 바라보며 말을 이었다.

"오는 길에 등롱도 가져오너라."

"네, 저하."

잠시 후.

다시 돌아온 무혁과 그의 수하들의 손에는 노루를 비롯한 산짐승이 가득 들려 있었다.

"깊은 산중에서 길을 잃고 보니 보이는 것이 많더구나."

진양이 고개를 설레설레 저었다.

"정말이지 저하께는 도저히 당해낼 재간이 없습니다. 말씀해 보십시오. 이 아우에게 원하는 것이 무엇이옵니까?"

"글쎄. 지금 당장은 생각나는 것이 없구나. 그건 차차 생각해 보기로 하고. 주상 전하께서는 어디 계시느냐?"

"아바마마께서는 먼저 환궁하셨나이다."

"그럼 우리도 그만 궁으로 돌아가자."

"네, 저하."

진양은 주위를 보며 소리쳤다.

"뭣들 하느냐? 그만 환궁한다!"

말이 떨어지기 무섭게 무인과 환관들이 궁으로 돌아갈 준비를 했다.

북적거리는 사람들 틈에서 향은 무혁이 가져온 등롱과 매듭을 보았다.

"저하, 어서 말에 오르시옵소서."

무혁이 어느새 말을 끌고 와 향을 재촉했다.

향은 떠밀리듯 말에 올랐다. 그러나 그는 깃발처럼 바람에 나부끼는 매듭에서 시선을 떼지 못했다.

왕세자의 행렬을 알리는 긴 뿔피리 소리가 밤하늘에 울려 퍼졌다. 이내 긴 행렬이 궁을 향해 출발했다.

그들이 사라지고 얼마 후.

검은 숲에서 작은 인영이 모습을 드러냈다. 빗물에 푹 젖은 작은 인영은 멀어져 가는 왕세자의 뒷모습을 보며 낮게 중얼거렸다.

"다행입니다, 공갈 저하. 정말 다행입니다."

유익보는 짜증 가득한 얼굴로 집무실 마당을 서성거렸다.

느닷없이 내린 비로 관상감에 비상이 걸렸다.

관상감의 관원들이 머리를 맞대고 심사숙고하여 고르고 고른 날, 하필 비가 올 줄이야.

관원들은 모두 본감에 모여 자구책을 논의하느라 여념이 없었다. 그런데 쓸데라고는 하나 없이 방해만 되는 최 교수는 물론이고 눈엣가시 같은 생도 녀석마저 어디로 사라졌는지 도통 보이지 않왔다.

늙은 최 교수가 어딜 가든 상관할 바 아니고, 이 어린 생도 놈은 대체 어딜 간 거야? 뒷간에 갈 때도 허락받고 가라 그리 귀에 딱지가 앉도록 말했거늘.

유익보는 이를 으득 갈았다. 말귀를 못 알아듣는 것인지 아니면 대놓고 무시하는 것인지, 생도 녀석의 오만 방자함이 하늘을 찌를 지경이었다. 오늘은 기필코 그 나쁜 버릇을 단단히 고쳐놓으리라. 다짐하는 유익보의 귓가로 해시초(亥時初, 밤 9시)를 알리는 북소리가 들려왔다. 동시에 집무실 마당으로 작은 그림자가 비틀거리며 들어섰다.

"네 이놈!"

유익보가 한달음에 달려갔다.

"대체 어디서 무얼 하다가 이제야 기어들어 오는 것이야? 몇 번을 말하지 않았느냐? 내 허락 없이는 어디도 갈 수 없다고 몇 번을 말해?"

"송구합니다. 허락을 구하려 하였는데, 자리에 아니 계셔서요."

"그럼 내가 돌아올 때까지 기다렸어야지."

"하지만 비가 내려서……."

"뭐? 비가 내려? 오호라, 이제 보니 너, 비가 왔다고 우쭐대는 것이렷다?"

"그런 것이 아닙니다."

"그럼 뭐냐? 비가 오는 것과 네가 무슨 상관이야? 그래, 네놈 말대로 비가 왔다. 하지만 그 일로 우리 명과학의 처지가 더욱 곤궁해졌음을 아느냐, 모르느냐?"

"네? 비가 왔는데 왜 명과학의 처지가 곤궁해진 겁니까?"

"그걸 꼭 말로 풀어줘야 이해할 것이냐?"

유익보가 접선으로 해루의 이마를 힘껏 내리쳤다.

딱!

해루는 눈앞에 불꽃이 튀는 듯 아득했다. 얼얼한 이마를 손등으로 문지르자니 앵앵거리는 유익보의 지청구가 다시 날아들었다.

"버르장머리 없는 녀석. 무능력한 데다 쓸모라곤 쥐꼬리만큼도 없는 녀석."

"죄송합니다."

"말로만 죄송하다면 다냐? 사람이 진정 마음으로 용서를 구할 때는 허리를 이리 깊이 숙여야 하는 법이라고 몇 번을 말하였느냐?"

유익보가 거칠게 해루의 머리를 푹 짓누를 때였다.

"이런, 명과학에서는 아직도 이런 나쁜 풍습이 있군요."

자기 집 드나들 듯 자연스레 관상감으로 들어서던 비연이 눈살을 찌푸렸다.

"어험."

서둘러 해루에게서 손을 떼며 유익보는 헛기침을 흘렸다.

"나쁜 풍습이라니? 무슨 말인가?"

"가르침을 내려야 할 훈도가 가르침 대신 어린 생도를 구타한다든가…… 하는 나쁜 풍습 말입니다."

"누가 누굴 때렸다고 그러는가?"

"이 접선이 이 친구 이마를 딱! 하고 내리치는 것을 제 눈으로 보았습니다만."

"그거야 이 녀석이 하도 오만 방자하기에 버릇을 고쳐주려 함이지. 그보다 자네는 왜 자꾸만 나타나는 게야?"

"놓고 간 물건이 생각나 잠시 들른 참이었습니다."

"그럼 물건이나 찾아서 가든가."

"이대로는 못 가겠습니다."

"못 가면?"

"제 동기가 구타를 당하는 것을 보았는데, 제가 어찌 그냥 가겠습니까?"

"자꾸 구타, 구타하는데 이깟 접선으로 한 대 맞았다고 어찌 되는 것도 아닐 터. 무어가 어떻고 그리 두 눈 부릅뜨는 것인가?"

그 순간.

"어엇!"

비연의 눈이 휘둥그레졌다. 한옆에 서 있던 해루가 스르륵 허물어지듯 바닥으로 주저앉아버린 것이다.

"이보게, 해랑."

비연은 서둘러 해루를 부축했다.

"괜찮은가?"

비연이 날카로운 시선으로 유익보를 노려보았다.

유익보가 억울한 듯 울상을 지었다.

"아니……. 나는 그냥 이걸로 살짝, 아주 살짝 한 대 친 것뿐인데."

"해랑의 상태가 심상치 않습니다."

"내 사람을 불러옴세."

슬금슬금 뒷걸음질 치던 유익보는 그대로 관상감을 벗어났다.

"저는 괜찮습니다. 좀 피곤해서 그렇습니다."

비연은 해루에게로 시선을 옮겼다. 해루의 몰골은 형편없었다. 어디 숲에서 길을 잃기라도 한 듯 옷이며 신발에 진흙과 풀잎이 가득 묻어 있었다. 그뿐만 아니라 옷 여기저기 나뭇가지에 찢긴 자국이 선명했다.

"대체 어디서 뭘 하다 온 건가?"

"북극성 노릇을 하였더니 좀 곤하네요, 하하하."

혈색이라곤 한 점 찾아볼 수 없는 핏기 없는 낯빛을 한 채 해루가 웃음을 떠올렸다.

비연은 어이없다는 듯 고개를 저었다.

"북극성? 아무래도 자네 제정신이 아닌 모양일세. 헛소리하는 걸 보면."

"……."

"이보게, 해랑. 이보게……. 해랑."

"잠시만, 잠시만 쉬겠습니다. 아주 잠시만요."

해루는 무거운 눈꺼풀을 감으며 중얼거렸다.

"거, 사람. 밥 좀 많이 먹어야겠네. 다 큰 사내가 어찌 이리 가벼운가?"

비연이 투덜대며 걸음을 옮겼다. 그에게 어깨를 기댄 채 해루가 힘없이 대답했다.

"죄송합니다. 제가 기력이 없어서요."

다시 기억이 돌아온 이후로, 미래를 보는 해루의 능력이 조금 변했다. 원하지 않는 미래까지 보던 예전과 달리 그녀는 원하는 미래만을 볼 수 있게 되었다. 다만, 그리 미래를 본 이후에는 한동안 힘을 쓸 수가 없었다. 마치 몇 년의 생명력을 한순간에 소진한 듯 탈진해 버리곤 했다.

그런 속사정을 알 리 없는 비연은 의아한 얼굴로 해루를 바라보왔다.

"거참, 대체 뭘 하고 다니느라 이 모양이 된 것이야? 관상감에선 무인들처럼 들판을 뛰어다닐 일도 없을 텐데. 혹시……."

해루를 보는 비연의 눈빛이 의미심장했다. 속내를 들여다보듯 한참 해루를 응시하던 비연이 말을 이었다.

"자네, 여인에게 빠지기라도 한 건가?"

"여인요?"

"그래. 내 자네 같은 사내 여럿 보았지. 그래, 어떤 여인인가? 대체 어느 대감댁 담을 타 넘어서 이 모양이 된 건가?"

비연이 말하는 속뜻을 알아차린 해루는 고개를 설레설레 저었다. 아무래도 사내들의 머릿속엔 엉큼한 생각 주머니가 따로 있는 것이 틀림없었다.

"그런 거 아닙니다."

"그래? 그럼 더더욱 몸 관리에 신경을 써야겠군. 한창때가 아닌가. 돌을 씹어 삼켜도 까딱없을 나이에 이리 비실거려서야, 원. 쓸데없는 참견 같겠지만, 내 남의 일 같지 않아서 그러네. 우린 같은 동기가 아닌가?"

"신경 써주셔서 감사합니다."

"어허, 동기 간에 이러는 건 당연한 일이지. 그런 인사 말게. 그보다 앞으로 좋은 일 있으면 혼자만 즐거워하지 말고 함께 즐기세나."

"네?"

"미리 말해 달란 얘기지. 좋은 일이 생기면 말일세."

"네, 그러겠습니다."

비연은 씁쓸하게 웃는 해루를 슬며시 곁눈질했다.

이상한 일이다. 이 작고 비실거리는 사내가 왠지 눈에 밟혔다. 나약하고 위태로운 모습에 자꾸만 손을 내밀어주고 싶고, 도와주고 싶어진다.

아무래도…….

"내가 여색을 너무 멀리한 것이 틀림없어. 그런 것이야."

"네? 뭐라고 하셨습니까?"

"아니, 아무것도 아닐세. 험험, 그런데 집이 어디라고 했는가?"

"이 골목만 돌아가면 됩니다."

"이 골목만 돌아가면……."

해루의 말을 곱씹던 비연이 일순 입을 다물었다. 동시에 그의 눈은 크게 벌어졌다.

비연은 믿을 수 없다는 표정으로 해루를 돌아보았다.

"여긴…… 화월루가 아닌가?"

"네."

"여기가 자네 집이라고?"

"네."

비연의 눈매가 가늘어졌다.

"자네……."

의미심장한 시선.

"허풍이 심하군. 아무래도 내가 사람을 잘못 본 듯하군. 이런 허풍쟁이인 줄 알았더라면 먼저 손 내밀지 않았을 것이야."

"무슨……?"

"내, 기루를 제집처럼 드나든다는 허풍은 들어봤어도 기루가 집이라는 허풍은 처음 들어봤네. 거기다 여기가 어디인가? 화월루 아닌가. 조선 최고의 기루. 권세 있는 조정 대신이라도 함부로 드나들 수 없는 그런 곳이 아닌가."

"그렇지요."

"그런 곳을 집이라고 하니, 자네야말로 내가 아는 허풍쟁이 중 최고……."

"이제 오십니까?"

화월루 누각에서 밖을 내다보던 어린 기녀가 반색하며 소리쳤다.

뉘에게 하는 소리일까? 비연은 어리둥절한 표정으로 주위를 두리번거렸다. 그사이 쪼르르 대문 앞으로 달려 나온 어린 기녀가 문을 열었다.

"어찌 이제 오십니까? 음 선생께서 많이 기다리셨습니다."

"저 기녀가 해랑이, 자네에게 말을 건네는 것인가?"

여전히 믿지 못하겠다는 듯 비연이 물었다. 그에 답이라도 하는 듯 대문 안쪽에서 다정한 목소리가 들려왔다.

"해랑이더냐?"

해루가 반갑게 안쪽으로 걸음을 옮겼다.

"선생님."

"오늘도 늦는 거 같아 입직(入直)인 줄 알았는데, 아니었더냐? 그보다…… 얼굴이 어찌 이리 수척한 것이야? 혹여……."

말끝을 흐리는 음 선생을 향해 해루가 해사하게 웃음을 보였다.

"괜찮습니다."

"흠흠. 해랑."

비연이 해루를 불렀다.

"예까지 내가 자네를 부축하지 않았는가. 괜찮다면 물 한 사발이라도 얻어먹고 싶은데……."

"사람 잘못 보았다면서요?"

"왜 이러는가? 사람 보는 눈 하나만큼은 단연 최고라고 자부하는 나일세."

"이런 허풍쟁이인 줄 알았다면 벗하자고 손 내밀지 않았을 거라고 하신 것 같은데."

"어느 못난 입이 그런 말을 했던가?"

"……."

"절대 이곳이 화월루라 이러는 게 아닐세. 그저 자네를 부축하느라 힘을 썼더니 목이 많이 타서 이러는 것뿐이네. 어허, 목이 타는구나."

비연은 갈증 나서 견딜 수 없다는 듯 제 목을 쥐었다.

해루가 곤란한 얼굴로 음 선생을 보았다.

음 선생이 미소 지으며 고개를 끄덕였다.

"해랑의 친우라면 저에게도 남이 아니지요. 안으로 드시지요."

화월루의 내실, 특별한 객을 위해 화려하게 치장된 그곳에 음식상이 차려졌다.

"해랑, 그 친구가 보기보다 재주가 좋은 모양입니다."

비연은 연신 껄껄 웃음을 터트렸다.

돈이 있어도 함부로 출입하기 어렵다는 화월루에 발을 디디게 되었으니, 기억에는 없어도 간밤에 용꿈을 꾸었음이 틀림없다. 게다가 상다리가 휘어지게 차려진 진수성찬을 보니 절로 입이 헤벌쭉 벌어졌다.

"해랑, 그 친구와는 어찌 알게 된 사이신지……."

비연은 맞은편에 앉은 음 선생에게 눈웃음을 치며 물었다.

"인연이라고 할까요?"

"인연?"

"네."

"이제 보니 명망 높으신 음 선생께선 우리 해랑 같은 사내를 좋아하는 모양이십니다."

"자상하고 배려가 깊은 사람이지요."

"하하. 그렇습니까?"

비연이 너털웃음을 지었다.

속없이 웃는 겉모습과는 달리 그의 머릿속은 복잡하기 그지없었다.

관상감의 일개 생도가 화월루와 깊은 관계를 맺고 있다. 대체 어찌 된 인연일까?

처음 해루를 만났을 때 비연은 그가 무언가 숨기고 있다는 것을 알았다.

딱히 이렇다 할 증좌는 없지만, 느낌으로 알 수 있는 일종의 촉.

비연은 해루의 일거수일투족에 지대한 관심을 보였다. 그러나 처음 만났던 날 이후, 비연은 해루에게서 더는 수상한 점을 찾아낼 수 없었다. 아니, 되레 비가 온다는 것을 유일하게 맞힌 해루는 그야말로 관상감에 딱 어울리는 인재였다. 내가 잘못 본 것인가?

"그런데 해랑은 어디에 있습니까?"

"많이 지친 듯하여 건넛방에서 쉬라 하였습니다."

"그래요?"

비연은 들고 있던 술잔을 입안에 털어 넣고는 자리에서 일어났다.

"어딜 가십니까?"

"밤도 깊었으니, 이 친구 얼굴이나 한번 보고 그만 돌아갈 생각입니다."

"저희가 잘 보살피고 있으니 신경 쓰지 않으셔도 된답니다."

"그래도 걱정이 되는군요."

비연은 음 선생의 만류에도 기어이 방을 나섰다.

"해랑이 이 건너에 있단 말이지요?"

성큼성큼 비연이 큰 보폭으로 걸음을 옮기자니, 복도 끝에서 소란이 들려왔다.

"무엇하느냐? 하라는 대로 하질 않고. 여기 돈 있다, 돈. 원하는 대로 줄 것이니, 받은 만큼 냉큼 벗어라!"

절로 눈살이 찌푸려지는 음성.

비연은 뒤따라오는 음 선생을 돌아보았다.

음 선생이 발간 미소를 지었다.

"명례궁의 무사들이 몰려온 모양입니다."

"명례궁이라면 진양대군의 사저 말이군요. 그쪽 사람들이 자주 옵니까?"

"간혹 옵니다. 그런데 오늘은 조금 소란스럽군요."

음 선생이 설명하는 와중에도 소란은 더더욱 커졌다. 무슨 일인가 싶어 다른 방에 있던 기녀들이 방 밖으로 머리를 내밀었다. 급기야 피곤한 표정의 해루도 밖으로 나왔다.

"안 되겠습니다."

음 선생이 복도 끝에 있는 긴 끈을 잡아당겼다. 신호를 받은 화월루의 무사들이 곧 안으로 들어갔다. 그럼에도 소란은 사라지지 않았다.

안으로 들어갔던 화월루 무사들이 요란한 소리와 함께 문밖으로 나동그라졌다.

"이놈들이 감히 우리가 누구인 줄 알고!"

부서진 문밖으로 술 취한 무인들이 거들먹거리며 나왔다.

그러다 음 선생을 보고 음흉한 미소를 지었다.

"오호라. 여기에 이런 미인이 있었군."

한 손에 술병을 든 무사가 성큼성큼 음 선생에게로 다가왔다.

"무슨 짓입니까?"

조금 떨어진 곳에서 지켜보던 해루가 무사의 앞을 가로막았다.

"이놈은 또 뭐야!"

명례궁의 무인은 성가신 듯 팔을 휘둘렀다. 그때, 비연이 슬쩍 그의 팔을 막았다.

"보아하니 술이 좀 과한 것 같은데, 그만하고 돌아가시는 게 어떻겠소? 아마 내일 정신이 들면 오늘 일이 창피해질 것이오."

"이런 썩을 놈이! 감히 우리가 누군 줄 알고 훈계냐? 한번 혼나봐야 정신을 차릴 놈이군."

명례궁의 무인이 거침없이 주먹을 휘둘렀다.

"어이쿠, 무섭습니다. 무서워요."

비연은 진실로 두렵다는 듯 상체를 숙이며 슬쩍 무인의 발을 걸었다. 균형을 잃은 사내가 벌러덩 바닥에 자빠졌다.

"이보게, 해랑."

"네?"

"발 좀 빌리세."

"네?"

해루가 뭐라 대답하기도 전에 비연이 그녀의 발을 걸어 올렸다. 엉거주춤 일어서던 무인이 해루의 발길질에 걸어차여 대자로 뻗어버렸다.

비연이 감탄한 얼굴로 엄지를 들어 보였다.

"과연 사내로군. 아주 시원한 일격이었네."

"……?"

해루는 어안이 벙벙한 표정으로 비연을 바라보았다. 그 사이, 쓰러진 무인과 동료인 듯한 사내들이 우르르 몰려나왔다. 바닥에 쓰러진 무인을 보는 순간, 사내들의 눈에서 푸른 불꽃이 튀었다.

"대체 어떤 놈의 짓이냐?"

비연이 팔을 뻗어 곧장 해루를 가리켰다.

"이 사람입니다. 호쾌한 발차기가 일품이었지요."

"무엇이?"

사내들의 날카로운 시선이 해루를 향했다.

당황한 해루가 비연을 보았다. 비연은 먼 허공으로 고개를 돌렸다.

"나는 모르는 일일세."

능청을 떠는 비연의 모습에 해루는 할 말을 잃고 말았다.

"허어, 대단하군! 정말 대단해! 처음 봤을 때부터 무언가 심상치 않다고 짐작하긴 했네만, 설마 자네 무술 실력이 이처럼 뛰어난 줄은 상상도 못 했네그려."

비연이 해루를 향해 연신 엄지를 들어 올렸다. 그녀의 앞에는 매를 맞고 기절한 사내 여섯이 쓰러져 있었다. 좀 전까지 해루에게 달려들었던 무인들이었다.

"제가요? 이게 모두 비연이 한 일이지 않습니까?"

해루는 황당하다는 표정을 지었다. 쓰러진 사내들을 차고 때린 사람은 해루가 분명했다. 지금도 손과 발이 얼얼했다. 하지만 그녀가 그들을 저리 만들 수 있었던 것은 모두 비연 덕분이었다. 그가 인형을 조종하듯 뒤에서 그녀의 손과 발을 밀고 당기고 들어 올리며 무인들을 걷어차고, 후려치게 했던 것이다. 비연의 뜻대로 춤을 추듯 휘청거리다 보니 어느새 무인들이 모조리 눈앞에 쓰러져 있었다.

"무슨 말인가. 난 도망치기 바빴다네."

비연이 고개를 흔들며 부인했다.

해루는 이게 무슨 낮도깨비 같은 짓인지 감이 잡히지 않았다.

그때였다.

"이게 웬 소란들인가!"

우렁찬 목소리와 함께 제대로 무장을 한 무사들이 복도 안으로 모습을 드러냈다.

"이런, 이번에도 명례궁에서 나온 무인들이군. 이것 참, 난감하게 되었군."

비연의 얼굴에 쓴웃음이 걸렸다. 그는 은근슬쩍 해루의 뒤쪽으로 몸을 돌렸다.

어림없다는 듯 해루가 비연을 노려보았다.

"이번에는 안 됩니다."

"이거 왜 이러는가?"

비연이 빙글빙글 웃음을 지었다. 그 천연덕스러운 미소에도 해루는 굳은 표정을 지우지 않았다.

"어허, 자네가 그리하면 저들은 누가 막는단 말인가?"

다행히 해루를 대신하여 무인들을 막을 사람이 있었다.

"소란을 피운 사람은 명례궁 분들이십니다."

뒤쪽으로 얌전히 물러나 있던 음 선생이 무인들 앞으로 나섰다. 그녀는 무인들을 이끄는 무장과 평소 안면이 있는 터였다.

무장은 훑는 시선으로 바닥에 쓰러진 자신의 부하들과 화월루 무사들을 번갈아 보았다. 어찌 된 상황인지 금세 판단이 들어섰다. 다만, 저 많은 자신의 수하들을 누가 저리 만든 것인가?

"무인이라는 자들이 술에 취해 소란이라니, 창피한 것도 정도가 있지."

무장은 등 뒤에 서 있는 수하들에게 눈짓을 보냈다. 어서 상황을 정리하라는 무언의 명이 내려졌다.

"실례가 많았소. 기루 사람 중에 다친 사람은 없소?"

"깨진 술병에 손을 다친 여인이 있습니다."

"치료비와 손해를 배상하겠소."

"그런 것은 되었습니다. 다만, 다시는 이런 일이 없도록 해주십시오."

"약속하리다. 그나저나 꽤 거친 자들이었는데, 누가 이들을 제압했소?"

기녀들의 눈이 한 사람에게 쏟아졌다. 시선을 좇던 무장이 해루를 보며 고개를 갸웃거렸다.

"겉보기엔 영락없이 선비건만 대단한 실력을 숨기고 있었구려. 혹여 명례궁에 들어올 생각 없소이까?"

무장의 진지한 제안에 해루는 단호하게 대답했다.

"없습니다! 절대로요!"

"그렇군. 가만, 그러고 보니 그대들의 복장이……. 관상감 사람들인 모양이오."

"그렇습니다."

"이런, 아직 소식 못 들었소?"

"무슨 소식 말입니까?"

궁금해하는 찰나.

챙! 돌연 무장의 푸른 칼날이 해루와 비연의 목덜미를 겨누었다.

"갑자기 왜 이러십니까?"

"진양대군께서 관상감의 관원들을 모두 잡아들이라 명하셨다
네."

무장의 말에 해루가 항의하듯 소리쳤다.

"관상감의 관리들을 잡아들이라고요?"

불러들이라는 것도 아니고, 잡아들이라니.

왜요? 무엇 때문에?

인연인가?

"정말 형식적인 것 맞습니까?"

비연과 함께 명례궁으로 끌려온 해루는 불안한 표정으로 연신 주위를 두리번거렸다.

진양대군의 사저(私邸)인 명례궁의 분위기는 자못 삼엄하였다. 횃불을 밝힌 본채 마당 한가운데에 관상감의 관원들이 굴비 엮듯 한 줄로 묶인 채 머리를 조아리고 있었다. 그 양옆으로 무장한 무인들이 도열해 있었다.

금방이라도 허리에 찬 칼을 휘두를 듯한 위압적인 분위기.

"형식적인 거라니까. 본디 나랏일이란 공과(功過)만이 존재하는 법이거든. 아마도 이번 사냥과 관련한 일로 공과 과실을 따질 모양일세. 형식적인 행사이니, 너무 걱정 말게."

잔뜩 긴장한 해루의 귓가에 비연의 목소리가 파고들었다.

"그렇다면 다행이지만……."

"이놈들이! 예가 어디라고 수다질인 것이냐? 썩 머리를 조아려라."

속닥거리는 두 사람의 곁으로 명례궁의 군사가 다가왔다. 어깨에 가득 힘이 들어간 군사는 다짜고짜 해루와 비연의 뒷무릎을 걸어찼다. 한순간 다리가 꺾인 두 사람은 바닥에 무릎을 꿇고 주저 앉았다.

"모두 잡아들였느냐?"

낮은 음성이 들려왔다.

"네. 명대로 하였사옵니다."

뚜벅뚜벅 대청마루를 걸어 나온 진양은 자리에 앉았다. 범 같은 눈으로 바닥에 엎드린 자들을 쓸어 본 진양이 마침내 무거운 입을 열었다.

"비가 내리더구나."

진양은 날씨 이야기로 말문을 열었다.

평범한 일상을 얘기하는 듯한 목소리. 그러나 그 이야기를 듣는 관상감의 관원들은 사시나무 떨듯 몸을 떨었다.

"기운이 동서로 맑고 남북으로 온화하니, 하고자 하는 일은 뭐든 이루고 성사될 날이다. 또한, 날씨마저 쾌청하여 근 한 달 안에 사냥하기 가장 좋은 날이다?"

진양이 코웃음을 쳤다.

"개소리."

관상감을 책임지는 정윤기의 낯빛이 하얗다 못해 파래졌다.

"절대 안 온다던 비가 오더군. 덕분에 모처럼 주상 전하와 세자 저하와 함께한 자리가 엉망이 되었구나. 사냥은 물론이고, 내 체면까지 말이다."

진양은 상체를 앞으로 반쯤 기울이며 속삭이듯 물었다.

"너희가 그러고도 살아남길 바라느냐?"

일순간, 비릿한 쇳내가 공기 중으로 번져 나갔다.

진양에게서 전해지는 위험한 향기. 해루는 저도 모르게 마른침을 꿀꺽 삼키고 말았다. 아무래도 형식적인 행사로 끝나지 않을 것 같다는 불길한 예감이 들었다.

진양은 푸른 불꽃이 번뜩이는 눈으로 관상감 교수들을 한 사람, 한 사람 찍어 누르듯 바라보았다.

"너희가 너희의 죄를 알렷다?"

진양의 한마디에 천문학 교수 정윤기가 한껏 바닥에 머리를 묻었다.

"송구하옵니다, 대군 대감."

"네놈들의 실수로 세자 저하께서 오늘 사냥터에서 길을 잃는 봉변을 당하셨다. 내, 저하를 뵐 면목이 없음이야. 그뿐이더냐? 행여 저하께 사고라도 있었으면 어찌할 뻔했느냐? 모처럼 사냥을 준비하라 하였더니, 고르고 골라 하필이면 비가 오는 날을 골랐단 말이냐?"

"죽을죄를 지었나이다."

"대체 뭣들 한 것이냐? 내 그동안 그대들을 귀이 여겼건만, 이렇게 내 체면을 바닥에 곤두박질시켜 버리는가!"

진양의 서릿발 같은 질책에도 누구 하나 입을 열 수 없었다.

"죽여주시옵소서, 대군마마."

"죽여달라? 좋다. 정히 그리 원한다면 그리해주마."

관상감 관원들 사이에 술렁임이 일었다. 진양의 목소리에서 진한 살기가 느껴졌다.

"무능한 것들. 너희는 관상감에 있을 자격도 없다. 더불어 오늘 내게 큰 손해를 초래하였고, 더 나아가 세자 저하의 안위마저 위태롭게 만들었으니, 너희의 죄가 결코 작지 않음이야. 단순히 관복을 벗는 것으로 무마될 수 없다."

진양이 서늘한 눈으로 마당을 쓸어 보았다. 그 눈빛이 먹이를 찾는 승냥이처럼 차갑고 비정했다. 그때였다.

"모두가 몰랐던 것은 아니옵니다."

마당 한쪽에서 느닷없는 목소리가 들려왔다. 유익보였다.

"무슨 소리냐?"

진양의 눈길이 유익보를 향했다. 그 위압적인 시선에 급히 고개를 숙인 유익보는 부들부들 떨리는 입술로 더듬더듬 말을 이었다.

"저희 명과학에서는 알고 있었나이다."

"……사실이냐?"

"네, 사실이옵니다. 저희 명과학에서는 분명 비가 온다고 말씀을 올렸나이다."

"그래? 헌데…… 어찌하여 내게는 비가 오지 않을 거라는 보고가 올라왔단 말이냐?"

"그것은……."

유익보가 눈치를 살피며 대답을 주저했다. 진양의 눈매가 위로 치켜 올라갔다.

"묻질 않느냐? 어찌 아무도 내게 말하지 않았더냐?"

"신뢰할 수가 없었나이다."

천문학의 정 교수가 바닥에 머리를 찧으며 대답했다.

"신뢰할 수 없었다?"

"아뢰옵기 송구하오나, 명과학은 일 년 전 궁에 일어난 무서운 화마의 원흉을 구별해 내지 못하고 궁 안으로 들여보냈사옵니다. 하여…….”

“그래서 보고를 올리지 않았다?”

마당으로 내려선 진양이 정윤기의 앞에 섰다.

진양과 감히 눈빛을 마주하지 못한 정윤기가 바닥을 파고들 태세로 더더욱 아래로 고개를 조아렸다. 그는 떨리는 음성으로 겨우겨우 사정을 설명했다.

“게다가 아직 세상 물정 모르는 생도의 하찮은 의견인지라…….”

“그 하찮은 의견이 네놈들 머리를 모두 모아놓은 것보다 더 훌륭하구나.”

“…….”

“내 형님은 말이다, 하찮은 학자의 사소한 의견도 놓치는 법이 없으시지. 그래서 지금 그분이 어찌 되었는지 아느냐?”

“…….”

“장차 훌륭한 성군이 되실 거라는 칭찬을 귀에 못이 박히도록 듣고 계시지. 그런 훌륭한 형님에 비해 나는 어떻더냐? 세상 물정 모르는 생도의 하찮은 의견에 귀 기울이지 않은 네놈 때문에, 나는 고작 사냥 준비조차 제대로 못 하는 덜떨어진 대군이 되었다.”

“주, 죽을죄를 지었나이다. 살려주시옵소서.”

“아까는 죽여달라 하더니 지금은 살려달라? 그래, 살려달라 하니 살려는 주마. 대신…….”

진양대군은 제 뒤에 시립한 무장을 돌아보았다.

“이자에게 장 60대를 내린다. 조금도 사정을 봐줘서는 아니 될 것이야.”

장형은 흔히 곤장이라 불리는 형벌이었다. 열 대만 맞아도 살점이 떨어져 나가고 제대로 걷기까지 무려 한 달이나 걸릴 정도로 무거운 형벌.

"사, 살려주시옵소서. 살려주십시오."

정윤기가 애걸했지만, 그의 양팔을 붙든 무장의 결속은 완고하기만 했다.

그 모습을 묵묵히 지켜보던 진양이 다시 유익보에게 시선을 돌렸다.

"누구냐?"

"네?"

"네가 말했느냐?"

"무, 무슨 말씀이시온지?"

"비가 온다고 말한 사람, 너냐고 물었다."

유익보의 머릿속이 어지러웠다. 두려움과 공포 속에서 슬그머니 욕심이 떠올랐다. 듣자 하니 대군께서 쓸 만한 자들을 조용히 모으고 있다 하였다. 이참에 대군의 사람이 된다면 지긋지긋한 관상감 훈도 노릇도 끝나리라.

하지만…….

속내를 꿰뚫는 듯한 진양의 사나운 눈빛에 유익보는 마음을 접었다. 행여 거짓말한 것이 들통이라도 나는 날엔……. 상상하는 것조차 싫었다. 유익보는 시선을 뒤쪽으로 돌렸다.

진양대군은 유익보의 시선을 따라 걸음을 옮겼다.

"고개를 들어라."

해루의 앞에 걸음을 멈춘 진양이 말했다. 잠시 주춤하던 해루가 조심스레 고개를 들었다. 이윽고 진양의 눈에 그녀의 얼굴이 들어왔다.

"낯이 익구나. 어디서 보았더라?"

"……."

"그래, 얼마 전 내 집을 허락 없이 찾아왔던 그 관상감의 생도가 아니더냐."

진양이 해루를 굽어보며 은근한 미소를 지었다.

"인연인가?"

"네?"

"옷깃만 스쳐도 인연이라 하였는데, 이리 자주 얼굴 마주하는 것을 보니, 아무래도 너와 나의 인연이 보통이 아닌 듯하구나."

"해랑, 자네. 운을 타고 태어났군."

명례궁을 나서는 해루를 보며 비연이 감탄했다.

"그게 무슨 말씀이십니까?"

"그렇지 않은가? 관상감의 늙은 고목들은 하루가 멀다고 명례궁을 드나들었음에도 얻지 못했던 진양대군의 마음을 자넨 단박에 얻질 않았는가."

"진양대군의 마음을 얻다니요? 말도 안 됩니다."

"그리 증거를 가슴에 떡하니 안고도 그런 말을 하는 겐가?"

비연의 말에 해루는 품에 안고 있는 돈주머니로 시선을 내렸다. 비가 오는 것을 맞힌 유일한 관원에게 내리는 상이라며 진양대군이 그녀에게 준 상금이었다. 돈주머니에서 느껴지는 묵직한 무게에 해루는 저도 모르게 한숨을 내쉬고 말았다.

"어허, 이 사람. 매 맞으러 갔다가 횡재한 사람이 웬 한숨인가?"

"먼지처럼 살고 싶었습니다. 아니, 먼지처럼 살아야 합니다."

"뭐?"

"언제나 그 자리에 있어도 사람들 눈에 띄지 않는 먼지처럼, 있는 듯 없는 듯 있다가 떠나고 싶었습니다."

"별 이상한 말을 다 하는군. 사내라면 그래도 세상에 이름 석 자는 남기고 떠나야 하지 않겠는가?"

"그렇습니까?"

해루가 쓸쓸하게 웃자 비연이 그녀의 어깨에 턱 팔을 올렸다.

"이상한 생각은 그만두고, 오늘은 곤할 터이니 그만 가서 쉬게나. 내 집까지 데려다줌세."

"되었습니다."

해루는 비연의 팔을 뿌리쳤다.

"아닐세. 돈주머니를 노리는 자라도 있으면 어찌하는가? 그러니 내가 자넬 데려다……."

비연의 말이 채 끝나기 전, 두 사람 사이로 불청객이 끼어들었다.

"어찌 이 야심한 시각에 다니는 것이냐? 꼴은 그게 다 뭐고?"

작은 패랭이 갓을 쓴 염소수염의 사내였다.

"아저씨?"

해루의 눈이 휘둥그레졌다.

곁에 선 비연이 의아한 얼굴로 정 판수를 바라보았다.

"아저씨? 해랑, 자네 친척인가?"

"네? 아, 네."

"그렇군. 그리고 보니 두 사람 염소수염이 똑 닮았군. 하하하."

"하. 하. 하. 그렇습니까?"

어색하게 웃으며 해루는 정 판수를 흘겨보았다.

'여긴 어찌 알고 나타난 겁니까?'

'내가 달리 판수냐? 척하면 척이지. 우리 며칠 못 봤지? 그동안 잘 지냈느냐? 나, 보고 싶지는 않았고?'

정 판수의 그 뻔뻔한 눈빛에 해루는 저도 모르게 버럭 고함을 지르고 말았다.

"보고 싶었겠습니까! 대체 어디서 뭘 하다 오신 겁니까! 아저씨 야말로 꼴이 그게 뭡니까!"

아차, 비연이 있다는 걸 깜박했네.

해루는 입을 틀어막고 비연을 돌아보았다.

처음 보는 그녀의 모습에 비연은 돌처럼 굳어 있었다.

"죄송합니다."

"어험. 아무래도 아저씨와 긴밀하게 할 이야기가 있는 듯하이. 나는 그만 가보겠네. 나중에 관상감에서 보세나."

비연은 서둘러 해루에게 인사를 건네고는 골목 끝으로 사라졌다.

"아, 그게 아닌데……."

멀어지는 비연을 바라보던 해루는 정 판수에게 고개를 돌렸다.

"내가 방해한 건 아니지?"

정 판수가 히죽 웃으며 물었다.

"어딜 가셨다가 이제야 나타나십니까?"

"그간 일이 있었다. 그보다 관상감에서는 어찌 지내는 것이냐?"

"그럭저럭 잘 지냅니다."

"그런데 가슴에 품고 있는 그건 무어냐?"

"별거 아닙니다. 그보다 이리 돌아다니셔도 괜찮습니까?"

해루가 주위를 돌아보며 물었다.

"괜찮다. 내 얼굴을 아는 관상감 사람들은 이미 한참 전에 죄다 나가고 없더구나."

"그걸 어찌 아십니까?"

"그거야 네가 언제 나오나 유심히 지켜보다 보니 자연히 알게 되었지."

"여기서 절 기다리셨습니까?"

"그럼 기다렸지. 너 나오기만을 오매불망 기다렸어."

"왜요?"

"왜 기다리긴, 보고 싶어서 그러지."

빙글빙글 웃는 느낌이 좋지 않았다.

"설마, 또 도박하신 겁니까?"

"아니다, 아니야. 도박이라니. 말도 안 되는 소릴!"

아니라 대답하면서도 정 판수는 해루와 눈을 마주치지 못했다.

한때 세자를 등에 업고 관상감에서 헛기침깨나 하던 정 판수는 이제 도리어 관상감과 관원들의 눈이 피해야 하는 처지가 되었다.

그게 다 일 년 전에 벌어진 역모 때문이었다. 반란 주동자의 출신이 해루와 무관하지 않다는 사실이 알려지면서 자연 정 판수도 관심을 받았다. 일이 어렵게 돌아간다는 사실을 눈치챈 정 판수는 미리 도주하여 이제는 쫓기는 신세가 되었다.

처음엔 자신 때문에 정 판수가 신세를 망친 것 같아 미안한 마음도 있었다. 하여, 도성으로 돌아오자마자 제일 먼저 정 판수부터 찾았다. 하지만 관직에서 물러난 정 판수는 옛날 버릇이 도지고 말았다. 끊었던 도박장을 다시 들락거리기 시작한 것이다. 그렇게 도박에 빠지면 며칠씩 소식이 없고는 하였다. 그리고 돌아올 때면 언제나 빈털터리에 빈궁한 모습이었다.

머쓱하게 웃는 행색을 보아하니, 이번에도 도박장에서 돈을 날린 것이 틀림없었다.

해루의 눈매가 가늘어졌다.

"내가 아저씨 때문에 못 살겠습니다. 다시는 안 하겠다던 도박을 또 하신 겁니까?"

"그게…… 어쩌다 보니……."

"얼마나 쓰셨습니까? 아니, 얼마나 빚을 지신 겁니까?"

"그게 말이다. 이렇게……."

정 판수가 손가락 하나를 들어 올렸다.

"한 냥입니까? 그나마 다행입니다."

"아니, 그보다 좀 단위가 높은데……."

"열 냥."

"……."

"설마 백 냥입니까?"

"해루야, 나 한 번만 살려다오."

"아저씨!"

"이번 한 번만 도와주면 두 번 다시는 도박판엔 눈도 돌리지 않을 것이야."

"전에도, 그전에도, 그그 전에도 그리 말하지 않으셨습니까?"

"그게 말이다, 나는 싫다고 싫다고 했는데 옹골 사는 김 서방이 어찌나 졸라대던지. 딱 한 판만 한다는 게 그만……."

"이젠 저도 모르겠습니다. 아저씨가 저지른 일이니까 아저씨가 알아서 하세요."

"해루야……."

"저 돈 없어요."

"아까 관상감 사람들이 수런거리는 소리를 들었는데. 해랑이라는 생도가 진양대군께 상금을 두둑이 받았다고. 혹…… 네 품에 있는 그거 돈 아니냐?"

"……돈 아닙니다."

"에이, 거짓말할 걸 해라. 내가 다른 냄새는 못 맡아도 돈 냄새 하나는 귀신같이 맡는 걸 알지 않느냐?"

"제가 진짜 아저씨 때문에 못 살겠습니다."

두 사람은 티격태격하며 명례궁을 벗어나 화월루로 향했다.

"응?"

김담은 골목 끝으로 사라지는 두 사람을 보며 고개를 갸웃거렸다.

사냥터에서 발목을 다친 그는 명례궁 소속의 의원에게 치료를 받고 돌아가는 중이었다. 내의원에게 치료해도 되는 일이건만, 사냥에 관한 모든 일은 진양대군의 책임이라며 굳이 이곳으로 데려온 터였다. 극진하다 못해 부담스러운 대접을 받은 김담은 명례궁의 솟을대문을 나서기 무섭게 안도의 한숨을 내쉬었다. 그런 그의 눈에 두 사내의 뒷모습이 들어왔다.

그들은 무언가를 두고 가벼운 말다툼을 하고 있었다. 어디서나 흔히 볼 수 있는 광경. 그런데…… 이상하게도 한 사내에게 자꾸만 눈이 갔다.

유난히 몸태가 가냘픈 사내. 그를 보는 순간, 머릿속이 간질간질했다.

"이상하다, 분명 어디서 본 듯한데."

어디서 보았을까? 어디서……?

연신 고개를 갸웃하며 김담이 신루로 들어섰다.

부목을 댄 다리를 절룩거리며 들어서는 그를 양여섭이 환대했다.

"안 죽고 살아 있네?"

그의 환영에 김담도 반갑게 웃는 낯으로 응대했다.

"왜, 죽었으면 좋았겠나?"

"어허, 우리가 어떤 사이인데 자네가 죽길 원하겠나. 죽으려거든 먼저 자네 누이를 내게 맡기겠다는 유서 정도는 남기고 죽게."

"거참, 말 한번 예쁘게 한다."

가만 지켜보던 심운기가 두 사람 사이에 끼어들었다. 그는 걱정스러운 표정으로 김담을 쓸어 보았다.

"표정이 어째 그래? 다친 곳이 많이 아픈 겐가?"

좀 전에 보았던 낯익은 뒷모습에 골몰하던 김담이 웃었다.

"다리 말인가? 그럭저럭 운신하기엔 불편한 건 없네."

"하루 푹 쉬지 뭐하겠다고 이 밤에 입궐하였는가? 남들이 보면 신루에 꿀단지라도 숨겨둔 줄 알겠네."

"내일 아침까지 끝내야 할 일이 있어서 말일세. 그보다 저하께서는……."

"그분이야 진즉 오셔서 우리를 닦달하고 계시지."

심운기와 양여섭이 안쪽으로 시선을 돌렸다. 때마침 왁자한 웃음소리가 안에서 터져 나왔다.

김담이 물었다.

"누가 온 모양이지?"

양여섭이 못마땅한 표정으로 구시렁댔다.

"그 친구일세. 제비 녀석."

"비연이가 왔어?"

김담이 반색하며 안으로 들어갔다. 이내 차를 마시는 향과 비연의 모습이 시야에 들어왔다. 무슨 대화를 나누는지 두 사람 사이에 웃음꽃이 만발했다.

"그러니까 비 때문에 길을 잃으신 것이 아니라 노루를 쫓다 길을 잃으셨단 말입니까?"

비연이 못 말리겠다는 듯한 얼굴로 향을 응시했다.

그의 맞은편에 앉아 찻잔을 기울이던 향은 조용히 고개를 끄덕였다.

"그렇다."

"그런 줄도 모르고 관상감이 발칵 뒤집혔사옵니다."

"관상감이?"

"네. 비가 오는 바람에 사냥이 엉망이 되었다고 진양대군의 진노가 하늘을 찔렀지요. 게다가 빗길에 세자 저하께서 길을 잃으셨으니, 그 죄로 관상감 관원들 모두가 쫓겨날 판국이었지요."

"괜한 사람들이 곤욕을 치렀구나. 분위기가 그리 뒤숭숭하니, 너도 이제 신루로 돌아오는 것이 어떠냐?"

"아직은 괜찮습니다."

"괜찮아?"

"다행히 대군의 성화를 풀어 준 이가 있었습니다."

"그래?"

"모두가 아니라 할 때, 홀로 비가 오는 것을 맞힌 자가 있었지요. 그자 덕에 대군께서 마음을 푸신 듯합니다."

향이 마시던 찻잔을 내려놓았다.

그의 눈에 이채가 서렸다.

"방금 무어라 했느냐? 비가 오는 것을 맞힌 자가 있어?"

금일(今日), 자시말(子時末)

간밤에 비가 내렸다.

깊어진 계절 탓인가. 바람 소리가 제법 서늘했다. 동창 너머로 하늘이 여물고 있었다.

청명한 가을빛. 그러나 깊게 들숨을 마시는 소은은 가슴이 갑갑하기만 하였다.

"어찌 한숨이십니까?"

처소의 문이 열리고 붉은 당상관복을 입은 사내가 들어섰다.

"아버님."

소은이 자리에서 일어나 아비를 맞이했다.

"부르셨습니까?"

"네. 긴히 드릴 말씀이 있어서요."

"긴한 말씀이라뇨? 무슨 일이십니까?"

"얼마 전, 왕실에 큰일이 있었는데, 아십니까?"

소은의 아비인 봉여가 잠시 생각했다.

"세자 저하께서 낙마하신 일 말씀이십니까?"

여식의 관심은 오로지 세자 저하뿐인지라, 말하는 바가 무엇인지 어렵지 않게 짐작할 수 있었다.

아니나 다를까.

소은이 고개를 끄덕였다.

"네. 바로 그 일 말입니다."

"다행히 크게 상하신 곳은 없어, 며칠만 요양하시면 아무 문제 없을 것 같다 전해 들었습니다만."

느긋한 아비의 말에 소은의 눈꼬리가 위로 올라갔다.

"세자 저하께서 낙마하셨습니다. 자칫했으면 크게 다칠 뻔했던 아찔한 사건이었단 말입니다."

"그건 그렇지만……."

아무 일도 없질 않았습니까? 소은의 기색이 심상치 않았던 터라 봉여는 입안에 가득 찬 말을 꿀꺽 삼켰다.

그런 아비를 답답하다는 듯 응시하며 소은이 말을 이었다.

"다행히 이번에는 크게 상하신 곳이 없다 하여도, 나중에도 안전하리란 보장이 어디 있단 말입니까?"

"물론, 그렇겠지요."

"세자 저하의 연치 아직 창창하시다 하나, 이런 일을 당하고 보니 마냥 마음을 놓을 수 없다는 생각이 앞섭니다."

소은의 말에 봉여는 미련하게 눈만 끔뻑였다.

여식이 세자 저하에게 이처럼 지극한 사람이었던가? 생경한 모습에 그는 적잖이 당황하였다.

"답답하십니다. 그러다 세자 저하의 신상에 안 좋은 일이라도 생긴다면 어쩌려고 그리 태평하십니까?"

봉여의 눈이 커졌다.

"그런 일은 절대 없을 것입니다."

"사람의 일은 모르는 것 아닙니까? 만약의 사태를 방비해야지요."

"방비라 함은……."

"지금 이 나라에 필요한 것은 대통을 이을 왕손입니다. 후사가 이토록 불안하니, 제가 종묘와 사직을 대할 낯이 없습니다."

"아하! 그런 이야기였군요."

그제야 소은의 말을 이해한 봉여가 고개를 끄덕였다.

소은이 아비에게로 기울였던 상체를 바로 하며 말을 이었다.

"직접 대면하진 않았으나, 주상 전하는 물론이고 조정의 대신들도 이번 사건으로 놀랐을 것이 분명합니다. 결코, 가볍게 넘어갈 사안이 아닙니다. 나라의 대통을 잇는 일이 어찌 가볍게 넘어갈 일이겠습니까."

"물론이지요."

봉여가 소은의 말에 맞장구쳤다. 기다렸다는 듯 소은이 정녕 하고 싶었던 속내를 입 밖으로 끄집어냈다.

"그럼 상소가 올라올지도 모르겠군요. 후사가 확고해야 이 나라 종묘사직이 바로 설 것이라는 내용의 상소 말입니다."

"옳거니. 그런 방도가 있겠군요."

뒤늦게 감탄하는 아비의 모습에 소은은 미간을 찡그렸다.

"사람들을 모으세요. 더는 세자 저하의 막중한 책무를 미뤄서는 안 된다는 상소를 올리셔야 합니다."

"알겠습니다. 이 아비가 팔을 걷어붙이겠습니다."

"아니요, 아버님은 절대 앞에 나서면 아니 되십니다. 그저 조용히 사람들을 부리셔야 합니다."

"알겠습니다, 마마. 그럼 이 아비는 이만 물러가 준비를 하겠습니다."

몸을 일으키는 봉여에게 소은이 말했다.

"아직 드릴 말씀이 끝나지 않았습니다."

엉거주춤 일어서던 봉여는 다시 자리에 주저앉았다.

"말씀하십시오."

"주상 전하의 성화와 상소만으로는 약간의 압박은 될지언정 세자 저하를 움직이기 어려울 겁니다."

"그럼 어찌하면 되겠습니까?"

"탕약을 준비해 주시어요."

"탕약이라 하오시면……?"

"이번 낙마 사건으로 세자 저하의 놀란 심신을 달랠 약이 필요합니다."

"그런 것이라면 내의원에서 이미 올리는 것으로 알고 있습니다만."

"그 정도로는 부족하니 말씀드리는 것이 아닙니까."

"그렇다면……."

"듣자 하니 세자 저하께서는 별 쓸모도 없는 연구로 밤잠조차 잊고 지내신다 하시니, 어찌 축난 몸을 회복할 수 있겠습니까?"

봉여는 소은의 의도를 재빠르게 파악했다.

"그럼, 약이 필요하겠군요. 긴 밤, 도저히 뜬눈으로 지새우지 못하게 할 약이 필요하겠습니다. 편안히 휴식을 취하시게 할 명약 말입니다."

소은이 흡족하게 미소를 지었다.

"잠이 보약이라 하지 않습니까? 만병은 부족한 잠에서 비롯되기 마련이지요. 그리고…… 혹시 압니까? 곤히 주무시는 세자 저하께서 잃어버린 기력을 회복하시어 모두의 바람대로 대통을 이으실지."

"옳으신 말씀입니다. 준비에 소홀함이 없도록 하겠습니다."

"아버님만 믿겠습니다."

훗훗한 열망에 소은의 얼굴이 붉게 달아올랐다.

단 한 번도 자신의 것으로 만들지 못한 사내. 너무 높은 곳에 있기에 감히 손을 내밀어보지 못했던 왕세자의 품을 어쩌면 차지할 수 있을지도 모른다.

관상감 본감.

회의실 긴 탁자에 은근한 긴장감이 흘렀다. 멋모르고 앉아 있던 해루가 조심스럽게 주위를 살폈다. 천문학 교수 정윤기와 지리학 교수 고동진은 좀 전부터 눈을 감은 채 깊은 상념에 빠져 있었다. 그리고 또 한 사람, 명과학의 교수 최정현 역시 차분한 신색으로 먼 곳을 보고 있었다.

관상감의 교수들이 한곳에 모인 중요한 자리. 엉뚱하게도 그 자리에 해루가 끼어 있었다.

어쩐지 끼어서는 안 될 자리에 앉아 있는 느낌인지라 해루는 연신 눈치를 살폈다. 그러다 더는 안 되겠는지 곁에 있는 최정현에게 속삭였다.

"교수님, 하나 여쭈어도 되겠습니까?"

"무엇이냐?"

최 교수가 덩달아 목소리를 낮추었다.

"지금 무얼 하러 모인 것입니까?"

"글쎄다. 그건 나도 모르겠느니."

"그럼 저는 이곳에 왜 있는 겁니까?"

보아하니 관상감의 교수들만 모이는 중요한 자리인 것이 틀림없었다. 그런데 고작해야 명과학에 갓 들어온 생도인 자신이 어째서 이런 자리에 끼어 있어야 하는 걸까? 도통 이해되지 않았다.

"세자빈께서 특별히 불러달라 하셨다더구나."

"세자빈께서요?"

소은이 불렀다는 이야기에 해루의 표정이 날카로워졌다. 이미 꽤 긴 시간이 흘렀음에도, 소은을 떠올릴 때면 목구멍으로 뜨거운 것이 치밀고 올라왔다. 해루는 마음을 드러내지 않으려 어금니를 사리물었다.

"세자빈께서 왜 절 부르셨다 합니까?"

"글쎄다. 그건 나도 모르겠구나. 혹, 그분과 친분이 있거나 따로 만난 적이 있더냐?"

"얼마 전, 유 훈도님의 명으로 잠시 뵈었던 적이 있습니다."

해루는 속으로 긴 한숨을 내쉬었다. 설마, 그때의 일이 이런 식으로 이어지게 될 줄이야.

"혹시 그 일로 무슨 문제라도 생긴 걸까요?"

"글쎄다. 그 속사정까지 정확히 알 순 없지만, 그리 나쁜 일은 아닐 터이니, 그리 걱정하지 마라."

해루의 복잡한 심사를 아는지 모르는지, 최 교수는 연신 사람 좋은 얼굴로 소리 없는 웃음을 흘렸다.

얼마나 시간이 흘렀을까? 내내 침묵하던 정윤기가 드디어 입을 열었다.

"오늘 여러분을 이리 모이라 한 것은 급하게 논의해야 할 사항이 있기 때문이오."

"그것이 무엇니까?"

고동진의 물음에 정 교수가 기다렸다는 듯 대답했다.

"바로 세자 저하와 빈궁마마의 합궁일을 택일하기 위함이오."

"……!"

해루의 얼굴에 놀란 표정이 떠올랐다.

교수들만 모이는 자리라, 당연히 범상치 않을 일을 논의하는 것으로 생각했다. 그런데 하필이면 합궁일을 택일하기 위한 자리일 줄이야. 그것도 다른 사람도 아닌 세자 저하와 빈궁마마의 합궁일을.

놀라고 궁금한 사람은 그녀만이 아니었다.

"합궁일이라 했소? 허나, 얼마 전 회의에서 당분간 길일이 없으니 합궁일을 정할 수 없다고 결론을 내리지 않았소이까?"

왕실의 합궁일에 대한 이야기는 매달 초, 관례처럼 관상감에서 논의되는 주제였다. 하지만 이번처럼 이미 한 번 결론이 난 문제를 다시 논의하는 일은 좀처럼 드물었다.

최정현의 물음에 정윤기는 눈살을 찌푸렸다.

그는 무의식적으로 병풍 뒤로 고개를 돌렸다. 병풍으로 가려진 저 뒤편에 빈궁전 지밀상궁인 한 상궁이 버티고 있었던 까닭이다.

어떻게든 오늘 중으로 합궁일을 택일하라는 종용을 받은 터였다. 없던 길일도 만들어야 할 판국인지라, 눈치 없이 정곡을 찌르는 최 교수를 그는 가시 돋친 눈으로 흘겼다.

저런 물색없는 인사를 보았나, 돌아가는 사정을 모르면 그냥 입이나 다물고 있을 것이지. 쯧쯧, 소리 없이 혀를 차던 그가 다시 입을 열었다.

"어젯밤, 하늘을 살피다 보니 북극 오성의 첫째 별이 유난히 빛나더이다. 더불어 문창성의 첫째 별인 상장이 함께 빛나니, 이는 분명 동궁전에 기쁨이 있을 징조가 아니고 무엇이겠소. 하여, 여러분과 이 문제를 의논하여 동궁전의 합일을 정하려 하는 것이니, 각자 좋은 날을 헤아려보시오."

정 교수의 말이 끝나기 무섭게 지리학 교수 고동진이 자리에서 일어섰다.

"이런, 이런. 역시 정 교수이외다. 실은 나 역시도 얼마 전부터 궁궐 동쪽 땅에서 유난히 상서로운 기운을 느꼈소이다. 이것이 뜻하는 바를 제대로 짚어내지 못하였는데. 오늘 정 교수의 이야기를 듣고 보니 이는 필시 동궁전의 경사를 미리 알리는 하늘의 뜻이 아니고 무엇이겠소."

"그렇소이까? 역시 고 교수요."

고동진과 서로 주거니 받거니 하던 정 교수가 최정현을 돌아보았다.

"명과학에서는 무에 할 말이 없소?"

소낙비처럼 쏟아지는 따가운 눈총에 최정현은 옆을 돌아보았다.

"해랑이 네 생각은 어떠하냐?"

"네?"

"너도 듣지 않았느냐? 저 두 사람이 말하길, 하늘과 땅이 세자 저하와 빈궁마마의 합궁을 염원한다질 않느냐? 너 보기에도 그러하냐?"

북극오성이니, 문창성이니, 어려운 말들로 치장하였으나 본심은 세자빈이 원하는 대로 없는 합궁일을 만들려는 속셈이 빤했다.

최 교수의 물음에 잠시 허망한 표정을 하던 해루가 고개를 저었다.

"저는…… 때가 아닌 듯합니다."

해루의 대답이 떨어지기 무섭게 정 교수가 버럭 고함을 질렀다.

"그건 또 무슨 헛소리냐!"

"세자 저하께서 말에서 떨어지신 지 겨우 며칠 지났을 뿐입니다. 겉으로 아무렇지도 않으시다고는 하지만, 심신이 피로하신 것은 틀림없는 듯합니다. 그러니 아직은 때가 아닌 듯하다 말씀드린 것입니다."

해루의 말에 최정현이 웃는 얼굴로 주위 사람들을 보았다.

"우리 명과학에서는 적당한 날을 잡지 못할 것 같소."

쾅! 정 교수가 거칠게 탁자를 내리쳤다.

"언제부터 명과학이 새파랗게 어린 생도의 말 한마디에 움직이게 되었소이까? 어찌어찌 소 뒷걸음치다 쥐 잡은 격으로, 날씨 한 번 맞힌 어린아이를 너무 치켜세우는 것 아니오?"

정윤기의 힐난에도 최정현은 얼굴에 드리운 웃음기를 지우지 않았다.

"이미 영기(靈氣) 떨어진 이 늙은이보다야 영민한 젊은이의 판단이 옳지 않겠소이까."

"참으로 못났소이다. 자존심도 없소? 명색이 관상감의 교수라는 자가 어찌 그리 무책임한 말을 하는 것이오?"

"그깟 하등 쓸모없는 자존심이야, 일 년 전 일어난 불길에 모두 타서 사라졌지요."

최정현은 사람 좋은 웃음을 허허 흘렸다.

못마땅한 듯 그 모습을 지켜보던 정 교수가 이번에는 해루에게 시선을 돌렸다.

"진양대군께서 너를 눈여겨보신다 하여 네가 기고만장이구나. 네가 무어라도 되는 줄 아는 것이냐?"

"아니, 저는 그런 것이 아니오라……."

"어리석은 것! 착각하지 마라. 그분의 변덕이야 봄바람처럼 어디로 나부낄지 종잡을 수 없으니. 그 찰나의 관심을 믿고 설쳤다간 큰코다칠 것이야."

정윤기는 속내가 훤히 드러나는 얼굴로 해루를 노려보았다.

"송구합니다."

그러나 대군의 관심을 믿고 입에 올린 말은 결단코 아니었습니다.

해루는 서둘러 고개를 숙였다.

앞날을 본 것도, 사주나 관상으로 미루어 짐작한 것도 아니었다. 그저 세자 저하께서 편찮으시기에 한 말이다.

아니, 아니다.

해루는 괜한 핑계를 대는 제 마음을 질책했다.

이 모든 것이 괜한 강샘 때문이리라. 어리석고 우둔한 자신의 미련 탓이리라. 그분이 뉘라고 이런 욕심을 부리는 것인가. 세자 저하와 빈궁마마의 합궁일랑은 당연한 순리였다.

하지만…….

싫었다. 향이 소은과 함께 있는 것을 생각하는 것만으로도 가슴에서 뜨거운 불길이 치솟았다.

허공을 말아 쥔 빈주먹이 가늘게 떨렸다. 해루는 떨리는 주먹을 탁자 아래로 내렸다. 그러고는 아프게 웃음을 지었다.

정 교수의 말이 이어졌다.

"쓸데없는 이야기는 이쯤에서 그만하고, 내 보기에 합궁에 좋은 날은 오늘 밤인 거 같소."

고동진이 서둘러 그의 말에 호응했다.

"동궁전의 서쪽 처소가 적합할 듯합니다."

정 교수가 최정현에게 채근하는 눈짓을 보냈다.

"허면, 합궁에 합당한 시(時)만 명과학에서 헤아리면 되겠소이다."

"그렇다면……."

잠시 생각에 잠기던 최 교수가 마지못해 대답했다.

"자시말(子時末, 새벽 1시). 청명한 계절의 기운이 가장 강한 시각이외다."

최 교수의 말이 떨어지기 무섭게 정윤기가 앞에 놓인 종이에 빠르게 글을 써 내려갔다.

―서동궁(西東宮), 금일(今日), 자시말

동궁전의 합궁일이 드디어 정해졌다. 모두 홀가분한 얼굴로 자리를 떠났다. 그러나 오직 한 사람, 해루만은 멍한 표정으로 그 자리에 못 박힌 듯 떠나지 못하고 있었다.

금일, 자시말.

멀리서 자시초(子時初, 밤 11시)를 알리는 북소리가 들려왔다.

"어찌 되었느냐?"

소은은 처소로 되돌아온 한 상궁을 초조한 눈으로 올려다보았다.

"저하께서 탕약을 젓수셨다 하옵니다."

"그래?"

그녀의 붉은 입술이 긴 호선을 그렸다.

"관상감에서 일러준 시간까지 얼마나 남았더냐?"

"얼마 남지 않았사옵니다. 지금부터 준비하셔야 하옵니다."

"알았느니."

소은은 면경 앞에 앉아 제 매무새를 다듬었다.

"한 상궁, 어떠한가?"

주인의 물음에 한 상궁이 입에 침이 마르도록 칭송의 말을 입에 담았다.

"참으로 아름다우십니다. 천상의 선녀인들 마마보다 곱겠습니까? 쇤네, 빈궁마마처럼 아름다운 분은 본 적이 없사옵니다."

녹아내리는 듯한 칭송에, 소은의 입가에 움푹 볼우물이 생겨났다. 면경 속에 보이는 두 눈에는 욕망이 가득했다.

"오늘은 무슨 일이 있어도 저하와 합궁할 것이야."

소은은 방 한쪽에 마련해 둔 소반을 들었다. 제 처소를 나서 동궁전으로 향하는 그녀의 얼굴엔 홍조가 가득했다. 한 걸음, 한 걸음 향의 처소와 가까워질수록 가슴이 미친 듯 뛰었다. 이 밤이 지나면 저하께서도 더는 자신을 멀리하지 못할 것이다.

자신 있었다. 향을 사로잡을 자신이, 더는 다른 여인을 그리워하지 않게 할 자신이 있었다.

소은은 동궁전 회랑에 길게 줄지어 앉은 궁녀들을 깔아 보는 눈길로 응시했다. 오늘 밤 이후론 그야말로 떳떳한 내명부의 수장 노릇을 하리라. 아랫것들을 마냥 웃는 낯으로 대하시는 중전마마를 대신하여 내명부의 기강을 단단히 잡으리라 다짐하며 소은은 향의 처소 앞에 걸음을 세웠다.

"아뢰어라."

소은은 세자의 침소 앞을 지키고 있는 김 상궁에게 위압적인 태도로 명을 내렸다. 그러나 늙은 상궁은 좀처럼 움직이지 않았다.

"아무도 들이지 말라는 세자 저하의 분부가 계셨사옵니다."

"감히!"

앞을 가로막는 김 상궁을 향해 소은은 눈썹을 치켜세웠다.

"어디라고 나서는 것이냐?"

"저는 다만, 세자 저하의 명을 받드는 중이옵니다. 심기 불편하게 해드렸다면 용서하여 주시옵소서."

"용서하라 말로만 하지 말고 물러서거라."

"송구하옵니다."

"죽고 싶은 게냐?"

"마마……."

"지금부터 내가 하려는 것은 사사로운 일이 아님을 어찌 모르느냐? 이 나라 종묘사직을 위한 일이거늘, 감히 네깟 것이 막으려는 것이야!"

소은의 서슬 퍼런 겁박에 급기야 김 상궁도 한 걸음 뒤로 물러섰다. 그러나 세자의 침소 문은 여전히 열리지 않았다.

"저하, 소첩이옵니다. 잠시만 들어가겠습니다."

기어이 굳게 닫혀 있는 문을 소은은 활짝 열어젖혔다. 이윽고 환하게 웃던 그녀의 얼굴이 딱딱하게 굳었다.

"이게 어찌 된 일이냐?"

소은이 분노 섞인 음성으로 소리쳤다.

"저하께서는 어디에 계시느냐?"

당연히 있어야 할 향의 모습이 감쪽같이 사라지고 없었다.

자시말(子時末).

텅 빈 관상감 안으로 긴 그림자 두 개가 들어섰다. 신루 소속임에도 관상감에서 일하고 있는 비연과 조선의 세자인 향이었다.

"밤이 깊었습니다. 굳이 이 야심한 시각에 확인할 필요가 있겠습니까?"

비연이 게으른 하품을 하며 말했다. 그도 그럴 것이, 시각은 어느새 밤을 넘어 새벽으로 치달리는 중이었다.

"그 사내, 오늘도 입직이라 하지 않았더냐?"

"그렇긴 합니다만."

그 사내, 해랑이야 오늘도 해야 할 업무가 산더미처럼 많아 밤새도록 일을 해야 할 팔자였다. 하지만 세자 저하는 처지가 다르지 않은가.

"제가 걱정하는 건 세자 저하이옵니다."

"걱정 마라. 원래 밤잠 없는 혈통이니라."

"그래도 오늘은 평소와 달리 많이 곤해 보이십니다만."

아닌 게 아니라 향은 무척 졸린 듯 보였다. 밤이고 낮이고, 항상 빛나던 눈빛이 오늘은 구름으로 뒤덮인 밤하늘처럼 어두웠다.

"아니다. 괜찮다."

괜찮다고 말은 하지만, 오늘따라 유난히 피곤하고 졸린 것이 사실이었다.

몸이 물에 젖은 솜처럼 축축 늘어지고, 머릿속은 허공을 부유하듯 몽혼하였다. 그럼에도 좀처럼 잠을 이루지 못했다. 비연에게서 관상감 생도에 관한 이야기를 들은 이후로 자꾸만 이상한 잡생각이 떠올라 일에 집중할 수 없었다. 휴식을 취할 수는 더더욱 없었다. 잠을 자기 위해 자리에 누우면 온갖 생각이 떠올라 깊이 잠들기 어려웠다.

눈을 감아도 감은 것 같지 않았다. 심장이 뛰었다. 일 년 전에 잃어버린 흥분이 슬그머니 제자리로 돌아온 탓이었다.

비가 올 것을 예측했다 하였다. 모두가 아니라 할 때, 홀로 비가 온다 말했다 하였다.

고작 그뿐이다. 그럼에도 그 이야기를 들었을 때부터 줄곧 잠을 이룰 수 없었다.

해루가 그랬다. 구름 한 점 없이 청명한 날에도 그녀가 우의를 챙기라고 하면 틀림없이 비가 내리곤 하였다.

부서지고 무너져 이젠 자취마저 희미해져 버린 감정이 무섭게 부풀어 올라 가슴을 가득 메웠다. 시간이 지날수록 상념과 기대가 커져만 갔다. 더는 참을 수 없었다.

결국, 향은 늦은 밤 비연을 불러 이리 걸음하고 말았다.

은근한 기대감에 머리를 내리누르는 수면의 유혹조차 느끼지 못할 지경이었다. 몸은 한없이 무겁건만, 머릿속은 온통 즐거운 공상으로 가득했다.

"그자의 자리가 어디냐?"

"저곳입니다."

비연은 한 곳을 가리키며 앞서 걸었다. 불이 환하게 밝혀진 곳이었다.

문턱을 넘어서며 향은 가벼운 설렘마저 느꼈다. 그럴 리 없다 생각하면서도 은근히 바라고 기대하는 마음이 드는 것을 어쩔 수 없었다.

"어! 이 친구가 어딜 갔지?"

당혹스러운 비연의 목소리가 들려왔다. 불 켜진 실내는 텅 비어 있었다.

"분명 오늘 집에 가지 못한다 했는데."

비연은 서둘러 주위를 두리번거렸다. 책상 밑까지 살피며 소란을 떨었다. 기껏 세자 저하를 여기까지 모셔 왔건만, 정작 그 엉뚱한 친우가 보이지 않으니 당황했던 까닭이다.

"아무래도 잠시 어디 간 모양입니다. 제가 그 친구를 찾아 데려오겠습니다."

말을 마치기 무섭게 비연은 허둥지둥 밖으로 달려 나갔다.

향은 그가 사라지는 것도 깨닫지 못했다. 그저 멍하니 집무실 내부를 바라보고 있을 뿐이었다.

좀 전까지 누군가 있었던 듯 집무실 탁자 위에는 문서가 아무렇게나 흩어져 있었다. 손끝으로 문서를 쓸어내리던 그림자는 무언가에 이끌리기라도 한 듯 집무실 한쪽에 앉았다. 의자엔 여전히 온기가 남아 있었다.

잔향처럼 남아 있는 체취.

아마도 비연이 말한 그 사람의 자리인 모양이다.

작은 치장도 찾아볼 수 없는 건조한 자리. 그 어디에서도 여인의 향기는 느낄 수 없었다.

알고 있다. 알고 있었다.

덧없는 바람이라는 것을. 허망한 꿈이라는 것을.

그럼에도 오지 않을 수 없었다. 직접 보고 싶었다.

그러나 막상 삭막한 빈자리를 보자 그를 만나고 싶지 않았다. 만약, 그 사람이 간절히 바란 그녀가 아니라면, 걷잡을 수 없이 부푼 가슴이 요란하게 무너질 것 같아 두려웠다. 그를 보고 다시 해루를 잃어버린 상실감을 일깨우게 될까 봐 무서웠다.

어쩌자고 이곳에 온 것인지. 무얼 확인하기 위해 온 것일까? 고작 날씨 이야기에 해루를 떠올리다니. 관상감의 관원이라면 분명 사내일 텐데.

그럼에도 비가 오는 날이면 어김없이 달려와 향의 입성부터 챙기던 해루가 생각났다. 배고프다며 꽃을 뜯어 먹고, 해맑게 웃던 그 녀석이. 제 말을 듣지 않고 맨몸으로 나갔다가 비를 흠뻑 맞고 들어오면 어김없이 지청구를 날리던 그 녀석이 살이 에일만큼 그리웠다. 귓가를 맴도는 그 종알거림이 이토록 그리울 줄을 그때는 미처 몰랐다. 그 아이의 의미 없는 손짓 하나, 깜빡거리는 눈짓 하나가 이리도 보고 싶어질 줄 알았더라면…….

조금이라도 더 보아둘 것을. 조금이라도 더 이 가슴에 담아둘 것을.

후회의 한숨을 길게 내쉬며 향은 눈을 감았다.

천 근의 추라도 매달아놓은 듯 눈꺼풀이 무거웠다. 머릿속은 팽이 돌듯 연신 핑그르르 돌았다.

내가 어찌 이럴까? 내가 어찌…….

상념은 이어지지 못했다. 조금 전까지 해루가 앉아 있던 의자에 깊숙이 몸을 묻은 향은 그대로 까무룩 잠이 들고 말았다.

그렇게 얼마나 지났을까?

"송구합니다. 서고를 지키는 문지기가 자리를 비우는 바람에 늦었습니다."

두루마리를 한 아름 품에 안은 해루가 관상감 안으로 뛰어들어왔다. 유익보의 명으로 관상감 서고에서 필요한 문서들을 추려 오던 참이었다. 예상했던 시각보다 제법 늦어진 터라, 마음이 급했다. 집무실 문을 열고 들어선 해루는 길게 앉아 있는 그림자를 향해 꾸벅 고개를 숙였다.

그런데…….

어라? 당장에라도 집무실이 떠나갈 듯 고함을 지를 줄 알았건만, 오늘따라 조용한 유익보를 살피기 위해 그녀는 조심스레 고개를 들었다.

그리고 다음 순간.

해루는 멍한 시선으로 눈앞에 잠들어 있는 사내를 바라보았다.

"저하……."

품에 안고 있던 두루마리가 후두둑 바닥으로 떨어졌다.

이분은……!

해루는 멍한 표정으로 사내를 응시했다.

사내는 무척 피곤했던 모양이다. 책상에 엎드려 곤히 잠들어 있었다.

그 사람이다.

해루의 입이 벌어졌다.

팔베개하고 잠든 사내의 옆얼굴. 붓으로 그려낸 듯한 눈썹과 날카로운 콧날, 하얀 피부와 대조적인 붉은 입술.

그분이다.

오매불망, 간절히 바라고 또 바랐던 사람. 감히 우러러볼 수조차 없는 존귀하신 분.

세자 저하.

무서울 정도로 총명하신 분이지만, 엉뚱하게도 길치라는 치명적인 약점을 가진 완벽하고도 허술한 사람.

공갈 저하. 그분, 그 사람……

향이 그녀의 자리에 엎드린 채 잠들어 있었다.

신기루처럼 느닷없이 나타난 향으로 인해 해루는 숨조차 쉬지 못했다. 자칫 덧없이 흘린 한 줌의 숨결에 그의 모습이 허무하게 스러질까 두려웠다.

꿈일까? 그래, 꿈일지도 모른다. 아프도록 깊은 그리움이 만들어 낸 한밤의 신기루일지도 모른다.

해루는 아랫입술을 힘껏 깨물었다.

아니, 아니었다. 이건 서러운 꿈도, 눈 한 번 깜박거리면 사라질 신기루도 아니었다. 따뜻한 체온이 느껴지는 생생한 현실이었다.

눈을 감아도, 눈을 떠도 잊히지 않는 선연한 얼굴. 자신의 눈앞에 무방비의 모습으로 잠들어 있는 사내는 분명 향이었다. 뺨을 타고 눈물 한 줄기가 흘렀다. 턱 아래로 맺히는 한 방울의 눈물은 기어이 아련한 추억을 불러왔다.

지난 일 년 동안 그토록 그리워했던 사람.

기억을 잃었던 시간에도 가슴 한구석에 시린 바람을 불게 했던 사내였다.

가까이 가고 싶지만, 다가갈 수 없는 사람. 죽을 만큼 원하지만, 감히 원해서는 안 되는 존재.

그러나……. 그럼에도…….

해루는 저도 모르게 한 발짝 향을 향해 다가갔다.

어찌 이곳에 오신 걸까? 혹여, 내 정체를 아신 건 아닐까?

두려움과 함께 기대감이 차올랐다.

그런 것이라면? 정말로 나를 찾아오신 거라면…….

절대 그래서는 아니 되지만, 그럼에도 한 가닥 기대가 피어오르는 건 어쩔 수 없었다. 머릿속이 텅 비어버렸다. 유백색의 달빛에 드러난 하얀 얼굴을 보는 순간, 아무것도 생각나지 않았다.

아니, 더는 그 무엇도 생각하고 싶지 않았다.

역모의 핏줄이라는 서러운 세상의 잣대. 존귀한 왕세자와 죄지은 도망자의 신분.

감히 드러내고 시선 마주할 수 없다는 것도, 오직 숨어서만 지켜봐야 한다는 자신의 처지 또한 머릿속에서 지워버린 채 해루는 향을 향해 팔을 뻗었다.

원했다. 원하고 있었다. 오직 한 사람, 이 사람에게 닿길 염원했다.

저하.

저하.

저하…….

"무엇하는 짓이냐?"

그녀의 손끝이 향에게 닿기 직전. 날카로운 불청객의 목소리가 해루의 텅 빈 뇌리를 파고들었다. 해루는 등 뒤로 고개를 돌렸다.

어느샌가 관상감 안으로 들어온 유익보가 향과 해루를 번갈아 보며 안절부절못했다.

"너, 지금 여기서 뭐 하는 짓이냐?"

"저는 그저……."

말을 끝맺기도 전에, 유익보에게 뒷덜미가 잡힌 채 해루는 그대로 마당으로 끌려 나왔다.

"미쳤구나, 미쳤어!"

마당의 으슥한 그늘에 해루를 내팽개친 유익보는 연신 안쪽을 살피며 지청구를 날렸다.

"왜 그러십니까?"

"뭐? 너, 정녕 내가 왜 이러는지 모르는 게야?"

"모르겠습니다."

"지금 저 안에 계신 분이 뉘신 줄 아느냐?"

"……."

"놀라지 마라. 바로 세자 저하시니라."

알고 있습니다. 모를 리 없지요. 일 년 전까지만 해도 저분 곁에 머물렀으니까요.

"저분께서 무슨 일로 관상감에 걸음을 하셨는지 알 수는 없으나, 감히 네놈이 가까이해서는 절대 아니 되는 분이시다."

맞습니다. 옳습니다. 지금은 저분에게 다가갈 수 없습니다. 감히, 근처에도 갈 수 없습니다. 그런데 아십니까? 저분의 손을 잡고, 길을 안내하고, 때로는 비를 피하고, 때로는 불의한 의도를 품은 창칼을 피해 둘이면서도 하나인 듯 걷고, 뛰고, 숨었었지요.

"그러니 앞으로도 조심 또 조심해야 한다. 지금처럼 가까이 접근하였다간 치도곤을 면치 못할 것이야. 알겠느냐? 내 말 뼛속 깊숙이 각인시켜 둬라."

알고 있습니다. 기억해야겠지요. 뼛속 깊이 각인해야겠지요. 저분께선 저리 가까이 계시지만, 실은 손에 닿을 수 없는 먼 곳에 계신 분이란 것을 기억하고 또 기억해야 한다는 걸 알고 있습니다. 그걸 알면서도 한때는, 감히 다가갈 수 없는 저분께 연모를 품고, 저분의 말과 눈빛을 가슴에 새기고 삼켰습니다.

어찌 그랬을까요? 감히, 왜 그런 생각을 하고, 왜 그리 어리석게 행동했을까요? 왜 그런 마음을 품었을까요?

만약 그리하지 않았다면 이리 아프지 않았을 텐데. 이리 슬프고 괴로워하지 않았을 텐데 말입니다. 왜 진작 말씀해 주지 않으셨습니까?

절대 가까이하지 마라. 감히 마음에 품지 마라. 보지도 말고, 손잡지 말고, 마음에 품지도 말라 말씀해 주시지 그랬습니까? 그리하였다면…… 이리 아프고, 괴롭고, 슬프지 않았을 텐데 말입니다. 저분의 달콤한 입맞춤과 속삭임, 그리고 따뜻한 눈빛을 잊기 위해 이리 발버둥 치지도 않았을 텐데 말입니다.

"표정이 어찌 그러느냐? 설마, 내 말 허투루 들은 건 아니겠지?"

유익보의 말에 해루는 힘없이 고개를 흔들었다.

"가슴에…… 새겼습니다."

"오냐. 그리고 또 한 가지 잊지 말아야 할 것이 있다. 바로 내가 네놈의 생명을 살려주었다는 사실 말이다."

"절…… 살려주셨다고요?"

"감히 미천한 것이 세자 저하의 옥체에 손을 대려 하지 않았느냐? 저분께서는 우리 명과학 사람들을 신뢰하지 않기로 유명하신 분이니, 미천한 네놈이 귀한 몸에 손을 댔다는 걸 아시기라도 하는 날에는, 네놈은 아마 살아남기 어려울 것이야."

유익보는 상상하는 것조차 싫다는 듯 온몸을 부르르 떨었다.

"말이 나온 김에 하는 말이다만, 자칫했으면 정말 큰일이 벌어질 뻔했다. 네놈의 실수로 죽는 게 어디 너 하나였겠느냐? 너를 비롯하여 우리 명과학도 요절이 났을 것이야. 그러니 앞으로 조심 또 조심해라. 알겠느냐?"

"명심 또 명심하겠습니다."

"그럼 이만 가자. 자고로 위험한 짐승과 높으신 분과는 부딪치지 않는 게 최선이다."

유익보가 앞서 걸었다. 끌려가듯 그의 뒤를 따르며 해루는 자꾸만 시선을 뒤로 돌렸다.

잠든 향의 긴 그림자가 문풍지 위에 먹물처럼 번져 있었다.

가까이 있으면서도 가까이할 수 없는 그의 모습.

해루의 눈에 아픈 눈물 벽이 세워졌다.

시간이 얼마나 흘렀을까?

해루를 찾겠다고 사라졌던 비연이 관상감 안으로 되돌아왔다. 달빛이 잠든 향의 얼굴을 가만 어루만지는 모습이 그의 눈에 들어왔다.

그림 같은 자태. 참으로 아름다운 사내가 아니던가.

같은 사내가 봐도 반할 만큼 멋진 모습이었다.

이러니, 무혁이 그놈이 저분 곁에서 떨어질 생각을 안 하지.

비연은 싱긋 입가에 미소를 떠올렸다.

"곤하지 않다고 하시더니. 저하……."

그는 잠든 향을 깨웠다. 이왕 청하시는 단잠, 편한 곳에서 편히 쉬었으면 하는 바람 때문이었다. 그러나 비연의 음성이 채 허공에 퍼지기도 전에 향은 자리에서 몸을 일으켰다. 마치 지금껏 잠든 적 없었다는 듯 말끔한 표정이다.

"깨어 계셨습니까?"

"……아니다. 좀 전에 일어났느니."

"그렇군요. 그나저나 아무리 찾아봐도 해랑, 이 친구가 보이질 않습니다. 아무래도 오늘은 그만 돌아가고, 다른 날 다시 찾아오는 것이 좋겠습니다."

비연의 말에 향은 가볍게 고개를 저었다.

"아니다. 다시 찾아오지 않아도 될 듯하구나."

담담한 그 목소리에 비연은 고개를 갸웃했다.

늦은 시각에도 다짜고짜 그 엉뚱한 친구를 봐야겠다며 서두르시더니. 갑자기 왜 저리 무심해지신 거지? 자리를 비운 사이에 무슨 일이라도 있으셨나?

"그만 돌아가자꾸나."

"알겠습니다."

비연이 특유의 경쾌한 걸음으로 발을 옮겼다.

향은 천천히 그를 따라 걸었다. 그러다 방을 나서기 직전, 걸음을 멈추고 고개를 돌렸다.

잠시 휴식을 취했던 소박한 탁자와 의자.

궁 어디서나 볼 수 있는 물건들이건만.

이상하게도 그에게 각별한 인상을 주었다.

"……또 보자꾸나."

잔잔한 목소리로 재회를 기약하며 향은 걸음을 옮겼다. 휘적휘적 걷는 그의 입술에 묘한 미소가 걸렸다.

"큰일이야. 너무 늦어버렸어."

이른 아침. 해루는 화급한 표정으로 바쁘게 걸음을 옮겼다.

새벽까지 일을 하다가 옷을 갈아입으러 화월루로 갔었더랬다. 그러다 방에 깔린 이부자리의 유혹에 잠깐, 아주 잠깐만 눈을 붙인 것이 화근이었다. 그야말로 잠시 머리만 붙였다 일어나려 하였건만, 그만 깊이 잠들고 말았다.

"어딜 그리 뛰어가는 겐가?"

급히 뛰어가는 그녀를 누군가 불렀다.

"아, 비연!"

해루는 익숙한 얼굴을 향해 작게 고개를 숙였다. 그러나 급히 놀리는 발걸음은 멈추지 않았다.

"어디 불이라도 났는가? 좀 천천히 가게나."

"시간 없습니다. 늦었단 말입니다."

"허허, 뭘 그리 서두르시나. 설마, 유명 인사가 되었다고 벌써 날 외면하는 건 아니겠지?"

뜬금없는 소리에 해루는 발을 멈추고 비연을 돌아보았다.

"유명 인사라뇨? 누가요?"

비연은 대답 대신 장난스럽게 그녀의 목을 제 팔로 휘감았다.

"으윽! 왜 이러십니까? 놔주십시오."

해루의 머리를 제 옆구리에 꿰찬 비연은 고개를 내려 그녀를 빤히 쳐다보았다.

"아직 소식 못 들었는가?"

"무슨 소식요?"

비연의 팔에서 벗어나려 버둥거리며 해루가 물었다.

"자네, 어제도 한 건 했다면서."

"한 건요?"

"그래. 어제 세자 저하와 빈궁마마의 합궁일을 정하는데, 자네만 반대하였다지?"

"그게 왜요?"

"왜긴? 어젯밤의 합궁이 또 불발되었다네. 어쩐 일인지 세자 저하께서 감쪽같이 사라지셨다고 하더군. 그 일로 빈궁전이 발칵 뒤집혔어. 무슨 이유인지 빈궁전에서는 어젯밤엔 틀림없이 합궁이 성사될 거라 철석같이 믿고 있었던 모양일세."

비연의 팔뚝에 매달려 끙끙대던 해루가 시선을 들어 올렸다.

"합궁이 불발되었다고요?"

"그렇다네."

푹, 고개를 숙이는 해루의 입가에 미소가 피어났다.

이러면 안 되는 줄 알면서도…… 좋았다.

동궁전의 합궁이 정해진 이후로 마음이 엉클어져 견딜 수가 없었다.

하여, 괜한 잡생각을 지워버리려 부러 일을 자청했다. 아무것도 하지 않으면 그대로 미쳐버릴 것만 같았다.

그런데 합궁이 이뤄지지 않았다니…….

자꾸만 웃음이 났다.

슥, 고개를 숙인 비연이 진지한 표정으로 입을 열었다.

"자네, 이참에 나하고 손 한번 잡아보지 않을 텐가?"

"손을 잡다뇨?"

"자네에 대한 소문이 궁인들 사이에서 화제라네. 자네만큼 용한 사람을 본 적이 없다고 궁녀들이 저희끼리 속닥대는 모양이야."

"그런 소문이 났습니까?"

"그래. 자네에게 신수점을 보겠다는 자들이 한둘이 아니라네. 그러니 나와 손을 잡고 함께 궁인들 신수점이나 보지 않을 텐가? 내가 손님을 끌어모으면 자네가 신수점을 보는 거지."

"전 그리 대단한 사람이 아닙니다."

"대단하지 않긴. 관상감 교수들도 틀리는 것을 자네 혼자 제대로 짚어내지 않았나? 그것도 두 번이나. 이쯤 되면 궁내에서 자네가 가장 용한 셈이지."

"그저 우연이었습니다."

"우연도 반복되면 능력이 되는 법일세. 그러니 나와 손을 잡는 게 어떻겠나?"

해루가 비연에게 잡힌 손을 슬그머니 빼며 대답했다.

"다시 말씀드리지만, 정말 우연이었습니다. 게다가 전 운이 지독하게 나쁜 사람입니다. 저와 함께 뭔가를 도모했다간 분명 나쁜 일만 잔뜩 경험하시게 될 겁니다."

"어허, 이 사람 보기보다 꽤 뻣뻣하군. 그러지 말고 나와 손잡으세. 어차피 관상감 사람들의 눈 밖에 난 자네가 아닌가. 이번 일로 자네를 보는 눈이 더욱 살벌해질 것이네."

"그렇기도 하겠군요."

"관상감 사람 중에서 자넬 고운 눈으로 보는 이는 나밖에 없을 것이야."

"……."

그걸 또 그리 꼭 짚어 말씀하십니까?

불퉁한 마음에 절로 입술이 튀어나왔다.

"이제 돌아가는 상황을 대충 눈치챘는가? 어떤가? 기왕 이렇게 된 거, 관직으로 성공하기는 힘들 것 같으니 이참에 관상감 같은 건 때려치우고 나하고 동업이나 하세나."

"아침부터 이상한 소리 하지 마시고, 이 팔이나 푸십시오. 간밤에 동궁전의 합궁이 불발되었다면 분명 치도곤이 내렸을 것이고. 관상감의 분위기가 좋지 못할 것이 아닙니까? 서둘러 가서 괜한 눈총이나 받지 말아야겠습니다."

"그거라면 걱정 말게. 다행히 분위기가 그리 나쁘지 않으니까."

"빈궁전에서 별말씀 없으셨습니까?"

"당연히 있었지. 그것도 큰 호통을 내리셨다네."

"그런데 어찌 분위기가 나쁘지 않다는 겁니까?"

"그보다 더 큰일이 생겼거든."

"더 큰일요?"

해루의 눈이 커졌다.

빈궁전에서 불호령이 떨어진 것보다 더 큰일이라니.

대체 또 무슨 일이 생겼다는 걸까?

궁금해하는 해루에게 비연이 대답했다.

"오늘 새벽에 흙비[黃雨]가 내렸다네."

그간 한 번도 보지 못한 비연의 굳은 표정.

"흙비요? 지금 흙비라고 하셨습니까?"

비연의 굳은 표정이 해루에게로 옮겨갔다. 아니, 재차 묻는 그녀
의 눈에는 두려움마저 서려 있었다.

언제부터인가, 한 사람의 미래만 보이기 시작했다. 정확하게는 기
억을 되찾고 난 이후의 일이었다. 그녀의 예지는 오로지 한 사람의
운명만을 가리키고 있었다.

한 번도 경험하지 못한 일이었다.

다행히 오래지 않아 그 이유를 알게 되었다.

해루의 의문을 풀어준 사람은 다름 아닌 정 판수였다.

그는 대단한 실력의 판수도 아니었고, 뛰어난 재능을 가진 것도 아니었다. 하지만 세상에서 유일하게 해루의 의문을 풀어줄 수 있는 사람이었다.

'한 사람만을 생각하고 있으니, 한 사람의 미래만 보이는 게지.'

그 간단한 말에 내내 해루를 괴롭히던 의문이 한순간에 풀려버렸다.

기억을 되찾은 이후로, 그녀는 오직 한 사람만을 생각했다.

그 이후부터였다.

이따금 다른 사람의 미래를 보긴 했으나, 역시 해루가 가장 많이 보는 것은 여전히 한 사람의 미래였다.

잊지 못할 그리운 사람.

그러나 그에 대한 예지 중 몇 가지는 무섭도록 불행했다.

그중 하나가 바로 흙비와 관련된 예지였다.

"흙비, 그 일이 드디어 시작되는구나."

오래전부터 흙비가 내리면 나라에 재앙이 깃든다는 속설이 전해져 내려왔다.

전(前) 왕조가 망하기 전에도 한동안 흙비가 내렸다고 했다. 이 모든 것은 입에서 입으로 전해진 삿된 소문이었다. 그러나 중요한 것은 사람들이 그것을 믿었다는 것이다.

예고된 재앙.

그러기에 전대 왕조의 멸망은 하늘의 뜻이요, 순리였다.

그런 하늘의 뜻이 다시 대지 위에 내려앉았다.

재앙을 암시하는 흙비.

궁궐 안팎에 작은 술렁임이 일었다. 백성들 사이에 두려움이 조금씩 조금씩 번져 나갔다.

이 일로 왕실과 조정은 신경을 곤두세웠다.

어떻게든 빨리 이 일을 해결하지 못하면 두려움은 곧 공포로 변하리라.

그러나 해루에겐 이 모든 것이 관심 밖의 일이었다.

그녀가 흙비에 온 신경을 곤두세우는 이유, 오직 향 때문이었다.

이 흙비로 인해 왕세자에 대한 백성들의 철저한 믿음이 흔들릴 것이다. 깨진 믿음은 결국 향의 보위마저 위태롭게 하리라.

"어떻게든 막아야 해."

해루는 주먹을 불끈 쥐며 다짐했다.

이것이야말로 그녀가 위험을 무릅쓰고 궁으로 돌아오게 된 이유 가운데 하나였다.

하지만 어떻게……? 무슨 일이 일어나는지는 알아도, 정작 그 일을 막을 방법은 알지 못했다.

예지란 짙은 장막 너머로 희미하게 형체를 보는 것. 과정과 결과는 알아도 원인과 대비하는 방도를 알지 못하는 경우가 허다했다. 이번 경우도 마찬가지였다.

해루는 생각에 골몰한 채 걸음을 옮겼다.

그렇게 얼마나 걸었을까?

기묘한 느낌에 문득 걸음을 멈췄다. 주위를 둘러보니 가야 했던 관상감이 아닌 전혀 엉뚱한 곳이었다.

"여긴……."

사방에 가을꽃이 가득 피어 있는 화원이 해루의 눈에 들어왔다.

기화이초가 자라는 온화하고 특별한 장소.

바로, 온실이 있는 신루의 화원이었다.

해루는 반가움과 그리움이 반쯤 섞인 시선으로 주위를 둘러보왔다.

세월이 흘렀음에도 이곳의 모습은 조금도 달라지지 않았다. 모든 것이 그대로인데, 정작 이곳을 지키고 있던 사람들이 보이지 않았다.

화원을 지키던 무뚝뚝한 수문장, 꽃이라면 자다가도 벌떡 일어나던 양여섭, 덜 익어 서걱거리는 개떡을 맛있게 먹어주던 최최측근. 그들의 모습은 어디에서도 찾아볼 수 없었다.

그럼에도…… 기뻤다.

하나하나 눈에 새기듯 화원 구석구석을 훑던 해루는 버릇처럼 누각에 몸을 기대고 앉았다. 궁에 다시 돌아와 처음으로 맞이하는 평온한 시간이었다. 마치 어미의 품으로 되돌아온 듯 편안했다. 든든한 바람막이라도 두른 듯 든든했다.

전신을 팽팽하게 조이던 긴장의 끈을 조금은 느슨하게 풀었다. 늘어진 틈새 사이로 노곤한 졸음이 밀려들었다. 푸른 하늘을 올려다보던 해루는 눈을 감았다.

잠시만, 여기서 잠시만 쉬자.

해루는 부드러운 공기에 몸을 맡겼다.

그렇게 정지해 버린 듯한 시간이 흘러갔다.

자분치를 흔드는 바람결에 해루는 눈을 떴다. 잠깐 졸았던 모양이다. 달콤한 잠의 유혹에서 간신히 헤어 나온 그녀는 길게 기지개를 켰다. 모처럼 맘 편한 곳에서 쉰 덕분일까. 온몸이 개운했다.

"으으, 잘 잤다."

해루는 하늘 위로 고개를 들었다. 어느덧 유백색의 만월이 검은 밤을 환하게 밝히고 있었다.

저리 머리 정중앙까지 떠오른 것을 보니…….

"헉! 대체 얼마나 잔 거야?"

그녀는 용수철처럼 튀어 오르듯 자리에서 일어났다. 잠깐이라고 생각했는데, 제법 많은 시간이 흐르고 말았다.

그때였다.

"잘 잤느냐?"

누각 저편에서 느닷없는 목소리가 들려왔다.

급히 누각 아래로 내려서던 해루는 그대로 멈춰 섰다. 돌상처럼 굳어버린 그녀는 눈동자만 겨우 옆으로 돌렸다.

"누구……?"

미처 목구멍 밖으로 나오지 못한 말들이 입안을 맴돌았다.

그런 해루의 코앞으로 빙그레 웃는 얼굴이 불쑥 다가왔다.

하얀 잠방이 차림의 사내.

"헉!"

해루의 입에서 마른 비명이 새어 나왔다.

이분은……!

지켜보는 시선

긴 침묵이 흘렀다.

보이지 않은 줄에 묶이기라도 한 듯 해루는 그 자리에서 꼼짝도
할 수 없었다.

잠깐 눈만 붙일 생각이었다. 그러나 그리운 추억이 담겨 있는 장
소라, 그만 향수에 취해 마음을 놓아버린 모양이다. 잠깐의 방심으
로 기어이 큰일이 벌어지고 말았다.

설마, 이곳에서 저분과 만나게 될 줄이야.

어느덧 코앞까지 다가온 중년 사내는 고개를 돌려가며 해루를
요리조리 살폈다.

해루는 침을 꼴깍 삼켰다.

넉넉한 인상의 중년 사내, 다름 아닌 최최측근이었다.

늦은 오후, 이따금 만나 개떡을 나눠 먹던 막역한 사이. 그 최최

측근이 해루를 유심히 쳐다보고 있었다.

인자한 웃음 속에 속내를 꿰뚫어버릴 듯한 눈빛이 숨어 있었다.

뒤늦게 고개를 돌리며 얼굴을 감춰보았지만, 이미 늦은 대응이었다.

해루를 뚫어져라 쳐다보던 최최측근이 급기야 입을 열었다.

"자넨……."

해루는 두 눈을 질끈 감았다.

들켰다. 들키고 말았다. 어떻게 말하지? 뭐라 변명해야 할까?

고민하는 사이, 최최측근의 목소리가 이어졌다.

"자넨 누군가?"

해루는 눈을 동그랗게 떴다. 정체를 묻는 물음이었다.

그렇다는 건…… 내가 누군지 모르는 거야.

다행이다.

해루는 놀란 가슴을 쓸어내리며 대답했다.

"저, 저는 이번에 관상감에 새로 들어온 생도입니다."

"이런……. 난 또 내가 아는 사람과 하도 많이 닮아 그 아이가 다시 돌아온 줄 알았는데."

"하하하, 워낙 평범하게 생긴 얼굴이라 누구랑 닮았다는 소릴 많이 듣습니다."

"그렇군. 그럼 혹여 누이가 있는가?"

"없습니다만, 왜 그러시는지요?"

"자네와 닮은 사람, 사실 여인이라네."

"하하하, 그렇습니까? 그럼 더더욱 저는 아니겠군요. 저는 이렇게 코에 수염이 난 사내니까요."

해루는 콧수염을 가리키며 사내임을 강조했다.

"그렇겠지. 아무리 닮았다 해도 자네는 수염 난 사내고, 내가 아는 아이는 곱디고운 여인이니. 그런데 정말 누이는 없고?"

"혈혈단신입니다."

"그렇군. 요즘 눈이 침침해져 그런가. 이 사람이 저 사람 같고, 저 사람이 이 사람 같다네. 늙은이의 주책쯤으로 생각하고 이해해 주게나."

최최측근은 누각 계단에 주저앉아 침침한 눈가를 문질렀다. 그러다 문득 아쉬운 듯 중얼거렸다.

"괜한 기대를 했네그려."

"그 여인이 누군지 몰라도 많이 보고 싶으신 모양입니다."

"이젠 만날 수 없다는 걸 알면서도 자꾸만 이곳으로 오는 걸 보면, 자네 말대로 보고 싶은가 보이."

최최측근이 옆자리를 두드렸다.

"그렇게 멀뚱히 서 있지 말고 자네도 여기 앉게. 자넬 보니 옛날 생각이 나는구먼."

"전 바쁜 일이 있어……."

"어허! 앉으래도."

최최측근에게서 풍기는 묘한 위엄에 해루는 어쩔 수 없이 엉거주춤 엉덩이를 걸쳤다.

"내가 무슨 이야기를 했더라? 그래, 자넬 보니 옛날 생각이 난다고 했지."

"옛날 생각요?"

"그래. 최측근과 여기서 도란도란 이야기를 나누곤 했지."

"최측근이라니, 재미있는 이름입니다."

"자네에게만 하는 말이네만, 최측근이니, 최최측근이니 하는 말은 우리끼리의 암호였다네. 그 여인은 최측근, 난 최최측근.”

최최측근은 마치 비밀 이야기라도 털어놓는 듯 작게 속삭였다.

그리움이 가득한 그 모습에 해루의 눈가가 붉어졌다. 고개를 돌리는 척하며 슬며시 눈물을 닦은 해루는 애써 목소리를 굵게 냈다.

“친분이 도타웠던 모양입니다.”

“암. 각별한 사이였지. 지금 생각해 보면 그 아이의 말재주가 여간 좋은 게 아니었다네. 성품도 밝고 순하여, 그 아이가 하는 얘길 듣다 보면 어깨를 짓누르는 근심이 단박에 없어지곤 하였지. 어디 그뿐인 줄 아는가? 우리 최측근이 만들어 주는 개떡은 또 어떻고.”

생각만 해도 군침이 도는 듯 최최측근이 입맛을 다셨다.

“이제 그 개떡을 다시 먹지 못한다 생각하니, 사는 낙이 하나 사라진 기분이라네.”

“그깟 개떡이야, 만들어서 드시면 되는 것이 아닙니까?”

“그깟 개떡이 아니니 문제지.”

“그리 특별한 개떡이었습니까?”

“특별했지. 아니, 특별했나 보이. 아무리 솜씨 좋은 사람에게 부탁해 보아도 그 맛이 안 나니 말이야.”

최최측근의 표정이 무겁게 가라앉았다. 그는 풀기 없는 얼굴로 어깨를 축 내려뜨렸다.

“안색이 좋지 않으십니다.”

“요즘 여기저기 안 쑤신 곳이 없어.”

“편찮으신 겁니까?”

해루의 얼굴에 걱정이 가득했다.

“몸이야 예전부터 안 아픈 곳이 없었지. 비가 오면 여기가 쑤시고, 맑으면 저기가 저리고, 눈이 오면 오만 곳이 욱신거리고. 그래도 그때는 몸만 아팠는데, 지금은 엉뚱한 곳이 아파 고생이라네."

"엉뚱한 곳이라니요?"

최최측근이 가슴을 두드렸다.

"여기, 마음."

"어찌 마음이 아프십니까?"

"그게 나도 이상하네. 바라는 건 다 이뤘고, 자식도 남부럽지 않게 잘 컸는데, 어찌 이리 가슴이 아플까? 고민하고 또 고민하다, 근래 그 이유를 알았다네."

"무엇 때문이었습니까?"

"먹고 싶은 걸 못 먹어서 그런 게야."

"무엇이 그리 드시고 싶으신 겁니까?"

"개떡."

"……."

최최측근의 말에 다시 한 번 가슴이 울컥했다.

그깟 개떡이 뭐라고. 마음 같아서는 당장에라도 만들어 드리고 싶었다.

하지만 지금의 그녀는 최측근과 개떡을 나눠 먹던 해루가 아니라 관상감 생도 해랑이었다. 최측근과는 일면식도 없는 사이. 그야말로 완벽한 타인이었다. 날카로운 것에 가슴 한쪽이 베인 듯 아려왔다.

속내를 숨기려 해루는 고개를 외로 틀었다. 그때, 최최측근의 목소리가 들려왔다.

"이보게, 최측근……."

"네."

저도 모르게 대답하던 해루는 화들짝 놀라 최최측근을 바라보았다.

"저는 최측근이 절대 아닙니다!"

강하게 부정하는 그녀의 눈 속에 빙그레 웃는 최최측근의 얼굴이 들어왔다.

"어허, 누가 자네더러 최측근이라고 했나?"

"방금 최측근이라고 부르셨잖습니까?"

"최측근…… 닮은 자네, 라고 할 참이었네만."

"하하하, 그런 겁니까?"

어색한 웃음을 흘리며 해루는 뒤통수를 긁적거렸다.

"최측근 닮은 자네. 개떡 만들 줄 아는가?"

"알긴 압니다만……."

"잘됐네."

"뭐가 말입니까?"

"다음에 만날 때 개떡 좀 만들어 갖다 주게나."

"그러고 싶습니다만, 제가 워낙 바빠서……."

"그럼, 약조했네. 다음에 다시 만나면 꼭 개떡을 만들어 주는 걸세."

최최측근은 홀가분한 표정으로 자리를 털고 일어섰다. 그러고는 해루가 무어라 대답하기도 전에 종종걸음으로 화원 저편으로 사라졌다.

멀어지는 최최측근의 뒷모습을 보며 해루는 작게 중얼거렸다.

"이러면 안 되는데. 정말 안 되는데……."

만월의 달빛을 등불 삼아 해루는 궁 밖으로 걸음을 옮겼다. 짧은 사이, 비가 내렸는지 대지는 눅눅하게 젖어 있었다. 습기를 머금은 꽃잎이 달빛을 받아 반짝거렸다. 여느 때라면 잠시 걸음을 멈추고 수백 개의 진주알이 박힌 듯 다사롭게 빛나는 달빛에 취해보련만……. 지금은 사정이 달랐다.

창덕궁 밖에 자리한 관상감의 본감으로 향하는 해루의 발걸음은 무겁기만 하였다. 신루의 화원에서 깜빡 잠이 드는 바람에 최최측근과 마주치는 것도 모자라 다시 만날 약조까지 하고 말았다. 해루의 입에서 한숨이 절로 나왔다.

최최측근이 알아보신 건 아니겠지?

일말의 불안감에 해루는 왔던 길을 되돌아보았다. 그러나 이내 확신에 찬 얼굴로 고개를 저었다.

"아니야. 절대 날 알아보실 리 없어."

해루는 버릇처럼 제 가짜 콧수염을 만지작거렸다. 무릇 사람이란 눈에 보이는 것만으로 상대방을 단정 짓는 습성이 있었다. 이렇게 보란 듯 콧수염을 붙이고 있는 한, 누구든 쉽게 해루와 해랑을 한 사람으로 연결 지을 수는 없을 것이다. 이 작은 콧수염이 사람들의 눈에 더께를 씌우고 있었다. 생각보다 완벽한 변장이라 판단한 해루는 흡족한 표정이 되었다.

"그 장소에 다시 안 가면 되는 거야. 아무렴, 난 약조하지 않았는걸."

해루는 고개를 흔들며 다짐하듯 중얼거렸다. 그러다 곧 제 머리통을 쥐어박았다.

"내 정신 좀 보게. 지금 이러고 있을 때가 아니잖아."

유익보의 명으로 본감에 전해야 할 서책을 아직 전하지 못한 터였다. 멀리서 유익보의 날카로운 잔소리가 들려오는 듯했다. 해루는 발걸음을 재촉했다. 돌아보고 싶은, 돌아가고 싶은 욕심을 억누르면서…….

얼마 후.

환하게 불을 밝힌 본감 앞에서 해루는 고개를 갸웃거렸다. 야심한 시각이라 입직하는 사람 외에는 텅 비어 있을 줄 알았던 본감에 관원들이 가득했다. 관상감에 소속된 이들은 모두 모여 있는 듯 보였다.

이게 어떻게 된 일이지?

영문을 모른 채 쭈뼛거리며 해루는 집무실 안으로 들어섰다. 때마침 입구 가까운 곳에 앉아 있던 유익보와 시선이 딱 마주쳤다.

'죽었다.'

해루는 난감한 얼굴로 애써 미소를 지었다. 평소 그녀를 잡아먹지 못해 안달하는 유익보가 아니던가. 분명 일어나 소리소리 지르리라. 또 어디서 무얼 하다가 이제 왔느냐며 사람들 보란 듯 타박을……. 어라? 예상과 달리 유익보는 살피던 서책으로 다시 급하게 고개를 돌릴 뿐이다.

'저 양반이 왜 저러시지?'

그러고 보니 집무실의 공기가 다른 날과 사뭇 달랐다.

팽팽한 긴장감 속에서 관원들은 무엇인가를 찾는 듯 저마다 열심히 서책을 뒤적이고 있었다.

"대체 이게……."

"무슨 일인가 싶지?"

어느샌가 비연이 다가와 해루의 어깨에 팔을 걸쳤다.

슬그머니 그 팔을 밀쳐내며 해루가 고개를 끄덕였다.

"무슨 일 있습니까?"

"아직 소식 못 들었는가? 비가 내렸다네."

"비가 내린 것이라면…… 알고 있습니다."

세상이 온통 젖었으니, 모르려야 모를 수 없었다.

"문제는 그 비가 보통 비가 아니라는 것이지."

"보통 비가 아니라뇨?"

"흙비. 두 번째 흙비가 내렸다네."

"두 번째 흙비요?"

해루의 음성이 저도 모르게 높아졌다.

"쉿! 목소리가 너무 높아."

"죄송합니다."

관상감의 분위기가 이리 흉흉한 이유를 알 것 같았다.

흙비.

불길한 징조가 또다시 드리우고 말았다.

원인을 알 수 없는 괴이한 현상이 벌어지면 대개 관상감에 그 이유를 묻곤 하였다.

관상감 학자들이 하늘을 살피고 땅을 연구하고 사람의 길흉화복을 점치는 이유.

바로 불명확한 현상을 해석하고 앞으로 벌어질 일을 예측하여 사람의 불안을 덜어주기 위함이었다.

아니나 다를까.

이번 흙비의 연유를 밝히는 일도 관상감이 맡게 되었다.

때마침 연이은 사건으로 관상감의 명예가 실추된 상황. 명예를 회복할 절호의 기회였다. 교수들과 관원들은 두 팔을 걷어붙이고 열의를 보였다. 그러나 첫 번째 흙비의 원인을 채 밝혀내기도 전에 두 번째 흙비가 내린 것이다.

"자칫하면 불호령이 떨어질 참이라, 교수님들조차 전전긍긍이라네."

비연의 귓속말에 해루는 알려주어 고맙다는 표시로 고개를 끄덕여주었다. 그러고는 조용히 제자리로 걸어가 아무 일도 없었던 것처럼 일에 집중했다. 분위기가 좋지 않을 때는 그저 있는 듯 없는 듯 조용히 지내는 게 상책이었다. 유익보가 잠시 날 선 시선으로 그녀를 바라보았지만, 상황이 상황인지라 여느 때처럼 시비를 걸지는 않았다. 제 코가 석 자인 상황이라, 남에게 간섭할 여유가 없었다.

행여 도움이 될까 하여 해루는 관원들이 아무렇게나 던져놓은 문서를 정리하고, 서고에서 서책을 찾아오는 일을 도맡았다. 그러는 사이 희붐하게 날이 밝아왔다.

"이런, 아직도 이유를 찾지 못했는가?"

집무실 문지방에 아침 햇살이 걸렸다. 천문학 교수 정윤기의 물음에 모두 고개를 가로저었다.

"봄철에 간혹 흙비가 내린 적은 있었으나 가을철에 흙비가……두 번이나 내린 기록은 한 번도 없었습니다."

누군가의 대답에 정 교수는 조급한 얼굴이 되었다.

"서두르게나. 곧 경연이 시작될 시각이네. 분명 주상 전하께선 이번 일에 대한 하문을 내리실 것이야. 그때 대답하지 못한다면……."

그때였다.

"오늘 경연은 취소되었소."

문이 열리고 푸른 무사복을 입은 사내가 안으로 들어왔다. 집무실에 모여 있던 수십 명의 시선이 사내에게로 집중되었다. 홍배에 수놓인 문양으로 보아 진양대군 휘하의 무사였다.

"명례궁에서 이리 이른 시각에 관상감엔 무슨 일이시오?"

정 교수의 물음에 무사는 무심한 어조로 대답했다.

"흙비가 내린 연유를 조사하라는 어명이 명례궁에 내려왔소이다. 앞으로 이 일은 우리 대군께서 책임지게 되었으니 관상감에서 힘을 빌려주었으면 좋겠다는 대군의 뜻을 전하러 왔소."

"당연히 우리 관상감에서야 대군께서 원하시면 무슨 일이든 도움을 드릴 준비가 되어 있소이다."

"그리 말씀하시니 다행이오. 대군께선 흙비를 조사할 조사단을 꾸리고 계시오. 집현전의 학사들과 더불어 관상감에서도 도움을 줄 사람이 필요한데……."

"그런 것이라면 당연히 내가……."

"기꺼이 도움을 드려야지요."

천문학 교수 정윤기와 지리학 교수 고동진이 동시에 앞으로 나섰다. 두 사람은 견제하는 눈빛으로 서로를 마주 보았다. 그러나 무사의 관심은 두 사람이 아닌 다른 곳에 있었다.

"해랑이 누구인가?"

무사의 물음이 끝나기 무섭게 관상감 관원들의 시선이 약조라도 한 듯 해루에게로 쏟아졌다.

저를 향해 짓쳐들어오는 날카로운 눈빛에 해루는 등에 식은땀이 흘렀다.

그러는 사이, 뚜벅뚜벅 해루의 앞으로 다가온 무사가 말을 이었다.

"이번 조사에 참여하라는 대군마마의 명이다."

주위를 두리번거리다 이내 자신을 가리키며 해루가 물었다.

"저…… 말입니까?"

한 무리의 사람들이 동궁전 주변을 살피고 있었다. 이번에 내린 흙비를 조사하기 위해 모인 학사들과 진양대군이었다. 그들은 그 늘진 담벼락 사이까지 꼼꼼하게 살폈다.

"첫 번째 흙비는 나흘 전 잠깐 쏟아진 소낙비였고, 지난밤 내린 비 역시 흙비였다. 지난 나흘간 세 번의 비가 내렸고, 그중 두 번이 나 흙비가 내린 것이다. 집현전 학사는 이 일을 어찌 생각하는가?"

그동안 벌어진 사건을 정리한 진양은 곁에 서 있는 학사들에게 질문을 던졌다.

집현전 학사와 신루의 학사, 그 밖에 몇몇 관인들에게 의견을 물 어본 진양이 마지막으로 체구가 왜소한 사내에게 고개를 돌렸다.

"관상감에서는 이 일에 대해 어찌 생각하고 있느냐?"

진양의 물음에 왜소한 사내, 해루는 한껏 고개를 외로 튼 채 답 을 하지 못했다.

쉽게 입을 떼지 못하는 가장 큰 이유는 이 자리가 어색한 까닭 이었다. 쟁쟁한 교수들을 제치고 왜 자신이 이런 자리에 끼게 되었 는지 모를 일이다.

명례궁 무사가 자신을 불렀을 때의 모습이 뇌리에 생생하게 떠 올랐다.

놀란 교수들의 표정과 경악한 관상감 관원들의 모습. 사람들의 눈에 띄고 싶지 않은 해루의 입장에선 결코 겪고 싶지 않은 일이 었다. 가뜩이나 자신을 바라보는 사람들의 눈빛이 곱지 않았다. 이번 일로 또 어떤 고초를 겪게 될지 벌써부터 한숨이 나왔다.

관상감 일은 그래도 괜찮다. 상황이 불편하긴 하지만 흙비를 직접 조사할 수 있게 된 것은 분명 기쁘고 반가운 일이었다. 그녀가 궁으로 돌아온 가장 큰 이유 중 하나이니까.

해루를 곤란하게 만드는 진짜 문제는 흙비를 조사하는 현장에 있었다.

김담. 흙비 조사단엔 집현전 학사뿐만 아니라 신루의 학사 김담도 있었던 것이다.

정체를 숨겨야 하는 해루 입장에선 누구보다도 피해야 할 사람이기도 했다.

"저는……. 그저……. 그러니까……."

머뭇거리는 그녀를 진양이 이상하다는 눈빛으로 응시했다.

"어디 불편한 곳이라도 있느냐? 고개를 왜 그리 돌리는 것이냐?"

"제가……. 제가 낯을 심하게 가려서 말입니다."

"그리 낯을 가려서 조사를 제대로 할 수 있겠느냐?"

"……."

"하긴, 조사야 다른 이가 하면 되는 일이니. 내가 네게 원하는 것은 하나다."

"그게 무엇입니까?"

"비, 언제 비가 내릴 것 같으냐?"

진양의 물음에 해루는 당혹스러운 표정을 지었다.

이것이었다. 관상감의 교수들과 경험 많은 관인들을 모두 제치고 자신이 선택된 이유.

진양은 비가 언제 내릴지 궁금해하고 있었다. 비가 언제 내리는지 알면, 흙비가 내린 이유를 조사하는 데도 큰 도움이 되리라.

"지금 당장 말씀드리기는 어려울 것 같습니다."

멀지 않은 곳에 있는 김담의 눈치를 연신 살피며 해루가 대답했다.

"어째서?"

진양의 고개가 한쪽으로 기울어졌다.

"너는 비가 오는 것을 기가 막히게 알아맞히지 않았느냐? 그런데 이번에는 왜 말을 못 한다는 것이냐?"

진양의 물음에 반응한 것은 해루가 아니라 김담이었다. 자신이 보고 살핀 것을 작은 서책에 적어 넣던 김담이 관심 어린 시선으로 해루를 바라보았다.

그러면 그럴수록 해루의 고개는 더욱 옆으로 돌아갔다.

어떻게든 들키지 않으려는 의지가 담뿍 담긴 행동.

그러나 속내를 알 리 없는 진양은 물음을 멈추지 않았다.

"말해 보아라. 비가 언제 또 내리겠느냐?"

"그때 비가 내리는 걸 알아맞힌 건 저 혼자만의 능력이 아니라…… 명과학 전체의 의견이었습니다. 명과학의 여러분과 의견을 나눠야지만 비 오는 날을 알 수 있을 것 같습니다."

"그래?"

"다만…… 당분간은 비가 내릴 것 같지 않습니다."

"듣던 중 반가운 소리다. 흙비가 내리는 연유를 조사할 시간이 생긴 셈이니. 불행 중 다행이다."

안도하는 듯한 진양의 말에 해루의 곁에 있던 비연이 불쑥 끼어들었다.

"하온데 대군마마, 한 가지 여쭈어도 되겠습니까?"

"무엇이냐?"

"고작 흙비에 이리 신경을 곤두세우는 연유를 모르겠습니다. 빗물에 흙이 섞여 내린 것이 이번이 처음도 아니질 않사옵니까?"

비연의 물음에 진양은 고개를 끄덕거렸다.

"그렇지. 봄철이면 가끔 누런 흙비가 내릴 때가 있었지."

"대륙에서 불어오는 흙먼지가 빗물에 섞여 내린 것이지요."

"그렇다. 그러나 말했다시피 흙비는 대체로 봄에 내리기 마련이다. 지금은 계절이 맞지 않는다. 더구나 이번에 내린 빗물은 여태 내렸던 흙비와 비교하여 유난히 색이 불길하니, 그 연유를 알 수 없음이다."

"다행히 추수가 끝나는 시절이라 농작물에는 큰 피해가 없을 듯합니다."

진양은 무거운 표정으로 고개를 저었다.

"추수와 상관없이 민심이 동요하고 있음이야. 나라에 불길한 기운이 깃들었다는 흉흉한 소문이 돌고 있으니 서둘러 소문을 잠재우지 않으면 형님께서 곤욕을 치르실 것이다."

무심코 대답하던 진양이 눈살을 찌푸렸다.

"그런데 넌 누구냐?"

관상감에서 그가 부른 사람은 해랑 한 명뿐이었다.

그런데 해랑과 함께 엉뚱한 녀석이 따라왔다.

"아이쿠, 벌써 절 잊으셨습니까? 소인, 비연이라 합니다. 잔칫날 이 친구와 함께……."

진양이 손을 들어 비연의 말을 막았다.

"네가 누구인지는 관심 없다. 내가 궁금한 것은 네가 왜 이 자리에 있느냐는 것이다."

"그건 말입니다. 이 친구가……."

곁에 있는 해루의 머리를 팔로 휘감아 제 옆구리에 꿰차며 비연은 말을 이었다.

"소심하고 낯가림이 심해, 제가 없으면 아무것도 못 하기 때문입니다. 아마, 비가 온다는 걸 알게 되어도 소심한 성격 탓에 대군께 제대로 고하지 못할 것입니다."

진양은 마지못해 고개를 끄덕였다.

"그럼 비가 올 날을 알게 되면 언제든 네가 대신 달려와 고해야 한다."

"여부가 있겠습니까. 이 친구 입에서 '비'라는 소리만 나와도 소인, 한달음에 대군께로 달려가 아뢸 것입니다."

"알았다."

비연과 해루를 번갈아 보던 진양은 몸을 돌렸다.

"나는 대전에 들러 주상 전하와 세자 저하를 뵙고 돌아갈 것이니, 그대들은 조사를 좀 더 세밀히 하도록 하라."

명령을 내린 진양은 그대로 대전을 향해 걸음을 옮겼다.

진양이 사라질 때까지 고개를 숙이고 있던 해루가 비연을 흘겨보았다.

"언제까지 제 목을 감싸고 계실 것입니까?"

"할 수만 있다면 평생?"

"놓아주십시오. 불편합니다."

"사람, 장난 좀 친 거로 정색하기는."

비연은 아쉬운 얼굴로 해루를 풀어주었다.

해루는 뒤돌아선 채 옷매무새를 정리했다. 그 모습을 흘끔흘끔 보던 비연이 헛기침을 하며 말을 걸었다.

"자, 일은 대충 끝난 것 같으니, 우리 어디 가서 밥이나 함께 먹는 게 어떤가?"

해루의 얼굴에 곤란한 표정이 떠올랐다.

이 찰거머리 같은 사람이 또 달라붙으려 하는구나. 어찌 거절한
다?

고민하던 찰나, 때마침 비연에게 말을 붙이는 사람이 있었다.

"이보게, 순……. 아니, 비연."

김담이었다.

바닥에 쪼그려 앉아 뭔가를 유심히 살피던 그가 벌떡 일어나 성
큼성큼 다가왔다.

"아는 분이십니까?"

속달거리는 해루의 물음에 비연이 어색하게 웃었다.

"뭐, 안다기보단 몇 년에 한 번 얼굴 보는 사이라고나 할까."

어색해하는 비연과 마찬가지로 해루의 얼굴에도 당황하는 기색
이 번져 나갔다.

두 사람의 상황과는 상관없다는 듯한 얼굴로 김담이 다가왔다.

"비연, 자넬 여기서 보는군."

"신루의 김 학사님이 아니십니까?"

"자네가 이번 조사에 참여하는 줄은 몰랐네."

"그러게 말입니다. 저도 김 학사님이 조사하시는 줄 몰랐습니다.
알았으면 안 나오는 건데. 하하하."

"마침 잘되었군. 이리 만났으니 서로 알고 있는 것에 관해 이야
기 좀 나눠보세나."

"그건 좀 곤란하겠습니다. 일행이……. 응? 이 친구가 어딜 갔
지?"

해루에게로 고개를 돌리던 비연은 주위를 두리번거렸다.

그의 어깨에 턱 팔을 걸친 김담이 담 모퉁이를 가리켰다.

"자네와 함께 있던 친구라면, 저쪽으로 가는 것 같던데. 무슨 일인지 모르겠지만, 무척 급한 용무가 있는 모양일세."

김담의 손끝을 따라가니 재게 걸음을 옮기는 해루의 뒷모습이 보였다.

"저 사람, 기척도 없이 언제 저리 갔지? 김담, 다음에 다시 보세."

"알겠네. 기대하지."

김담에게 손을 흔들어 보인 비연은 해루의 뒤를 쫓았다.

"이보게, 해랑! 같이 가세, 해랑!"

금세 비연에게 붙들린 해루는 언제나처럼 그의 옆구리에 머리가 묶였다. 바동거리는 해루를 보며 김담은 낮게 혀를 찼다.

"저 친구, 어찌 나이를 먹어도 짓궂은 장난은 변하질 않으니. 그런데……."

혼잣말을 중얼거리던 김담은 문득 고개를 갸우뚱했다.

"해랑이라, 이상하게 뒷모습이 낯이 익은데."

어디서 봤더라? 좀처럼 떠오르지 않는 기억을 떠올리려 김담은 생각에 골몰한 채 걸음을 옮겼다. 그러다 한순간.

탁! 누군가와 부딪친 김담은 멈춰 서고 말았다.

"이런, 죄송합니다."

서둘러 머리를 숙이던 그가 낮게 탄성을 내질렀다. 전혀 뜻하지 않은 사람이 그곳에 있었기 때문이다.

"저하."

김담과 부딪친 사람은 향이었다.

"여긴 어쩐 일이시옵니까?"

김담의 물음에 향은 먼 곳을 바라보며 대답했다.

"흙비를 조사한다 하여 나와봤느니."

"아직 별다른 것은 발견되지 않았사옵니다."

"그러한가."

"자세한 것은 이 서책에 모두 기록하였습니다."

해루에 대한 생각을 서둘러 접어버린 김담은 소맷자락에 갈무리한 서책을 펼쳤다. 그러나 어쩐 일인지 저하께선 관심을 보이지 않았다. 다만, 어느 한 곳에 시선을 집중할 뿐이다. 마치 누군가를 유심히 지켜보는 듯한 시선.

김담은 향을 따라 고개를 돌렸다.

그곳은 비연이 해랑이라는 관상감의 생도와 함께 사라진 곳이었다.

육신에 새긴 교훈

창덕궁 후원. 길게 난 오솔길을 따라 자라고 있는 뽕나무 주위로 사람의 그림자가 어룽거렸다. 곧 있을 친잠례를 준비하는 관상감 훈도들이었다.

"이곳이 좋겠군."

"천문의 시작과 끝이 만나는 지점이라. 나도 그곳이 좋을 듯하군."

제단 세울 자리를 잡은 관상감 훈도들이 유익보를 보았다.

"명과학에서 보기에 이 자리는 어떤가?"

"나쁘지 않을 듯하군."

유익보가 제대로 보지도 않고 대답했다.

"그럼, 이곳으로 택하겠네."

선정을 마친 훈도들은 바닥에 표기를 해두었다.

"휴, 오늘 해야 할 큰일이 대충 끝난 셈이군. 잠시 쉬세나."

천문학 훈도 장만돌이 바닥에 엉덩이를 걸쳤다. 그 곁에 유익보가 어깨를 축 늘어뜨린 채 앉았다. 힐끗 유익보를 쳐다보던 장만돌이 재미있다는 듯 중얼거렸다.

"유 훈도, 요즘 자네 얼굴이 그야말로 죽을상이네. 왜 그러는가?"

"그럴 일이 있네."

"해랑이라는 그 생도 때문인가?"

유익보와 어린 시절부터 함께 자라온 장만돌이었다. 관상감의 누구보다 유익보의 성격을 훤히 꿰고 있었다.

강샘도 많고, 욕심도 많은 자였다. 그런 친구가 해랑이라는 강적을 만났으니 새끼줄처럼 배알이 잔뜩 꼬였으리라.

장만돌의 예상은 적중했다.

유익보의 심기가 불편한 이유, 모두 해랑 때문이었다.

"굴러 온 돌이 박힌 돌 쳐내는 것도 유분수지."

유익보, 그가 관상감에 들어온 지 어느덧 십 년의 세월이 흘렀다. 그 십 년의 세월 동안 유익보의 목표는 오직 하나였다.

출세. 어떻게든 웃전의 눈에 띄어 한자리 꿰차 노년을 넉넉하고 평화롭게 보내는 것이었다. 처음에는 모든 것이 순조로웠다. 최 교수가 있긴 했지만 유익보에게는 큰 문제가 아니었다.

사람 좋은 최 교수는 입에 발린 말을 못하는 터라 후궁들의 심기를 거스르는 경우가 많았다. 운 좋게 교수 자리를 꿰차고 있지만, 머지않아 축출될 듯 보였다. 최 교수가 떨어져 나가면 자연스럽게 그 자리는 자신의 것이 되는 것이 아닌가?

유익보는 그렇게 순탄한 미래를 꿈꾸고 있었다. 하지만 머지않아 이룰 듯했던 그의 꿈은 일 년 전의 화재로 송두리째 무너지고 말왔다.

사람의 귀함과 천함을 구분하고, 새로 들일 사람을 선정하는 것은 명과학의 영역. 그러니 역도를 알아내지 못한 책임은 온전히 명과학의 것이 되고 말았다.

억울했다. 당시엔 세자빈 간택이라는 큰일을 앞둔 상황이라 임시로 고용된 자가 많았다. 그 많은 사람을 일일이 명과학에서 확인할 수는 없는 노릇. 하지만 그들의 항변은 받아들여지지 않았다. 큰 사건이 벌어지면 마땅히 그 일을 책임질 사람이 필요한 법.

명과학은 희생양으로 사용되기에 더없이 적절했다. 그 사건으로 말미암아 명과학은 주류의 관심에서 멀어지게 되었다. 교수가 된들 무얼 할까. 높으신 분들의 관심에서 멀어진 관인의 운명은 끈 떨어진 연과 같았다.

그래도 유익보는 포기하지는 않았다. 그는 명과학을 버리기로 작정했다. 그리고 다른 동아줄을 잡기 위해 두 눈을 벌겋게 빛내고 있었다.

해랑이라는 눈엣가시가 나타난 것은 바로 그 시기였다.

강샘이 날 만큼 운 좋은 놈. 녀석은 감히 범 같은 성정의 진양대군 앞에서 소신을 말하여 눈에 띄더니, 그 권세를 등에 업고 승승장구하고 있었다. 출세를 위해 자신이 버린 명과학으로 오히려 놈은 하늘로 오르는 길을 찾아낸 것이다. 여러 가지 의미로 해랑을 보는 유익보의 시선은 편할 수 없었다.

"난 자네의 심정, 백번 이해하네."

장만돌이 말했다.

어느 단체든 규칙과 서열이 있는 법이다. 모진 바람을 맞고 겨울을 이겨낸 나무도 가장 높은 곳에서부터 꽃을 틔우지 않던가? 해랑이라는 어린 생도는 관상감 안에서 그들이 세워놓은 규칙과 서열을 어기고 있었다.

"어린 녀석이 버릇이 없어. 위아래도 없고. 예의범절은 더더구나 없으니, 언제 한번 손을 봐줘야겠다고 벼르고 있는 참일세."

초조한 얼굴로 손톱 끝을 질겅거리며 유익보가 중얼거렸다.

"버릇을 잡아주어야지. 암, 나중을 위해서라도 꼭 그래야 하네."

장만돌이 유익보의 말에 동감했다.

다들 고개를 끄덕이는데, 조금 떨어진 곳에서 두 사람의 이야기에 귀 기울이고 있던 지리학 훈도가 우려를 표했다.

"그러다 윗분들 눈 밖에 나기라도 하면 어쩌려고? 그 맹랑한 작자가 그래도 제법 윗분들과 친분을 쌓은 것 같으니……."

"흥! 감히 웃전에 입도 벙긋하지 못하도록 혼찌검을 내줘야지. 미꾸라지 한 마리가 물을 흐린다고 하지 않는가? 그 녀석 때문에 이번에 새로 들어온 생도들의 기강이 엉망진창이 되어버렸어."

"말이 나왔으니 말이지, 우리 지리학 생도도 은근히 말을 안 따르고 반항하는 것 같으이."

기다렸다는 듯 유익보가 고개를 끄덕거렸다.

"거 보게. 이건 절대 해랑, 한 녀석의 말썽으로 끝날 일이 아닐세. 이대로 두었다간 관상감의 질서가 흐트러질 것이야."

"어떻게 하면 좋을까?"

"이참에 제대로 된 신참례를 한번 해볼 생각일세."

"신참례라. 훌륭한 생각일세."

장만돌이 기다렸다는 듯 손뼉을 치며 기꺼워했다.

"그럼 언제가 좋겠는가?"

장만돌의 물음에 유익보가 냉큼 대답했다.

"쇠뿔도 단김에 빼랬다고, 말이 나온 김에 오늘 밤은 어떤가?"

"오늘 밤?"

"마침, 적당한 장소도 물색해 두었네."

"의외로 치밀한 구석이 있군. 그래, 어디인가?"

"수강궁이 어떤가 싶네."

"수강궁?"

장만돌이 놀란 표정으로 유익보를 보았다.

수강궁은 일 년 전, 세자빈 간택이 치러졌던 전각이었다. 예전에
는 수려한 자태를 뽐내던 곳이었으나, 화재로 전각이 불탄 이후로
제대로 된 보수가 이루어지지 않아 버려져 있었다.

"하지만 그 수강궁엔 괴이한 소문이 많던데……."

사람이 죽은 곳이라 그런 것일까? 화재 이후로 수강궁은 갖가지
괴소문의 근원이 되었다. 밤에 귀신을 보았다거나, 화염에 휩싸인
괴인을 보았다는 소문에 찢어질 듯한 비명을 들었다는 이야기까
지. 시간이 지날수록 수강궁을 둘러싼 괴담은 연기처럼 부풀어 올
랐다.

"그런 곳이니 오히려 심보 고약한 생도를 혼내주기에 적합하지
않겠는가?"

유익보의 음습한 미소가 전염병처럼 다른 훈도들의 얼굴로 옮아
갔다.

"이상하네. 이쪽은 흙비가 아니네."

중궁전 근처, 담벼락 아래에 생긴 작은 물웅덩이를 살피던 해루

가 작게 혼잣말을 중얼거렸다.

새벽에 흙비가 내렸다. 그 말을 증명이라도 하듯, 궁 곳곳에 흙비의 흔적이 남았다.

담장 위와 처마에 누렇게 말라붙은 흔적을 어렵지 않게 찾을 수 있었다. 바닥에 고인 물웅덩이에도 어김없이 혼탁한 빛깔이 섞여 있었다. 그런데 이상하게도 중궁전 근처의 물웅덩이엔 흙비의 흔적이 전혀 보이지 않았다.

맑은 하늘이 고스란히 비치는 물웅덩이를 보며 해루는 연신 고개를 갸웃했다.

"정말 이상하단 말이야."

한날한시에 내린 비. 그런데 어느 곳엔 흙비가 내리고, 다른 곳에 흙비가 안 내리다니. 이해할 수 없는 일이다.

"특정한 곳에만 흙비가 내린다는 게 있을 수 있는 일일까?"

세자 저하와 관계된 일이라 해루는 이번 흙비를 가볍게 넘길 수 없었다. 그런 이유로 누가 시키지도 않았는데, 이리 궁 곳곳을 돌아다니며 흙비의 흔적을 살피는 것이었다.

그렇게 해루가 연신 고개를 갸웃거리고 있을 때였다.

"저기……."

조심스럽게 부르는 목소리가 들려왔다. 고개를 돌려 보니 어린 궁녀가 서 있었다.

"절 부르신 겁니까?"

"해랑 생도님이 맞으십니까?"

"네. 제가 바로 해랑입니다. 그런데 무슨 일이신지요?"

"생도님을 데려오라는 부탁을 받았습니다."

"저를요?"

해루의 물음에 궁녀는 고개를 끄덕거렸다.

"누가요?"

"따라와보시면 압니다."

말을 끝낸 궁녀는 어딘가로 종종걸음쳤다.

의아한 얼굴로 고개를 갸우뚱거리던 해루도 궁녀의 뒤를 쫓았다.

대체 누가 부르는 거지? 누군지 몰라도 가보면 알겠지.

궁녀를 따라 뽕나무 우거진 후원의 숲길을 걸었다. 얼마 지나지 않아 햇살과 나무 그림자가 절반쯤 섞인 길 중간에 한데 모여 있는 관상감의 훈도들이 보였다.

궁녀에게 해루를 불러오라 시킨 사람은 바로 그들이었다.

"그럼 저는 이만 가보겠습니다."

제 몫을 다한 궁녀는 연신 눈치를 살피며 후원을 벗어났다.

궁녀가 사라지자 해루가 유익보에게 물었다.

"시키실 일이라도 있습니까?"

느낌이 좋지 않았다. 부러 궁녀를 시켜 자신을 불러온 것이나, 하필이면 불러낸 곳이 이런 으슥한 곳이라는 점. 무엇보다 히죽히죽 웃고 있는 훈도들 틈에 유익보가 있는 것이 마음에 걸렸다.

"오냐, 내 너에게 꼭 시키고 싶은 일이 있구나."

유익보가 삐딱하게 고개를 기울이며 말했다. 말끝에 매달린 짓궂은 기색에도 해루는 아무것도 모르는 척 물었다.

"그게 무엇입니까?"

해루의 물음이 떨어지기 무섭게 유익보는 제 양옆에 서 있는 동료들을 돌아보았다. 그의 눈짓을 받은 두 사람이 별안간 해루의 양팔을 잡았다.

"왜, 왜 이러십니까?"

"오늘, 네놈의 못된 버릇을 고쳐주려 함이다."

"그게 무슨 말씀이십니까?"

"잔말 말고 따라와라."

유익보가 앞서 걸었다. 그 뒤로 해루가 질질 끌려가다시피 걸음을 옮겼다.

그렇게 얼마나 걸었을까?

검은 형체를 드러낸 전각 앞에서 유익보가 멈춰 섰다.

"여긴 어디……."

말을 하던 해루는 휘둥그레진 눈으로 눈앞의 전각을 응시했다.

이곳은…….

"수강궁이다."

같은 시각.

세자빈 전각 밖으로 작은 그림자 하나가 살금살금 나왔다. 땋은 머리를 뒤통수에 틀어 올린 생각시였다. 어린 궁녀는 연신 두리번거리는 시선으로 주위를 살폈다. 그렇게 한참이나 세심하게 주위의 기척을 살피고 나서야 비로소 전각에서 멀지 않은 정자로 향했다.

"왔느냐?"

정자 안에서 긴 그림자가 모습을 드러냈다.

"늦었습니다."

궁녀는 긴 그림자를 향해 깊게 고개를 숙였다.

"안으로."

긴 그림자가 정자 안으로 들어갔다. 궁녀가 그 뒤를 따랐다.

달빛이 은은하게 비추는 정자.

긴 그림자를 드리운 여인과 어린 궁녀가 마주 앉았다. 궁녀는 무릎을 꿇고 조심스러운 자세로 여인을 대했다.

달빛을 등진 여인은 무척 아름다웠다.

차갑고 섬세한 눈빛, 정갈한 이목구비와 차분한 몸짓. 등 뒤로 흘러내리는 유백색 달빛이 무색하리만큼 고고하고 아름다운 여인이었다.

다만, 한 가지.

완벽하리만큼 아름다운 그녀에게도 한 가지 흠이 있었다.

지인들 중에서도 아는 사람이 드물었지만, 궁녀는 우연히 그녀의 작은 흠을 보게 되었다.

오른쪽 손등을 덮고 있는 소맷자락 안. 고운 자태와 어울리지 않게 손바닥만 한 흉터가 있었다. 불길에 덴 화상 자국. 그 때문인지 여인은 언제나 손목이 드러나지 않도록 조심하였다.

"궁의 분위기는 어떠하더냐?"

여인이 물었다. 짙어가는 가을빛만큼이나 차분한 음성이었다.

"흉비 탓에 어수선합니다. 대신들과 궁녀들 사이에 좋지 않은 소문이 떠돌고 있습니다."

"예상대로구나."

궁 안의 좋지 않은 소식에도 여인은 흔들림이 없었다. 오히려 한결 차분한 신색이었다.

"하지만……."

"하지만?"

잠시 망설이던 어린 궁녀가 말을 이었다.

"허둥대는 대신들과 달리 저쪽의 분위기는 시종일관 침착합니다."

"조금은 허둥댈 줄 알았는데 과연, 쉽지 않구나."

"사건을 규명하기 위해 조사단이 꾸려졌습니다. 명례궁을 중심으로 집현전 학사들과 신루의 학사들 그리고 관상감이 나섰습니다."

"신루의 학사에 관상감이라……."

"아무래도 예감이 좋지 않습니다. 이대로 계속하다간 머잖아 꼬리가 잡힐 수도 있습니다."

"그렇겠지. 그들이 작심하고 나선다면, 꼬리가 잡히는 것도 시간문제일 테지."

"그럼 이제 그만해야 하지 않겠습니까?"

어린 궁녀가 조급한 목소리로 물었다. 하지만 기대와 달리 여인은 고개를 저었다.

"아니다."

"이대론 얼마 가지 않아 큰 사달이 일어날 거란 말입니다."

"조금 위험해졌다고 금세 일을 그만둘 수는 없단다."

"전…… 이러다 아가씨께서 크게 다치지 않으실까 걱정입니다. 이미 일 년 전에도……."

일 년 전을 언급하던 어린 궁녀가 헛바람을 집어삼켰다. 여인 앞에서 일 년 전의 사건을 얘기해서는 안 된다는 언질을 받았던 까닭이다.

어린 궁녀는 두 손으로 제 입을 막았다. 그리고 여인의 눈치를 살폈다. 다행히 여인은 그리 화난 표정이 아니었다.

"일 년 전엔 확실히 실패하였지. 성공을 장담하였는데, 예상치 못한 일이 많았기 때문이야."

시간이 아픔마저 덮어버린 것일까. 일 년 전 사건을 언급하는 여인의 목소리는 평소와 다름없이 담담하기만 했다.

"허나, 이젠 다르다. 그때 몰랐던 것을 지금은 알고 있으니까."

여인은 버릇처럼 왼손으로 오른쪽 손목을 쓸어내렸다.

실책으로 얻은 뼈아픈 교훈은 평생 잊지 못할 흉터로 육신에 새겨놓았다.

"자화 아가씨……."

궁녀는 여전히 걱정된다는 눈빛으로 여인, 자화를 응시했다.

그런 그녀를 안심시키려는 듯 자화가 미소를 지었다.

"걱정하지 마라. 모든 건 계획대로, 나의 계획대로 될 것이야."

멀리서 밤새 울음이 들려왔다. 달빛이 깊어진 궁궐은 그 어느 때보다 아름다웠다. 그러나 오직 한 곳, 세상의 모든 어둠이 몰려 있는 듯한 수강궁만은 사정이 달랐다.

뼈대만 남은 전각에 밤이 덧입혀지니, 형용할 수 없는 기괴한 기운이 허깨비처럼 주위를 배회하였다. 좋지 못한 소문으로 평소라면 사람의 발길이 드문 이곳에 때아닌 소란이 일었다. 사내들에게 붙들린 해루에게 유익보의 목소리가 파고들었다.

"뭐 하고 있느냐? 어서 안으로 들어가지 않고서."

"어찌하여 이곳으로 온 것입니까? 저더러 이곳으로 들어가라 함은 무슨 연유입니까?"

"왜긴 왜이겠느냐, 못된 네놈의 심보를 바로잡으려 함이지."

유익보는 전각 안으로 해루를 잡아끌었다. 그리고는 일 년 전, 간택인들이 잡혀 있던 그곳으로 그녀를 끌고 갔다.

"이거 놓으십시오!"

끌려가지 않으려 해루가 발버둥 쳤지만, 사내 셋을 감당하긴 어려웠다. 하나는 잡아당기고, 나머지 둘은 그녀의 등을 밀었다. 어느새 사방 덧문이 내려진 방 앞에 멈춰 섰다. 열린 문 안으로 보이는 방 안의 광경은 일 년 전의 흔적을 고스란히 간직하고 있었다.

다만 한 가지.

비밀 통로로 향하는 곳은 단단히 막혀 있었다.

겁에 질린 눈으로 안을 들여다보던 해루가 유익보를 돌아보았다.

"제게 왜 이러십니까? 제가 무얼 잘못했다고 이러시는 겁니까?"

그녀의 목소리가 두려움과 공포로 잘게 떨리고 있었다.

"네놈의 문제는 바로 그것이야. 자신이 무슨 잘못을 한 줄도 모르니 말이다. 오늘 밤, 이곳에서 네가 무슨 짓을 저질렀는지 곰곰이 생각해 보도록 하여라."

"모르겠습니다. 제가 무엇을 잘못했는지 도통 모르겠습니다. 말씀해 주십시오. 대체 제가 무슨 잘못을 했다고 이러시는 겁니까?"

"말하지 않았느냐? 그걸 생각해 보라고 말이다."

말이 끝남과 동시에 그는 해루를 방 안으로 힘껏 밀어 넣었다.

쾅! 묵직한 소리와 함께 문이 닫혔다.

해루의 눈이 두려움과 놀람으로 휘둥그레졌다.

문이 닫히기 무섭게 암흑이 덮쳐왔다. 한 치 앞도 분간할 수 없는 짙은 어둠.

덜컥, 겁이 났다.

단순히 어둠 때문이 아니었다. 달 한 조각, 별빛 하나 없는 어두운 산길도 콧노래를 흥얼거리며 걸었던 그녀다. 이깟 어둠쯤은 조금도 두렵지 않았다.

하지만 이곳은…….

퀴퀴한 먼지와 재로 가득한 이 장소만큼은 해루에겐 지옥보다도 더 무섭고 두려운 곳이었다.

일 년 전, 불길을 피해 달아나던 그녀의 앞에서 매몰차게 닫혔던 문, 그 차가운 기억이……. 그 잔인한 배신의 장면이 잔영처럼 눈앞을 어지럽혔다. 무섭게 타오르는 화염과 자욱한 연기가 당장에라도 다시 덮쳐올 것만 같았다. 극심한 공포에 해루는 문을 잡고 매달렸다.

"이러지 마십시오!"

문을 두드리고 걷어차며 애원했다.

"풀어주십시오! 제가 무얼 잘못했습니까? 말씀만 해주십시오! 당장 고치겠습니다! 그러니 제발 이곳에서 풀어주십시오! 제발, 제발…… 풀어주십시오."

그녀의 간절한 애원에도 되돌아오는 건 차가운 조소뿐이었다.

"감히 누구에게 이유를 묻는 것이냐? 네놈은 아직도 자신이 어떤 신세이며 어찌 처신해야 하는지 전혀 깨닫지 못했구나. 그 안에서 반성 또 반성하거라."

철컥! 밖에서 자물쇠를 걸어 잠그는 소리가 들려왔다.

"아, 안 돼."

해루은 낮게 신음을 내뱉으며 체머리를 흔들었다. 급한 손길로 몇 차례 문을 흔들어보았지만, 자물쇠가 걸린 문은 꿈쩍도 하지 않았다.

"제발! 제발!"

문에 몸을 기대고 서 있던 해루가 조금씩 무너져 내렸다.

공포가, 과거의 사나운 기억이 서걱대며 그녀의 영혼을 갉아먹기 시작했다.

해루는 어둠으로 침잠된 방구석에 몸을 동그랗게 말고 앉았다.

숨었다.

숨고 싶었다.

끔찍한 악몽으로 얼룩진 이곳에서…….

돌아보고 싶지 않은 과거가 재가 되어 날리는 이곳에서 달아나고 싶었다.

해루는 무릎 사이에 고개를 파묻은 채, 끊임없이 울며 중얼거렸다.

"제발, 제발, 제발……."

지금도 눈을 감으면 덤이의 비명이 들리는 것만 같다.

덤이는 웃고 있었다. 해루가 세자빈이 되는 모습을 보고 싶다며 환하게 웃고 있었다. 하지만 환한 미소는 곧이어 몰려온 화염에 흙탕물처럼 뭉개졌다.

"미안해, 덤이야. 내가 잘못했어. 내가……. 내가 막았어야 했어. 내 실수야. 내가 잘못한 거야. 내가 제대로 보지 못해서. 그래서 널 잃고 말았어. 미안해. 미안해."

해루는 주문처럼 미안하다는 말을 반복했다.

슬픔이 강물처럼 범람했다.

두려움은 늪이 되어 그녀를 삼켰다.

아무리 발버둥 쳐도 벗어날 수 없었다.

전신의 모든 곳으로 슬픔과 고통, 아픔과 절망이 스며들어왔다.

숨을 쉴 수 없었다.

시간이 흐르자 해루는 작은 흐느낌조차도 흘리지 않게 되었다.

그렇게 한참이 흐른 후.

방구석에 동그랗게 몸을 웅크린 채 해루가 작게 속삭였다.

"이대로 죽을 순 없어. 죽고 싶지 않아. 난 아직…… 해야 할 일이 있어."

어둠 속에서 그녀의 눈동자가 푸르게 빛났다.

"이제 좀 잠잠해졌군."

문 너머의 기척을 확인하던 유익보가 미소를 지었다.

지친 것일까? 아니면 체념한 것일까? 발광하듯 문을 두드려대던 녀석의 기척이 잠잠해졌다. 잠시 흐느끼는 울음소리가 들리더니, 그조차도 곧 사라졌다.

"이제야 제 처지를 좀 깨달은 모양이지? 하지만 어림없다. 내일 아침 해가 뜨기 전까지는 꼼짝없이 그곳에 갇혀 있을 줄 알거라."

유익보는 기분이 좋았다. 눈엣가시 같던 해루에게 복수를 하니 속이 시원하다 못해 통쾌하기까지 했다. 위아래도 모르고 천둥벌거숭이처럼 날뛰던 녀석. 이번 기회에 제가 섬겨야 할 사람이 누구인지 제대로 깨닫게 될 것이다.

"흥, 잘난 척하더니, 꼴좋군."

문 안쪽을 향해 이죽거리는 유익보에게 장만돌이 걱정스러운 한마디를 건넸다.

"정말 괜찮을까?"

버릇없는 생도를 혼내주자는 말에 좋다고 응하긴 했지만, 뒤늦게 후환이 두려워지기 시작했다. 특히, 해랑이라는 어린 생도는 높은 분들과 제법 친분이 있어 보이지 않았는가. 만약, 이 일을 계기로 앙심이라도 품었다간 자칫 귀찮아질 수도 있다.

"괜찮지 않으면? 제깟 놈이 뭘 할 수 있단 말인가?"

"저러다 무슨 일이라도 생기면 어쩌려고 그러나."

"제 놈이 가당찮은 호기심으로 이곳을 찾아왔다가 그만 실수로 문이 잠겨서 생긴 일일세. 제가 잘못해서 발생한 변고이거늘 누굴 탓하겠는가."

해루를 강제로 가둔 것은 그 누구도 아닌 유익보였다. 그럼에도 그는 되레 해루에게 모든 책임을 떠넘기고 있었다.

"자네……."

"걱정은 접어두게. 저 녀석은 혼자고 우릴 대변해 줄 입은 여럿일 세. 사람들이 과연 누구 말을 믿겠는가? 우리가 가뒀다고 주장하는 저 녀석이겠는가? 아니면 저 녀석이 거짓말을 한다며 입을 모아 말하는 우리겠는가? 다른 사람들은 몰라도 교수님들은 당연히 우리 말을 믿어줄 걸세."

"그래도 그게……."

"이번 일로 녀석도 교훈을 얻을 게야. 아무렴, 머리가 있으면 생각이라는 걸 하겠지. 제까짓 게 웃전의 총애를 믿고 설쳐대긴 했지만, 결국 함께할 사람은 우리라는 사실을 말이야. 괜한 걱정은 접어두고 우리는 어디 가서 술이나 한잔하세."

유익보가 장만돌의 등을 밀며 자리를 떠나려 할 때였다.

쾅!

무언가 부서지는 듯한 소리가 들려왔다.

해루야

밤과 새벽의 경계.

슬그머니 떠오른 달이 중천으로 흘러갔다. 밤이 꽤 깊었음에도 신루의 불은 여전히 꺼질 기미가 보이지 않았다.

"흙비가 이상하단 말이냐?"

향의 물음에 심운기가 조사한 결과물을 올리며 설명했다.

"아무래도 빗물에 단순히 흙만 섞여 있는 것이 아닌 듯하옵니다."

"그래?"

향은 심운기가 올린 문서를 꼼꼼한 눈길로 살폈다. 심운기의 말대로 단순한 흙비로 보기엔 수상한 점이 많았다.

이 시기에 흙비가 내린 것도 이상한 일이거늘, 그 흙비에 다른 것이 섞여 있다? 어쩌면 이번에 내린 흙비는 하늘이 아닌 사람의 소행일 수도 있겠군.

"빗물에 섞인 것이 무엇인지 좀 더 자세히 알아보도록 하라."

"네, 저하."

말이 끝나자 향은 당연하다는 듯 서책으로 시선을 돌렸다.

그러나 심운기는 여전히 그 곁을 떠나지 못하고 있었다.

향이 의아한 낯빛으로 물었다.

"무에 더 할 말이라도 있는 것이냐?"

"아니옵니다."

심운기가 물러가자 향은 다시 서책에 몰두했다. 글을 읽는 그의 표정은 낮게 가라앉아 있었다. 차갑게 식은 눈동자엔 한 올의 온기도 보이지 않았다.

흘끔, 그 모습을 곁눈질하던 심운기의 얼굴에 아쉬운 기색이 피어올랐다 사라졌다.

예전에는 곧잘 '수고하였다'며 공치사도 해주셨건만. 물론 그런 공치사를 바라고 일을 하는 건 결코 아니었다. 다만, 아쉬운 건 돌처럼 굳어버린 향의 표정이었다. 아니, 저 마음이려나.

언제부터인가 얼어버린 마음엔 작은 바람조차 들어갈 수 없었다. 차가운 빙설처럼 얼어붙은 왕세자의 모습. 이제는 익숙해질 법도 하건만.

심운기는 길게 한숨을 흘리며 자리로 되돌아왔다.

"뭐라 하시는가?"

양여섭이 한달음에 그의 곁에 다가와 귓속말을 속삭였다.

"좀 더 자세히 조사하라는 명을 내리셨다네."

"무에 다른 말씀은 없으셨는가? 수고했다, 잘했다, 그런 비슷한 말씀 말이야."

"없었네."

"그렇군."

"쓸데없는 소리 말고 일이나 하세, 일. 그사이 더 알아낸 거라도 있는가?"

"내가 알아냈으면 여기 이렇게 앉아 있겠는가? 다만…… 김 학사가 뭔가 알아낸 것도 같은데 말이야."

양여섭의 말에 심운기는 뒤편에 앉아 있는 김담을 돌아보았다.

김담은 깊은 생각에 빠져 있었다.

"저리 심각한 표정인 걸 보니, 분명 결정적인 걸 알아낸 것이 틀림없어."

양여섭이 통통한 볼을 만지작거리며 눈을 빛냈다. 심운기 역시 고개를 끄덕거렸다.

"과연, 그런 모양이군."

"그런데 자네 그 얘기 들었는가?"

"무슨 얘기 말인가?"

"오랜만에 궁궐 분위기가 화사한 도홧빛이라더군."

"흙비가 내렸는데 도홧빛이라니?"

"주상 전하께서 모처럼 소리 내어 웃으셨다는 소문일세."

"주상 전하께서?"

심운기의 얼굴에 반색하는 빛이 떠올랐다.

"좀처럼 용안에 웃음기가 떠오르시지 않아 걱정하였거늘, 주상 전하께서 웃으시다니. 다행이네. 정말 다행이야."

"어디 그뿐인 줄 아는가? 오늘 아침부터는 수라도 예전처럼 잘 드셨다 하네."

"체기가 있으신지, 도통 무얼 젓수질 못한다고 하질 않았는가?"

"그랬지. 그런데 무슨 좋은 일이 있으신지, 온종일 싱글벙글하시며 이것도 해 와라, 저것도 먹고 싶다 하시었다구먼."

"듣던 중 반가운 소리로군."

"내 말이 그 말일세. 우리 저하도 예전처럼 돌아오시면 얼마나 좋겠는가."

"그러게나 말이야."

심운기와 양여섭은 약조라도 한 듯 향을 바라보았다. 그러나 책장을 넘기는 향은 여전히 냉랭하기만 했다. 예전처럼……. 아니, 예전만큼은 아니더라도 그저 입가에 작은 미소 한 조각만 띠셔도 좋으련만. 예전엔 그리 잘 웃으시던 분께서 이리 차가워지실 줄은 미처 몰랐다.

"에휴."

안타까운 마음에 양여섭이 앓는 소리를 낼 때였다.

"생각났다!"

신루로 돌아온 이후, 내내 심각한 얼굴로 생각에 잠겨 있던 김담이 별안간 소리를 치며 자리에서 벌떡 일어섰다.

"뭐야?"

"김 학사, 뭐가 생각났다는 건가?"

심운기와 양여섭이 동시에 물었다. 두 사람을 둘러보며 김담이 큰 목소리로 외쳤다.

"그 뒷모습, 해루였어!"

김담의 입에서 해루라는 이름이 튀어나오기 무섭게 심운기와 양여섭이 달려들어 그의 입을 틀어막았다.

"이 사람, 미쳤는가?"

"지금 여기가 어디라고 그 이름을 입에 담아?"

신루에서 '해루'라는 이름은 절대 입 밖으로 꺼내서는 안 되는 금기어였다. 일 년 전, 해루를 잃은 세자 저하께서 크게 상심한 모습을 보이신 이후로 생긴 일종의 불문율이었다.

향의 눈치를 살피던 심운기가 김담을 타박했다.

"자네, 왜 이러는가? 너무 골몰하다 정신이라도 나간 건가?"

자신을 향해 쏟아지는 지청구가 들리지도 않는 듯, 김담은 입이 막힌 채로 웅얼거렸다.

"아니야. 해루일 리 없잖아. 하지만 그 뒷모습은 해루가 분명한데."

갈팡질팡하는 그를 보며 심운기가 눈매를 가늘게 떴다.

"자네…… 설마, 지금 해루를 보았다고 말하는 건가?"

김담이 고개를 끄덕거렸다.

"그래. 미친 소리라고 생각할지 모르겠지만 해루, 그 아이를 본 것 같네."

"말도 안 되는 소리 말게. 그 아인……."

심운기는 잠시 말을 멈췄다. 해루가 죽었다는 말을 차마 입 밖으로 내뱉을 수 없었다.

그를 대신하여 양여섭이 끼어들었다.

"죽은 아이를 어디서 보았다는 건가? 자네, 자다가 꿈이라도 꾼 거 아니야?"

"아닐세. 보았어. 정말 보았다네."

김담은 확신하고 있었다.

이쯤 되니 심운기도 마냥 아니라고 부정(否定)만 할 수는 없었다. 아니, 실낱같은 가능성에 희망을 걸어보고 싶었다.

"어디서? 어디서 우리 해루를 보았다는 건가?"

"관상감의 생도 중에 우리 해루와 똑같이 생긴 자가 있었네. 아니지. 정확하게는 뒷모습이 해루와 무척 닮았네. 이름이 뭐였더라?

그래, 해랑! 해랑이라고 하였어. 이제 보니 이름도 비슷하군."

"관상감이라고? 관상감 생도라면…… 사내가 아닌가?"

"당연히 그렇겠지."

"우리 해루는 여인이고."

"간혹 오락가락 헷갈리긴 했지만, 분명 여인이었지."

"여인이 어찌 사내만 드나들 수 있는 관상감 생도가 될 수 있겠나?"

"알고 있네. 말이 안 되는 일이라는 걸 나도 잘 알고 있네. 하지만 어쩌면, 해루라면 그럴 수도 있겠다는 생각이 들어서 말이야."

"자네, 해루가 보고 싶은 마음에 그만 헛것을 본 거 아닌가?"

"아닐세. 이제야 하는 말이지만, 사실 해루를 본 것이 이번만은 아닌 듯하네. 얼마 전에도 본 것 같으이."

"어허, 이 사람 이거 중증이로군."

양여섭이 혀를 끌끌 찼다. 아무래도 '해루앓이'를 하는 사람은 세자 저하 한 사람만이 아닌 모양이다.

하지만 김담은 전에 없이 진지했다.

"이럴 게 아니라 해랑이라는 친구를 조사해 봐야겠네."

마음이 급해진 김담은 당장에라도 신루를 나가려는 듯 몸을 일으켰다.

그때였다.

"그럴 필요 없다."

내내 무심한 얼굴로 서책을 읽던 향이 김담에게 시선을 던졌다.

"무슨 말씀이십니까?"

"좀 전에 말한 그 생도 말이다, 조사할 필요 없다."

"하오나……."

"그자에 대해서는 내가 이미 조사를 마쳤다. 해루와는 전혀 상관없는 자다. 그러니 소란 피울 것 없다."

"그랬……습니까?"

"괜한 생각 말고 그 시간에 흙비에 대해서나 더 알아보도록 하라."

"……알겠습니다."

김담은 어깨를 축 늘어뜨리며 도로 자리에 앉았다.

혹여 해루는 아닐까 기대했는데, 세자 저하께서 저리 단호히 아니라 하시니 아닌 거겠지.

온몸을 가득 채웠던 바람이 일시에 푹 빠져버린 기분이었다.

때마침 신루로 들어서던 비연이 김담의 얼굴을 보고 고개를 갸웃거렸다.

"어이, 김 학사. 연모하던 여인이 갑작스레 다른 사내와 혼인이라도 한 겐가? 표정이 왜 그래?"

"비연, 자네 왔는가."

"무슨 일이야?"

"별일 아닐세."

"별일 아니기는, 다 죽어가는 표정인데?"

"그럴 일이 있네. 조금 실망해서 그러는 것이니, 곧 괜찮아질 것이야."

"대체 무슨 일로, 어떻게 실망을 했기에 그런 표정이 될 수 있는 건가? 어디 한번 말해 보게. 얘기나 좀 들어보세."

비연의 추궁에도 김담은 힘없이 고개만 흔들 뿐이었다.

하는 수 없이 비연은 주위의 다른 학사들에게 궁금증을 넘겼다.

"저 친구가 왜 저러는지 자넨 아는가?"

양여섭이 탁자에 엎드린 김담을 흘끔 보며 대답했다.

"헛것을 봐서 그런 걸세."

"헛것?"

"갑자기 해루 닮은 자를 관상감에서 보았다고 저러지 않는가."

"해루는 또 뭐야? 들으면 들을수록 모를 소리뿐이군."

"그러니까 자네가 없는 동안 우리 신루에 좀 해괴한 녀석이 들어 왔다네."

"그 해괴한 녀석의 이름이 해루?"

"그렇지. 좀 별난 구석이 많은 여인이었네. 그 아이가 일 년 전에 모종의 사건으로 실종……. 아니, 죽고 말았지. 그런데 저 친구가 별안간 죽은 아이를 봤다고 소란을 피우지 않겠는가. 그것도 사내 만 득시글한 관상감에서 말이야."

"말도 안 되는 소리."

"당연히 말이 안 되지. 그래도 확인해 보고 싶다고 의지를 보였 는데……."

"보였는데?"

"세자 저하께서 쓸데없는 짓 말라 하셨다네."

"저하께서 말인가?"

비연은 슬그머니 향을 돌아보았다. 그러다 이내 양여섭에게 다시 시선을 돌렸다.

"그래서? 담이 저 친구가 헷갈릴 만큼 해루를 닮았다는 사람이 누구라던가?"

"아, 그러고 보니 자네도 지금은 관상감에 있다고 하였지. 그래, 해랑. 해랑이라는 이름이더군."

"해랑이라고?"

"아는 사이인가?"

"알다 뿐인가. 나와 아주 막역한 사이지. 그렇지 않아도 해랑, 그 친구가 사라져서 찾고 있던 참이었네."

"그 친구가 사라져?"

"흙비를 조사하겠다고 나가서는 지금까지 감감무소식이야. 다른 건 몰라도 밥때는 어긴 적이 없는 친구거든. 그래서 지금 찾는 중이……."

비연의 말이 채 끝나기 전이었다.

탁자 앞에서 미동도 않던 향이 불현듯 자리를 박차고 일어났다. 그러고는 무슨 급한 일이라도 있는 듯 신루 밖으로 사라졌다. 한순간에 일어난 일에 김담을 비롯한 신루 학자들의 표정이 멍해졌다.

"저하께서 왜 저러시나?"

중얼거리는 양여섭의 볼을 길게 잡아당기며 비연이 말했다.

"아무래도 자네, 나하고 이야기 좀 하세."

"아얏! 이것 좀 놔. 대체 무슨 얘길 하겠다는 건가?"

"해루, 그 아이에 대해 알려주게. 하나도 빠짐없이, 세세히."

비연은 향이 사라진 어둠을 응시했다. 그의 눈동자는 호기심이라는 안개로 뒤덮여 있었다.

쾅!

심상치 않은 꿍음이 들려왔다. 동시에 해루가 갇힌 방의 문이 요란하게 흔들렸다.

동료들과 술 한잔 걸치러 가려던 유익보가 눈을 휘둥그렇게 떴다.

"이게 무슨 소린가?"

"뭐야? 뭐가 무너지기라도 한 거야?"

갑작스러운 소음과 진동에 훈도들은 어리둥절한 표정을 지었다.

콰앙! 다시 한 번 묵직한 굉음이 울렸다.

그 충격으로 잠긴 문이 부서질 듯 흔들리고, 사방에 더께처럼 쌓여 있던 먼지가 우수수 떨어졌다.

"저, 저기 안에서 그러는 것 같은데?"

장만돌이 안쪽을 가리켰다.

"해랑이 갇힌 곳 말인가? 저 안에서 대체 무슨 일이 벌어지고 있는 거지?"

훈도들은 해루가 갇힌 방을 보며 마른침을 꿀꺽 삼켰다.

"설마, 해랑 그 녀석이 하는 짓은 아닐 테지?"

"말도 안 돼. 그 비리비리한 녀석이 제아무리 용을 쓴다 해도 이런 큰 소리를 낼 수 있겠는가?"

"하긴 그렇군."

그들의 말을 비웃기라도 하듯, 다시 한 번 굉음이 울렸다.

콰드득. 굉음과 함께 기어이 굳게 닫힌 문짝이 바깥쪽으로 부서져 떨어졌다.

"어이쿠!"

문 앞을 얼쩡거리던 유익보가 부서지는 문짝과 함께 바닥에 나뒹굴었다.

"이게 대체 어찌 된 일이야?"

"무, 무슨 일인가?"

놀란 훈도들이 유익보의 곁으로 달려왔다. 유익보는 대답 대신 앞쪽을 손가락질하며 입을 쩍 벌렸다.

"저, 저기! 저기 좀 보게!"

"저기?"

"뭐라도 있는가?"

훈도들은 유익보가 가리키는 곳으로 시선을 돌렸다.

부서진 문의 안쪽.

"허억. 허억. 허억."

굶주린 들짐승이 내는 듯한 거친 숨소리가 들려왔다. 곧이어 검은 형체가 어깨를 들썩이며 유익보를 향해 성큼성큼 걸어왔다.

해루였다.

유익보의 입에서 욕지거리가 튀어나왔다.

"이……. 이 미친놈……."

설마, 문짝을 부수고 나올 줄이야. 제 몸 부서지는 것도 두렵지 않단 말인가?

그러나 그건 유익보의 오해였다.

제 몸 부서지는 것이 두렵지 않은 것이 아니었다. 오히려 너무 두려운 나머지 일으킨 일종의 발작이었다.

"너……."

거칠게 숨을 내뱉던 해루가 별안간 유익보의 멱살을 움켜쥐었다.

"헉!"

숨구멍이 막힌 유익보가 다급한 신음을 흘렸다. 손을 버둥거리며 해루를 밀치려 했지만, 뜻대로 되지 않았다. 절망과 분노로 반쯤 이성을 상실한 해루는 평소라면 상상도 할 수 없는 엄청난 힘을 뿜어내고 있었다.

때로 사람은 죽음의 위기 앞에서 괴력을 발휘하곤 한다. 지금의 해루가 그런 상태였다. 수강궁은 해루에게 있어 지옥보다 더 두려운 공포의 장소였다.

"이, 이 녀석이……."

유익보는 당황했다.

제 목덜미를 쥔 채 바싹 다가온 해루와 눈을 마주할 수가 없었다. 그녀에게서 쏘아져 나오는 살기가 범상치 않았다.

기필코 복수하고 말겠다는 집념. 상처 입은 짐승처럼 퍼렇게 날을 세운 눈빛에 기가 눌렸다. 사람을 짓누르는 듯한 사나운 기운에 혼백이 씨앗처럼 쪼그라드는 듯했다. 겁에 질린 유익보는 애원하듯 말했다.

"내, 내가 장난이 좀 심했지? 이, 이러지 말고 말로……. 컥컥. 이러다 정말 죽겠네."

죽겠다는 시늉을 하며 엄살을 피워보았지만, 멱살을 잡은 해루의 손은 요지부동이었다.

어느덧 유익보의 안색이 벌겋다 못해 검게 죽어갔다.

그 모습을 노려보던 해루가 복잡한 표정을 짓더니 이윽고 손에서 힘을 풀었다.

숨통이 트인 유익보가 밭은기침을 했다. 그런 유익보를 내려다보며 해루는 서늘한 얼굴로 경고했다.

"다시는…… 날 가두지 마. 또다시 이런 일이 있으면…… 기필코, 무슨 수를 써서라도 널…… 죽여버릴 거야."

단순한 협박이 아니었다. 퍼렇게 빛나는 해루의 눈에는 원념마저 서려 있었다. 그 서슬 퍼런 겁박 앞에 유익보가 할 수 있는 대답이라곤 정신없이 고개를 끄덕이는 것뿐이었다.

그제야 해루가 몸을 일으켰다. 그러고는 비틀비틀 걸음을 옮겼다.

멍하니 그녀를 바라보던 훈도들은 화들짝 놀라며 길을 비켜주었다. 사내가 셋이나 있었지만, 누구도 그녀의 앞을 막아서지 못했다.

다들 떠나는 해루를 귀신 보듯 하였다.

✿

어깨가 아팠다.

팔꿈치도 아프고, 걸을 때마다 무릎도 욱신거렸다.

뺨으로 무언가가 뚝뚝 떨어졌다.

땀인가 싶어 소매로 닦아 보니 검붉은 피가 묻어 나왔다.

머리 어딘가가 찢어진 모양이다.

하긴, 그렇게 미친 사람처럼 문을 부수고 나왔으니 몸이 온전할 리 없겠지.

수강궁을 벗어난 지 얼마나 지났을까.

해루는 멍한 눈으로 걷고 또 걸었다.

머릿속이 흐릿하였다.

모든 것이 혼몽했다.

수강궁에 갇힌 순간, 깊은 수렁 속에 빠진 듯했다.

애써 잊은 과거의 일이 홍수처럼 그녀를 잠식했다.

미칠 듯 두려웠다. 무섭고 괴로워 견딜 수가 없었다.

달아나야 했다. 어떻게든 그곳을 벗어나야 했다.

빌어도 보고, 울어도 보고, 애원도 했다. 그럼에도 굳게 닫힌 문은 열릴 줄 몰랐다.

결국, 해루는 구석에 쪼그려 앉아 몸을 떨었다. 애써 억누르고 억눌렀던 공포가 순식간에 되살아났다.

화르륵, 어디선가 불타는 소리가 들려오는 듯했다.

'아니야. 그럴 리 없어. 그 일은 일 년도 더 전에 벌어진 일이야.

이젠 괜찮아. 불은 없어. 연기도 없고, 재도 날리지 않아. 아무것도 타고 있지 않아.'

고개를 저으며 부정했다.

그럼에도 기억 속에서 흘러나온 그 날의 참상은 점점 더 생생해지고 있었다.

❀

화염이 수강궁의 기둥을 삼키고 연기가 사방 자욱하게 깔렸다.

먼 곳에서 사람들의 신음과 비명이 들려왔다. 좁은 굴속에 갇힌 해루는 옴짝달싹할 수 없었다. 폐 속을 파고든 연기 때문에 연신 기침이 터져 나왔다.

해루는 문을 두드리며 애원했다.

"소은아, 갑자기 왜 이러는 거야? 이 문 열어줘. 응? 제발!"

문을 흔들며 간절하게 소리쳤다. 그러나 굳게 닫힌 문은 미동도 하지 않았다.

열릴 줄 모르는 문이 원망스러웠다. 평생 이토록 화가 난 적이 없었다.

왜 내게 이러는 거야? 왜 내게만 이리 잔혹한 거야? 한 번도 누굴 아프게 한 적 없어. 누구에게도 상처 입힌 적 없어.

그저 살고 싶었을 뿐이다. 그저 남들처럼 평범하게 살아가고 싶었을 뿐이다.

그런데 왜? 왜! 분노가 해일처럼 일어나던 그때.

"아가……씨."

꺼져가는 불씨처럼 작고 힘없는 목소리가 들려왔다.

해루는 덤이를 향해 고개를 돌렸다.

"덤이야, 정신이 들어?"

"아가씨."

"그래, 덤이야. 나야. 눈 좀 떠봐."

그 말에 기운이라도 얻은 듯 덤이가 희미하게 눈을 떴다. 그리고 손을 뻗어 해루의 얼굴을 닦아 주었다.

"아가씨, 얼굴에 뭐가…… 묻었어요."

착한 아이. 이 와중에도 나를 챙기는 거야?

"세자빈이 되실 거잖아요. 몸가짐을…… 조심하셔야죠."

"덤이야. 나, 세자빈 같은 건 안 될 거야. 그깟 게 다 뭐야. 그리고 이제 와서 하는 말이지만 난 세자빈이 될 수 없는 신세야. 그러니까 쓸데없는 말 그만하고 정신 좀 차려봐. 응?"

"제…… 소원이어요. 아가씨가 세자빈이 되었으면 좋겠어요. 그러니 꼭……. 꼭 세자빈이 되셔야 해요."

"으응. 알았어. 뭐든 할게. 뭐든 들어줄게. 그러니까 정신 좀 차려봐."

해루의 애원에도 불구하고 덤이의 낯빛은 점점 창백하게 변해갔다. 불과 매연으로 가득한 곳에서도 확연히 눈에 띌 만큼.

"약속……했어요."

덤이가 희미하게 웃었다.

불길한 느낌이 해루의 등줄기로 흘러내렸다.

해루는 서둘러 덤이를 흔들었다.

"덤이야, 덤이야. 왜 그래? 눈 떠봐. 날 보란 말이야. 덤이야! 덤아, 덤아, 덤아!"

해루의 입에서 서러운 비명이 새어 나왔다.

그 순간, 좁은 통로의 천장이 무너졌다.

와르르 쏟아지는 흙과 돌무더기 속에서 해루는 의식을 잃었다.

그렇게 모든 것을 잃어버린 공허의 시간이 지나갔다.

다시 기억이 돌아왔을 때, 해루는 알게 되었다.

그 불구덩이 속에서 자신이 살아 나올 수 있었던 이유.

바로 덤이었다.

덤이가 그녀를 보호해 주었다고 했다. 굴이 무너지는 순간, 다 죽어가던 그 아이가 자신의 몸으로 방패막이 노릇을 하였다고 했다. 흙과 돌무더기 속에서 해루를 구출했을 때, 덤이는 그 마지막 순간까지도 해루의 몸을 감싸고 있었다 했다, 입가에 미소를 머금은 채로⋯⋯.

이야기를 다 듣고 난 뒤, 머릿속이 텅 비어버렸다.

할 수 있는 것이 아무것도 없었다. 그저 슬퍼하는 것 외에는 아무것도 할 수 없었다.

미안하다, 미안하다, 미안하다. 그리고⋯⋯ 고마워.

하지만 덤이야, 네 소원대로 난 세자빈이 될 수는 없을 것 같아. 세자빈은 원한다고 될 수 있는 자리가 아니니까. 미안해. 대신 덤이야, 나 살아갈게. 내 목숨은 이제 나 하나만의 것이 아니니까. 네가 목숨을 다해 구해준 삶이니까. 덤으로 얻은 인생이니까. 그러니까 네 몫까지 열심히 살아갈게.

그래서였다.

유익보와 관상감 훈도들에 의해 수강궁에 갇히게 되었을 때, 절망의 구렁텅이에서 벗어나기 위해 필사적으로 발버둥 친 것은. 그저 그곳에서 벗어나야 한다는 생각뿐이었다.

용케 빠져나왔구나.

다행이다.

그런데 여긴 어디지?

해루는 얼굴을 적시는 핏물을 닦으며 앞을 보았다.

낯익은 장소가 눈에 들어왔다.

해루의 눈이 커졌다.

"이곳은……."

그곳이다.

소은에게 배신당하고, 덤이와 작별해야 했던 그 장소.

어떻게든 이곳에서 벗어나겠다는 생각으로 걸었는데, 알고 보니 그 자리를 빙빙 돌고 있었던 것이다. 해루는 무릎을 꿇고 털썩 바닥에 주저앉았다.

"덤이야, 덤아……."

땅이 꺼진 자리에 엎드려 봇물처럼 울음을 터트렸다. *끄윽끄윽*, 미처 내놓지 못한 속울음이 가슴을 가득 채웠다. 심장 깊은 곳에서 뜨거운 분노가 치솟았다. 동시에 뼈가 시리도록 차가운 슬픔도 느껴졌다.

어째서 그 작은 아이가 이곳에서 죽어야 했던 걸까? 그 아이는 아무것도 잘못한 것이 없었다.

그저 한 가지 죄라면…… 날 만난 것. 수많은 인연 중에 서로 어깨를 기대고 의지했던 것이 죄라면 죄.

그 물색없는 인연 때문에 그 작고 소중한 아이는 이곳에서 죽어야 했다.

"미안해, 덤아. 다시 돌아왔어도 너를 찾아올 수가 없었어. 나는 덤아……. 이 어리석은 마음은 날 위해 죽은 너보다 내 정인이 더 걱정되었어. 행여 그분께 무슨 일이 생기지 않을까 하여, 네가 있는 이곳엔 차마 걸음조차 하지 못했어. 미안해, 미안해……."

바닥을 짚은 손등으로 툭툭, 눈물이 방울져 떨어졌다.

그리고…….

해루는 그대로 혼절해 버리고 말았다. 덤이가 죽은 그곳에 몸을 웅크린 채로…….

시간이 얼마나 지났을까? 쓰러진 해루의 곁으로 바쁜 걸음 하나가 다가왔다.

새벽이슬이 내렸다.

행여 몸이 차가워질세라 사내는 서둘러 겉옷을 벗어 해루를 덮어주었다. 그리고 조심조심, 조금만 힘을 쥐도 바스러질까 두려워하는 것처럼 조심스럽게 그녀를 안았다.

때마침 구름에 가려 있던 달이 모습을 드러냈다.

고단한 해루의 얼굴이 달빛에 드러났다. 사내는 소매로 그 얼굴을 닦아주었다. 자신의 고귀한 손과 옷이 더럽혀지고 있었지만, 아랑곳하지 않았다.

"해루야."

낮은 부름이 해루의 콧잔등 위에 내려앉았다. 그 목소리에 안타까운 심경이 고스란히 담겨 있었다. 하지만 그의 부름에도 혼절한 해루는 눈을 뜨지 못했다.

그 처량한 모습에 사내는 한숨을 쉬었다.

"예전에는 부르지 않아도 곧잘 오더니, 지금은 불러도 눈을 뜨지 않는구나."

향은 낮게 한숨을 쉬며 해루를 품속 깊숙이 끌어안았다.

따뜻한 체온이 느껴졌다. 두근거리는 박동 소리가 생생했다. 내내 굳어 있던 그의 얼굴에 균열이 일었다.

지난 일 년 동안 사라졌던 미소가 향의 입가에 떠올랐다.

"바보 같은 녀석."

낮게 지청구를 던지고 있었지만, 목소리엔 온기가 가득했다.

"돌아왔으면 곧장 내게로 올 것이지 이 무슨 장난이란 말이냐? 너는…… 내가 보고 싶지도 않았더냐? 나는 말이다, 해루야……."

그리움이 가득한 눈빛. 꿈처럼 아득한 해루를 보고 또 바라보며 향은 말을 이었다.

"나는 해루야, 네가 그리웠다. 네가 보고 싶어 죽을 것만 같았다."

향은 해루를 단단히 결박했다.

다시는 떠나지 마라.

다시는 내게서 멀어지지 마.

놓지 않을 것이다. 절대, 놓아주지 않을 것이다.

절대 놓지 않겠다

그날의 하늘은 유난히 핏빛이었다. 한가로이 떠도는 구름 너머로 펼쳐진 노을은 불길하도록 아름다웠다. 또한, 그날은 뜻깊은 날이기도 했다.

세자빈이 간택되는 날.

일평생 나의 곁자리를 지킬 반려가 정해지는 날이었다.

세자빈 간택에 남은 사람은 모두 셋.

하나같이 남다른 아름다움과 지혜를 겸비한 여인들이었다.

그러나 이미 세자빈은 정해진 것이나 다름없었다.

세 명의 간택인을 두고 의견이 분분하였지만, 내 가슴엔 이미 한 사람의 이름이 깊게 각인되어 있었다.

해루.

동구비보에서 우연히 만난 여인.

길잡이 노릇을 하다 어찌어찌 궁까지 함께 오게 된 여인.

때로는 어린 사내아이처럼 순수하게 웃고, 먹지 말라 그리 일렀음에도 기어이 탐스럽게 핀 꽃을 먹는 여인. 누구보다 능청스럽고 또 누구보다 쉽게 풀이 죽는 여린 여인. 행여 시무룩할 때면 그저 쓱쓱 머리 몇 번 쓰다듬어주면 금세 밝은 웃음을 터트리는 여인.

언제부터인지 모르겠다.

그녀의 사소한 행동 하나, 스치는 눈빛이 내 가슴에 깊은 흔적을 남기게 된 것이…….

아마도 처음부터였으리라.

처음 무엄하게 이부자리로 파고들던 그 맹랑한 시작부터…… 그녀는 이미 나의 사람이었다.

가랑비에 옷이 젖듯 천천히, 시리도록 하얀 그녀의 웃음이 가슴속으로 스며들었다.

해루를 향한 감정의 흐름이 너무도 자연스러워 당연한 부정조차 하지 못했다.

버릇이 된 듯하였다.

어느새 중독되어 버렸다.

문득 정신을 차렸을 땐, 이미 그녀의 이름이 그의 심장에 낙인처럼 새겨져 있었다.

한 걸음 한 걸음.

계단 밟듯 간택의 고비를 넘어 내게 다가오는 그녀를 보며 운명이라 생각했다.

하여, 순순히 받아들였다.

거부하기엔 해루라는 이름은 이미 너무 큰 존재가 되어 있었다.

그녀의 복잡한 과거사 따윈 아무 문제도 될 수 없었다.

그녀의 출신이 어디인 게 무에 중요할까.

뜨거운 여름날일수록 먹구름은 더욱 짙은 법이니.

그저 해루면 된 것이다.

내가 아는 그녀면 충분한 것이다.

세자빈 간택이 마무리되는 날.

가슴이 벅차올랐다. 마침내 그녀를 정식으로 맞이할 수 있게 되었다. 시험과 상관없이 내 심장의 주인이 될 사람은 이미 해루로 정해져 있었다.

불변(不變).

해루야.

널 향한 나의 마음은 변함이 없다.

이곳에서 널 기다리고 있으니, 어서 오너라.

그날.

유난히 핏빛이던 하늘이, 구름 사이로 은은하게 퍼지던 노을이, 밤의 장막과 함께 붉게 내려앉았다. 수강궁에서 시작된 불길이 성난 파도처럼 모든 것을 삼켰다. 검은 연기가 악몽처럼 궁궐을 덮었다. 무섭게 일어난 불길은 모든 것을 앗아갔다.

화려한 전각, 찬연한 빛깔의 꽃들로 만발했던 화원, 단풍이 우거진 뒷담 길.

그리고 해루마저도…….

나의 햇살, 나의 웃음, 나의 심장까지도 일순간에 잿더미가 되어 버렸다.

믿고 싶지 않았다. 믿을 수 없었다.

내 눈으로 본 것 외에는 아무것도 믿지 않으리라.

해루의 이름을 외쳐 부르며 잿더미를 헤집었다.

신루의 학사들과 궁인들이 내 소맷자락을 붙들었다. 다리에 매달리며 애원하였다.

듣지 않았다. 들리지 않았다.

내 사람이 저곳에 있었다.

나의 해루가 저곳에 있는데, 어찌 나더러 아무것도 하지 말란 말이냐.

그러나 무정한 하늘은 끝내 해루를 돌려주지 않았다. 잔인한 불길은 그녀를 삼켜버린 채 자취를 감춰버렸다. 언젠가 그녀에게 선물한…… 발목에 매달아주었던 방울만이 외로이 돌아와 내 손바닥에 뜨거운 흔적을 새겼다.

분했다. 억울했다. 슬프고 원통해 참을 수 없었다.

하늘을 원망했다.

무정하나이다. 잔인하나이다.

어찌하여 내게서 그녀를 가져가시나이까.

내 고모와 누이를 말없이 빼앗아가더니, 어찌 또 내 여인마저 가져가시나이까.

하늘은 대답하지 않았다. 그 흔한 눈물 한 방울 흘리지 않았다. 마른기침조차 토하지 않았다.

그저 아무 일도 없었다는 듯 태평한 나날이 흘러갔다.

시간이 약이라 하였다. 슬픔도 괴로움도 시간의 강물 앞에서는 버티지 못한다고, 영영 벗어날 수 없을 것 같은 아픔도 언젠가는 흘러가고 만다고 하였다.

옳았다. 슬픔과 고통은 서서히 밀려가 종국엔 바닥마저 드러냈다.

그러나 그 텅 빈 공허……. 바람이 불 때마다, 태양이 뜨고 질 때마다, 숨을 쉬는 매 순간 서걱대는 그 빈자리는 어찌한단 말인가.

모래바람 부는 삭막한 마음의 공터엔 어느새 그리움이 둥지를 틀었다.

아무도 그리움을 지우는 법은 알지 못했다.

시간마저 약이 되지 못했다.

방울은 울지 않았다.

해루에게 선물한 방울이었다.

손수 발목에 걸어주며 잃어버리지 말라 그리 신신당부하였건만.

약조대로 방울은 돌아왔는데, 해루야, 어찌 넌 오지 않은 것이냐?

방울을 움켜쥐며 신음을 삼켰다.

방울은 벙어리 흉내를 내며 손바닥의 흉터로 굴러가 박혔다.

손에 새겨진 흉터가 제자리인 줄 아는 모양이다.

해루야, 어디에 있느냐?

네 방울도 제자리를 알고 있는데, 넌 어이하여 내 곁으로 오지 않는 것이야?

욕심은 화를 부른다.

진양이 준비한 사냥놀이.

사사로운 내기에 호기를 부렸다.

노루를 쫓다 그만 길을 잃어버린 것이다.

설상가상으로 비마저 내렸다.

이 일을 어찌한다?

난감하였다.

하늘의 보살핌인가.

산 아래로 향하는 매듭과 등불을 발견할 수 있었다.

누가 이곳에 불을 밝힌 것일까?

꼭 내가 이곳에서 길을 잃게 될 것을 알고 있는 것만 같았다.

해루도 그랬었는데.

산에서 가져온 등불을 그녀의 방울 옆에 두었다.

알 수 없는 누군가의 배려가 해루를 떠올리게 하였다.

한동안 등불을 바라보다 고개를 돌렸다. 끝을 알 수 없는 수렁에 발을 디딘 듯 기분이 한없이 가라앉았다. 하찮은 등불을 보고 해루를 떠올리다니.

이 얼마나 부질없는 짓인가.

그리움이 깊어 병이 된 모양이다.

날씨를 예지하는 이가 있다는 소식을 들었다. 비연이라는 이름으로 관상감에서 지내는 이순지에게서 들은 이야기였다.

심장이 덜컥 내려앉았다.

이를 드러내며 하얗게 웃는 해루의 얼굴이 머릿속을 가득 메웠다.

해루도 그랬었다.

귀신같이 비 내리는 걸 알곤 하였지.

긴 시간 상처받은 심장은 이제 해루와 관련된 작은 흔적만으로도 진탕 되고 내려앉았다.

아니다. 아닐 것이다.

어쩌다 우연히 비 내리는 걸 알게 된 관상감 생도가 어찌 해루일 수 있겠는가?

그러나…… 미련이 떠나지 않았다.

만약 해루가 맞다면……?

한번 떠오른 마음은 좀체 진정되지 않았다. 냉정한 표정으로 숨기려 하였지만, 표정보다 물어보는 말이 먼저 나갔다.

'그자가 누구더냐?'

아닐 것이다. 머리로는 그리 생각하면서도 발길은 어느새 그 괴이한 자가 있다는 곳으로 향하고 말았다.

'그자가 있는 곳으로 가자.'

한껏 기대를 품고 걸음 하였으나, 나를 맞이한 건 해루가 아닌 주인 잃은 텅 빈 자리였다. 세월의 흔적을 머금은 빈자리 어디에서도 해루의 흔적은 발견할 수 없었다.

순지가 잠시 자리를 비운 사이, 주인 잃은 빈자리에 앉았다.

졸음이 쏟아졌다.

저녁에 탕약을 마신 이후로 몸이 자꾸만 가라앉았다.

수마(睡魔)에 사로잡힌 듯 자꾸만 졸음이 쏟아져 견딜 수가 없었다.

잠시 졸았던 모양이다.

귓가에 두런두런 대화 소리가 들려왔다. 언뜻 '세자 저하', '큰일'이라는 소리가 들려온다.

본의 아니게 관원들을 불편하게 만든 모양이군.

그만 일어나려 고개를 돌렸다.

관상감의 관원 둘이 서로 말을 주고받고 있었다.

한 사내가 다른 사내를 다그치는 상황.

그런데 혼나고 있는 사내의 모습이 어딘지 모르게 눈에 익었다.

어디서 봤더라…….

생각은 길지 않았다.

해루!

뒤통수로 벼락이 내리치는 듯했다.

나도 모르게 눈을 부릅뜨고 말았다

그 사내는 해루를 똑 닮았다. 콧수염을 빼면 영락없는 해루였다.

머릿속이 혼란스러웠다.

이게 어찌 된 연유인가? 그녀인가? 아니면 닮은 사람인가?

흥분한 마음을 가라앉히기 어려웠다. 서둘러 고개를 돌려 자는 시늉을 하였다. 그러고는 속달거리는 대화에 귀를 기울였다.

변명하듯 이어진 목소리, 가는 숨소리.

들으면 들을수록 해루……. 그녀가 확실했다.

살아 있다. 살아 있었다. 해루가 다시 돌아왔다.

신루로 돌아온 이후에도 흥분은 쉬이 가라앉지 않았다.

해루였다. 해루가 분명했다. 다른 사람일 리 없다.

기쁨이 용솟음쳤다. 희열을 주체하기 어려웠다. 꽉 억눌려 있던 숨통이 이제야 환하게 트인 듯했다. 동시에 의문이 생겼다.

어찌하여 내 곁으로 돌아오지 않는 것일까?

어찌해 엉뚱하게도 사내 노릇을 하는 것이냐?

당장 달려가 묻고 싶었다. 한달음에 뛰어가 가늘고 작은 어깨를 붙들고 따지고 싶었다.

아니다. 그 모든 것은 핑계였다.

그저 안고 싶었다. 품에 안고 그 따뜻한 실체를 느끼고 싶었다.

그 부드러운 목소리와 따사로운 미소를 만끽하고 싶을 뿐이었다.

해루야, 해루야, 해루야.

그러나 안달이 난 몸과 달리 머릿속은 차갑게 가라앉았다.

어째서 해루가 내 곁으로 오지 않은 걸까?

이내 결론이 내려졌다.

오지 않는 것이 아니었다. 올 수 없었던 것이다.

일 년 전, 궁을 불태운 자들과 관련되었기 때문이리라.

해루는 과거를 잃어버렸지만, 역도들은 그녀를 기억하고 있었다.

역모를 꾸민 자들과 끊어낼 수 없는 인연으로 묶인 탓에 덩달아 역도의 몸이 되어버린 해루는 내 곁으로 올 수 없었다.

그런 것이냐? 하여, 내게 올 수 없었더냐?

걱정 마라. 이제부터 내가 하마. 네가 돌아올 수 있도록 너의 자리를 준비할 것이다. 네가 안심하고 머물 수 있도록 든든한 울타리를 만들 것이야.

혹여, 그녀가 누군가에게 이용당하고 있어도 상관없었다.

설사, 해루의 뒤에 역모를 꾸민 자들이 있다 해도 개의치 않았다.

해결하면 그뿐이다. 모두 치워버리면 그만이다.

그리하여 해루가 당연히 있어야 할 자리로 이끌어주면 되는 것이다.

하늘이 내게 준 두 번째 기회.

절대 놓지 않겠다.

설령 하늘과 땅이 뒤바뀐다고 해도, 해루야…… 너만은 절대 놓지 않을 것이다.

"바보 같은 녀석."

혼절한 해루를 안아 든 채 향은 떨리는 목소리로 중얼거렸다.

의식 없는 해루가 알아들을 리 만무하건만, 그는 대화를 나누듯, 이야기를 전하듯, 말을 이어나갔다.

"조금만 기다리면 될 터인데, 내 준비가 끝날 때까지 잠시만 더 기다리면 될 텐데, 그새를 못 참고 말썽이더냐?"

향이 가만가만 해루의 코에 붙은 수염을 만졌다. 가짜 수염이 그의 손길을 따라 이리저리 움직였다. 향의 얼굴에 미소가 걸렸다.

오랫동안 잊었던, 해루의 실종과 함께 깊은 곳에 묻어두었던 감정이었다.

"얼굴이 이게 무어냐? 고운 얼굴에 왜 이런 장난을 한 것이냐?"

지청구를 내어놓던 향은 풀썩 마른 웃음을 흘렸다.

"그래, 넌 언제나 그랬지. 예전에도 어이없는 장난을 좋아했었어. 하지만 이번은 심했구나. 일 년이나 날 버려두다니. 널 그리워하며 애타게 하다니. 고약한 녀석 같으니라고. 천하의 나쁜 녀석."

말은 그리하면서도 향은 해루의 얼굴을 부드럽게 어루만졌다.

"아니다. 다 잊으마. 모두 용서하마. 이리 돌아왔으니, 이리 내 품에 안겨 있으니, 이리 너의 온기를 느낄 수 있으니, 모두 용서하마, 해루야."

향은 간절한 눈으로 해루를 바라보았다.

어느새 그의 두 눈에 습윤한 물기가 고였다. 물끄러미 해루를 바라보던 향의 고개가 서서히 아래로 향했다.

그리웠다.

그리워 꼭 죽을 것만 같았다.

그리운 사람의 향내, 그리운 사람의 체취.

그 모든 것을 한껏 품고 싶었다.

열망을 담은 그의 입술이 그녀의 입술 위로 포개졌다. 품속에서 작게 꿈틀거리는 해루를 놓치지 않으려 향은 그녀의 입술을 한입에 물었다. 여린 숨결이 이내 그의 입속 가득히 흘러들어 왔다. 흡족한 미소가 향의 입가에 맺혔다. 내내 얼어 있던 향의 마음이 녹아내렸다.

"이제 죽어도 너와 헤어지지 않을 것이야."

향의 단단한 다짐이 해루의 얼굴 위로 내려앉았다.

느른한 아침 햇살이 눈두덩을 간질거렸다. 하루를 시작하는 분주한 인기척이 여기저기서 들려왔다. 그러나 잠에서 깬 해루는 좀처럼 눈을 뜨지 못했다.

아니, 지금 당장은 눈을 뜨고 싶지 않았다.

무언가 좋은 꿈을 꾼 것 같았다.

한없이 따뜻하고……

한없이 포근한……

그래서 언제까지나 깨어나고 싶지 않았다. 하지만 계속 누워 있을 수만은 없으리라.

결국, 해루는 살그머니 실눈을 떴다.

익숙한 풍경이 눈에 들어왔다. 관상감에서 입직을 할 때면 잠시 눈을 붙이던 방이었다.

언제 이곳으로 돌아온 거지? 기억나지 않았다.

그런데……

해루는 고개를 들어 덮고 있는 이불을 내려다보았다. 햇솜으로 만든 듯 가볍고 뽀송뽀송한 이불의 감촉이 무척이나 기분 좋았다. 지금까지 여러 날 입직하면서도 단 한 번도 느껴보지 못한 기분. 여기 이불이 원래 이리 좋았었나?

고개를 갸웃거리자니 밖에서 인기척이 들려왔다.

"일어났느냐?"

이내 문이 열리고 구부정한 등을 한 중년인이 안으로 들어섰다.

사람 좋은 웃음, 눈가에 자글자글한 주름.

"최 교수님. 아얏!"

서둘러 일어나던 해루는 허리를 잡고 신음했다. 멍석말이라도 당한 듯 온몸이 욱신거렸다.

"그렇게 함부로 움직이지 않는 게 좋을 거다."

최정현이 고개를 저었다.

"어쩌다 그 모양이 되었느냐? 꼭 못된 신참례라도 당한 모습이구나."

"헉! 귀신이십니다."

"뭐라 하였누?"

"아, 아닙니다."

서둘러 고개를 저은 해루는 머쓱하게 웃어 보였다. 그러다 이내 미간을 찌푸리고 말았다. 어딜 어떻게 다쳤는지, 웃을 때마다 입가가 쓰라렸다.

"아아앗."

저도 모르게 앓는 소리를 내자니 최 교수가 허허 웃음을 터트렸다.

"오늘은 들어가 푹 쉬어라."

"하지만……."

해루는 무의식적으로 방문 밖을 시선으로 더듬었다. 유익보의 눈치를 보는 것이다.

지난밤 유익보를 겁박한 자신의 모습이 떠오르자 그녀는 두 눈을 질끈 감았다.

일 년 전부터였다. 어떤 극한의 상황에 내몰리게 될 때면 저도 모르게 이성을 잃곤 하였다.

이제 앞으로 어찌 유 훈도님의 얼굴을 뵙지?

해루의 걱정이 깊어졌다.

그때, 속내를 읽기라도 한 듯 최 교수가 말했다.

"유 훈도는 걱정하지 말고 들어가 쉬어라."

"그래도 되겠습니까? 제가 없으면 분명 역정을 낼 겁니다."

"이건 명과학 교수가 내리는 명이다. 명을 어기면 혼쭐이 날 것이야."

최정현의 표정이 엄해졌다. 그러나 이내 풀썩 사람 좋은 웃음을 터트리는 그를 보며 해루 역시 웃음을 흘렸다.

"그럼 교수님의 명을 따르겠습니다."

해루는 밖으로 걸음을 옮겼다.

잠시 후.

시전을 가로지르는 해루의 얼굴에는 웃음이 한가득했다.

이상하게도 눈을 뜬 이후로 내내 기분이 좋았다.

간밤에 호된 경험을 하였으니, 풀이 죽을 법도 하였건만. 그리운 정인을 만나기라도 한 사람처럼 하늘을 날아갈 듯 발걸음이 가벼웠다. 정체 모를 설렘이 가슴을 가득 메웠다.

무슨 좋은 일이 생기려나?

골목 끝의 화월루를 보며 해루는 낮게 콧노래까지 흥얼거렸다. 그렇게 몇 발짝 걸었을까?

조용하던 골목이 갑자기 요란스러웠다.

이른 아침이라, 밤을 지배하는 화월루는 곤한 잠에 빠져 있을 시간이었다.

누구야? 누가 곤한 사람들의 잠을 방해하는 거야?

해루는 점점 다가오는 발소리를 향해 고개를 돌렸다.

그 순간, 다다다다다!

잰 발소리가 그녀의 곁을 스쳐 지나갔다.

검은 무복에 삿갓을 눌러쓴 수십 명의 사내가 그녀를 지나쳐 화월루 앞으로 달려갔다. 그러고는 화월루의 높은 솟을대문 양옆으로 길게 도열했다. 순식간에 골목에서부터 화월루까지 사람으로 만들어진 긴 벽이 세워졌다. 뒤를 이어 달려온 사내들이 그 사이로 붉은 비단을 깔았다.

준비가 끝나자 누군가 딱! 손뼉을 마주쳤다.

기다렸다는 듯 양옆으로 서 있던 무사들이 한쪽 무릎을 꿇고 부복했다.

대체 뉘 행차인데 이리 요란한 걸까?

궁금증에 해루는 고개를 돌렸다. 이윽고 그녀의 커다란 눈이 더욱 커졌다.

"당신은······."

열없이 벌어진 입에서 낮은 신음이 흘러나왔다.

골목 끝.

거대한 가마가 당도했다.

가마의 주인은 무사들의 호위를 받으며 천천히, 권태롭도록 느른한 모습으로 걸음을 옮겼다.

어딘지 낯설지 않은 풍경.

놀라 석상처럼 서 있는 해루의 앞으로 가마의 주인이 다가왔다.

길고 너른 소맷자락을 바람에 흩날리며 오직 해루를 향해 곧장 다가오는 사내는 분명, 위창이었다.

"해루야."

위창이 해루에게 손을 내밀었다.

"태군······."

해루는 저도 모르게 향이 있는 궁궐을 돌아보았다.

그녀의 귓가에 위창의 목소리가 가시처럼 박혔다.

"네게 허락한 시간이 다 되었다."

"······."

그의 말이 이어졌다.

"이제 나와 함께 돌아가자."

마음의 상처는 독으로 다스린다

정지한 듯 시간이 더디게 흘렀다. 깊은 적막을 깬 것은 위창이었다. 그는 해루를 향해 손을 내밀었다.

"해루야, 이제 나와 함께 돌아가자."

내내 멍한 표정을 한 채 눈만 깜빡이던 해루가 작게 입속말을 중얼거렸다.

"태군?"

"그래, 나다."

위창의 얼굴에 환한 웃음이 내걸렸다.

반대로 해루의 표정에는 짙은 그림자가 드리워졌다. 잠시 눈치를 살피던 그녀는 슬금슬금 뒷걸음질을 치기 시작했다.

"전…… 바쁜 일이 있어 이만……."

해루의 걸음이 빨라졌다.

그 모습을 물끄러미 지켜보던 위창은 가볍게 고개를 돌렸다.

"잡아 와."

짧은 명이 떨어지기 무섭게 그의 좌우에 시립해 있던 무인 두 명이 바람같이 달려 나갔다. 이윽고 두 사람은 해루의 양팔을 잡고 돌아왔다.

"놓으십시오! 놔주세요!"

무인들에게 덜렁 들린 채 해루는 발을 버둥거렸다. 하지만 그 모든 것은 무의미한 저항이었다.

"누누이 말하지 않았느냐? 넌 절대 내게서 달아날 수 없어."

자신의 앞으로 다시 끌려온 해루를 보며 위창은 낮게 한숨을 쉬었다.

지지 않고 해루가 대답했다.

"누구도 절 잡아둘 수 없습니다. 그 누구도 말입니다."

쏘아오는 눈빛에 찔리기라도 한 듯 위창은 눈을 질끈 감았다.

그녀는 조금도 변하지 않았다.

휙 바람이 일도록 몸을 돌리며 위창이 말했다.

"자세한 이야기는 들어가서 하도록 하지."

화월루의 깊숙한 곳에 자리한 내실.

내내 비어 있던 위창의 거처에 온기가 돌았다.

위창은 보료에 기대앉아 해루를 바라보았다.

창틈으로 비스듬히 새어 들어온 햇살이 해루의 뺨과 턱을 어루만지고 있었다.

"많이 야위었구나."

"요즘 일이 많았습니다."

해루가 토라진 표정으로 대꾸했다. 강제로 끌려왔으니 기분이 좋을 리 만무했다.

그러나 위창의 입가에 떠오른 미소는 지워지지 않았다. 오히려 해루의 새침한 모습이 귀여운 듯 그는 눈가에 매력적인 주름을 만들었다.

"얼굴에 그 수염은 또 무엇이냐?"

"관상감에 들어가지 않았습니까? 사내들만 갈 수 있는 곳이라 어쩔 수 없었습니다."

해루의 대답을 들은 위창이 낮게 한숨을 쉬었다.

"네 청대로 궁에 넣어주었다만, 설마 그 모양새로 다닐 줄은 몰랐구나. 하고많은 곳 중에 왜 하필 관상감이었느냐?"

해루가 관상감에 쉬이 들어갈 수 있었던 이유, 모두 위창의 은밀한 도움 덕분이었다.

위험을 감수하면서까지 구태여 궁으로 들어가야겠다는 그녀의 고집을 그는 끝내 꺾지 못했다.

아니, 어쩔 수 없이 허락한 것이리라.

해루 같은 고집불통의 미련을 끊어내는 가장 빠른 지름길.

그것이 허무한 미련이라는 걸 스스로 깨닫게 하는 수밖에 없었다.

그걸 알고 있음에도 저리 어울리지 않는 콧수염을 달고 다니는 걸 보니 역시 마음이 좋지 않았다.

기왕이면 다홍치마라고…….

"평범하게 궁녀가 될 수도 있질 않았느냐?"

"제 얼굴을 아는 궁인들이 많습니다."

"그래서 구태여 사내의 모습을 하고 관상감 생도가 되었다?"

위창은 해루의 수염에 시선을 고정한 채 눈살을 찌푸렸다.

"네가 간절히 원한 터라 어쩔 수 없이 들어주긴 했다만, 아직도 난 네 생각을 이해할 수 없다. 쓸데없는 짓 그만하고, 나와 함께 돌아가자."

"……돌아갈 수 없습니다."

"해루야……"

"조금만 더 시간을 주십시오."

"더는 기다릴 수 없다."

해루는 고개를 저었다.

"제가 부탁한 시간은 반년입니다. 한데 이제 고작 석 달이 지났을 뿐입니다. 어찌 시간이 다 되었다 하십니까?"

"반년은 네가 고집한 시간이다. 난 처음부터 오직 석 달만 허락하였다."

"어쨌든 지금은 갈 수 없습니다."

"어째서?"

"흙비가 내렸습니다."

"흙비?"

위창의 눈매가 가늘어졌다.

"이 계절에 흙비라. 내가 조선에 머문 동안 그런 일은 없었는데."

"때아닌 흙비로 조정의 분위기가 어수선합니다."

"그래, 그렇겠지. 그런데 그게 네가 돌아가지 못하는 것과 무슨 상관이란 말이냐?"

"저와는 상관없습니다. 하지만……"

해루가 말끝을 흐렸다.

위창은 해루가 삼킨 뒷말을 짐작했다.

"세자와는 관계가 있는가 보군."

"……."

"말해라. 무얼 보았느냐?"

미래를 예지하는 해루의 능력.

그 예지력으로 위창 역시 위기의 순간을 모면할 수 있었다.

남들에게 없는 능력을 지닌다는 건 분명 행운이리라.

그러나 능력도 능력 나름, 미래를 예지하는 일은 인간의 그릇에 걸맞지 않은 큰 힘. 큰 힘은 반드시 재앙을 부르기 마련이다. 원하지 않는 예지력으로 해루의 앞날에 불행이 드리울까 걱정이었다.

그나마 한 가지 다행인 것은 해루의 예지력에 이상이 생겼다는 점.

큰 사고를 겪은 뒤 해루는 오로지 한 사람의 미래만을 보게 되었다. 심지어 자신의 앞날조차도 알 수 없게 되었다. 다만, 그녀가 볼 수 있는 한 사람이 위창, 자신이 아닌 다른 사내라는 사실이 명치에 걸렸다.

"이 비로 인해 그분께 좋지 않은 일이 생길 겁니다."

"고작 흙비다."

"예로부터 흙비는 좋지 못한 징조로 받아들여졌습니다."

"무지한 자들을 현혹하는 미신일 뿐이다."

"평범한 사람들에겐 하늘에서 떨어지는 벼락도 두려울 때가 있습니다."

"그렇겠지. 재앙이란 언제 어디로 떨어질지 모르는 것이니 천신의 분노나 날벼락이라 생각할 수도 있겠지."

"산신을 섬기고, 고목을 섬기고, 심지어 호랑이를 섬기는 이유도 그런 두려움 때문입니다."

"지상의 임금이 제아무리 고귀한 존재라 하나, 하늘보다 높을 수는 없는 법. 천도제 같은 제(祭)를 지내는 것도 그 이유 때문이지. 그러나 하늘의 신을 받드는 것이라면 모를까, 고작 흙비 따위로 한 나라의 국본이 위태로울 수가 있단 말이냐?"

"두려움의 힘은 생각보다 강력하니까요. 실재하지 않는 재앙도 실재하는 것처럼 만드는 것이 두려움이고, 두려움은 결국 소문이라는 날카로운 창이 되어 세자 저하를 공격할 겁니다."

혀를 끌끌 차던 위창이 해루를 바라보았다.

"세자에게 문제가 생긴다면 더더욱 널 이곳에 둘 수 없구나."

"저는 절대 이곳을 떠날 수 없습니다."

위창의 설득에도 해루는 제 뜻을 꺾지 않았다.

고집과 고집이 부딪쳤다.

누구 하나 물러서지 않는 강경한 충돌.

한 사람을 위한 질기디질긴 해루의 미련에 위창은 심화가 솟구쳤다.

어째서냐? 어째서 너는 단념하지 않는 것이냐?

"해루야……."

"꼭 해야만 하는 일입니다."

"그를 위해서 말이냐? 세자를 위해서?"

"네."

"그래서 네가 얻는 것은 무엇이냐? 네가 원하는 것이 대체 무어야?"

"……."

"그가 널 알아보길 원하느냐?"

"……."

"미련일랑은 버려라. 어리석은 꿈이다. 그는 널 알아보지 못할 것이다. 바로 곁에 있어도 그는 너라는 존재조차 모를 것이다. 그에게 넌 이미 죽은 사람이다."

위창은 해루가 잠시 망각하던 사실을 일깨워주었다. 아니, 해루의 아픈 가슴에 그는 사나운 쐐기를 박았다.

"행여 알아본다고 해도 내색하지 않겠지. 행여 네가 살아 있다는 걸 알아도 그에게 넌 그저 반역자일 뿐이니까. 반역을 도모한 역당의 무리 중 하나일 뿐이니까."

"……괜찮습니다."

"정말 괜찮겠느냐? 그의 곁에 네 자린 없다."

"괜찮습니다. 아무래도 상관없습니다."

"내가 상관있다. 내가 괜찮지 않아. 널 그리 두지 않을 것이다. 돌아가자. 아니, 널 데리고 갈 것이다."

"싫습니다."

"강제로 널 끌고 갈 수도 있다. 알고 있겠지?"

위창의 표정이 무겁게 내려앉았다. 그러나 해루는 두려워하지 않았다. 오히려 결연한 눈빛으로 위창을 바라보았다.

두 사람을 가로막고 있는 공기가 팽팽하게 부풀어 올랐다. 누구 하나 물러서지 않는 날 선 기운이 방 안을 휘감았다.

금방이라도 폭발할 듯 위태로운 정적.

"해랑! 해랑! 이 친구, 어디 있는가?"

문밖에서 해루를 찾는 목소리가 들려왔다.

이내, 방문이 열리고 한 사람이 불쑥 안으로 들어왔다.

"무엇이냐?"

느닷없는 불청객에 위창의 미간이 한데로 모였다. 그러나 불청객

마음의 상처는 독으로 다스린다 183

은 아랑곳하지 않은 채 방 안을 휘휘 둘러보았다.

"실례하겠소. 이곳에 혹시……. 아! 자네 이곳에 있었군."

해루가 놀란 표정으로 불청객의 이름을 불렀다.

"비연."

"자네가 이곳에 있는 줄도 모르고 한참 찾았네."

자신을 향해 날아드는 위창의 눈빛에는 아랑곳하지 않은 채 비연은 대뜸 해루의 손목을 잡았다.

"급한 일이 생겼네. 여기서 꼼지락거리고 있다간 불호령이 떨어질 걸세. 어서 가세나."

"무슨 일인데 그러십니까?"

당황한 해루가 이유를 물었다.

그때였다.

"그 손 놓아라."

차가운 일갈이 들려왔다.

위창이었다. 그가 시퍼렇게 눈을 번뜩이며 비연을 노려보았다.

"누구이신지는 모르지만, 나라의 중차대한 일입니다. 그러니 이 친구에게 볼일이 있더라도 나중에……."

문득 비연의 말꼬리가 흐려졌다. 무언가 잘못 본 건 아닌가 하여 손등으로 제 눈을 비비던 비연은 돌연 눈을 휘둥그렇게 떴다.

"아니, 이게 누구십니까? 태군이 아니십니까?"

"날 아느냐?"

"나라의 녹을 먹고 사는 관인이 어찌 태군을 모를 수 있겠습니까? 먼발치에서 두어 번 태군을 뵌 적이 있습니다."

비연은 서둘러 머리를 조아렸다.

"날 알고 있다니, 얘기가 조금은 수월하겠군."

위창이 해루를 눈짓하며 말을 이었다.

"그 사람은 나와 긴히 할 말이 있으니, 그대는 그만 물러가는 게 좋을 듯싶군."

"그것이……."

냉큼 물러갈 줄 알았던 비연이 어쩐 일이지 난감한 표정을 지었다.

위창의 눈빛이 다시 사나워졌다.

"무얼 망설이는 것이냐? 물러가라 하였거늘. 내 명을 거스르는 것이냐?"

"어이쿠, 제가 어찌 태군의 명을 거스를 수 있겠습니까. 다만……."

"다만?"

"이 친구를 찾아오라는 어떤 분의 명도 거스를 수 없는 처지인지라."

"사정을 얘기한다면 그대에게 명을 내린 사람도 이해하겠지."

"워낙 까다로운 분이신지라, 쉽게 이해하지 못하실 겁니다."

촥!

위창은 기어이 들고 있던 접선으로 서탁을 무섭게 내리쳤다.

"대체 명을 내린 자가 뉘기에 이러는 것이냐?"

얼음 알갱이가 묻어 있는 듯 차가운 목소리가 비연을 향해 날아들었다.

고개를 깊숙이 숙이며 비연이 대답했다.

"조선의 국본이신 세자 저하십니다."

순간, 위창의 눈매가 휘어졌다.

세자 저하가 해루를 찾고 있다? 설마, 해루의 정체를 눈치챈 것인가?

위창은 해루에게 시선을 돌렸다.

그사이 벌써 세자와 만났더냐? 정말 죽는 게 두렵지 않았던 것이냐?

소리 없는 질책이 해루를 향했다.

그러나 정작 해루도 놀란 건 마찬가지인 듯 고개를 갸우뚱거렸다.

"세자 저하께서 절 찾으신단 말입니까?"

"그렇다네. 이미 기다리신 지 오래되었으니, 서둘러 가세나."

비연은 다시 해루의 팔목을 잡아끌었다.

"서라!"

위창의 서늘한 한마디가 비연을 향해 쏘아졌다.

"정말 세자 저하가 이 아이를 찾으셨느냐?"

"어느 자리라고 거짓을 아뢰겠습니까?"

"이유가 무엇이냐?"

"감히 제가 그 존귀한 분의 의중을 어찌 알겠습니까? 다만, 저는 이 친구를 찾아오라는 명을 받았을 뿐입니다."

위창이 비연을 노려보았다.

비연은 무릎을 꿇은 채, 그 눈빛을 받아넘겼다. 그의 얼굴에는 미소가 가득했다. 위창의 위압적인 기세에도 그는 전혀 흔들리지 않았다.

"연유도 모른 채 저 아이를 내줄 수는 없다."

"송구하오나, 저는 세자 저하의 명을 받드는 사람입니다. 저하께서 데려오라 하셨으니, 저는 저 친구를 어떻게든 데려갈 것입니다."

"네 이놈!"

위창의 눈매가 매서워졌다.

그때, 맞서는 두 사람의 사이로 해루가 끼어들었다.

"세자 저하께서 절 찾으신단 말입니까? 그럼, 가야지요. 잠시도 지체할 시간이 없습니다. 어서 갑시다, 가요."

부러 호들갑을 떨며 해루는 비연의 팔을 잡았다.

"태군, 제게 관심을 두시는 건 고맙지만, 보시다시피 제가 좀 많이 바쁩니다. 모쪼록 시간이 많을 때 다시 뵙겠습니다."

그녀는 위창이 말을 덧붙이기 전에 도망치듯 밖으로 나가버렸다.

"하이고, 죽는 줄 알았네. 다행히 쫓아오지는 않는군. 휴우, 이제 살겠어. 사람의 눈빛이 어찌 그리 사나운 것인지. 꼭 맹수와 대적하고 도망친 기분이군."

화월루를 벗어난 비연은 위창의 눈빛을 떠올리며 몸을 부르르 떨었다.

"그래도 정작 그분 앞에선 당당하시더이다."

"아무렴, 사내대장부가 호랑이 굴에 떨어져도 당당함을 잃어선 안 되는 법 아닌가."

비연이 보란 듯 가슴을 두드렸다.

좀 전과는 달리 어린 악동 같은 모습인지라, 해루는 저도 모르게 미소를 지었다.

"덕분에 빠져나올 수 있었습니다. 감사합니다."

"하하하, 무슨 그런 섭섭한 말을 하는가. 우리가 남인가?"

비연이 친근하게 어깨를 부딪쳐왔다. 슬쩍 그 부대낌을 피하며 해루가 대답했다.

"형제는 아닌 듯합니다."

"피를 나눈 형제는 아니지만, 생사고락을 함께한 친구가 아닌가, 친구. 이쯤이야 당연한 일이지, 안 그런가? 자네라도 내가 그런 지경에 처하면 도와주었을 것 아닌가."

"뭐, 생사고락을 함께한 적은 없지만……. 비연이 그런 곤란한 상황에 처한다면 언제든 말씀만 하십시오. 힘닿는 대로 도와드리겠습니다."

"이거, 말만 들어도 든든하이."

흐뭇한 얼굴로 가슴을 활짝 펴는 비연을 보며 해루가 물었다.

"그런데 세자 저하께서 어찌 절 찾으시는지요?"

"아! 그거 말인가?"

잠시 주위를 둘러보던 비연이 해루에게 작게 속삭였다.

"뻥이라네."

"네? 뻥요?"

해루의 눈이 동그래졌다.

"하하하. 어찌 그리 놀라는가? 밖에서 들으니 자네가 곤란한 상황인 듯하여, 세자 저하 핑계를 댄 게지."

"그럼, 세자 저하께서는……."

"당연히 자넬 부른 적 없지. 어찌 부를 수 있겠는가? 그분께선 자네라는 사람이 있는지도 모르실 텐데 말이야."

"그런 겁니까?"

해루의 입에서 절로 안도의 한숨 소리가 새어 나왔다. 저하가 자신을 찾는다는 소리에 얼마나 놀랐던지.

"그래도 그렇지, 다른 사람도 아닌 세자 저하를 파시다니 간도 크십니다."

"하하. 사내대장부가 벗을 위해 무슨 짓인들 못 하겠는가. 그나저나 자넨 태군과 어찌 아는 사인가? 제법 각별한 사이인 듯 보이던데."

"그리 각별한 사이는 아닙니다."

"그럼?"

"자주 도움을 받고, 가끔은 도움을 주는 사이라고나 할까요."

"그런 사이를 각별하다고 말하지."

"그렇습니까?"

해루가 뒷머리를 긁적거렸다.

그녀를 비연이 말없이 응시했다.

"왜 그리 보십니까?"

"내가 참 대단한 친구를 둔 것 같단 말이지."

"그건 또 무슨 말씀이십니까?"

"자네, 알면 알수록 대단한 사람이 아니던가. 진양대군과 빈궁 마마에 이어 이젠 명국의 태군까지? 이러다간 자네가 주상 전하와 농을 주고받는 사이라고 해도 놀라지 않겠군."

"설마 그럴 리가 있겠습니까? 저 같은 사람이 어찌 주상 전하와 농을 주고받을 수가 있겠습니까? 생각이 과하십니다."

"그만큼 자네가 놀랍다는 뜻일세."

호탕하게 웃음을 터트리던 비연은 해루의 어깨에 습관처럼 팔을 둘렀다.

"자네, 나중에 잘되면 날 절대 잊어선 안 되네. 알겠지?"

그의 팔을 슬쩍 밀어내며 해루가 대답했다.

"절대 잊지 않겠습니다."

비연과 해루는 앞서거니 뒤서거니 하며 궁을 향해 떠났다. 화월루의 가장 높은 누각에 기대앉아 그 모습을 지켜보던 위창은 쓸쓸한 미소를 지었다.

"녀석, 뒤 한번 돌아보지 않는군."

"해루를 설득하는 일이 잘 안 된 모양입니다."

잔잔한 말소리가 들려왔다. 고개를 돌리니 음 선생이 찻상을 들고 안으로 들어오고 있었다.

"오랜만이군. 잘 지냈느냐?"

"명국에서 큰일이 있었다 들었습니다."

위창이 고개를 끄덕였다.

"다행히 잘 처리되었다. 덕분에 예정보다 일찍 이곳으로 돌아올 수 있었어."

"물론, 해루 때문이었겠지요?"

"날이 갈수록 눈치가 빨라지는 것 같군."

위창은 찻상을 사이에 두고 음 선생과 마주 앉았다.

음 선생이 찻잔에 차를 따르며 입을 열었다.

"지난 일 년 동안, 해루가 태군과 함께 있었다 들었습니다. 그동안 대체 무슨 일이 있었던 것입니까?"

"해루가 아무 말도 안 하던가?"

"기억을 잃은 채 반년을 보냈다 하더군요."

"그래, 그랬지."

일 년 전.

세자빈 간택에 참여했던 다른 간택인을 구하는 도중, 해루는 지하 토굴에 갇히고 말았다. 그때, 위창은 무너진 흙더미에 깔린 해루를 발견했다. 그녀의 지척엔 밖으로 통하는 문이 있었다. 그러나 그 문은 굳게 닫혀 있었다.

처음에 문이 닫혀 있는 줄 모르고 왔다 당한 봉변인 줄만 알았다.

그러나 정신 잃은 해루를 안고 밖으로 향하는 위창의 귓가에 그녀의 읊조림이 들려왔다.

'제발 그 문 좀 열어…….'

문은 처음부터 닫혀 있었던 것이 아니었다. 누군가에 의해 닫혀버린 것이다.

저 밖의 누군가 해루를 노리고 있었다.

하여, 왕세자에게 말할 수 없었다.

해루의 안전을 확보하지 않고서는 누구에게도 해루가 살아 있다는 것을 밝힐 수 없었다.

그러나 상황은 점점 안 좋은 쪽으로 기울어져 갔다. 화재를 일으킨 반역자들의 품에서 해루의 초상화가 나왔다. 어느 사이 해루는 반역자가 되어 관군에 쫓기는 상황이 되고 말았다.

위창은 결단을 내려야 했다.

결국, 그는 아무도 모르게 해루를 데리고 조선을 떠났다.

명국에 도착한 지 한 달쯤 되었을 때, 해루가 정신을 차렸다.

하지만 그녀는 정상이 아니었다. 덤이를 잃은 충격 때문인지, 기억을 잃고 만 것이다.

그 때문에 누가 그녀를 토굴에 가뒀는지, 어쩌다 덤이가 죽었는지는 의문으로 남아 있었다.

그렇게 반년의 시간이 흘렀다. 해루는 꼬박 반년 동안 자신이 누군지도 모른 채 살았다.

"돌이켜보면 그때가 좋았던 것 같군."

기억을 더듬는 위창의 목소리에 그리움이 담뿍 묻어 있었다.

그랬다. 그때가 좋았었다.

텅 비어 있긴 했지만, 해루의 눈 속엔 온전히 위창, 한 사람만이 맺혀 있었다. 그를 향해 웃어주진 않았지만, 그래도 그녀의 눈은 그를 향해 있었다. 어느샌가 자신을 '오라버니'라 부르는 그 목소리를 들을 때면 시린 바람만 불던 심장에 온기가 들어차는 듯했다.

음 선생이 상념에 빠진 위창을 깨웠다.

"반년 동안 기억을 잃었다면, 그 후 기억을 되찾은 반년 동안은 어찌 보냈습니까?"

"해루는 기억을 잃었을 때에도 종종 먼 곳을 멍하니 볼 때가 있었지. 누군가 자신을 부르는 것 같다고 말이야. 그런 녀석이 정신을 차렸으니……."

위창의 입가에 쓸쓸한 미소가 걸렸다.

"조선으로 돌아가야겠다며 고집을 피우기 시작했지. 세자를 꼭 만나야 한다면서 말이다."

"그래서 어찌하셨습니까?"

"어찌했을 것 같으냐?"

"제가 기억하는 태군은 원하는 것을 가지기 위해 수단과 방법을 가리지 않는 분이십니다."

위창이 소리 내어 웃었다. 음 선생의 말 그대로였다.

"그래. 난 수단과 방법을 가리지 않았지. 그 아일 처소에 가둬보기도 하고, 협박도 하였고, 때로는 간청도 하였지. 심지어 해루의 여린 발목에 족쇄를 채워놓기도 하였다."

"……!"

음 선생의 눈동자에 놀란 기색이 들어찼다.

염원(念願).

태군은 염원하고 있었다.

담담히 늘어놓는 이야기 속에서 그가 얼마나 해루를 원하는지 알 수 있었다.

이 사내가 누군가를 이토록 원했던 적이 있었던가.

위창의 말이 이어졌다.

"그런데도 녀석은 마음을 돌리지 않았지. 해루는…… 기억을 되찾은 이후로 줄곧 한 사람만 생각하고, 한 사람만 그리고 있더군."

"하여…… 이젠 포기하시는 겁니까?"

"천만에!"

위창은 단호하게 고개를 저었다.

"난 그녀를 가질 거다. 엉뚱한 것을 품은 녀석의 마음속을 나 하나로 오롯이 채울 것이야. 그러기 위해선 그 어떤 짓도 마다치 않을 생각이야."

내내 귀 기울이던 음 선생이 자리에서 일어섰다.

"오늘은 차보단 술이 필요할 듯합니다."

몸의 상처는 약으로 다스리지만, 마음의 상처는 독으로 다스려야 하는 법.

위창은 고개를 끄덕였다.

"아무래도 비가 올 모양이군."

창밖으로 먹장구름이 몰려오고 있었다.

흙비의 비밀

황혼 녘에 밀려온 먹장구름이 밤사이 큰비를 뿌렸다.

하늘이 무너질 듯 쏟아지는 폭우.

그러나 무섭게 내리던 비는 다음 날 아침, 날이 밝자 거짓말처럼 물러갔다.

구름 사이로 쪽빛 하늘이 말간 얼굴을 내밀었다. 귀밑을 간질이는 바람 사이로 가을을 느끼며 해루는 진양대군의 사저인 명례궁으로 들어섰다.

명례궁, 진양대군의 서고에는 각 처에서 모인 관원들이 있었다.

해루는 서둘러 관상감 관인들을 위해 놓인 좌석, 가장 뒤편에 앉았다.

관상감에서는 해루와 비연을 비롯하여 세 명의 교수들이 더 참석했다. 그 밖에도 집현전의 학자와 신루의 학자들도 자리하고 있

194

었다.

모두가 자리에 앉자, 진양대군이 들어왔다.

대군의 얼굴에는 짙은 그늘이 드리워져 있었다.

"그대들도 알다시피 간밤에 비가 내렸소."

자리에 앉기 무섭게 진양은 간밤에 내린 비를 입에 올렸다.

"이번에도 흙비가 내렸더군."

그의 말이 끝나기 무섭게 여기저기서 침통한 신음이 흘러나왔다.

진양은 좌중을 한차례 쓸어 보며 질문을 던졌다.

"이번 일에 대해 내 그대들에게 조사를 명하였소. 이제 성과를 확인하고 싶군."

진양은 관상감의 교수들에게 시선을 돌렸다.

"관상감에서는 이번 사태를 어떻게 보고 있는가?"

관상감을 대표하여 정윤기가 입을 열었다.

"아무래도 제를 올려야 할 것 같습니다."

"제?"

"흙비는 예로부터 큰 재앙의 전조로 받아들여졌습니다. 나라에 좋지 못한 일이 생길 것이라는 소문이 도성에 자자합니다. 백성들의 두려움이 덩굴처럼 번지고 있습니다. 그들의 마음을 달래기 위해서라도……."

정 교수가 말을 끝맺음 하기 전이었다.

"말도 안 되는 소립니다."

맞은편에 앉은 김담이 자리에서 일어섰다.

"고작해야 흙비가 내린 것이 무에 대단한 일이라고 재앙 운운한단 말입니까?"

반박하는 김담의 목소리에 정윤기가 눈을 빛냈다.

"말이 안 된다니. 이미 여러 문헌에 나와 있질 않소? 나라에 큰 변고가 생길 때면 하늘에서 그 징조를 미리 알리는 법이오. 땅이 흔들리기 전에 쥐 떼가 소란을 피우고, 큰 파도가 일기 전엔 물고기가 해변으로 밀려오는 법. 흙비 또한 이런 징조와 다를 것이 없소이다."

"그것은 자연재해에 민감한 짐승들에게나 벌어지는 일이 아닙니까? 그것과 이번 흙비는 전혀 다른 이야기입니다."

"허허, 전혀 다른 이야기라……. 김 학사께서 그리 자신 있게 말하는 걸 보니, 이번 일이 하늘의 뜻과 상관없다는 확실한 근거라도 가지고 있는 모양이오?"

"실은 지난번 일 이후로 의심이 들어 몇 가지 실험한 것이 있습니다."

"실험한 것?"

진양이 관심을 보였다.

"그게 무엇인가? 궁금하군."

김담이 진양에게 고개를 숙이고는 문 쪽을 향해 말했다.

"들여오도록 하라."

곧이어 문밖에서 시비들이 물동이 몇 개를 들고 들어왔다. 물동이들은 하나같이 너비가 좁고, 깊이는 유난히 깊은 특이한 모양이었다. 그 속에 물이 반쯤 차 있었다.

"그건 무엇인가?"

진양이 김담에게 물었다.

"본디 이 물동이들은 빗물의 양을 측정하기 위해 만든 물건입니다. 며칠 전, 저를 비롯한 신루의 학자들은 궁궐 곳곳과 시전의 여러 곳에 은밀히 이 물동이들을 두었습니다."

"물동이를? 어찌하여?"

"이번에 내린 흙비에 무언가 미심쩍은 부분이 있어 그러했던 것입니다."

"미심쩍은 부분?"

"우리 신루에서 조사한바, 흙비에는 온전히 흙만 있었던 것이 아니었습니다. 무언가 정체를 알 수 없는 이물질이 포함되어 있었습니다. 그리고 이번에 그것을 확실하게 알 수 있었습니다."

김 담은 미리 준비해 온 표주박으로 여러 개의 물동이 중 하나에서 물을 떴다. 그는 표주박의 물을 진양에게 내밀었다.

"대군, 이 물을 한번 봐주십시오."

진양이 물을 살피니 누렇고 불투명한 것이 영락없는 흙탕물이었다.

"흙이로군."

"냄새도 한번 맡아보십시오."

김담의 말대로 진양은 물에 코를 가져갔다.

"이것은…… 솔향이 아닌가?"

"물속에 송진 가루가 섞여 있어 그렇습니다."

진양은 눈살을 찌푸렸다.

"송진 가루는 주로 봄에 날리지 않던가? 그보다 나는 흙비에 대해 궁금한 것이지, 송진 가루가 섞인 물에는 관심이 없다."

"정확히 말씀드리자면, 이 물동이의 물은 간밤에 내린 빗물을 받은 것입니다. 그 빗물에서 흙과 더불어 송진 가루가 발견된 것입니다."

김담의 말에 정 교수가 비웃음을 담아 물었다.

"봄에 날리는 송진 가루가 흙비에 섞여 있다 하니 더더욱 석연찮은 이야기로군요. 이야말로 정말 큰일이 벌어질 징조가 아니고 무엇이겠소?"

"그렇지 않습니다."

"허면, 어찌하여 흙비에 송진 가루가 섞여 있다고 말하는 것이오?"

"만약, 이번에 내린 흙비가 하늘의 조화라면…… 흙만 있어야지 송진 가루가 있어선 아니 되겠지요."

"하지만 그대의 조사대로라면 송진 가루가 섞여 있네."

진양의 말에 김담은 고개를 끄덕였다.

"바로 그 때문에 미심쩍다고 아뢰는 것입니다."

"무슨 말인지 도통 이해할 수 없군! 대체 하고 싶은 말이 뭐요?"

정윤기가 더는 못 참겠다는 듯 소리쳤다.

"이번 흙비가 하늘이 아닌 사람의 소행이라는 게 신루의 의견입니다."

일순, 작은 술렁임이 일었다. 정 교수가 미간에 주름을 새기며 다시 물었다.

"김 학사의 말은 들으면 들을수록 이상한 구석이 많소이다. 대체 흙비와 송진 가루가 무슨 상관이란 말이오? 또한, 이번 흙비가 사람의 소행이다? 어떤 작자가 하늘에서 내리는 비에 흙을 섞을 수 있단 말이오? 애당초 그런 해괴한 일을 누가 꾸민단 말이오? 정신이 나가지 않고서야."

정 교수의 말에 관상감 교수들이 일제히 비웃음을 터트렸다.

"궤변이로다. 내 살다 살다 흙비를 사람이 내리게 한다는 말은 처음 듣는군."

"연구를 많이 하다 보니 잠시 정신이 나간 모양입니다."

"허허허. 정신이야 진즉 나간 건지도 모릅니다. 신루 학자들의 괴상하고 기이한 행적에 대해 다들 한 번쯤은 들어보지 않았습니까?"

웃음과 함께 조롱이 쏟아졌다.

그 모습에 해루는 주먹을 불끈 움켜쥐었다.

신루의 학자들이 뉘던가. 한때는 그녀와 함께 먹고, 자고, 생각을 나눴던 사람들이다. 그런 신루의 학자들이 조롱당하고 있었다. 다른 사람도 아닌 김담이 놀림을 받고 있었다.

해루는 신루 학자들이 얼마나 노력하고 있는지 누구보다 잘 알고 있다.

괴짜라고? 행실이 기이하다고? 그런 행동이 모두 지금보다 한발 더 나아가기 위한 노력이며, 희생임을 왜 모른다 말인가.

해루의 답답한 마음을 아는지 모르는지, 김담은 수모를 당하면서도 묵묵히 서 있기만 했다. 그렇게 한참의 시간이 흐른 후, 좌중의 소란이 가라앉자 김담이 다시 입을 열었다.

"만약 이번 흙비가 하늘에서 내린 것이 아니라, 누군가의 소행이라면……. 산에서 흙을 퍼 와 바닥에 고인 비에 뿌린 것이라면……."

소란스럽게 웃던 사람들이 입을 닫았다. 김담의 말이 이어졌다.

"산에서 퍼 온 흙이라면 당연히 산의 것이 잔뜩 섞여 있지 않겠습니까? 작은 벌레와 낙엽, 그리고 송진 가루."

"벌레와 낙엽은 보이지 않소만."

"걸러내었겠지요. 그런 것이 흙에 섞여 있으면 누구라도 의심할 테니까요. 체로 거르고 다시 눈으로 확인하여 잡스러운 것들을 모조리 솎아냈을 것입니다. 하지만 송진 가루는 그렇게 할 수 없습니다. 걸러내기엔 너무도 미세하니까요."

좌중이 고요해졌다. 놀람과 경악으로 일그러진 사람들의 얼굴을 보며 김담이 말을 이었다.

"첫 번째 물동이는 세자궁에 묻어두었던 것입니다. 가장 많은 송진 가루가 나온 것이 첫 번째 물동이였습니다. 여기 있는 세 번째와 다섯 번째 물동이는 중궁전과 집현전 근처에 묻어두었던 거지요. 이상하게도 이 두 물동이에는 송진 가루는커녕 조금의 흙가루도 없습니다. 그리고 이것과 저 물동이는 시전에서 사람들의 왕래가 가장 잦은 곳에 묻어두었던 겁니다. 이 물동이들 역시 다량의 송진 가루가 나왔습니다."

"흙비가 내린 곳과 그렇지 않은 곳이 있단 말이오?"

정윤기의 물음에 김담은 기다렸다는 듯 대답했다.

"송진 가루가 많이 나온 물동이는 주로 사람의 왕래가 잦은 곳이었습니다. 하늘이 흙비를 내릴 때 사람이 많은 곳을 골라 내리게 하지는 않을 겁니다. 게다가 정작 흙비가 내린 물에서도 송진 가루가 발견되었습니다. 산에서 퍼 온 흙이라는 말이지요."

"말도 안 되는 소리! 누가 무슨 저의로 그런 못된 장난을 한단 말이오? 혹시 지금 하는 것이 신루의 장난은 아니외까? 신루의 학자들이란 워낙에 기괴한 짓을 많이 하는 사람들이니 그런 짓을 아니 했다는 보장이 없질 않소이까."

정 교수는 김담의 말을 믿으려 하지 않았다.

"신루에서 왜 거짓을 말하겠습니까?"

"그거야 난들 알겠소? 관상감의 공을 가로채거나, 혹은 신루의 위상을 돋보이려 없는 일도 만들어내는 것일 수도 있지 않겠소?"

"그럼 관상감에서는 정녕 흙비가 하늘의 뜻이라 믿는 겁니까?"

"아니란 증거도 없지 않소?"

그때였다.

"하늘의 뜻이 아니란 증거, 보이면 되겠느냐?"

문밖에서 낮은 목소리가 들려왔다. 이내 문이 열리고 푸른 철릭을 입은 사내가 안으로 들어섰다. 모두 놀란 시선으로 그를 바라보았다. 그 시선 중에는 해루의 것도 섞여 있었다.

갑자기 난입한 사람은 다름 아닌 왕세자, 향이었다. 큰 걸음으로 들어온 향은 꿰뚫는 눈빛으로 방 안에 모여 있는 사람들을 하나하나 훑어보았다. 그러다 한순간, 해루와 시선을 마주했다.

덜컹.

해루의 심장이 바닥으로 곤두박질쳤다.

동시에 아차 싶었다. 갑작스러운 향의 출현에 잠시 넋을 잃고 있었다. 그 바람에 그와 눈빛이 마주친 것이다.

만약, 세자 저하가 날 알아보았으면 어쩌지?

해루는 코밑을 조심스레 만졌다. 수염이 잘 붙어 있는지 확인하기 위함이었다. 다행히 수염은 잘 붙어 있었다. 그래도 마음이 놓이지 않는지라, 그녀는 고개를 숙인 채로 미동도 하지 않았다.

그렇게 잠시 시간이 흘렀다. 다행히 그녀를 부르는 목소리는 들려오지 않았다.

해루는 조심스럽게 고개를 들어 향을 살폈다.

향은 그대로 해루를 지나쳐 진양대군이 있는 곳으로 향했다.

날 알아보지 못하셨어. 다행이다.

해루는 속으로 안도의 한숨을 내쉬었다. 동시에 가슴 한구석엔 섭섭한 감정도 들어찼다. 다른 사람은 몰라도 세자 저하라면 날 알아볼 줄 알았는데. 그러다 이내 고개를 저었다.

아니다. 쓸데없는 생각이야. 세자 저하께 들키면 안 된다는 걸 알잖아. 그리되면 세자 저하를 지켜낼 수 없는걸. 나 자신을 위해서도 절대 들켜선 안 돼.

해루는 스스로를 다독였다. 그런데…… 어째서인지 위창의 말이 자꾸만 떠올랐다.

—그의 곁엔 네가 설 자리는 없다. 그는 이미 널 잊었어. 그러니 쓸데없는 희망 따윈 품지 않는 게 좋을 것이다.

그녀는 풀 죽은 눈빛으로 향을 바라보았다.

그와 자신 사이의 거리가 하늘 끝에서 땅끝만큼 멀게만 느껴졌다.

"그날, 흙비가 내리지 않았다는 증거를 보이면 되는 것이냐?"

사람들의 시선을 한 몸에 받으며 향은 자리에 앉았다.

그의 물음에, 목에 핏대를 세우며 김담에게 따지던 정 교수는 고개도 들지 못했다. 감히 세자 저하의 앞에서 제 주장을 피력할 만큼 그는 간이 크지 않았다.

다행히 향은 더는 물어보지 않았다. 대신 담담한 목소리로 문밖을 향해 말했다.

"준비되었느냐?"

"네, 저하."

"그럼 안으로 들라."

그의 명이 떨어지기 무섭게 무관 셋이 안으로 들어섰다. 그들은 하나같이 큰 보퉁이를 등에 메고 있었다. 그것들을 바닥에 풀어놓자 무관의 것으로 보이는 관복들이 쏟아져 나왔다.

"간밤에 번을 섰던 자들의 관복을 모두 거둬 왔느냐?"

"네, 저하. 명 내리신 대로 간밤에 궐문을 지켰던 수문장의 군복과 전립, 그리고 수문군의 협수포를 모두 거둬 왔사옵니다."

"모두 비를 맞았더냐?"

"확실하옵니다."

향이 고개를 끄덕였다. 그러고는 입구에 선 시비들에게 명했다.

"가서 큰 나무통에 깨끗한 물을 받아 오너라."

곧 시비들이 물이 가득 찬 나무통 여러 개를 가져왔다. 향의 명령이 이어졌다.

"비 맞은 관복들을 물에 헹구거라."

"명 받잡나이다."

시비는 무관이 가져온 군복들을 물이 차 있는 나무통에 집어넣었다. 사람들이 지켜보는 가운데 그녀는 군복을 헹궜다. 그렇게 일련의 과정을 끝낸 시비가 뒤로 물러섰다.

향은 정윤기에게 눈빛을 보냈다.

"물을 한번 살펴보아라."

"물 말이옵니까?"

정윤기가 주춤주춤하며 물통 안을 살폈다.

"무엇이 보이느냐?"

향의 물음에 정윤기는 눈에 보이는 그대로 대답했다.

"먼지와 터진 실밥들이 떠 있사옵니다."

"좀 더 자세히 들여다봐라. 그 외에 다른 것은 보이지 않느냐?"

"다른 것은 보이지 않사옵니다."

"이상하구나. 이 물은 방금 보았듯 간밤에 빗물에 젖은 군복을 헹군 물이다. 그대의 말대로 흙비가 하늘에서 내린 것이라면, 분명

비 맞은 군복을 헹군 물에 흙탕물이 섞여 나와야 하지 않겠느냐?"

"……!"

정윤기의 입이 떡 벌어졌다.

옳은 말이다. 흙비가 하늘에서 내린 것이라면, 당연히 어젯밤 비를 맞은 수문장과 수문군들의 군복에도 흙이 묻어 있어야 했다. 그러나 정작 군복을 헹군 물은 깨끗했다. 흙은 전혀 섞여 있지 않았다.

행여 자신이 잘못 본 것은 아닌가 하여 정윤기는 다시 물을 들여다보았지만, 그 어디에서도 흙탕물의 기색은 찾을 수 없었다.

"더 할 말이 있느냐?"

향의 물음이 떨어졌다.

"어, 없사옵니다."

정윤기는 꿀 먹은 벙어리가 되어 물러갔다.

'잘하셨습니다, 저하.'

해루는 남몰래 미소를 지었다. 남들에게 기괴한 괴짜라는 오해만 받던 신루의 학자들이 이번 일로 조금은 인정받게 된 같아 기뻤다. 몸은 비록 관상감에 있지만, 그녀의 마음은 언제나 신루에 가 있었던 것이다.

한편, 이 모든 과정을 지켜보던 진양은 제 무릎을 쳤다.

"하늘에서 내린 게 아니라면, 이번 흙비는 역시 사람의 소행이로군요."

"옳다. 이는 사람의 소행이 분명하다."

진양의 얼굴이 붉게 달아올랐다.

"고얀 놈들. 어떤 삿된 자들이 이런 짓을 벌였단 말인가. 저하, 이 아우, 기필코 놈들을 잡아 일의 배후를 캘 것이옵니다."

향이 굳은 얼굴로 고개를 끄덕였다.

"나 역시 그럴 생각이다."

흙비로 인해 민심이 크게 동요하고 있다. 이번 사태를 조장한 자들이 누구인지 몰라도 절대 좋은 의도에서 시작한 일이 아님은 분명하였다.

"병사를 풀어 의심 가는 자들을 잡아들이라 하겠습니다."

당장 뛰어나가려는 진양을 향이 말렸다.

"일의 규모로 보아 이번 일에 연루된 사람은 적어도 수십 명이다. 그리 소란을 떨면 놈들의 꼬리만 잡게 될 뿐, 정작 머리는 숨어 버릴 것이다."

"저하의 말씀이 옳습니다. 그럼 어찌하면 좋겠습니까?"

"지금부터 이 방에 있는 자들은 밖으로 나갈 수 없다."

"네?"

향의 느닷없는 명에 사람들은 어리둥절한 표정을 지었다. 흙비를 일으킨 자들을 잡는 일과 자신들이 무슨 상관이라고 이곳에서 나갈 수 없단 말인가.

"궁궐 곳곳에 흙비의 흔적이 남아 있다. 이는 필시 궁 안에도 이 일의 공모자가 있다는 증거. 그대들은 비가 올 때까지 이곳에 머물라."

단호한 명이 떨어졌다. 누구 하나 감히 거역할 수 없었다. 결국, 해루를 비롯한 관원들은 명례궁 서고에 꼼짝없이 갇히고 말았다. 향도 신루의 학자들과 함께 그 자리를 지켰다.

'미치겠다.'

해루는 서고 곳곳에 있는 신루 학자들의 눈치를 연신 살폈다. 행여 들킬까 가슴이 조마조마했다.

더딘 시간이 흘러 드디어 밤이 되었다.

밤 벌레 소리가 유난스러웠다. 깊어지는 밤과 함께 달과 별이 사라졌다. 그러다 어느 순간, 요란한 밤 벌레 소리가 거짓말처럼 지워졌다.

그리고…… 비가 내렸다.

❀

늦은 밤.

"어이구, 추워죽겠네. 이러다 범인을 잡기 전에 우리가 먼저 얼어죽겠구먼."

비연은 몸을 웅크린 채 연신 앓는 소리를 냈다.

"잠시만 참아보십시오."

그와 함께 나란히 앉은 해루가 낮은 목소리로 소곤거렸다.

비가 오자 명례궁에 내려진 왕세자의 금족령이 풀렸다. 대신, 매복하여 때를 기다리라는 세자 저하의 명이 떨어졌다. 갇혀 있던 사람들은 두세 명씩 짝을 지어 미리 대기한 무장들과 함께 사방으로 흩어졌다.

해루와 비연은 시전 초입의 너럭바위와 나무 사이의 좁은 틈새에 쪼그려 앉아 있었다. 다리가 저린지 연신 콧잔등에 침을 묻히던 비연의 입에서 기어이 볼멘소리가 흘러나왔다.

"세자 저하께서도 참으로 너무하시네. 온종일 좁은 방 안에 가둬두시더니, 이젠 한데서 비까지 맞으라 하시니."

아닌 게 아니라, 빗물에 젖은 옷을 내려다보며 해루도 난감한 표정을 지우지 못했다.

음모를 꾸미는 자들을 잡기 위해 매복한 것까지는 좋았다. 하지만 명례궁에서 급히 나오다 보니 변변한 비옷 하나 제대로 챙기지 못했던 터라, 졸지에 비 맞은 생쥐처럼 처량한 모양새가 되고 말았다.

"그런데 그 요망한 작자들은 왜 안 나타나는 거야? 이리 고생을 하고 있으면 빨리 나타나서 나 잡아주십시오, 해야 할 것 아닌가?"

시간은 밤을 지나 새벽을 향해 치달렸다. 기다림에 지친 비연은 가늘게 눈을 여민 채 주위를 둘러보았다. 그러나 짙은 어둠 속에선 수상한 자는커녕 사람의 그림자조차 제대로 보이지 않았다.

"해랑, 아무래도 오늘 밤은 틀린 모양일세. 이리 오래 기다려도 안 보이는 걸 보면, 오늘은 그자들이 일을 벌일 생각이 없는 모양이야."

"그래도…… 조금만 더 기다려보죠."

"거참, 괜한 시간 낭비하지 말고 나랑 어디 가서 뜨끈한 국수나 한 그릇 하며 빗물에 얼어붙은 몸이나 녹이세."

"세자 저하께서 명을 내리지 않았습니까?"

"오늘 명을 받고 궁 이곳저곳에 흩어진 사람이 몇이나 될 것 같은가? 우리 두 사람 정도 빠진다 해도 티도 안 날 거야."

"그럴 수는 없습니다."

"거참, 사람이 이리 융통성이 없어서야. 그럼 자네는 여기서 계속 있게나. 난 이대로 있다간 딱 죽을 것 같단 말이지."

"……"

부르르 몸을 떨며 자리에서 일어서던 비연이 다시 물었다.

"해랑, 정말 안 갈 텐가?"

"저는 더 기다려보겠습니다."

"고집하고는. 마음이 바뀌거들랑 피맛골 끝에 있는 국숫집으로 오게나."

비연의 발소리가 멀어지는 것이 들려왔다. 해루는 그 자리에서 꼼짝도 하지 않았다.

가늘어지던 빗줄기가 어느새 멎었다. 비연의 공백으로 생긴 공간으로 차가운 새벽바람이 스며들었다. 비 그친 늦가을의 공기엔 살갗을 에는 한기가 서려 있었다.

해루는 두 팔로 몸을 감쌌다.

온몸이 바들거릴 만큼 추위가 느껴졌다. 절로 이가 딱딱 부딪쳤다. 그렇지만 쉽게 자리를 뜰 수는 없었다. 언제 그자들이 나타날지 모를 일이었다. 조금이라도 추위를 덜기 위해 해루는 한껏 몸을 웅크렸다.

"아, 이러다 내가 먼저 죽겠다."

저도 모르게 신음 섞인 말을 중얼거릴 때였다.

저벅저벅. 등 뒤에서 발소리가 들려왔다.

웅크리고 있던 해루가 목을 쏙 빼고 뒤를 돌아보았다. 긴 인영이 곧장 자신을 향해 다가오는 것이 보였다. 어둠 속이라, 자세히 보이진 않지만 비연이 되돌아온 것이 틀림없었다.

해루의 얼굴이 금세 환해졌다.

그럼 그렇지.

"국수는 벌써 다 드신 겁니까?"

"……."

겸연쩍은 탓인지 비연은 아무 대답 없이 그녀의 곁에 섰다.

"이쪽으로 오십시오. 거긴 바람이 불 때마다 나뭇가지에 맺힌 빗물이 떨어집니다. 으으으, 생각보다 꽤 춥네요."

해루가 엄살 아닌 엄살을 부렸다.

순간, 그녀의 머리 위로 따뜻한 것이 내려앉았다.

사각거리는 비단의 감촉. 비연이 덧옷을 벗어 덮어준 모양이다.

어깨를 감싸는 온기와 청아한 여름 숲의 향기.

"굳이 이러시지 않아도 됩니다."

해루는 평소와 달리 친절을 베푸는 비연을 향해 천천히 고개를
돌렸다.

곧 자신을 내려다보는 형형한 눈빛과 시선이 마주쳤다.

덧옷을 벗어준 사람……. 비연이 아니었다.

그녀를 내려다보는 시리도록 아름다운 눈동자.

"세자…… 저하."

향이었다.

더는 못 참겠구나

세자 저하…….

그리운 사람이 눈앞에 나타났다.

간절히 바라고 바랐던 사람이 그녀의 곁에 서 있었다.

가슴이 미친 듯이 날뛰었다. 다리가 후들거려 제대로 서 있기조차 힘들 지경이었다.

이분이 어떻게 여기 계신 걸까?

우연일까? 설마, 내가 누군지 알고 계신 건 아니겠지?

갑자기 어깨에 걸쳐진 덧옷이 무겁게 느껴졌다.

해루는 곁눈질로 향의 얼굴을 살폈다. 그는 무표정한 얼굴로 어둠을 응시하고 있었다.

해루의 입에서 안도의 한숨이 흘러나왔다.

아니구나. 내가 누구인지 모르시는 거야. 이 덧옷 역시 그저 열심히 일하는 아랫사람에게 순순하게 베푸는 마음이 틀림없었다. 예전에도 밤샘에 지친 학자들에게 기꺼이 용포를 벗어주셨던 분이 아닌가.

하지만 그럼에도 심장은 미친 듯이 뛰었다.

코끝을 파고드는 청아한 여름 숲의 향기에, 정수리 위로 쏟아지는 그의 숨결에 머릿속이 아득해졌다.

이러다간 미친 듯 날뛰는 심장을 향에게 들킬지도 모를 일이었다. 해루는 반사적으로 그에게서 멀어지려 했다.

그러나 가뜩이나 좁은 곳인 데다 향에게 한쪽이 가로막힌 상황이라 피할 곳이 마땅치 않았다.

그야말로 독 안에 든 쥐 신세.

어찌한다? 어찌해야 하지?

제 주인의 애타는 속내일랑은 상관없다는 듯 심장은 여전히 쿵쿵 뛰었다.

그때, 향이 고개를 내려 그녀를 보았다.

행여 들킬세라 어떻게든 향과 간격을 두려 애썼던 것이 그에겐 부산스럽게 느껴졌던 모양이다.

"어디 불편한 것이냐?"

"……"

해루는 열심히 고개를 저었다.

"우의도 없이 비를 맞았으니, 많이 힘들겠구나. 모두 내 불찰이다."

"아닙니다. 괜찮……."

자책하는 듯한 향의 말에 반사적으로 대답하던 해루는 급히 손으로 입을 막았다. 저도 모르게 여인의 목소리가 튀어나온 까닭이었다.

"괘, 괜찮습니다."

목소리를 굵게 내어 다시 대답했다. 그리고 향의 눈치를 살피기 위해 슬그머니 곁눈질했다.

그러다 한순간, 향과 눈이 마주쳤다.

"……!"

뱀을 만난 개구리. 딱 그 모양새였다.

뜻하지 않은 시선에 해루는 온몸이 뻣뻣하게 굳어버렸다.

향의 눈썹이 팔(八) 자로 휘어졌다.

그때, 별안간 그녀의 귓가로 향의 얼굴이 불쑥 다가왔다.

"왜, 왜 이러십니까?"

놀라는 해루에게 향이 작게 속삭였다.

"쉿!"

"네?"

"나타났다."

해루의 어깨를 자신의 쪽으로 끌어당기며 향이 말했다.

졸지에 향에게 안긴 모습이 된 해루는 숨조차 제대로 쉴 수 없었다.

당장 그의 품에서 벗어나야 한다는 걸 알고 있었다. 머리로는 자각하고 있었건만, 정작 몸이 말을 듣지 않았다. 제 볼에 맞닿아 있는 향의 숨결에 묶여버린 듯 그녀는 꼼짝도 할 수 없었다. 그저 할 수 있는 것이라곤 어리석은 마음을 질책하는 것뿐이었다.

해루야, 정신 차려. 일하자, 일!

비 내리는 어둠 속에서 희미한 그림자들이 보였다. 두리번거리며 주위를 살피던 검은 인영들은 이내 무언가를 바닥에 뿌리기 시작했다. 해루는 잔뜩 숨을 죽인 채 그들에게서 시선을 떼지 않았다. 그렇게 시간이 얼마나 흘렀을까?

해루의 어깨를 붙잡고 있던 향의 손아귀에 힘이 들어갔다.

"놈들이 틀림없다."

말과 함께 향이 낮게 휘파람을 불었다. 그것이 신호였다. 짙은 어둠으로 가득했던 곳곳에 불이 밝혀졌다.

"뭐야?"

"누구냐?"

흙을 뿌리던 자들에게서 놀란 소리가 터져 나왔다.

그러나 그것도 잠시.

"들켰다."

"도망가!"

곧 상황을 파악한 흑의인들이 달아나기 시작했다.

"너는 이곳에서 꼼짝도 하지 마라."

해루에게 당부의 말을 남긴 채 향이 어둠을 가르며 달려 나갔다. 골목 어귀에 숨어 있던 무사들이 그의 뒤를 따랐다.

"쫓아라!"

"놓쳐서는 안 된다."

요란한 발소리가 어둠 저편으로 멀어졌다.

"저하, 조심하십시오."

나무 아래에 몸을 숨기고 있던 해루가 향의 무탈을 기원할 때였다. 어둔 골목 귀퉁이에서 작은 그림자 하나가 슬그머니 일어섰다.

"응? 저게 뭐지?"

해루는 눈매를 가늘게 여몄다.

이내 그녀의 눈빛이 날카로워졌다.

골목 귀퉁이를 두리번대는 흑의인. 아까 향에게 쫓기던 자들과 똑같은 복색을 하고 있었다.

놈들과 한패가 틀림없었다.

슬금슬금 움직이는 흑의인을 본 해루는 서둘러 골목 앞으로 나섰다. 삿된 일을 꾸민 자였다.

다른 사람도 아닌 세자 저하를 겨냥한 음모가 아닌가? 한 사람이라도 놓칠 수 없었다.

"여기 수상한 자가 있습니다! 여기 수상한 사람이 있어요!"

해루의 목소리가 어둔 골목을 뒤흔들었다. 잔뜩 움츠린 채 걸음을 옮기던 흑의인이 놀란 표정으로 고개를 돌렸다. 당황한 듯 잠시 우왕좌왕하던 그가 불현듯 해루를 향해 다가오기 시작했다. 그녀가 혼자라는 사실을 알아차린 것이다.

"뭐야? 왜 이쪽으로 오는 거야?"

이렇게 소리치면 달아나야 정상 아니야?

예상 밖의 상황에 덜컥 겁이 난 해루는 휙 몸을 돌렸다.

"이쪽입니다! 이쪽에 수상한 자가 있습니다!"

달아나는 마지막 순간까지도 해루는 있는 힘껏 소리를 질렀다. 하지만 그녀의 고함을 듣고 달려온 사람보다 흑의인의 걸음이 더 빨랐다. 해루는 금세 그에게 따라잡히고 말았다.

"거기 서라!"

흑의인은 달아나는 해루의 뒷덜미를 잡아당겼다.

그 서슬에 전력으로 달리던 해루는 요란하게 바닥을 구르고 말았다.

"으윽!"

절로 신음이 터져 나왔다. 자갈밭을 구른 터라 온몸이 욱신거렸다. 하지만 지금 몸이 아픈 게 문제가 아니었다. 어느새 칼을 빼 든 흑의인이 차갑게 웃으며 그녀에게 다가오고 있었다.

"조용히 빠져나가려 했더니, 네 녀석 때문에 틀어지고 말았구나. 이렇게 된 이상 내 인질이 되어줘야겠다."

"어, 어림도 없다."

해루는 호기를 부렸다. 주저앉은 채로 뒤로 슬금슬금 몸을 물리던 해루의 손에 자갈이 잡혔다.

"잔말 말고 얌전히 있어."

흑의인이 위협적으로 달려들었다.

"너 같으면 얌전히 있겠냐?"

퍽! 해루가 던진 자갈이 흑의인의 이마를 때렸다.

"크윽!"

느닷없는 공격에 흑의인이 휘청거렸다.

이때다 싶어 해루는 서둘러 몸을 일으켰다.

다시 도망치려는 찰나.

"어딜 감히!"

오만상을 한 채 이마를 문지르던 흑의인이 해루의 발을 걸었다. 해루는 그대로 벌러덩 넘어지고 말았다.

"말로 해선 안 될 녀석이로구나."

"무, 무슨 짓을……."

"흐흐. 팔 하나쯤 없어도 인질로 쓰는 데는 아무 문제가 없으렷다?"

웃음을 흘리던 흑의인이 해루에게 칼을 내리쳤다.

자신을 향해 달려드는 서슬 퍼런 칼날에 해루는 우뚝 굳어버리고 말았다. 그저 할 수 있는 일이라곤 두 눈을 감는 것이 고작이었다.

바로 그 순간.

카캉! 쇠와 쇠가 부딪는 날카로운 소음이 들려왔다.

어디선가 날아온 화살이 흑의인의 칼날을 쳐냈다.

"누, 누구냐?"

당황한 흑의인이 어둠 속을 노려보며 물었다.

슉! 슉! 대답 대신 두 발의 화살이 날아와 흑의인의 어깨와 가슴에 꽂혔다.

"으악!"

짧은 비명과 함께 흑의인이 쓰러졌다.

죽을 뻔한 위기에서 살아난 해루는 하얗게 질린 얼굴로 화살이 날아온 곳을 돌아보았다.

이내 한 사람이 빠른 걸음으로 다가오는 것이 보였다.

"세자 저하."

향이었다. 반갑고 놀라운 마음에 그녀는 벌떡 몸을 일으켰다.

그러나 정작 향은 그녀를 무심히 지나쳐 갔다.

그는 곧장 쓰러진 흑의인에게 다가가 그의 상태를 살폈다.

"아직 숨은 붙어 있군. 이자를 데려가라."

"알겠습니다."

한 무리의 무인들이 달려와 의식을 잃은 흑의인을 끌고 갔다. 향은 그 모습을 묵묵히 지켜보더니 그대로 그들을 뒤따라갔다. 해루에겐 단 한 번도 시선을 돌리지 않았다.

멍하니 멀어지는 향의 뒷모습을 바라보던 해루는 꾸벅 고개를 숙였다.

"……저하, 고맙습니다."

살려주셔서 고맙습니다.

무탈하셔서 정말 고맙습니다.

시전 곳곳에서 일어난 소란이 잦아질 무렵.

한 사람이 숨을 헐떡이며 해루에게 다가왔다.

"해랑! 자네 괜찮은가?"

"비연."

"어디 다친 데는 없는가?"

"괜찮습니다."

"괜찮기는. 아까 보니까 바닥을 막 구르고 난리도 아니던데. 어디 보세. 많이 다쳤는가?"

"보셨습니까? 제가 바닥을 막 구르는걸."

"봤지."

"그럼 제가 칼에 찔릴 뻔한 것도 보았겠네요?"

"내 이 두 눈으로 똑똑히 다 보았네."

"그럼 왜 안 도와주신 겁니까?"

"혼자 힘으로는 안 될 것 같아 내 냉큼 지원군을 불렀지."

"어쩐지……."

세자 저하께서 어떻게 그리 딱 맞춰 오셨는가 했더니.

해루는 어이없다는 표정으로 비연을 쳐다보았다.

그 속내를 아는지 모르는지.

비연은 순진한 미소를 입가에 지은 채 말을 이었다.

"해랑, 자네 아주 용감하더군."

"……."

그게 지금 칭찬할 일입니까?

"좀 전에 보니 요란하게 넘어지던데, 괜찮은지 모르겠군. 어디 보자. 이런! 다쳤구먼, 다쳤어. 이거, 이거, 피 아닌가?"

"됐습니다."

"어서 치료해야지."

"괜찮습니다."

해루는 비연의 손길을 쳐냈다.

"사내끼리 내외하는 겐가? 그나저나 세자 저하도 너무하시네. 이리 다친 사람을 그냥 두고 가시다니."

"……."

"하여간 저하의 냉정한 성정은 좀처럼 고쳐지지 않는단 말이야."

"그런 말씀 마십시오."

"사실 자네니까 믿고 하는 말이네만. 세자 저하의 차고 냉정한 성품이야 궁 안에 있는 사람들은 모르는 이가 없을 정도라네. 한여름에도 흰 서리를 내릴 분이라니까."

"아닙니다."

"자네, 그런 꼴을 하고도 저하를 두둔하는 건가? 이런, 이런, 아직 궁 돌아가는 사정을 잘 모르는가 보군. 세자 저하는 말이야……."

"그런 분 아닙니다."

"뭐?"

"우리 저하, 그런 분 아닙니다! 그리 차고 냉정하신 분 아닙니다!

그러니 그런 말씀 하지 마십시오!"

화를 벌컥 낸 해루가 향이 사라진 곳으로 걸어갔다.

멍하니 서 있던 비연의 표정이 풀썩 풀어진다.

"그래, 저하께선 그런 분이 아니시지. 만약, 그런 분이셨다면 내가 이 고생을 하며 충정을 바치지 않았을 걸세."

비연이 허리를 꼿꼿이 세웠다. 그리고 이제는 희미한 자취만 남은 어둠 속을 보며 혼잣말을 중얼거렸다.

"자네가…… 해루였군."

비연의 눈동자에 따뜻한 단정(斷定)이 내려앉았다.

자정이 훌쩍 넘은 시각.

궁에서 얼마 떨어지지 않은 대나무 숲에 한 무리의 무사들이 들어섰다.

"놓쳐서는 안 된다."

송진 가루를 뿌리던 흑의인과, 그들을 추격하는 진양과 그의 수하들이었다.

"대군, 저쪽입니다."

"쫓아라!"

잰걸음들이 숲 안쪽으로 향했다.

바로 그때였다.

"아아아악!"

으슥한 안쪽에서 날카로운 비명이 들려왔다. 진양은 비명이 들려온 곳으로 곧장 몸을 날렸다. 숲을 가로지르는 모습이 한 마리의 늑대처럼 날렵했다.

높게 자란 대나무 사이를 파고들자 검은 복면을 쓴 두 사내와 그 아래에 쓰러져 비명을 흘리고 있는 여인의 모습이 들어왔다. 사내들은 진양의 등장에 놀란 것인지 어찌할 바를 모르고 허둥대고 있었다.

보지 않아도 어찌 된 상황인지 알 수 있었다. 겁을 집어먹고 달아나던 자들이 여인을 발견하고 인질로 삼으려 한 것이 틀림없었다.

"네 이놈들!"

진양은 사나운 분노와 함께 몸을 날렸다. 어둠을 가르며 좌우로 그어진 그의 검이 선연한 광채를 흘렸다.

"큭!"

"무슨……."

순식간에 일어난 일이었다. 눈 깜짝할 사이 치명상을 입은 흑의 인들은 그대로 앞으로 고꾸라졌다. 이내 검을 수습한 진양은 급히 여인을 부축했다.

"괜찮으시오?"

"사, 살려주십시오. 무서운 자들이…… 저를……. 저를……."

두려움 때문인지 여인은 진양의 옷자락을 붙든 채 놓지 못했다. 진양은 그녀를 다독였다.

"진정하시오. 그자들은 더는 그대를 괴롭히지 못할 것이오."

"하오나……."

"보시오."

진양이 쓰러진 자들을 가리켰다. 무심코 고개를 돌린 여인의 낯빛이 새파랗게 질렸다. 죽은 자들에게서 흘러나온 검붉은 핏물은 여인이 감당하기엔 무리였다.

"아앗!"

성마른 비명과 함께 여인은 진양의 품에 다시 매달렸다.

"이런……."

진양의 입에서 난감한 한숨이 흘러나왔다. 품에서 오들오들 떨고 있는 여인의 향기가 그의 코를 찔렀다. 비를 머금어서인지 그향취가 유난히 진하고 선명했다. 귓가로 흘러들어오는 숨소리는 한없이 가냘프고 애처로워 보였다. 연민의 마음 때문인지 여느 때라면 진즉 뿌리쳤을 여인을 진양은 가만가만 보듬어주었다.

"이제 좀 진정이 되오?"

"송구합니다."

여인이 숨을 가늘게 뿜으며 진양에게서 떨어졌다.

순간, 진양은 영문 모를 허전함을 느꼈다. 그녀가 전해준 온기가벌써부터 그리웠다. 그러다 문득 제 행동에 고개를 갸웃했다.

'괴이하군.'

밤이 부린 요사인가? 어쩌면 다급한 사정에 처한 여인을 향한동정심일지도 모른다.

여인에게 흔들리다니. 평소의 자신답지 않은 행동이다.

때마침 수하들이 횃불을 들고 그의 주위로 다가왔다. 덕분에 어둠에 가려 있던 여인의 모습이 또렷하게 보였다.

"……!"

진양의 눈동자에 잔 파문이 일었다.

"이름이 무엇이오?"

진양이 물었다.

여인이 불빛을 담아 찰랑거리는 눈빛으로 대답했다.

"자화……. 자화라 합니다."

어느덧 동이 터왔다.

명례궁, 진양대군의 서고.

밤을 하얗게 지새운 사람들은 한자리에 모여 밤새 있었던 성과를 확인하고 있었다.

"이번 흙비 사건에 연루된 자들의 숫자입니다. 여인의 수가 열다섯, 사내가 모두 스물이었습니다. 그중 궁 안을 무시로 드나들었던 궁인도 다수 포함되어 있었습니다."

김담이 내미는 두루마리를 훑으며 향은 물었다.

"주동자는 잡았느냐?"

"확인한 바로는 잡힌 자들은 모두 누군가의 지시로 움직인 하수인들인 듯합니다. 이들에게 지시를 내렸다는 자를 진양대군께서 쫓고 계십니다. 곧 소식이 올 것이옵니다."

"수고했다. 다들 어디 다친 곳은 없느냐?"

"저들의 반항이 제법 거세 애를 먹긴 하였으나, 크게 다친 사람은 없사옵니다."

"다행이구나. 밤새 고생하였을 터이니. 다들 물러가 쉬도록 하라."

"저하께서는 아니 가시옵니까?"

여전히 탁자 앞에 앉아 있는 향을 보며 김담이 물었다.

"진양이 돌아오면 주동자에 관한 이야기를 듣고 돌아갈 생각이다. 그대들 먼저 궁으로 돌아가 죄인들을 심문할 준비를 해라."

"네, 저하."

김담을 선두로 하나둘, 방을 나섰다. 그렇게 서고는 금세 텅 비어버렸다.

홀로 남은 향은 길게 한숨을 내쉬었다. 유난히 긴 밤이었다.

향은 곤한 눈을 감았다.

방 안에 고요한 정적이 내려앉았다. 향의 숨소리만이 간간이 들려오는 방 안에 인기척이 인 것은 한참의 시간이 흐른 뒤였다.

스르륵, 탁. 문이 열리는 소리가 들리는가 싶더니 이내 살금거리는 발소리가 예민한 그의 청각을 자극했다.

향은 감았던 눈을 뜨고 고개를 돌렸다. 때마침 고양이 걸음을 한 채 방을 나가는 해루의 뒷모습이 그의 눈에 들어왔다.

"무엇이냐?"

막 바닥에 발을 내딛던 해루는 그 모습 그대로 굳어버렸다.

살금살금 조심한다고 하였건만.

"송구합니다. 이곳으로 모이라는 소릴 인제야 들었습니다."

고개조차 돌리지 못한 채 해루가 대답했다. 그녀의 등 뒤에서 향의 마른 음성이 들려왔다.

"늦었다. 다른 이들은 이미 돌아갔다."

"네. 감사하옵니다."

해루는 세자 저하의 친절에 고개를 숙였다.

잠시 침묵이 내려앉았다.

마치 그리다 만 그림인 듯, 석상처럼 굳어 있던 해루는 힐끔 뒤를 돌아보았다.

가도 되는 걸까? 그나저나 왜 이리 조용하시지?

궁금증이 일었다.

행여 제 얼굴을 향이 알아볼까 싶어 해루는 할 수 있는 최대한 고개를 외로 꼰 채 뒤로 돌렸다. 그러다 이내 턱을 괸 채 자신을 바라보는 향과 눈이 마주쳤다.

헉! 놀란 신음을 속으로 삼킨 해루는 서둘러 문을 향해 시선을
바로 했다.

"넌……."

바싹 긴장한 해루의 등줄기로 향의 목소리가 날아들었다.

"네?"

"괜찮으냐?"

"무슨 말씀이신지요?"

"다친 덴 없느냐?"

"없습니다. 저하께서 구해주신 덕분에 말짱합니다."

해루는 피딱지가 앉은 손등을 쓱쓱 문지르며 대수롭지 않게 말
했다.

"그렇다면 다행이구나."

"……네, 다행입니다."

향의 말을 제 입속으로 곱씹으며 해루는 얼굴 가득 미소를 지
었다.

―그는 널 알아보지 못할 것이다.

위창의 목소리가 머릿속을 어지럽혔다.

― 행여 알아본다고 하여도 절대 내색하지 않을 것이다.

―그에게 넌 그저 반역을 도모한 역당의 무리 중 하나일 뿐이다.
그의 곁에 네가 설 자리는 없다.

상관없어. 난…… 상관없어.

바로 곁이 아니라 해도 상관없다.

조금 떨어진 곳에서 이렇게 볼 수 있는 것만으로도, 난…… 충
분하니까.

"그럼 저는 이만 물러가보겠습니다."

"……."

허락하는 답은 들려오지 않았다.

한시라도 빨리 이곳에서 벗어나야 한다는 마음뿐인지라, 해루
는 서둘러 문고리를 잡았다.

그때였다.

"바보 같은 녀석."

느닷없이 들려온 한마디.

방 밖으로 향하던 해루의 걸음이 우뚝 멈춰 섰다.

내가 잘못 들었나?

그때, 다시 들려온 날 선 음성.

"더는 못 참겠구나."

"……!"

놀란 해루가 고개를 돌리는 찰나.

따뜻한 온기가 와락 등을 덮쳐왔다.

"저하……."

해루는 떨리는 눈으로 제 허리춤을 감싸 안은 손을 내려다보
았다.

"널 곁에 두고 모른 척하는 일, 못 하겠다. 더는 못 참겠단 말이다."

목덜미를 타고 흘러내려 오는 그의 속삭임.

귓불을 간질이는 따뜻한 그의 숨결.

제 어깨에 기대어 있는 부드러운 그의 감촉.

향이었다.

분명…… 그녀의 공갈 저하였다.

시간이 멈췄다.

그녀를 둘러싼 세계가 그대로 정지해 버렸다.

심장이 멈춘 채 뛰지 않았다.

애써 끌어모은 조각난 가슴이 와르르 무너져 내렸다.

너를 품은 나도 죄인이다

향의 긴 날숨이 해루의 귓전을 두드렸다. 정지해 버린 그녀의 시간 속으로 향의 목소리가 파고들었다.

"못 하겠다. 널 곁에 두고 모른 척하는 짓, 더는 못 하겠구나."

순간, 해루는 머릿속이 하얗게 바래졌다.

모르는 줄 알았다. 자신이 누구인지, 그는 짐작도 못 한다고 생각했다.

"왜, 왜 이러십니까?"

쥐어짜듯 간신히 흘러나온 목소리가 가늘게 떨리고 있었다.

"내가 왜 이러는지 정말 몰라서 그러느냐?"

향이 되물었다.

밧줄처럼 해루의 몸을 옭아맨 두 손엔 더욱 큰 힘이 들어갔다.

숨이 턱 막혀왔다. 그것이 자신의 몸을 옥죄고 있는 향 때문인지, 아니면 심장 깊은 곳에서 봇물 터지듯 솟구쳐 오른 감정 때문인지 알 수 없었다.

"저, 저는 저하께서 무슨 말씀을 하시는 것인지 도통 모르겠습니다."

"해루야."

"어, 어째서 저를 그런 이름으로 부르시는 겁니까? 제 이름은 해랑입니다."

"해루야!"

"전 그 이름 모릅니다! 그러니 절 그리 부르지 마십시오."

급기야 해루의 입에서 물기 어린 고함이 터져 나왔다.

몰라야 한다. 저하께선 나에 대해 절대 몰라야 한다. 내가 살아 있다는 것도, 이렇게 주변을 맴돌고 있다는 것도…… 이분께선 알아선 안 된다.

"허면, 나는 어떠하냐? 나도 모르겠느냐?"

"세자 저하가 아니십니까?"

"그뿐이냐? 네게 나는 이 나라의 왕세자일 뿐이더냐?"

"……그뿐입니다."

"그래?"

단호한 거부에 향은 낮게 한숨을 내쉬었다.

"아무래도 오해가 있었던 듯합니다. 가봐야 하니, 그만 팔을 풀어주십시오."

"그럴 순 없다."

그사이 냉정을 되찾은 듯, 향의 목소리는 평소처럼 낮게 가라앉아 있었다. 그러나 여전히 해루를 안고 있는 팔은 풀지 않았다.

"어째서……입니까?"

해루는 그의 손을 내려다보며 물었다.

"다시는 놓지 않겠다 다짐하였거든."

대답하는 그의 목소리엔 자책하는 기색이 가득했다.

해루의 목구멍으로 울컥 뜨거운 기운이 솟구쳤다.

그녀는 물기 가득한 눈으로 자신을 안고 있는 향의 손을, 그 크고 단단한 손을 바라보았다.

저하께서 절 놓으신 게 아닙니다. 제가……. 제가 떠난 겁니다. 원치 않았지만, 죽어도 저하 곁에 머물고 싶었지만, 운명이 허락하지 않았습니다. 그래서 떠난 겁니다. 그러니 그런 말씀 하지 마십시오. 그러니…… 그리 아파하지도 마십시오.

해루는 입술을 동그랗게 말아 물었다.

"저하, 다시 말씀드리지만 뭔가 오해가……."

서둘러 감정을 가슴 깊숙한 곳에 갈무리한 그녀가 변명하려 할 때였다.

"저하!"

공기를 뒤흔드는 힘찬 목소리가 향과 해루를 방해했다.

문밖에서 요란한 발소리가 들려왔다.

"저하, 어디 계십니까?"

진양대군이었다. 흙비를 조작한 무리를 쫓던 진양이 수하들과 함께 돌아온 것이다.

해루의 안색이 창백하게 변했다.

향은 여전히 그녀를 끌어안고 있었다. 행여 이 모습을 대군에게 들키기라도 했다간 세자께서 큰 곤욕을 치르게 될 텐데.

"저하, 풀어주십시오."

"……"

"못 들으신 겁니까? 진양대군이 저하를 찾고 있습니다."

"알고 있다."

"알면 어서 풀어주십시오. 이런 모습을 다른 사람들이 보기라도 하였다간, 괜한 입방아에 오르내리게 될 겁니다."

"상관없다."

"이 나라의 세자께서 지저분한 추문의 주인이 될지 모를 일입니다. 한데 어찌 상관없다 하시는 겁니까?"

해루의 말에도 향은 물러서지 않았다. 오히려 그는 입가에 흐릿하게 미소마저 떠올렸다.

"걱정되느냐?"

"당연히 걱정됩니다."

"그럼, 인정하거라."

"무, 무얼 말입니까?"

"네가 해루라는 사실을."

"……!"

"네가 해루라는 것을 인정한다면 이 팔을 풀어주마. 어찌할 테냐?"

네가 인정하지 않으면 내 기꺼이 사내를 탐하는 지저분한 추문의 주인공이 되리라.

속내가 다분히 담긴 향의 목소리가 들려왔다.

해루는 고개를 돌려 그를 바라보았다.

은은한 사향이 코끝을 파고들었다. 청수한 이마가 닿을 듯 가까운 곳에 있었다. 감히 우러러보기도 벅찬 사내가 자신을 갈망하고 있었다. 마치 어린아이처럼 그녀를 원하고 있었다.

그러나…….

인정할 수 없었다. 여기서 인정해 버린다면…… 애써 추스른 이 마음을 걷잡을 수 없으리라.

해루는 단호한 얼굴로 머리를 저었다.

"……저는 세자 저하가 말씀하시는 그 사람이 아닙니다."

그사이, 진양과 그의 수하들은 방문 바로 앞까지 다가왔다.

"저하, 안에 계시옵니까?"

문풍지 위로 문고리를 잡은 사람의 그림자가 보였다.

해루의 눈동자가 빠르게 움직였다.

이를 어찌한다?

초조함에 가슴이 쿵쿵 뛰었다.

그러나 여전히 향은 자신을 놓아줄 기미를 보이지 않았다.

숫제 눈을 감은 채 해루의 어깨에 턱을 괴고 있는 것이 작금의 상황을 즐기는 듯 보였다.

"이러다 정말 큰일 납니다."

"……."

"저하, 풀어주십시오."

마치 들리지 않는 사람처럼 향은 꿈쩍도 하지 않았다.

"저하, 이 아우 들어가겠습니다."

문이 열리기 시작했다.

해루의 눈동자에 다급함이 먹물처럼 번져갔다.

그녀가 향을 돌아보며 빠른 목소리로 속삭였다.

"저하, 무례를 용서하옵소서."

이어 해루는 있는 힘껏 향을 밀었다.

❀

"세자 저하!"

문을 열고 서고 안으로 들어온 진양은 미간을 한데 모았다.

분명 인기척을 들은 것 같은데, 정작 향의 모습은 어디에도 없었다.

"저하께서 서고에 계신 것이 분명하냐?"

진양의 등 뒤에 선 수하가 고개를 숙이며 대답했다.

"네. 대군을 만나고 돌아가시겠다며 이곳에서 기다리고 계셨습니다."

"그래? 헌데 어찌 보이지 않으시는 것이냐?"

혹시 서고 안쪽에 있는 서책을 살피는 중이신가? 워낙에 책을 좋아하시는 분이 아니던가.

진양은 고개를 갸웃거리며 서고 안쪽으로 걸음을 떼어놓았다.

장방형의 서고 안쪽은 환한 대낮임에도 휘장이 늘어져 있어 조금 어둑했다. 햇볕에 책이 상하는 것을 막기 위함이었다.

"저하, 여기 계시옵니까?"

진양은 양옆으로 길게 서 있는 책장 사이사이를 둘러보며 안으로 걸어갔다.

저벅저벅.

진양대군의 발소리가 가까이 다가오자 해루는 심장이 미친 듯 쿵쾅거렸다.

갑작스러운 진양대군의 출현에 놀란 해루는 향을 서고 가장 안쪽에 있는 책장 뒤로 밀쳤다. 그녀는 책장 사이의 어두운 구석에 쪼그리고 앉아 숨을 죽였다.

어찌한다? 지금 당장은 진양대군의 시야에서 벗어났다 하지만 그야말로 임시방편일 뿐이었다. 이대로라면 꼼짝없이 들키고 말 것이다.

먹장구름 같은 근심이 해루의 작은 뇌리를 가득 뒤덮을 때였다.

"무얼 걱정하고 있는 것이냐?"

향이 예의 따사로운 눈빛으로 그녀를 바라보고 있었다.

"제가 무얼 걱정하는지 정말 모르시는 겁니까?"

조금은 태평한 모습인지라, 해루는 어이가 없었다. 생각해 보니 지금 이런 사태가 일어난 것은 향의 고집 탓이었다.

"이게 다 저하 때문입니다."

숨어 있는 상황이 되었음에도 향은 해루를 안고 있는 팔을 풀지 않고 있었다.

이 팔만 진즉 풀어주었으면 이런 일도 없었습니다.

기어이 해루의 얼굴에 원망의 빛이 서렸다.

"어찌 이게 내 탓이냐?"

"이 팔만 풀어주시면 될 일이 아닙니까?"

"너야말로 인정하면 끝날 일이다."

"글쎄, 저는 저하께서 말씀하시는 해루가 아니라니까요."

저도 모르게 속달거리는 음성이 높아지려는 찰나.

"이러다 진양이 듣겠구나."

향의 속삭임이 해루의 귓가를 파고들었다.

놀란 해루가 제 입술을 말아 무는 찰나, 그녀를 돌려세운 향이 그녀의 입술에 검지를 세웠다.

조용하라는 뜻.

해루는 소리 없이 고개를 끄덕였다.

잔뜩 긴장한 그녀는 눈동자를 굴려 주위를 살폈다.

혹여 진양대군이 들었으면 어쩌지?

아나나 다를까.

저벅거리며 다가오던 진양의 걸음이 우뚝 멈춰 섰다.

"저하, 거기 계시옵니까?"

"……"

"저하……?"

진양은 점점 두 사람에게 가까워지고 있었다.

해루는 숨조차 쉬지 못했다.

방법은 하나였다. 지금이라도 향이 자신을 안고 있는 팔을 풀고 나가 진양과 마주하는 것.

하지만 향에겐 그럴 생각이 없어 보였다.

그럼 어찌한다?

너무 다급하니 아무것도 생각나지 않았다.

어찌하면 좋을까?

바로 그때였다.

"대군!"

조금은 다급한 소리가 문밖에서 들려왔다. 두 사람이 숨어 있는 책장 바로 앞에서 진양이 걸음을 멈췄다.

"무엇이냐?"

진양의 물음에 그의 무사가 다급하게 달려 들어왔다.

"별당의 손님에게 약간의 문제가 생겼습니다."

"별당?"

되묻는 진양의 목소리에 잘게 동요가 느껴졌다.

불온한 무리를 쫓는 도중, 한 여인을 만났더랬다.

자화라는 여인.

두려움에 질려 온몸을 바들바들 떨던 여인에겐 아무도 없다고 하였다. 의지할 그 누구도 없는 여인을 그대로 두고 올 수가 없었다. 하여, 진양은 그녀가 두려운 마음을 추스를 때까지 별당에 머물게 하였다.

그런데 그 여인에게 무슨 일이 생긴 것일까?

"손님께 무슨 일이 생긴 것이냐?"

묻는 목소리에 속내가 그대로 묻어났다.

"갑자기 쓰러졌습니다."

"쓰러져?"

"네."

진양의 걸음이 급하게 서고 밖으로 향했다. 그의 뒤로 수하들이 줄줄이 따라나섰다.

"아무래도 저하께서 잠시 나가신 것 같구나. 너는 이곳에 남아 저하께서 오실 때까지 기다렸다가 내게 알려다오."

진양은 수하에게 당부의 말을 남긴 채 서고를 떠났다.

쾅! 내내 열려 있던 서고의 문이 드디어 닫혔다. 서고 안을 가득 채웠던 발소리가 중문 밖으로 사라졌다.

"휴우."

해루의 입에서 그제야 안도하는 한숨 소리가 새어 나왔다.

"정말 큰일 날 뻔했습니다."

해루는 고개를 쏙 내밀어 서고 밖의 사태를 살폈다.

진양의 명으로 서고 앞을 지키는 수하의 그림자가 문풍지 위에 그려졌다.

그래도 아까보다 상황은 좋았다.

잠시 자리를 비울 때 살며시 빠져나가면 되리라.

그녀의 등 뒤에서 향이 물었다.

"무엇이 큰일 날 뻔했다는 말이냐?"

"자칫했으면 들킬 뻔하지 않았습니까?"

"이미 들키지 않았더냐?"

싱긋 미소를 보이며 향은 그녀의 눈앞으로 손을 내밀었다.

그의 손엔 낯익은 털 뭉치가 쥐어 있었다.

그것은…… 좀 전까지 해루의 코밑에 붙어 있던 가짜 수염이
었다.

앗!

해루는 서둘러 제 코밑을 만졌다.

없다. 없어졌다.

코 밑에 붙여두었던 가짜 콧수염이 감쪽같이 사라지고 없었다.

'좀 전에……'

향이 해루의 입술 위에 손가락을 세웠던 그때, 입술 위에 붙은
가짜 콧수염을 떼어버린 것이다.

"이 물건, 정말 마음에 들지 않았다."

향이 해루의 귓가에 작게, 아주 작게 속삭였다.

너무도 놀란 나머지 해루는 두 손으로 입을 가린 채, 소리 없는
비명을 질렀다.

그런 해루를 보며 향은 짓궂은 미소를 지었다.

수염을 뗀 해루는 그가 기억하는 그 모습 그대로였다.

아니, 그대로라고 할 수는 없으려나?

넘치도록 생기발랄한 모습 위로 성숙한 여인의 모습이 덧입혀

졌다.

장난기 가득했던 귀여운 웃음 대신 시리도록 눈이 부신 아름다운 미소가 자리하고 있었다.

그래도 해루는 해루였다.

진실로 그가 원하고 바랐던 단 한 사람.

"해루야."

향이 해루를 불렀다.

"아닙니다."

획 고개를 돌린 해루가 굵은 목소리로 말을 이었다.

"오, 오해가 있으신 모양입니다. 소인은 사내임에도 수염이 제대로 나지 않아, 남들이 놀릴까 창피하여 어쩔 수 없이 가짜 수염을 달고 있었던 것뿐입니다. 그러니 세자 저하께서 절 누구와 착각했는지 몰라도 전 절대로 저하께서 말씀하시는 그 사람이 아닙니다."

물끄러미 그녀를 바라보던 향이 말했다.

"거짓."

동시에 향은 제 입술로 해루의 입술을 덮었다. 그녀의 입속을 맴돌던 마지막 말은 웅웅 울림이 되어 그의 입속으로 스며들었다.

일순간에 입술을 빼앗긴 해루는 작게 저항했다.

그러나 무의미한 저항.

벗어나려 발버둥 치면 칠수록 그는 더더욱 강한 족쇄가 되어 그녀를 결박했다.

먹이를 노리는 날짐승처럼, 날카롭고 사나운 몸짓이 해루를 향해 날아들었다.

모든 들숨과 날숨이 멈춰졌다.

해루의 잇새로 바람 소리를 닮은 탄성이 새어 나왔다.

"이래도 착각이더냐?"

여전히 해루의 입술을 머금은 채로 향이 물었다. 저리도록 아름다운 눈동자가 해루를 내려다보고 있었다.

"이래도 아니라고 할 테냐?"

해루는 여전히 고개를 저었다. 하지만 향에게 잠식당한 입술은 다른 말을 하고 있었다.

"이러시면 안 됩니다. 제가 뉜 줄 아신다면 더더욱 이러시면 안 됩니다."

"네가 뉜 줄 아니까 이러는 것이다. 네가 해루이기에 이리하는 것이다."

"저는……."

결국, 해루의 입에서 모든 것을 내려놓은 듯한 한숨이 새어 나왔다.

저는 두문동의 사람이었습니다. 저는 반역을 도모했던 무리와 한 핏줄입니다.

"저는 역적의 핏줄입니다. 저는…… 감히 이 왕조에 반기를 든 역적입니다."

"역적?"

향의 입가에 불현듯 웃음이 피어올랐다. 그러나 이내 웃음기를 지운 그가 말했다.

"누가 그러더냐? 네가 역적이라고? 감히 누가 네게 그런 말을 한단 말이냐?"

"세상 사람 모두가 아는 사실입니다. 저는 죄인입니다."

"네가 죄인이라면…… 너를 마음에 품은 나도 죄인이겠구나."

"저하……."

그 절절한 고백에 해루의 가슴이 무너져 내렸다. 머리로는 이러면 아니 된다 하면서도 심장은, 그녀의 마음은 향을 원하고 있었다.

"기다렸다. 어떻게든 돌아오겠다는 네 약조 하나만을 믿고 기다렸다."

"기다리지 말지 그러셨습니까?"

"기다리지 않을 수 없었다."

"죽었다 생각하지 그러셨습니까?"

"그리 생각했다간 내가 죽을 것만 같았다."

연모한다, 연모한다, 연모한다.

그의 눈은 온통 연모를 속삭이고 있었다.

결국, 해루의 눈에서 툭 눈물 한 방울이 떨어졌다.

"……죄송합니다. 제가 너무 늦었습니다."

"다시는 그러지 마라."

"……."

"다시는 내 곁을 떠나지 마라. 두 번 다시 널 놓아주지 않을 것이다."

"세상이 그리 두지 않을 겁니다."

"내가 그리할 것이다."

"후회할 겁니다."

"후회라면 네가 없는 일 년 동안 질릴 만큼 하였다."

"저하는 바보십니다."

"뭐라?"

"어찌 셈을 그리 못하십니까? 제가 뭐라고……. 고작 저 같은 거 하나 때문에 세상과 마주 싸우려 하십니까?"

"정녕 바보는 바로 너다."

"네?"

"너이기에 하는 것이다. 해루 너이기에…… 기꺼이 싸우려는 것이다."

"……저하."

"발칙한 녀석."

가슴이 벅차올랐다. 향은 해루를 힘껏 끌어안았다.

한 팔에 들어오고도 남을 만큼 가냘픈 몸집. 그러나 이 작은 여인이 어느새 그의 세상을 가득 메우고 있었다.

바꿀 수 없었다.

세상을 다 준다고 해도 이 작은 여인 하나와 절대 바꿀 수 없었다.

넌 네가 누구인지 잊은 모양이구나

가을 햇살이 들어찬 방 안으로 깊은 정적이 내려앉았다.

해루를 끌어안은 채 향은 미동도 하지 않았다.

마음과 마음이 맞닿았다.

더 무엇이 필요할까?

마치 진공의 공간 속에 향과 해루, 두 사람만이 존재하는 듯했다.

그렇게 영원하고픈 시간이 얼마나 흘렀을까?

"말해 보아라."

향이 굳게 다문 입을 열었다.

"무얼 말입니까?"

"지난 일 년간 무슨 일이 있었느냐?"

어찌하여 내 곁으로 오지 못한 것이냐?

"……별일 없었습니다."

해루는 먼 허공으로 고개를 돌리며 대답했다.

머릿속이 어지러웠다.

향과의 재회는 그녀의 계획에 없던 일이었다.

절대로 들키면 안 된다, 수도 없이 되뇌었건만. 이리 허무하게 들킬 줄은 상상도 하지 못했다.

복잡하고 혼란한 상황인지라, 당장은 벌어진 일을 감당하는 것만으로도 숨이 찼다. 하여, 과거를 떠올릴 여유가 그녀에겐 없었다.

그러나 향은 용납하지 않았다.

그는 자꾸만 저를 외면하는 해루의 턱을 한 손에 그러잡았다.

그러고는 그녀의 입술에 제 입술을 겹쳤다.

달콤한 입맞춤에, 높은 담벼락을 세우던 해루의 마음이 무너져 내렸다.

"진정되었느냐?"

진정되었다 할 때까지 향은 입맞춤할 태세였다.

무심결에 고개를 젓던 해루는 얼른 다시 고개를 끄덕거렸다.

자신을 바라보는 향의 눈빛에, 거품처럼 일어난 걱정과 근심이 송두리째 녹아내리고 말았다.

"말해 보아라. 그동안 무슨 일이 있었던 것이냐?"

"그날……"

크게 들숨을 쉬며 해루는 드디어 이야기를 시작했다.

"사방에 불길이 치솟았습니다. 어디에도 나갈 길은 보이지 않았습니다. 다행히 저하께서 알려주신 비밀 통로가 생각났습니다. 하여 그 길을 따라 밖으로 나오려고 하였습니다."

"헌데?"

"……"

소은의 느닷없는 배신. 동무라 믿었던 그녀가 돌연 문을 걸어 잠갔다.

아니, 그것은 단순한 배신이 아니었다.

그 일로 덤이를 잃고 말았다. 허공을 말아 쥔 해루의 주먹이 부르르 떨렸다.

그러나 애써 마음을 갈무리한 채 그녀는 말을 이었다.

"중도에…… 길이 무너지며 갇히고 말았습니다."

소은에 대한 이야기는 차마 입에 올릴 수가 없었다.

이제는 이 나라의 세자빈이 된 사람. 함부로 죄를 물을 수 없는 존재가 되어 있었다.

그리고 복수를 한다면 다른 누구도 아닌 자신이 직접 해야 한다. 그래야 죽어서도 눈을 감지 못한 덤이의 영혼을 위로할 수 있으리라.

"……."

향은 묵묵히 해루의 눈을 바라보고 있었다. 낮게 가라앉은 그의 눈빛은 짧은 침묵의 의미마저도 헤아리는 듯했다.

이어 해루는 자신을 구해준 사람이 위창이라는 사실을 밝혔다.

향의 한쪽 눈썹이 위로 올라갔다.

무언가 마음에 들지 않을 때면 버릇처럼 나오는 습관.

"태군이 구해주었단 말이지? 참으로 고마운 일이구나. 하여, 명국에 머물렀던 것이냐?"

"네."

"정신을 차렸다면 곧장 돌아왔어야지."

"정신을 차리고 반년은 충격으로 기억을 잃었습니다."

"그다음 반년은 어찌 지냈느냐?"

"그다음 반년은 다시 이곳으로 돌아오기 위한 나날이었습니다."

해루를 향한 위창의 마음이 집착으로 변한 시기이기도 하였다.

그가 발목에 채웠던 족쇄의 시린 느낌이 지금도 선명했다.

그러나 이번에도 그 이야기는 입에 올리지 않았다.

행여 향의 마음에 생채기라도 날까 걱정되었다.

향은 묵묵히 그녀의 이야기를 듣기만 하였다.

때때로 고개를 끄덕이고, 때때로 눈살을 찌푸리며, 조용히 그녀의 목소리에 귀를 기울였다.

마침내 이야기가 끝나자 긴 한숨을 쉬며 그가 입을 열었다.

"그리 어렵게 돌아왔으면, 바로 내게 왔어야지."

그의 목소리엔 안타까움이 가득했다.

해루는 쓸쓸히 중얼거리며 고개를 숙였다.

"와서야 알았는걸요. 제가 저하 곁에 있을 수 없다는 걸 말입니다."

"해루야……."

돌연 향은 해루의 양어깨를 잡았다. 그리고 뜨거운 눈빛으로 그녀의 눈을 바라보며 말을 이었다.

"바보 같은 소리 하지 마라. 내 곁은 오직 널 위한 자리다. 널 위해 비워두었던 자리란 말이다."

그의 눈동자에 확고한 의지가 깃들었다.

해루가 향을 향해 말간 웃음을 보였다.

"말씀만으로도 좋습니다."

"말만 그렇게 하는 것이 아니다."

"……."

"어찌 그런 눈빛이냐? 믿지 못하는 것이냐?"

"아닙니다."

"그럼 믿어라."

해루는 고개를 좌우로 흔들었다.

"이걸로 족합니다. 그러니 더는 애쓰지 마십시오. 더는 아무것도 하지 마십시오."

저하에게 짐이 되고 싶지는 않습니다.

"그런 말 하지 마라. 약조할 것이다. 내 어떻게든 너를……."

"저하……."

아무 약조도 하지 마십시오.

앞으로 험한 길 가실 분. 저 어깨에 더는 무거운 짐 올려놓고 싶지 않았다.

아픈 말일랑 목구멍으로 꿀꺽 삼킨 채 해루는 향의 입술에 제 여린 입술을 가져갔다.

쪽.

입술과 입술이 마주 닿았다.

저리도록 달콤한 향내에 향은 일순 멍해졌다.

그러나 그것도 잠시.

그는 이내 유순한 표정이 되어 수줍게 다가오는 해루를 받아들였다.

짧지만 날카로운 입맞춤의 끝.

"발칙한 녀석."

향의 입에서 낮은 탄식이 흘러나왔다.

"싫으십니까?"

해루의 물음에 향은 말없이 고개를 저었다.

싫을 리 없었다. 아니, 내심 좀 더 발칙하길 원하고 있었다.

그의 눈동자에 은근한 열망이 들어찼다. 사내의 욕망이 그를 부추겼다.

향은 말간 얼굴로 자신을 바라보는 해루를 내려다보았다.

"너, 지금 무슨 말을 하는지 알고 있는 것이냐?"

"제가…… 실언이라도 한 겁니까?"

해루의 눈동자엔 한 점 티끌조차 보이지 않았다.

정녕 그녀는 자신의 행동이 향의 심기를 건드린 것인지 염려하고 있었다.

일 년 동안 많이 자랐다고 생각했건만.

아직 멀었구나…….

자신이 무슨 짓을 한 건지 알지 못한 채 말간 얼굴을 하는 그녀를 보자니, 향의 입에서 풀썩 바람 빠지는 듯한 웃음이 흘러나왔다.

"지금은 때가 아니니……."

결국, 향은 스스로에게 하는 말인지, 해루에게 하는 말인지 구분이 되지 않는 말을 중얼거릴 수밖에 없었다.

"그나저나, 이제 어찌해야 합니까?"

"뭐가 또 문제더냐?"

해루가 문을 가리켰다.

문풍지 위에 어리는 그림자. 진양대군이 남겨두고 간 무사의 그림자였다. 스며드는 햇살의 깊이로 가늠해 보건대, 어느새 정오는 훌쩍 지난 듯했다. 그럼에도 서고 문 앞을 지키는 그림자는 도무지 사라질 기미를 보이지 않았다.

"저리 지키고 있으니, 나갈 수 없지 않습니까?"

해루의 고민에 향은 마른 웃음을 풀썩 흘렸다.

"일 년 사이, 생각이 너무 많아진 듯하구나."

향은 해루의 손을 잡고 문을 향해 걸어갔다.

놀란 해루가 몸을 뒤로 뺐다.

"서, 설마 지금 이대로, 그냥, 밖으로 나가시려 하는 겁니까?"

"그럴 생각이다."

"하지만 그렇게 되면……."

저하와 제가 이곳에 숨어 있었다는 사실이 들통나지 않습니까?

향의 입가에 부드러운 미소가 내걸렸다.

"넌 내가 누구인지 잊은 모양이구나."

적막에 휩싸인 서고의 문이 갑자기 열렸다.

문 앞을 지키던 무사의 눈이 휘둥그레졌다.

뭐지? 분명 진양대군께선 서고 안에 아무도 없다 하셨는데.

고개를 갸웃거리는 사이, 안쪽에서 붉은 용포를 입은 미려한 사내가 모습을 드러냈다.

왕세자 향이었다.

"세자 저하."

무사는 서둘러 부복했다. 향은 그를 스치는 눈길로 바라보며 마당으로 내려섰다.

"뭐 하고 있느냐? 어서 나오지 않고서."

이윽고 서고 안에서 또 한 사람이 모습을 드러냈다. 한 꾸러미의 서책을 안고 있는 작은 몸집의 사내.

"서, 서책을 챙겨 오느라 늦었습니다."

변명하듯 말한 사내가 허둥지둥 왕세자 곁에 섰다.

작은 몸집의 사내를 대동한 채 몇 발짝, 걸음을 옮기던 왕세자가 뒤늦게 무언가 생각난 듯 뒤를 돌아보았다. 그는 무심한 어조로 무사에게 말했다.

"대군께 전하거라. 필요한 서책이 있어 몇 권 집어 간다고."

"네? 네, 저하."

잠시 어리둥절하던 무사는 바닥에 코가 닿도록 고개를 숙였다.

그의 앞으로 왕세자와 그 뒤를 쫓는 사내의 그림자가 지나갔다.

"이상하다. 서고에는 아무도 없다 하셨는데?"

아무도 없어야 할 서고에서 사람이 나오다니, 참으로 해괴한 일이었다.

하지만 무사는 감히 그 이유를 물을 수도, 아니 궁금해할 수도 없었다.

그저 이 일을 어찌 대군께 아뢰어야 하나, 고민만 쌓여갈 뿐이었다.

명례궁을 나온 해루는 불안한 듯 연신 뒤를 힐끔거렸다. 그러다 한적한 곳에 이르러서야 비로소 안도의 한숨을 내쉬었다.

향은 팔짱을 낀 채 그녀를 내려다보았다.

그 태평한 모습에 해루는 어쩐지 분한 마음마저 일었다.

"표정이 왜 그러느냐?"

"허탈해서 그럽니다. 그리 쉽게 빠져나오다니. 숨죽이며 숨어 있었던 것이 괜히 억울하게 느껴집니다."

"그래서 말했지 않았느냐? 일 년 사이에 네가 생각이 많아진 것 같다고."

예전엔 이러지 않았다. 뭐든 단순하게 생각하고, 제아무리 어렵고 복잡한 문제도 열심히 노력하면 극복할 수 있다고 믿는 아이였다. 그런 해루가 지금은 걱정 많고 조심스러운 사람이 되었다. 두려움 많고 도망가기 좋아하는 건 예전이나 지금이나 다름없지만, 그래도 예전엔 이렇게 신중한 사람은 아니었다. 그녀의 변화가 자신 때문인 것 같아 향은 마음이 무거워졌다.

"생각이 많아진 것이 아닙니다."

해루는 입술을 삐죽였다.

제가 생각이 많아진 것이 아니라 세자 저하의 권력이 그만큼 대단한 것이겠지요.

하지만 생각을 입 밖으로 내지 않았다.

다른 한편으로 생각해 보건대, 향의 거침없는 성격과 과감한 행동력은 단순히 그가 세자이기 때문만은 아닐 거란 것이다.

만약, 그가 세자가 아니었더라면 다르게 행동했을까? 어쩐지 아닐 것 같았다. 그는 세자가 아니더라도 지금처럼 신중하고, 생각이 깊을 것이며, 또한 때로는 과감했으리라.

그것이 향이었다. 그것이 그녀가 그리워하던 사내였다.

상념에 빠진 해루의 얼굴 가까이로 향의 얼굴이 다가왔다.

"이 작은 머리로 또 무슨 생각을 그리하느냐?"

"앞으로 어떻게 해야 할지 고민하는 중입니다."

"또 고민이더냐?"

"마음 가는 대로 하셔도 상관없는 저하와는 달리, 한낱 관상감의 생도인 저는 사소한 일에도 신중하고 또 신중해야 하는 법입니다."

"그래서 생각한 것이 서책이더냐?"

향은 해루가 안고 있는 서책을 보며 쿡쿡 웃음을 흘렸다.

그 짧은 시간, 어찌 그런 생각을 했는지.

"잔머리는 타고났구나."

칭찬하는 말은 아닌 게 틀림없었다. 불퉁하게 입술을 내밀던 해루는 들고 있던 서책을 향의 품에 덥석 안겨주었다.

"그럼 이만 가보겠습니다."

꾸벅 고개를 숙이고는 돌아서는 그녀를 향이 잡았다.

"어딜 가느냐?"

"어디긴 어딥니까? 일하러 가야지요."

"방향이 잘못되었다. 저쪽으로 가야지."

향이 오른편을 가리켰다.

그의 손을 따라 무심코 고개를 돌리던 해루는 안색이 어두워졌다.

"전 이제 그곳으로 갈 수 없습니다."

향이 가리킨 방향. 그곳엔 신루가 있었다.

"괜찮다."

"세자 저하는 괜찮아도 제가 괜찮지 못합니다."

"해루야."

"잊으셨습니까? 저하가 알고 계시던 해루는 이미 죽었습니다. 세자 저하 앞에 있는 전 해루가 아닌 해랑입니다. 관상감 생도 해랑."

향의 미간에 깊게 고랑이 파였다.

"정녕 이리해야겠느냐?"

"해루가 되어 되돌아간다면……. 저는 다시 죽어야 할 목숨입니다. 저하, 저는 죽고 싶지 않습니다."

"네가 두문동 출신이라 그런 것이냐? 그 때문이라면 내가……."

250

해루가 힘없이 웃었다.

"그 때문만은 아닙니다."

일 년 전의 화재 사건으로 두문동과 관련된 인물들은 죄다 역도의 혐의를 지니게 되었다. 해루 또한 마찬가지였다.

하지만 해루가 향에게 가까이 가지 못하는 건 그 때문만은 아니었다.

일 년 전의 사건으로 해루에겐 갚아야 할 원한이 생겼다.

소은이 궁의 가장 높은 자리에 앉아 있었다.

그러기에 돌아갈 수 없었다.

만약 해루가 다시 나타난다면 소은이 어찌 나올지 짐작조차 되지 않았다.

어쩌면 수단과 방법을 가리지 않고 해루를 죽이려 할지도 모른다.

"또 무엇이 문제더냐?"

향의 물음에 해루는 고개를 저었다.

"아무튼, 전 다시 돌아갈 수 없습니다. 제가 사람들 앞에 모습을 드러내는 순간, 전 이미 죽은 목숨이나 다름없다는 사실만 알아주십시오."

마음에 들지 않는 듯 향은 눈살을 찌푸렸다.

죽게 될 거란 말을 어찌 저리 쉽게 하는지.

하지만 그저 하는 농담이 아니었다.

해루의 눈은 진실을 담고 있었다.

"허면, 이곳엔 왜 돌아온 것이냐? 죽게 될지도 모르는 위험을 감수하면서."

"……그리웠던 모양입니다."

"그리워?"

"네."

"정말 그뿐이냐?"

"그뿐입니다."

해루가 말갛게 웃었다.

모든 것을 내려놓은 듯한 그녀의 표정과 목소리.

순간, 향은 가슴 한복판에 날카로운 칼날이 돋아난 듯 격통이 느껴졌다. 겨울 햇살처럼 시린 그녀의 웃음이 그의 심장을 아프게 찔러왔다.

"비록 곁에 있을 수 없다 해도 제 마음은 항상 저하와 함께 있을 겁니다."

달콤한 말과 함께 해루는 어린 새처럼 향의 품으로 안겨들었다. 향의 온기와 향내를 가슴에 새기듯 크게 숨을 들이켰다. 그러다 이내 밀어내듯 그의 품을 빠져나왔다.

서둘러 등을 돌린 해루는 잰걸음을 옮겼다.

"해루야."

낮은 부름에 해루가 고개를 돌렸다.

"잠시나마 행복했습니다."

눈가를 초승달 모양으로 휘며 웃음을 흩뿌린 그녀는 그대로 도망치듯 사라졌다.

향은 그 자리에 뿌리라도 내린 듯 서 있었다. 그의 얼굴에 쓸쓸한 미소가 걸렸다.

참으로 간사한 것이 사내의 마음이라.

처음에는 그저 멀리서 지켜보기만 하려 하였다.

죽은 줄 알았던 해루였기에, 살아 있는 것을 확인한 것만으로 가슴 벅찼었다. 하지만 어느 순간부터 마주 서고 싶었고, 가슴에 품고 싶어졌다.

하여, 참지 못하고 품고 말았다.

그리고 이제는 내내 곁에 두고 싶어졌다.

오직 자신만이 보고 싶고, 오직 자신만을 보게 하고 싶었다.

그런데 저리 가볍게 걸음을 옮기는 해루를 보고 있자니, 조금은 마음이 섭섭하였다.

"나쁜 녀석, 발길이 떨어지느냐? 나를 두고 가는 걸음이 어찌 그리 가벼운 것이냐?"

어느새 자취를 감춘 해루를 향해 지청구를 던지던 향이 입술 끝을 말아 올렸다.

"잠시나마 행복하였다고? 내 곁에 있으면 죽게 될 거라고? 발칙한 녀석. 과연 네 말대로 되는지 어디 한번 두고 보자꾸나."

정말 그 아이라면……

향의 품을 뿌리치고 나온 해루는 관상감을 향해 바쁘게 걸음을 옮겼다.

"정말 못 말릴 분이시라니까."

해루는 버릇처럼 제 입술을 어루만졌다.

향을 떠올리는 그녀의 얼굴에 홍조가 서렸다.

제법 멀리 떠나왔음에도 그의 체취가 잔향처럼 코끝을 맴돌았다.

귓전을 울리던 목소리도, 그녀를 끌어안고 놓아주지 않던 팔의 감촉도 여전했다.

아쉬움 섞인 탄식이 연신 날숨과 함께 새어 나왔다.

그러나 이제는 현실에 발을 디딜 때였다.

향과 보낸 시간이 달콤한 꿈결이었다면, 관상감 안으로 들어서는 지금은 그야말로 치열한 현실이리라.

관상감 집무실 대청마루 위, 팔짱을 낀 유익보가 독사눈을 한 채 서 있는 것이 보였다.

수강궁에서의 일 이후, 해루를 향한 유익보의 괴롭힘은 점점 강도를 더해가고 있었다.

아무래도 다른 훈도들 앞에서 체면을 구긴 것에 단단히 자존심 상한 것이 틀림없었다. 마치 앙갚음이라도 하는 듯 유익보는 하루가 멀다고 해루를 괴롭힐 방도를 모색했다.

오늘은 또 무슨 일로 시비를 거시려나? 저도 모르게 한숨을 쉬려니 등 뒤에서 친근한 웃음소리가 들려왔다.

"이제 오는 것이냐?"

최정현의 사람 좋은 웃음에 해루 역시 굳은 표정을 풀었다.

"최 교수님!"

"유 훈도가 한참 전부터 기다리더구나."

"명례궁에 잠시 다녀오는 참입니다."

"지금 말이냐? 명례궁에서의 모임은 한참 전에 끝났는데."

"제가 시간을 잘못 알았습니다."

해루가 씁쓸한 표정을 지었다.

명례궁에 부러 늦게 간 것이 아니었다. 모이라는 시간을 잘못 알고 있었던 까닭이다. 그리고 그녀에게 모임 시각을 알려준 사람, 다름 아닌 유익보였다. 골탕을 먹이려 작정하고 고의로 시간을 잘못 알려주었던 것이다.

"저런. 그런 일이 있었구나."

"제가 워낙 어수룩하여 실수가 잦습니다."

"그게 어디 너만의 탓이겠느냐?"

저간의 사정을 짐작한 최 교수가 유익보에게 넌지시 시선을 던졌다.

"아까부터 벼르고 있던 것 같던데. 오늘도 쉬이 넘어갈 것 같지는 않구나."

"그러게나 말입니다."

남의 일인 듯 태평하게 대답하는 해루를 보며 최정현은 웃음을 터트렸다.

"겁도 안 나느냐?"

"겁날 것이 무어가 있겠습니까?"

"대체 무슨 일이 있었던 것이야?"

"네?"

"유 훈도 말이다. 선한 사람은 아니지만, 저리 독심을 품은 것도 처음이구나."

"그럴 일이 좀 있었습니다."

해루가 어색하게 웃었다. 차마 유익보의 멱살을 잡고 죽여버리겠다고 협박했다는 말을 할 수는 없었다.

어색하게 웃는 해루를 물끄러미 바라보며 최정현이 다시 입을 열었다.

"힘은 없지만, 한번 힘껏 도와주랴?"

해루는 고개를 저었다.

"제가 한번 해결해 보겠습니다."

그때였다.

"무얼 네놈이 해결한다는 것이냐?"

어느새 마당으로 내려선 유익보가 날 선 눈빛으로 해루를 노려보았다.

"아, 유 훈도님."

"언제까지 예서 노닥거릴 게야!"

고개를 숙이는 해루의 인사를 받는 체도 않은 채 유익보는 그녀를 집무실 안으로 끌고 갔다. 집무실 책상에는 산더미처럼 서책이 쌓여 있었다.

"이게 다 뭡니까?"

고개가 꺾일 정도로 높이 쌓인 서책을 보며 해루가 물었다.

유익보의 얼굴에 의기양양한 기색이 피어올랐다.

"뭐긴 뭐냐? 아직 네놈이 정리하지 않은, 지난 삼 년간 후궁 마마들의 운수와 길일에 관한 내용이다."

"이게 다 후궁 마마들의 것이란 말입니까?"

해루의 입이 쩍 벌어졌다.

대체 후궁이 몇 분이나 되시는 거야?

"모두 여덟 분의 운수지."

"여덟 분……."

우리 주상 전하, 기력도 좋으시네.

"지금부터 이 내용을 모조리 필사하고 정리하도록 해라. 이 일이 끝나기 전에는 이 방에서 나갈 생각일랑은 꿈에서도 하지 마라."

유익보는 심통 가득한 얼굴로 관상감 문 앞을 막아섰다.

"거참. 아직 어린 사람인데 너무하는 것 아닌가?"

어느새 안으로 들어온 최정현이 풀 죽은 목소리로 유익보에게 한 소리 했다. 지지 않고 유익보가 되받아쳤다.

"이게 다 저놈을 위한 일입니다. 세상이 얼마나 무서운 곳인데, 제 알량한 재주만 믿고 하늘 무서운 줄 모르고 설친답니까? 저놈도 세상이 얼마나 비정하고 야박한 곳인지 깨달을 필요가 있습니다."

"거참, 사람도……."

최정현은 낮게 한숨을 쉬었지만, 더는 유익보를 제지하지 않았다. 기세가 살아난 유익보가 해루를 향해 쌍심지를 세웠다.

"뭘 그리 멀뚱멀뚱 서 있는 것이냐? 그리 보고만 있으면 이게 절로 정리가 된다더냐?"

유익보는 버릇처럼 접선으로 해루의 이마를 내리쳤다.

바로 그때였다.

픽! 누군가 그의 뒤통수를 힘껏 내리쳤다. 눈알이 튀어나올 만한 아픔에 유익보가 신음을 흘렸다.

"가, 감히 어떤 놈이……."

고개를 돌리며 역정을 내던 유익보의 눈이 휘둥그렇게 변했다.

상상하지도 못한 인물이 서 있었다.

"나다."

못마땅한 표정으로 팔짱을 낀 채 서 있는 사내.

"세자…… 저하."

갑자기 다리에 힘이 풀린 유익보는 그대로 그 자리에 털썩 주저앉았다.

"가만 보자."

유익보의 어깨 너머로 쓱, 고개를 내민 향은 서책을 휘리릭 넘겼다.

"이건 작년에 정리했어야 할 문서로구나."

유익보는 바닥에 머리를 처박은 채 몸을 벌벌 떨었다.

"그리고 이건 올해 초에 정리해서 보고를 올렸어야 할 문서구나. 그런데 지금 와 정리를 한다?"

"저하…… 죽을죄를 지었나이다."

"그래. 네 말대로 죽을죄를 지었구나."

"네. 네?"

저도 모르게 고개를 들던 유익보는 이내 향의 눈빛에 눌려 자라처럼 목을 움츠렸다.

"어찌 죽여주랴?"

"……저하."

"제 본분을 하지 않았으니, 그 죄를 물어야 하나?"

"……"

"그것도 아니라면 제 일을 아랫사람에게 떠넘기려 한 죄를 물어야 하나?"

"……"

"그도 아니라면! 감히 주상 전하께서 금지한 신참례를 몰래 한 죄를 물어야 하더냐?"

순간, 유익보는 물론이고 해루마저 놀란 표정이 되었다.

아셨습니까? 수강궁에서의 일.

자신을 향한 해루의 눈빛을 못 본 척 향은 유익보를 서늘한 눈으로 바라보았다.

"말해 봐라. 어떻게 죽여주랴?"

그 기세에 눌린 유익보는 금방이라도 숨이 넘어갈 듯한 표정으로 손이 발이 되도록 싹싹 빌었다.

"저하! 살려주시옵소서. 제발 살려주십시오."

"내가 왜 널 살려주어야 하느냐?"

향의 목소리는 그 어느 때보다도 싸늘했다.

그때, 해루가 유익보 옆에 무릎을 꿇고 앉았다.

"한 번만 사정을 봐주십시오, 세자 저하."

향이 의문 어린 표정으로 해루를 보았다.

"내가 아는 바에 의하면 넌 이자에게 온갖 못된 짓을 당했다. 그런데도 감싸는 이유가 무엇이냐?"

"유 훈도님은 제게 많은 가르침을 주었습니다. 방법이 다소 과한 면은 있었을지 모르나 궁의 법도를 알려주려 한 의도는 분명 순수하였을 것이라 믿고 있습니다."

아무렴요. 이깟 일에 사람이 죽어서야 되겠습니까?

해루의 말에 향의 표정이 풀어졌다.

"네가 그렇게까지 말한다면……."

벌벌 떨고 있는 유익보의 정수리로 향의 음성이 떨어졌다.

"해……랑의 간청도 있고 하니, 너에 대한 처벌은 나중으로 미루겠다. 혹여, 이와 같은 일이 다시 발생할 시에는 앞서 저지른 죗값을 합하여 엄히 다스릴 것이다."

"화, 황송하옵니다."

"앞으로 너를 지켜볼 것이다."

"네, 네. 저하."

"행여 또다시 눈에 거슬리는 행동을 하였다간 그때는 정녕 죽음을 각오해야 할 것이다."

"명심, 또 명심하겠습니다."

거듭 유익보를 겁박한 향이 해루를 돌아보았다.

"너는……."

"하, 하명하십시오!"

해루가 유익보에 지지 않을 만큼 큰 목소리로 답하며 고개를 숙였다.

향의 표정이 못마땅하게 일그러졌다.

"너는 앞으로는 아침에 등청하기 전에 내게 저자의 행실에 대해 보고를 해야 할 것이며, 저녁에 퇴청할 때도 내게 들러 얼굴을 보이도록 해라. 알겠느냐?"

"매일 말입니까?"

"매일이다."

"하루도 빠짐없이요?"

"하루라도 빠졌다간……. 그 죄를 이자와 관상감 전체에 물을 것이다."

"헉!"

바닥에 엎드려 있던 유익보에게서 앓는 듯한 신음이 흘러나왔다.

"저기, 저하……."

해루가 기어들어가는 음성으로 향을 불렀다.

"무엇이냐?"

"긴히 올릴 말씀이 있습니다. 잠시만 밖으로……."

해루가 눈짓으로 밖을 가리켰다.

"알았다."

마지못해 밖으로 나오니 기다리고 있던 해루가 서둘러 그를 관상감 한쪽에 있는 연못가로 끌고 갔다. 주위에 인기척이 없음을 확인하자마자 해루는 울상을 지었다.

"왜 이러십니까, 저하."

"내가 무얼?"

향이 태연한 표정으로 대꾸했다.

"이러면 제가 곤란하질 않습니까? 앞으로 저분들 얼굴을 어찌 본단 말입니까?"

"함부로 네 얼굴을 보지 못하겠지. 그리고 함부로 네게 손을 올리는 짓도 못할 테고."

분기가 풀리지 않은 듯 향이 이를 으득 갈았다.

"그래 봐야 고작 부채로 맞는 것뿐입니다. 하나도 아프지 않습니다."

"내가 아프다."

"네?"

"너는 아프지 않더라도 내가 아프단 말이다."

향의 진지한 표정에 해루가 가슴을 두드렸다.

"정말 제가 못 살겠습니다."

"어디라고 감히 왕세자에게 눈빛을 세우는 것이냐?"

"저하께서 눈빛 세우게 하질 않습니까?"

지지 않고 해루가 두 눈을 동그랗게 뜨고 향을 바라보았다. 마주 보고 섰던 향의 얼굴에서 쿡, 작은 웃음소리가 튀어나왔다.

"이 상황에 웃음이 나오십니까?"

"이제야 너답구나."

"네?"

"감쪽같이 속았었다. 여리게 눈물 바람 하는 통에 이제는 여인이 다 되었다고 생각했건만."

향의 얼굴에는 짓궂은 표정이 역력했다.

"그만 놀리십시오."

"누가 널 놀렸다고 그러느냐?"

"그보다 여긴 어쩐 일이십니까?"

"지켜보는 중이었다."

"저를 말입니까?"

"그래."

"설마…… 매일같이 지켜보실 생각인 건 아니시죠?"

"지금까지 그리했으니, 앞으로도 그리할 생각이다."

"지금까지 매일 그리하셨단 말씀입니까?"

"안타깝게도 어제는 일이 있어 잠시 자리를 비웠지."

그럼 어제 빼고는 매일 지켜보셨단 말입니까?

해루는 벌어진 입을 다물지 못했다. 그러다 이내 한숨을 내쉬고 말았다.

"정말 왜 이러십니까?"

"발칙한 녀석, 왕세자가 관심을 보이면 황송해하는 것이 당연하거늘. 어디서 한숨이더냐?"

"제가 저하께 원한 건 관심이 아니라 무심(無心)입니다. 제발 저에 대해 마음을 비우십시오."

"마음을 비우려고 해도 눈에 자꾸 밟히는 걸 어쩌란 말이냐?"

"뭐, 예쁜 구석이 있다고 눈에 밟히신단 말입니까?"

"내 말이 그 말이다."

"……."

해루는 향을 힐끗 보며 고개를 흔들었다.

이상한 일이다.

저리 순순히 수긍하는 모습을 보이시니, 그건 그거 나름대로 섭섭하단 말이지. 그러고 보니 정녕 이해할 수 없는 것은 향의 마음이 아니라 자신의 마음이었다.

"갈대 같은 마음이구나."

낮게 탄식하는 해루의 귓가에 향의 목소리가 파고들었다.

"휘어지긴 하지만 부러지지 않는 것이 갈대지."

서로 눈이 마주친 두 사람의 얼굴에 미소가 떠올랐다.

문득 이대로도 좋을 것 같다는 생각이 들었다.

비록 함께할 순 없어도……

이리 남의 눈을 피해 마주할 수밖에 없어도……

향은 소맷자락 아래로 살짝 드러난 해루의 손을 맞잡았다.

온기가, 그의 마음이 그녀에게 고스란히 전해졌다.

마음과 마음이 닿으니 행복했다. 벅찬 행복에 몸도 마음도 허공을 부유하듯 붕 떠올랐다.

하여, 몰랐다.

두 사람을 훔쳐보는 시선을 전혀 눈치채지 못했다.

막 관상감 안으로 들어서던 소은의 시선은 한곳에 못 박혀 있었다.

버드나무 가지가 길게 늘어진 관상감 연못가. 그곳에 왕세자 향이 있었다.

전혀 뜻밖의 장소에서, 기대하지 않았던 반가운 만남인지라, 소은의 입가에 환한 미소가 피어올랐다. 이런 행운이 있을 수가. 이대로 달려가 그에게 말을 걸어볼 생각이었다. 예상치 못한 행운에 가슴마저 두근거렸다.

그러나 잠시 후. 그녀는 굳어버리고 말았다.

향이…… 웃고 있었다. 자신의 앞에서는 흐린 미소조차 짓지 않던 저하께서 소리 내어 웃고 계셨다. 그 낯선 모습에 굳어버린 소은은 세자와 마주 서 있는 사람에게로 시선을 돌렸다.

저분을 저리 웃게 한 자, 대체 뉠까?

이내 소은은 미간을 한데로 모았다. 그녀의 떨리는 입술 사이로 신음 같은 목소리가 흘러나왔다.

"저 아이는……"

"마마, 왜 그러시옵니까?"

한 상궁은 의아한 시선으로 소은을 바라보았다. 세자빈 소은과 함께 관상감에 새로 들어온 해랑이라는 생도를 만나기 위해 걸음하던 참이었다. 어린 생도의 재주가 참으로 용하다는 소문이 궁 안에 자자했다. 그렇지 않아도 빈궁전과 관련하여 두 번이나 옳은 예지를 했던 터라, 해랑이라는 생도에 대한 빈궁마마의 관심이 더욱 높아졌다.

그러나 사사로이 빈궁전으로 들이자니 지켜보는 눈이 너무 많았다. 하여, 오늘은 조용히 사람들의 눈을 피해 만나기 위해 변복까지 하고 찾아왔던 것이다.

주인의 뒤를 종종걸음으로 따르던 한 상궁은 갑자기 멈춰 선 소은의 안색을 살폈다.

"빈궁마마."

거듭된 한 상궁의 부름에 그제야 소은이 입을 열었다.

"한 상궁."

"네, 빈궁마마."

"관상감에 여인이 있을 수 있느냐?"

"여인이라 하셨사옵니까?"

"그래."

"여인이 관상감에 속했다는 소리는 들어본 적이 없나이다."

"허면…… 저자는 뉘더냐?"

소은이 손을 들어 어딘가를 가리켰다. 그녀의 손끝에는 서로 마주 보고 있는 향과 해루의 모습이 있었다.

"저기, 세자 저하와 마주 서 있는 자 말이다. 뉘더냐?"

소은의 물음에 한 상궁의 눈매가 가늘어졌다.

잠시 살펴보던 한 상궁이 알은체했다.

"아, 저 생도라면 마마께서도 만나신 적이 있사옵니다."

"나와 만났어?"

"네. 저자가 바로 해랑이라는 자이옵니다."

"내게 저하와 거리를 두라 조언한 생도가 저자란 말이냐?"

"그러하옵니다. 하온데 왜 그러시는지요?"

소은의 눈빛이 날카로워졌다. 그녀는 관상감으로 들였던 걸음을 돌렸다.

세자빈의 변덕에 한 상궁은 당황했다.

또 무어가 빈궁마마의 심기를 거스른 것일까? 하루에도 열두 번씩 변하는 마음이라, 이제는 적응될 만도 하건만. 저 변덕 끝에 도사린 매서운 독기는 좀처럼 적응이 되지 않았다. 하여, 한 상궁의 얼굴에는 은근한 두려움마저 깃들어 있었다.

"마마, 아니 들어가십니까?"

한 상궁이 제 주인의 눈치를 살피며 물었다.

"오늘은 되었다. 그 대신 알아볼 것이 있다."

"명만 내리시옵소서."

"은밀히 해랑이라는 생도에 대해 알아봐야겠다. 저자가 어느 집안의 후손인지, 관상감엔 어찌 들어오게 된 것인지, 혹여 뒷배에

뉘 있는지. 소상히 알아보아라. 특히 저자가…… 진정 사내가 맞는
지 알아보아라."

"사내인지……알아보라 하시었사옵니까?"

한 상궁이 우둔한 얼굴로 다시 물었다.

사내를 보고 사내인지 확인하라 하시니, 대체 무슨 영문일까?

그런 그녀를 향해 소은이 매서운 눈길을 건넸다.

"다른 모든 것을 제쳐놓고 그것부터 알아보아야 할 것이야."

소은은 연못가로 다시 시선을 돌렸다. 그림처럼 마주 서 있는 왕
세자와 관상감 생도의 모습에서 묘한 기시감이 느껴졌다.

설마, 아니겠지? 한데 어쩌자고 저 사내의 모습 위로 해루의 모
습이 떠오르는 것일까?

해루는 죽었다. 절대 살아 있을 리 없어.

하지만…….

"만약 정말 그 아이라면……."

지워버려야 한다. 이 세상에 존재해서는 안 되는 아이이니, 어떻
게든 흔적을 없애야 한다.

소은의 눈동자에 뱀처럼 차가운 독기가 서렸다.

연모에 대한 예의

흙비 사건으로 조정에는 한바탕 혈향이 불었다.

일 년 전, 화재 사건에 이어 이번에도 조정의 무인 몇과 환관, 그리고 궁녀들이 연루된 일이라 궁 안팎으로 큰 몸살을 앓았다. 많은 사람이 투옥되거나 삭탈관직당했다.

조사 과정에서 이번 사건에 연루된 자들이 '금환(錦還)'이라는 이름의 한 종교 단체와 은밀한 관계를 맺고 있다는 사실이 밝혀졌다. 말세와 환생을 주장하는 이 종교의 기원과 목적에 대해서는 끝내 밝혀지지 않았다.

그사이 가을이 깊어졌다. 풍요로운 과실이 떨어진 들판 위로 어두운 무채색이 똬리를 틀었다. 발목을 휘감는 바람에 언뜻언뜻 시린 기운이 들어찼다.

이른 아침.

옅은 냉기가 감도는 관상감 집무실로 어린 재직이 들어섰다.

"해랑 생도님."

재직은 익숙한 걸음으로 곧장 해루에게로 다가왔다.

"오늘도 왔느냐?"

해루는 긴 한숨을 흘리며 재직이 건네는 서찰을 받았다.

이 서찰을 처음 받은 게 사흘 전.

그 이후 매일 이 시각이 되면 꼬박꼬박 서찰이 전해졌다.

처음에는 향이 보내는 서찰이라 생각하였다.

하지만 아니었다.

향은 보기 드문 명필. 그에 반해 서찰의 글씨는 형태를 알아보기 어려울 정도로 엉망이었다.

"대체 뭐라고 쓰인 거야?"

혼잣말을 중얼거리는 해루의 어깨 너머로 최 교수가 삐죽 고개를 내밀었다.

"또 받았느냐?"

"그러게 말입니다. 오늘도 왔습니다."

"누군지 몰라도 정성이 갸륵하구나. 그만하면 답신 한 장 써야 하는 것 아니냐?"

"저도 그러고 싶습니다. 하지만 무어라 쓰여 있는지 알아야 답신을 쓸 것이 아닙니까. 교수님께서는 이게 무슨 글자인지 알아보시겠습니까?"

최 교수가 눈을 찌푸리며 서찰을 살펴봤다.

"허허허, 도무지 모르겠군. 분명 의미를 담아 쓴 것 같은데, 도통 읽을 수가 없으니. 내 그동안 악필을 수없이 봤지만, 이렇게 엉망인 필체는 또 처음이구나."

난감한 얼굴로 고개를 저으며 최 교수는 집무실 밖으로 사라졌다.

그의 뒷모습을 바라보던 해루는 다시 서신으로 시선을 돌렸다.

"이게 그러니까……."

한참이나 서찰을 들여다보던 해루의 입에서 한마디가 흘러나왔다.

"개……."

"뭐 하고 있느냐?"

겨우 한 글자 읽는 해루의 등 뒤에서 귀에 익은 목소리가 들려왔다.

"어? 저하."

향이 큰 걸음으로 해루에게 다가왔다.

그날 이후, 향은 관상감을 제집 드나들 듯 드나들었다.

업무를 살핀다는 명목이었지만, 실은 해루를 보러 오는 것이었다.

관상감의 관원들 역시 그런 사정을 눈치채고 있었다.

관상감을 들른 향의 시선이 줄곧 해루를 향해 있었던 까닭에 모르려야 모를 수가 없었다.

그 때문에 남몰래 가슴앓이하는 사람이 생겼다.

유익보였다.

해루가 설마 세자 저하와 친분이 있을 줄이야. 지은 죄가 있음이라. 유익보는 관상감 안에서 숨소리조차 크게 내지 않았다. 특히, 해루의 눈치를 살피며 어떻게든 눈에 띄지 않으려 애썼다. 그 바람에 그는 오늘도 자리에 없었다.

슬쩍 주위를 살피던 해루는 안도의 한숨을 쉬었다.

다행히 집무실 안에는 해루와 향, 둘뿐이었다.

"어디 가십니까?"

270

잠행 나가는 길인지, 향은 변복하고 있었다.

"잠시 다녀올 곳이 생겼다."

"그럼, 그냥 가실 것이지 이곳엔 어째서 또 오셨습니까?"

오늘 아침, 등청하기 전에도 얼굴을 뵈었지 않습니까.

"오늘 가면 한동안 못 올 것 같구나. 그래서 떠나기 전에 네 얼굴한 번 더 보러 왔다."

"그렇군요. 그래도 저하, 자꾸 이러시면 곤란합니다."

"뭐가 곤란하단 말이냐?"

"세자 저하께서 이리 자주 모습을 비치시면 관원들이 긴장하여제대로 업무를 보지 못합니다."

"그렇겠지. 허나, 나도 어쩔 수 없는 일이다."

"어쩔 수 없다니요?"

해루를 물끄러미 바라보던 향이 말을 이었다.

"잃은 줄 알았던 정인을 일 년 만에 다시 만났다. 곁에 두고 한시도 떨어지기 싫은데, 엉뚱한 고집을 피우며 이곳에 처박혀 있으니어찌하겠느냐? 남들이 싫어하는 걸 알면서도 이리 자주 걸음 하는 수밖에."

정인이라는 말에 해루의 얼굴이 붉게 물들었다.

"못 본 사이, 많이 뻔뻔해지신 것 같습니다."

"지난 일 년 동안 내가 무얼 하며 지낸 줄 아느냐?"

"무얼 하셨습니까?"

"후회만 했느니."

해루가 향을 올려다보며 물었다.

"후회라니요?"

"왜 그땐 그리 못했을까. 이럴 줄 알았으면, 이런 일 저런 일 원없이 하는 것이었는데. 잃고 나서 돌이켜보니 후회되는 일이 산처럼 쌓였더구나. 그래서 이젠 다시 후회하지 않기로 하였다."

향의 말속엔 시린 바람이 가득했다. 그 아릿한 슬픔이 해루에게 고스란히 전해졌다.

차마 표현할 수 없는 격통에 해루는 고개를 숙이고 말았다.

그 상실감, 그 아픔. 저도 알고 있습니다. 아니, 저하께서는 모르실 것입니다. 저하께서 잃었던 상실감, 그 이상으로 전 그리움을 잃었으니까요.

조금은 무거워진 공기를 눈치챈 듯 향은 서둘러 화제를 전환했다.

"그런데 뭘 그리 뚫어져라 보고 있었던 것이냐?"

그는 해루의 손에 들린 서찰을 빼앗아 들었다.

구불구불 지렁이가 기어가는 듯한 서체.

향은 미간을 찌푸렸다.

"누가 보낸 것이냐?"

"모르겠습니다. 벌써 사흘째 아침마다 전달받는 서신인데, 도무지 뭐라고 쓰여 있는지 읽을 수가 없습니다."

"그래?"

향은 서찰에 쓰인 글에 시선을 내렸다.

"개떡, 금일(今日), 미시(未時)."

마치 풀기 어려운 암호문처럼 쓰인 그것을 향은 단숨에 읽었다.

해루의 얼굴에 감탄하는 빛이 떠올랐다.

"어찌 한 번에 그리 알아볼 수 있으십니까? 저는 도무지 무슨 글귀인지 알아보지 못했는데요."

"내가 아는 어떤 분도 엄청난 악필이지. 흡사……."

향이 채 말을 매듭짓기 전에 해루는 책상 위에 놓인 다른 서찰을 내밀었다.

"그, 그럼 이건 뭐라고 쓰여 있습니까?"

그녀는 지난 사흘간 받은 서찰을 향에게 내밀었다.

무심한 시선으로 서찰을 읽은 향이 대답했다.

"다 똑같은 내용이구나."

"맙소사!"

똑같은 글인 줄 꿈에도 몰랐다. 제아무리 악필이라도 사람의 서체엔 저마다 일정한 버릇이나 규칙이 있기 마련이다. 하지만 서찰을 보낸 사람에겐 그런 일반적인 규칙이 전혀 보이지 않았다. 하여, 매일 같은 내용의 서찰을 받았음에도 같은 내용인 줄 상상조차 못했던 것이다.

"가만, 개떡이라고요?"

해루의 눈이 번쩍 떠졌다. 궁 안에서 그녀에게 '개떡'이라고 말할 수 있는 사람은 오로지 한 사람뿐이었다.

최최측근 아저씨! 설마 줄곧 기다리고 계셨던 겁니까?

"저하, 저 갑자기 볼일이 생겼습니다."

마음이 급해진 해루는 서둘러 관상감 밖으로 걸음을 옮겼다.

"어딜 가느냐?"

"최최측근께서 절 기다리고 계십니다."

헐레벌떡 뛰어나가는 그녀의 뒷모습에 향은 한쪽 눈썹을 치켜들었다.

"최최측근?"

예전에도 들어봤던 호칭이다.

대체 누구이기에 저리도 다급히 뛰어나가는지 모르겠다.

"그나저나……"

향은 책상 위의 서찰을 들여다보았다.

천하제일이라는 수식이 어울릴 만한 악필.

하지만 낯설지 않았다.

향은 이런 악필을 가진 사람을 한 명 알고 있었다.

"설마, 그분께서 해루와 인연이 닿은 것은 아니겠지?"

만약 그런 것이라면 참으로 묘한 인연이 아닐 수 없었다.

"저하."

해루가 사라진 문으로 누군가 들어왔다.

"혁이구나."

무혁이 향을 향해 고개를 조아렸다.

"갑작스러운 잠행이 이것 때문이었습니까?"

물어보는 무혁의 목소리가 잘게 떨리고 있었다.

"해루가……. 진정 해루가 살아 있었던 것이옵니까?"

향은 담담한 미소를 입가에 지었다.

"넌 해루가 정녕 죽었다고 믿었던 것이냐? 그 녀석이?"

"저하."

무혁의 음성이 들떠 있었다. 그를 만난 이후, 처음으로 감정이란 것이 느껴졌다.

놀란 것이겠지. 또한, 기쁜 것이리라.

해루가 살아 있다는 것에 무혁은 기뻐하고 있었다.

하여, 드러낼 수 없어 애써 참고 있음에도 저리 감정이 흘러넘치는 것이다.

차디찬 빙벽처럼 냉정한 무혁마저 어느새 해루에게 감화되어 있었다.

어쩌면 해루가 가진 진짜 능력은 앞날을 내다보는 예지가 아닐 것 같단 생각이 들었다. 누구든 자신의 편으로 끌어들이는 힘. 그 아이에겐 사람을 동화시키는 묘한 매력이 있었다.

향의 입가에 그려진 웃음이 진해졌다.

"준비는 끝났느냐?"

"네. 말씀하신 대로 모두 끝냈습니다."

"그래, 그럼 가자."

"저하, 굳이 직접 행차하실 필요 있겠습니까? 해루와 연관된 일을 조사하실 생각이면 다른 사람을 부려도 충분히 알 수 있을 겁니다."

무혁의 충언에도 향은 고개를 저었다.

"아니다. 내가 직접 조사하고 싶구나."

향이 해루의 책상을 바라보며 말을 이었다.

"일 년 동안 이 녀석이 무얼 하고 있었는지, 또 무슨 이유로 궁에 돌아왔고, 어이하여 내 곁에 있을 수 없는지. 소상한 이유를 알아야겠다."

다른 누구의 손도 아닌 자신의 손으로……. 직접!

"헉헉. 아, 아무도 안 계십니까?"

신루의 화원으로 곧장 달려온 해루가 숨을 헐떡이며 주위를 두리번거렸다.

사흘 전부터 매일 전해온 서찰.

설마, 미시에 개떡을 기다린다는 내용일 줄이야.

최최측근이다. 이런 서찰을 그녀에게 보낼 사람은 최최측근 한 사람뿐이었다.

"이제 오느냐?"

아니나 다를까.

누각 위에서 느른한 목소리가 들려왔다.

한가로운 표정으로 비스듬히 누워 있던 최최측근이 해루를 향해 손을 흔들었다.

"최최측근 아저씨."

"오늘도 아니 오면 내 직접 찾아가려 했더니. 다행히 왔구나."

"대체 여기서 뭐 하십니까?"

"당연히 자넬 기다리고 있었지. 최측근."

"전 최측근 아니라니까요!"

저도 모르게 버럭 고함을 지르고 말았다.

미안함 때문이었다. 그동안 이리 하염없이 자신을 기다렸을 최최측근을 생각하니 괜스레 속이 상했다. 그깟 개떡이 뭐라고…….

"안 오면 그냥 돌아가시지, 무얼 기다리신단 말입니까."

"그래도 결국 이렇게 왔잖은가?"

"개떡이 그리 드시고 싶으신 겁니까?"

"그러는 자네는 개떡이 그리하기 싫은 겐가?"

"하기 싫은 것이 아니라……. 제가 일이 많았습니다."

"듣자 하니 요즘은 한가하다고 하던데. 관상감에선 아무 일도 하지 말라는 세자 저하의 특별한 명이 있었다면서."

"그걸 어찌 아셨습니까?"

해루의 눈의 휘둥그렇게 떠졌다.

"내가 세자 저하의 최최측근이 아닌가. 세자와 관련한 일 중 내가 모르는 일은 하나도 없다네."

"그렇군요."

"어떤가? 오늘은 개떡을 할 마음이 생겼는가, 최측근?"

"최측근 아니라니까요."

"……닮은 자네."

씩 미소를 짓는 최최측근을 보며 해루는 한숨을 쉬었다.

"개떡을 해 드리고 싶어도 재료와 도구가 없어 해 드릴 수 없습니다."

"재료는 내가 가져왔고, 도구는 누각 뒤쪽을 살펴보게. 예전에 자네와 똑 닮은 최측근이 쓰던 게 아직 남아 있을지도 모르니 말일세."

"……잠시만 기다려보십시오."

떡 시루가 남아 있으려나.

해루는 누각 뒤편으로 돌아갔다.

작은 움막처럼 생긴 그곳엔 화원 가꾸는 데 필요한 도구들이 쌓여 있었다. 해루는 그곳에 개떡 찌는 데 필요한 화로와 작은 떡시루를 놓아두었더랬다.

하지만 그것도 벌써 일 년 전의 이야기. 사용하는 사람도 없는 물건. 깐깐한 양 학사님이라면 벌써 오래전에 버리셨을 것이다. 그러니 남아 있을 리가…….

"있네."

있었다. 어제 쓰고 닦아놓은 것처럼 떡시루는 먼지 한 톨 앉지 않은 채 제자리를 지키고 있었다. 마치 누군가 부러 닦아놓기라도 한 것처럼 말이다.

"양 학사님……."

화원을 관리하는 양여섭은 자리만 차지하는 이런 건 내다 버리라며 노래를 불렀었다. 그러면서도 다른 것들을 닦을 때면 어김없이 해루의 개떡 도구들도 닦곤 했었다. 아마도 아직 그 버릇을 못 버리신 듯했다.

습관처럼 움막 청소를 하다 이것들도 닦은 것이리라.

저도 모르게 핑 눈물이 돌았다.

소맷자락으로 눈가에 맺힌 이슬을 서둘러 닦아낸 해루는 개떡을 만들기 시작했다.

그리고 얼마 후.

최최측근이 그리 먹고 싶어 하던 개떡이 완성되었다. 눈을 맑게 해준다는 노란 결명자 꽃잎으로 장식한 개떡을 받아 든 최최측근은 달게 입맛을 다셨다.

"하하하, 참으로 맛나 보이는구나. 내 이게 얼마나 먹고 싶었던지."

"많이 드십시오."

해루는 최최측근의 곁에 나란히 앉았다.

허겁지겁 개떡을 먹던 최최측근이 힐끗 그녀를 곁눈질했다.

"무에, 고민거리라도 있는 겐가?"

"없습니다."

"눈 밑이 거뭇거뭇한 것이 제대로 못 잔 것이 틀림없는데, 뭘. 말해 보게. 뭐 때문에 잠도 제대로 못 자는 것이야?"

우물우물 떡을 씹으며 최최측근이 물었다.

잠시 망설이던 해루가 입을 뗐다.

"사실…… 작은 고민이 하나 있습니다."

"작은 고민?"

"아, 물론 이건 제 고민이 아닙니다."

"그래, 동무의 이야기겠지."

"어찌 아셨습니까?"

"원래 다들 그렇게 말하는 법이지."

"네?"

"그래, 고민이 뭔가?"

"제 동무에게 다정이 병인 사람이 있습니다."

"다정이 병?"

"네. 다정함이 너무 지나쳐 하루도 얼굴을 안 보면 안 되는 듯 이런저런 핑계를 대어서 동무를 찾아온다고 합니다."

"잘되었군."

"좋아할 일이 아닙니다."

"왜?"

"두 사람은 만나서는 안 되는 사이거든요."

"세상에 만나서는 안 되는 사이가 어디에 있는가?"

"이건 비밀인데 말입니다, 제 동무에게는 말 못 할 사정이 있습니다. 세상에 떳떳하게 얼굴 내놓고 살 수 없는 병에 걸렸다고나 할까요."

"그런 병도 있는가?"

"네."

"세상이란 본디 음양의 조화를 이뤄 흘러가는 법이거늘. 사내와 여인이 만나지 못한다면 그야말로 병이겠군. 그래, 그 사내는 뭐라고 한다던가?"

"사내요?"

"그래. 자네 동무가 만나는 사내 말일세."

"제가 사내라고 했습니까? 아니, 제 동무가 여인인 줄은 어찌 아셨습니까?"

"동무에게 다정이 병인 상대가 있다 하니. 설마 여인이 사내가 보고 싶다고 부산하게 찾아다니겠는가. 그러니 십중팔구 찾아다니는 사람은 사내일 테지. 그럼, 자연히 자네 동무라는 사람은 여인일 테고."

해루는 새삼스러운 눈빛으로 최최측근을 빤히 응시했다.

"왜 그리 보는가?"

"현명하십니다."

"그런 말 자주 듣는 편일세. 하도 들어서 이젠 지겨울 지경이지."

"……."

"그나저나 그 사내는 뭐라고 한다던가?"

"걱정 말라고 합니다. 자기만 믿으라고 합니다."

"그럼 걱정할 게 무어가 있어? 걱정 말고 믿으면 될 것이지."

"정말로 그렇게 간단히 해결되면 얼마나 좋겠습니까?"

"그 사내가 그렇게 못 미더운가?"

"그렇지 않습니다. 다만, 동무에게 복잡하고 어려운 사정이 있는데 제아무리 대단한 권력과 힘을 가지고 있어도 그것을 해결할 수 없기 때문입니다."

해루는 땅이 꺼져라 길게 한숨을 쉬었다.

물끄러미 바라보던 최최측근이 말을 이었다.

"믿는다는 건 전장에서 상대에게 등을 맡긴다는 의미와도 같다네. 그만큼 상대를 의지해도 된다는 뜻이지."

"짐이 되는 건 싫습니다."

"짐이 되는 것이 아니라, 함께 역경을 헤쳐 나가는 것이야. 이게 무슨 글자인 줄 아는가?"

최최측근이 바닥에 무언가를 썼다.

"이건⋯⋯."

아, 진짜 글씨 못 쓰시네.

이런 악필이 천하에 또 있을 리 없었다.

"못 알아보겠습니다."

"이걸 못 알아봐? 이거야, 이거."

최최측근이 이번엔 좀 더 정성을 들여 썼다.

"연⋯⋯인?"

"맞네. 연인(戀人). 사모하는 사람이란 뜻이지. 가느다란 실(絲) 사이를 말(言)이 이어주고, 그 말을 마음(心)이 떠받치니, 연모할 연이 되었지. 즉, 연인이란 서로 마음을 의지하고 떠받치는 사람을 말하는 것이라네. 그러니 그 사내의 말과 마음을 한번 믿어보라고 하게. 그 동무에게 전하게나. 정녕 누군가를 연모한다면 상대에게 마음을 의지하고 믿어야 한다고 말이야."

"⋯⋯."

"이 말도 빼먹지 말고 전하게. 사람 간의 예의가 중요하듯, 연인 사이의 연모에도 도리와 예의가 있는 것이니, 연모에 대한 예의를 지키라고 말이야."

"믿고 의지하는 게 연인 간의 도리이자 예의란 말씀입니까?"

"거머리처럼 찰싹 달라붙어서 쪽쪽 빨아먹으란 소리가 아니야. 내게 부족한 걸 받았으면, 그 사람에게 부족한 걸 채워주면 되지. 이렇듯 서로 부담 없이 서로의 부족함을 채워주는 게 연인의 관계라 생각한다네."

"만약, 그 사람이 너무도 대단하여 채워줄 것이 없다면 어찌합니까?"

최최측근이 이를 보이며 웃었다.

"제아무리 대단한 사람이라도 빈 곳 하나 없는 사람이 어찌 있겠는가. 완벽해 보이는 사람도 잘 찾아보면 어딘가는 부족한 법이라네."

"그렇습니까?"

"당연하지. 예를 들면, 의외로 멀쩡하게 생긴 사람이 길 찾기에 서툴러 매번 헤맬 수도 있고, 사람 얼굴을 구별하지 못할 수도 있지. 하여간 다들 한 군데씩은 부족하기 마련이야."

할 말을 마쳤다는 듯 최최측근이 툭툭 옷을 털며 몸을 일으켰다.

"개떡 잘 먹었네. 그럼 다음에 또 만나세나."

"다음에 또 말입니까?"

"당연하지. 어렵게 만난 인연을 쉽게 끝낼 수 있겠나?"

"하지만 전……."

"자넨 내 마음의 공허를 개떡으로 채워주고, 난 자네에게 지혜를 빌려주니, 이야말로 절묘한 조화가 아닌가? 그러고 보니 우리 제법 잘 맞는군. 어떤가? 이참에 나와 좀 더 깊은 인연을 맺어보는 것이?"

"네?"

"하하하, 농일세, 농이야. 원 정색하기는. 그럼, 서신 보내겠네. 최측근."

"최측근 아니라니까요!"

"……닮은 자네."

씩, 미소를 지으며 최최측근은 누각 아래로 걸음을 옮겼다.

"안 합니다. 이제 정말 개떡 안 만들 겁니다!"

뒤늦게 소리쳤지만, 돌아오는 답은 없었다.

이미 최최측근의 모습은 화원 저편으로 사라진 지 오래였다.

해루의 입에서 절로 한숨이 새어 나왔다.

어쩐지 공갈 저하의 공갈, 협박보다 더한 것에 걸려든 것 같은데…… 기분 탓이겠지?

밤은 세상의 모든 색을 앗아버렸다. 붉고 노란빛으로 물들었던 가을 색이 어둠 속에 파묻혔다. 해루는 달빛 한 점 없는 어둔 밤길을 걸었다.

오늘은 유독 퇴청이 늦었다. 한 해를 갈무리하는 시기인지라, 온갖 곳에서 관상감으로 일거리를 던져주었다. 물론, 세자 저하의 명이 있었던 터라 해루에게 일을 맡기는 사람은 없었다. 그렇다고 혼자만 손 놓고 놀기엔 앉아 있는 자리가 가시방석이었다. 하여, 해루는 기꺼이 자청하여 일을 맡았다.

"아이쿠, 어깨야. 다들 궁금한 게 어찌 그리 많은지."

오늘 하루, 앞일을 물어보고, 택일을 하고, 사주를 확인하는 사람들을 수없이 상대했다.

그 모두가 마음 한구석에 자리 잡은 두려움 때문이었다.

가을걷이가 끝나는 시기. 풍성하고 행복해야 할 계절이건만, 도리어 사람들의 두려움은 커져만 가는 모양이다.

"연인……이라."

해루는 최최측근에게 들은 이야기를 떠올렸다.

서로 믿고 의지하는 사람. 최최측근의 말처럼 공갈 저하를 믿고 의지해야 할까? 모든 사실을 털어놓고 도움을 구해야 하나?

해루는 고개를 저었다.

아니 될 말이다. 일단 다른 일은 몰라도 소은과 관련된 일은 믿음에 앞서 오해받을 소지가 다분했다. 어쩌면 여인의 투기로 인한 모함으로 생각할 수도 있으리라.

물론, 공갈 저하라면 해루의 말을 믿어줄지도 모른다. 그렇다고 달라지는 건 없었다.

공갈 저하 곁에 머무를 수 없는 자신의 처지는 변함이 없었다. 아니, 오히려 그 일로 공갈 저하의 안위를 위협하게 될 수도 있다.

잊지 말자, 해루야. 넌 세자 저하를 지키기 위해 돌아온 거야. 명국에서 밤마다 보았던 불길한 미래를 바꾸기 위해 이곳으로 온 거야. 그러니…… 안도해선 안 돼. 그분의 따뜻한 눈길과 품을 그리워해선 안 돼. 모질게 마음먹고 보이지 않는 그늘에 숨어 있는 거야. 아무도 모르는 곳에서 은밀히 움직이는 거야.

미래는 바뀔 수 있다.

그러니 지금은 안도해선 안 된다. 절대 마음을 내려놓아선 안 된다.

해루는 자꾸만 무뎌지는 마음을 다잡으며 걸음을 옮겼다.

바로 그때였다.

바삭.

해루의 등 뒤에서 별안간 신경을 거스르는 소리가 들려왔다.

"뭐지?"

해루는 고개를 갸웃거리며 뒤를 돌아보았다.

적막한 밤거리엔 찬 바람만 떠돌고 있을 뿐이다.

평소와 다를 바 없는 풍경.

그럼에도 무언가 석연치 않았다.

명쾌하지 않은 기분에 해루는 좀 더 재게 발을 놀렸다.

이 좁은 골목만 지나면 곧 화월루였다.

위창이 돌아온 이후로 한동안 화월루엔 갈 수가 없었다.

그러나 그녀의 불편한 심정을 헤아린 것인지, 위창은 태평관으로 그 터전을 옮겨주었다. 당분간은 사신단의 일정에 바빠 걸음 하지 않을 거라는 전언도 보냈다.

하여, 오늘은 마음 가볍게 돌아가는 길이었건만.

바삭.

다시 귀를 자극하는 소리가 들렸다.

"이상하다."

해루는 눈가를 가늘게 여민 채 어둠을 응시했다. 아까부터 누군가 뒤를 쫓아오는 듯 느껴졌다. 하지만 뒤돌아보면 역시나 아무도 없었다.

"잘못 들었나?"

고개를 갸웃하며 돌아서는 찰나.

복면을 뒤집어쓴 낯선 사내가 해루의 코앞에 서 있었다.

헉!

놀란 비명이 절로 튀어나오려 하였다.

그러나 비명보다 먼저 날카롭게 벼린 칼날이 그녀의 목을 위협했다.

"쉿! 조용."

복면인은 입가에 손을 세우며 속삭였다.

해루의 등줄기로 식은땀이 흘렀다. 마른 비명이 목구멍을 가득 채웠다.

간신히 비명을 삼킨 그녀는 또르르 눈동자만 옆으로 돌렸다.

"누구……십니까?"

"나? 지저분한 일 처리해 주는 사람."

한껏 입아귀를 비튼 복면인이 섬뜩하게 웃었다.

지독한 갈망

먹구름이 가득했다.

골목마다 농염한 어둠이 우물처럼 고여 있었다.

지저분한 일을 처리해 주는 해결사.

밤길에 만난 복면인은 자신을 해결사라 소개했다.

그가 어떤 지저분한 일을 처리하는 사람인지는 어렵지 않게 추측할 수 있었다.

목 아래 겨눠진 시퍼런 칼날이 말해 주고 있었으니까.

해루는 마른침을 삼켰다.

마냥 고운 삶을 살아온 것이 아니기에…… 이런 경험이 전혀 없었던 것은 아니다.

뒷골목 출신의 정 판수와 함께 살아가다 보니 해루 역시 뒷골목 사람이어야 했다.

뒷골목은 세상에서 가장 낮은 곳이었다.

밝은 곳에 살 수 없는 온갖 추하고, 더럽고, 악한 것들이 뒷골목으로 떠밀려 왔다.

좀도둑, 사기꾼, 살인자, 한때는 열녀였으나 지금은 길가에 핀 꽃처럼 아무나 꺾을 수 있는 노류장화가 된 여인까지.

저마다의 사연을 간직한 사람들이 모여 사는 뒷골목.

당연히 평범한 사람들은 상상도 할 수 없는 많은 일들이 비일비재하게 벌어졌다.

밤거리에서 도적을 만나는 일은 흔한 경우였다.

특히, 정 판수가 도박에서 어쩌다 한 번 돈을 따거나, 인심 좋은 대갓집에서 복채를 두둑하게 받은 날이면 어김없이 불청객의 방문을 받곤 하였다.

칼을 들고 사람을 협박하는 자들은 남의 돈을 갈취하는 데 그 목적이 있었다. 그러기에 그런 유형의 사람은 대개 사람을 구석으로 몰아넣고 협박부터 시작한다.

목적이 돈이니 쓸데없는 피를 보기 싫은 까닭이다.

하지만 이자는 달랐다.

다짜고짜 사람의 목에 칼부터 겨눴다. 쓸데없는 위협이나 협박도 없었다. 그저 흉물스러운 웃음만을 흘릴 뿐이었다.

"대체 제게 왜 이러십니까?"

쥐어짜는 듯한 목소리로 해루가 물었다.

"네 목숨을 원하는 사람이 있다."

"그게 누굽니까?"

뭐야? 나도 모르는 사이 철천지원수라도 생긴 거야?

"그건…… 저승사자에게나 물어봐라."

복면인의 미소가 왼쪽 뺨으로 기울어졌다.

동시에 섬뜩한 느낌을 받았다. 전신의 털이 곤두서고, 등줄기에 소름이 돋았다.

이 사람, 정말 죽일 생각이야.

해루는 아랫배에 힘을 주었다.

이유도 모른 채 죽을 순 없다. 지금까지 어떻게 살아온 목숨인데. 이리 순순히 죽어주기엔 지난 세월이 억울했다.

그럼 어찌한다?

잠시 눈치를 살피던 해루는 돌연 복면인의 어깨 너머를 향해 손을 흔들며 반색하는 표정을 지었다.

"오셨습니까? 이곳입니다."

"……!"

놀란 복면인이 반사적으로 고개를 돌렸다. 그러나 정작 뒤쪽엔 아무도 없었다.

그 순간의 틈을 놓치지 않았다. 해루는 서둘러 복면인에게서 몸을 뺐다. 그리고 죽어라 달리기 시작했다.

느닷없는 상황에 당황한 것은 복면인이었다.

"뭐 저런 녀석이 다 있어?"

지금까지 더러운 일을 숱하게 처리했지만, 이런 경우는 처음이었다. 의외의 사태에 당황하여 쫓아야 한다는 사실조차 잠시 잊을 지경이었다.

"이런 망할!"

복면인의 눈에 불꽃이 튀었다.

저자를 놓치면 자신도 죽은 목숨이었다.

"거기 서라!"

"너 같으면 서겠습니까?"

"지금 멈춘다면 살살 해주마."

"살살 하든 거칠게 하든 죽는 건 마찬가지 아닙니까? 그렇게는 못 하겠습니다."

도망치는 와중에도 꼬박꼬박 말대꾸하며 해루는 골목 안쪽으로 돌아섰다.

저 모퉁이만 돌면 화월루였다. 화월루만 가면 살 수 있으리라.

그곳에는 기루를 지키는 무사들이 여럿 있으니. 아직 실력을 확인한 적은 없지만 제법 무위가 높은 자들이라 하였다. 그러니 저런 자 하나쯤은······.

"어?"

미친 듯 달리던 해루는 갑자기 뜀박질을 멈추고 말았다.

골목 저 끝에 검은 그림자 몇이 서 있었다.

자신을 뒤쫓는 복면인처럼 그자들도 검은 복면을 뒤집어쓰고 있었다.

"한패로구나."

좌우는 넘을 수 없는 높은 담벼락. 앞뒤엔 목숨을 노리는 복면인이 총 넷.

그야말로 독 안에 든 쥐 신세였다.

이대로 죽는구나.

일순, 온몸의 힘이 쭉 빠져버렸다.

바로 그때였다.

"어이! 해랑!"

"해랑!"

귀에 익은 목소리가 들려왔다.

길모퉁이를 가로막고 선 복면인의 어깨 뒤로 비연의 모습이 보였다.

해루를 발견한 비연은 해맑은 웃음을 지으며 다가왔다.

"이제 오는가? 한참을 기다렸다네."

"비, 비연."

상황 파악이 전혀 되지 않는 듯한 비연의 모습에 해루는 진땀을 흘렸다.

오지 마십시오. 그대로 달아나십시오!

소리치고 싶었으나, 두려움 때문인지 목소리가 나오지 않았다.

"내, 화월루에서 한잔하고 싶은데, 주머니 사정이 넉넉하지 않아서 말이야. 괜찮으면 술 한잔 사게. 동무 좋은 게 뭔가? 하하하."

"비연⋯⋯."

지금 술이 중요한 게 아닙니다. 자칫하면 죽을지도 모른단 말입니다. 죽기 싫으면⋯⋯.

"도망치세요!"

"응?"

"비연, 도망치란 말입니다. 어서요, 어서!"

"그게 무슨 소린가?"

비연의 물음에 답을 한 사람은 해루가 아니었다.

"이런 소리지."

해루를 향해 터벅터벅 다가서던 네 명의 복면인 중 한 명이 갑자기 신형을 돌려 비연에게 달려들었다.

"재수가 없었다고 생각해라. 죽어!"

복면인은 품에서 칼을 꺼내 비연을 향해 휘둘렀다.

해루의 눈이 화등잔만 해졌다.

위험천만한 상황. 시퍼런 칼날이 눈앞으로 날아드는데도 비연은 여전히 순진한 표정으로 해루를 바라보고 서 있었다. 마치 자신은 이 일과는 아무런 관계가 없다는 듯한 모습.

"안 돼!"

해루는 비명을 터트렸다.

금방이라도 비연이 피를 쏟으며 쓰러질 것만 같았다.

그런데…….

전혀 뜻밖의 일이 벌어졌다.

내내 천진한 어린아이처럼 해맑은 미소를 짓던 비연이 돌연 땅을 박차고 허공으로 튀어 올랐다.

퍽! 둔탁한 소리와 함께 비연에게 달려들던 복면인이 짧은 신음을 흘리며 쓰러졌다.

허공에서 현란한 동작으로 복면인을 쓰러트린 비연은 바닥으로 착지하며 물었다.

"해랑, 뭐라 하였는가? 멀리 떨어져 있어서 잘 듣지 못했다네."

"도망……치라고 하였습니다."

"도망? 왜?"

비연이 쓰러진 복면인을 손가락으로 가리키며 순진한 표정으로 물었다.

"설마 이 허접한 녀석들 때문에 그리 말한 건 아니겠지?"

"네 이놈!"

허무하게 쓰러진 동료의 모습에 분노한 다른 복면인들이 달려들었다.

해루의 뒤를 따르던 한 명을 제외한 나머지 두 명의 복면인들이었다.

그들이 칼을 꺼내 들고 사정없이 휘둘렀다.

"어이쿠, 아무래도 좀 전에 내가 한 말에 화가 난 모양일세. 술이 고파서 한 헛소리이니 마음에 담아두지 마시게. 아이쿠, 위험하네."

비연이 엄살을 떨며 몸을 이리저리 움직였다. 가벼운 몸짓임에도 신기할 정도로 복면인들의 공격을 아슬아슬하게 피해냈다. 그렇게 복면인들과 한데 뒤섞여 움직이던 비연이 어느 순간, 담벼락을 박차며 재주를 넘었다.

파팟! 그의 소매에서 짧은 쇳소리가 울렸다.

"컥!"

"크헉!"

한순간, 복면인들은 단말마를 흘리며 쓰러졌다.

"자, 이제 세 놈은 해결했고."

가볍게 몸이라도 푼 사람처럼 비연은 손바닥을 털었다. 밤 산책이라도 나온 듯 어슬렁어슬렁 뒷짐을 지며 걸어오는 그의 뒤에 무려 세 명의 복면인이 쓰러져 있었다.

"해랑, 괜찮으면 어깨 좀 빌려주겠나?"

어느새 해루 앞까지 다가온 비연이 말했다.

마치 길을 지나는 듯 여상한 말투.

해루는 홀린 듯한 표정으로 고개를 끄덕였다. 그 순간, 비연이 해루의 어깨를 짚고 뛰어올랐다. 빙글 허공에서 재주를 넘은 그는 해루를 암습하려던 최후의 복면인에게 몸을 날렸다. 독수리가 병아리를 낚아채듯, 빠르면서도 현란한 발재간이 복면인의 얼굴과 가슴으로 떨어졌다.

퍽퍽! 둔탁한 소음과 함께 내내 해루를 뒤쫓던 복면인 역시 밑동 잘린 나무처럼 그대로 옆으로 쓰러졌다.

"마지막 한 녀석까지, 넷 모두 정리했군."

최후의 복면인까지 처리한 비연이 해루를 돌아보았다.

"자넨 볼 때마다 사람을 놀라게 하는 재주가 있군. 빈궁마마와 진양대군으로 시작해서 세자 저하까지 홀리더니. 이젠 칼을 휘두르는 복면인까지 달고 다니는가? 대체 어떤 매력이 있으면 그렇게 위아래 구분 없이 사람들의 이목을 끌 수 있는 건가?"

해루는 비연의 물음에 대답할 여력이 없었다. 아니, 오히려 묻고 싶었다.

"비연…… . 대체 뭐 하는 분이십니까?"

"나?"

싱긋, 미소를 지으며 비연이 말을 이었다.

"관상감의 생도라네. 그리고 자네의 동무지."

다음 날.

"후암."

관상감 집무실에 앉아 있던 해루는 길게 기지개를 켰다.

늦은 오후.

하늘 끝을 붉게 태우던 노을은 어느새 자취를 감추었다.

어둑어둑 어둠이 내려앉았다.

슬슬 자리를 정리하고 퇴청 준비를 해야 하건만.

엄두가 나지 않았다. 간밤의 일 때문인지, 어둠이 무서웠다.

대체 그자들은 누구일까? 아직 잡히지 않은 두문동 사람들일까? 하지만 두문동 사람들은 일 년 전 일로 대부분 잡혔다고 들었는데. 살아남은 이들이 있는 걸까?

안타깝게도 그들의 배후를 캘 수 없었다.

포도청으로 압송된 복면인들은 어찌 된 이유에선지 모두 죽고 말았다.

소식을 전해준 비연은 독한 녀석들이라며 혀를 내둘렀다.

"그래도 이번은 운이 좋았어."

때마침 비연이 나타나지 않았다면 꼼짝없이 죽고 말았을 것이다. 불안감이 엄습했다.

앞으로 어떻게 해야 하나. 어제는 비연의 도움으로 무사할 수 있었다. 하지만 오늘 밤은? 그리고 내일은? 대체 누가 날 죽이려 드는 걸까?

온갖 걱정과 근심에 한숨이 절로 나왔다.

"오늘부터는 궁 안에 들어와 지내거라."

단호한 음성이 들려왔다.

해루는 고개를 들었다. 막 집무실로 들어서는 향의 모습이 보였다.

"저하!"

저도 모르게 반색하던 해루는 얼른 주위를 두리번거렸다.

최 교수와 유익보는 친잠례를 준비하기 위해 궁에 들어가 아직 돌아오지 않았다.

해루는 단숨에 향의 앞으로 다가갔다.

"벌써 오신 겁니까? 한동안 돌아오지 못할 거라 하지 않았습니까? 일은 다 끝나셨습니까?"

반가운 마음 때문일까? 해루의 입에서 소낙비 같은 물음이 쏟아졌다.

물끄러미 그녀를 내려다보던 향이 무릎을 굽혀 시선을 마주했다.

"괜찮으냐?"

"네?"

"간밤에 위험한 일을 당했다고 들었다. 너, 괜찮은 것이야?"

"그걸…… 어찌 들으셨습니까?"

"어디 상한 곳은 없느냐?"

향은 걱정 가득한 눈길로 해루를 세심하게 살펴보았다.

해루의 코끝이 붉어졌다.

"설마, 그 소식에 모든 걸 팽개치고 오신 건 아니시죠?"

염려하고 걱정하는 그의 마음이 고맙기도 하고 수줍기도 하여 괜한 농 한 자락을 흘려보았다. 그러나 되돌아오는 것은 긍정의 속내를 가득 담은 눈빛.

"왜 아니겠느냐?"

"그렇지만……"

놀라고 황망한 마음에 잠시 멍해졌다.

"다친 곳은 없느냐?"

"없습니다."

"많이 놀랐겠구나."

해루는 고개를 저었다.

"놀라지 않았습니다. 걱정하지 마십시오. 저, 아무 일도 없었습니다."

그제야 마음이 놓인 듯 향은 해루를 품에 끌어안았다.

"그런 일이 있었는데 어찌 놀라지 않을 수 있느냐. 도무지 마음이 놓이질 않는구나. 마음 같아서는 그림자처럼 곁에 두고 싶다."

"하하, 그러다 아예 주머니에 넣고 다니겠다고 하시겠습니다."

"그럴까? 이참에 네가 들어갈 만한 커다란 주머니를 만들어볼까?"

농담이라 치부하기엔 향의 표정이 지나치게 진지했다.

"정말 못 말리겠습니다."

어느 한 가지에 매료되면 정신없이 빠져드는 향이었다. 그것이 이번에는 학문이나 물건이 아닌 사람이었다.

지금 그의 머릿속은 해루에 대한 생각으로 가득 차 있었다.

스스로도 어쩔 수 없을 만큼 커져버린 마음.

행여 해루에게 무슨 일이 생긴다면 견딜 수 없으리라.

"아까도 말했지만, 오늘부터는 궁으로 들어와 지내라."

"궁요?"

"그래."

"말도 안 됩니다."

"친잠례 준비로 관상감의 관원들이 궁에서 숙식한다고 들었다. 그러니 너도 거기에 합류하거라."

"하지만……."

"우선은 친잠례를 핑계로 궁에 머물러라. 그럼 누구도 의심하지 않을 것이니. 그리고 그다음은……. 좀 더 차근히 방도를 생각해보자."

"저하, 저는 정말 괜찮습니다. 그러니 너무 깊이 생각하지 마십시오."

"너 때문이 아니라 나를 위해 하는 일이다. 내가 불안하여 일을 할 수 없어 그러는 것이다."

마지못해 해루는 고개를 끄덕였다.

"그리 말씀하신다면…… 알겠습니다. 대신 오늘 당장은 곤란합니다. 필요한 것이 있으니, 대충 정리하여 내일부터 궁으로 들어가겠습니다."

"고집불통이구나. 알았다. 그럼 내일부터는 무슨 일이 있어도 궁으로 들어와야 한다."

"알겠습니다."

"약조해라."

"약조합니다."

단단히 약조했음에도 향의 얼굴에는 불안한 기색이 역력했다.

무에 미덥지 못한 듯 그는 해루의 앞에 한쪽 무릎을 꿇고 앉았다. 놀란 해루가 화들짝 뒤로 물러섰다.

"왜, 왜 이러십니까?"

"가만히 있어봐라."

갑자기 해루의 한쪽 다리를 붙잡은 향은 그대로 자신의 무릎 위에 그녀의 발을 올렸다. 그러고는 사뭇 진지한 얼굴로 한 가지 작업에 몰두했다.

"저하……."

버선 신은 해루의 발목에 동그란 방울이 걸렸다. 일 년 전 잃어버린 방울이 제자리를 찾은 것이다.

"이걸…… 어떻게 저하께서?"

"네가 사라진 자리에 이 방울이 떨어져 있더구나. 무에 잘못되었는지 더는 울지 않더구……."

차랑. 그의 말이 채 끝나기 전, 해루의 발목에 걸려 있던 방울이 작은 움직임에 소리를 내었다. 향의 눈이 조금 커졌다.

이내 그의 얼굴에 은은한 미소가 걸렸다.

"그 녀석. 주인을 알아본 모양이구나."

차랑, 차랑.

"앞으로 네가 어디에 있든 내가 찾을 것이다. 그러니…… 절대 풀지 마라."

"이걸 어찌 하고 다니라는 겁니까?"

말은 그렇게 하지만, 해루의 얼굴에도 미소가 피어올랐다.

차랑, 차랑. 귓가를 울리는 방울 소리가 가히 나쁘지 않았다.

아니, 마치 천상의 노랫가락인 듯 달콤하기까지 하였다.

차랑, 차랑. 작은 방울 소리가 화월루 대문 안으로 들어섰다.

"내가 애도 아니고 말이야. 방울에 호위 무사까지……"

아직 밤도 되지 않았건만.

향은 화월루로 돌아가는 해루에게 호위 무사까지 붙였다.

화월루 대문 앞에서 호위 무사와 헤어진 해루는 작게 투덜거렸다. 조금은 과하게 느껴지는 향의 배려에 몸 둘 바를 모를 지경이었다.

그러나…… 아주 싫은 건 아니었다. 향의 관심이, 그녀를 향한 그의 마음이 고마웠다. 다만, 이것이 익숙해질까 걱정되었다.

이제 곧 헤어져야 할 사람. 이리 깊이 정이 들었다가 나중에 그의 곁을 떠나게 되면 마음 아플까 두려웠다. 그분의 마음에 깊은 상처가 생길까 염려되었다.

"이제 오는 길이냐?"

화월루 대문 근처의 높은 누각에서 누군가 그녀를 지켜보고 서 있었다.

"태군."

환한 미소로 그녀를 맞이하는 사내는 위창이었다.

해루의 얼굴에 어색한 표정이 떠올랐다.

그사이 누각을 내려온 그가 그녀 앞으로 다가왔다.

"화월루엔 어쩐 일입니까? 당분간 태평관에서 지내신다고 들었습니다만."

"잠시 들른 것이다."

"음 선생과 의논하실 일이라도 생긴 모양입니다. 그럼 저는 이만……."

자리를 피하고 싶은 마음에 해루는 서둘러 걸음을 옮겼다.

그러나 위창의 목소리가 그녀를 붙들었다.

"간밤에 안 좋은 일을 겪었다 하더구나."

"별일 아닙니다."

소문도 빠르지.

"정녕 괜찮은 것이냐?"

"괜찮습니다."

"사람을 풀어놓았다. 얼마 안 있어 놈들의 배후를 알 수 있게 될 것이야. 그러니……."

"관심 두지 마십시오."

"해루야."

"제가 태군께 원하는 것은 하나입니다. 이곳에 계신 동안은 제게 관심 두지 마십시오. 곧 끝납니다, 곧."

해루는 위창을 피해 서둘러 발길을 재촉했다.

찰나.

차랑, 발목에 걸린 방울이 작게 소리를 냈다.

일순 위창의 눈매가 휘어졌다. 그의 시선이 해루의 발목으로 향했다. 이내 버선 위에 매달려 있는 방울이 들어왔다.

"설마, 세자가 네 정체를 알게 된 것이냐?"

"……"

"들키지 않겠다고 하더니. 결국, 참지 못한 것이냐? 참지 못하고 세자에게 네가 돌아왔음을 알린 것이냐? 그런 것이냐!"

"그런 것이 아닙니다."

"너를 믿었다."

위창은 굳은 표정으로 해루에게 다가가며 말을 이었다.

"난 너의 약조를 믿었다. 하여, 네게 시간을 주었던 것이다. 그런데 내가 너무 안일하게만 생각했구나."

위창의 눈 속에 위험한 질투가 자리했다. 그는 거칠게 해루의 손목을 낚아챘다.

"왜 이러십니까?"

"더는 참아낼 수가 없다."

위창은 버둥거리는 해루를 끌고 자신의 거처로 향했다.

"음 선생!"

그의 서슬에 잔뜩 몸을 움츠린 음 선생이 다가왔다.

"지금 당장 화월루에 있는 사람들을 밖으로 내쫓아라. 누구도 남아 있어서는 아니 된다. 또한, 내 명이 없는 한 누구도 내 처소 근처로 오지 못하게 하라."

"명 받자옵니다."

이내 일사불란한 움직임이 이어졌다.

짧은 시간.

사람으로 북적였던 화월루가 텅 비어버렸다.

적막해진 화월루에 남아 있는 건 위창과 해루밖에는 없었다.

"대체 무얼 하려고 이러십니까?"

묻는 해루의 목소리가 가늘게 떨렸다. 위창에게서 이런 사나운 기운을 느꼈던 적은 단 한 번도 없었다.

"상처 주지 않으려 하였다. 다치게 하지 않으려 하였다. 그런데 넌…… 여전히 나를 보지 않는구나."

"태군."

"기다리면 되는 줄 알았다. 언젠가 네가 나를 보아줄 거라 생각했지. 그런데 말이다, 너는 그에게로 돌아갈 생각만 하는구나. 나를 기만하고 그와 만나고 있었어."

말과 함께 위창은 침상 위로 해루를 밀쳤다.

나동그라지듯 침상 위에 누운 해루는 거칠게 숨을 몰아쉬었다.

불길했다. 느낌이 좋지 않았다.

"태군……. 이러지 마십시오. 기만한 적 없습니다. 속이려 한 적 없습니다."

"상관없다. 더는 상관없어."

"어쩌려고 이러는 겁니까?"

"너를 취할 것이다."

자신의 말을 증명이라도 하려는 듯 위창은 해루의 두 팔을 단단히 결박했다.

지독한 갈망이 그를 미치게 만들었다.

채워지지 않는 집착이 그의 광기를 부추겼다.

원하고 원한 단 한 가지.

해루.

302

설사 이 아이 하나를 얻음으로써 세상을 적으로 만들게 된다 할지라도 가질 것이다.

"너를 취할 것이다. 너를 나의 것으로 만들 것이야."

"태군!"

"다른 누구에게도 뺏기지 않아."

"원망할 겁니다! 평생 당신을 저주할 겁니다!"

위창의 차가운 미소가 천천히 해루의 얼굴 위로 내려왔다.

"그래도 좋다."

널 가질 수만 있다면…….

"이것은 옳지 않습니다. 이리해서 태군이 취할 수 있는 건 마음 없는 허깨비뿐입니다. 이건 연모가 아닙니다."

"내게는 이것 역시 연모다. 이렇게라도 네가 나의 것이 된다면 상관없다. 그렇게라도 너를 내 곁에 붙잡아둘 수 있다면, 기꺼이 그리 살 것이야."

"그리된다면 전…… 온전히 살 수 없을 겁니다. 제가 그리 살길 원하십니까? 제가 부서지길 원하십니까?"

"망가져야 네가 내 곁에 있을 수 있다면……. 어쩔 수 없지."

"태군!"

비명을 질렀지만, 위창의 손길은 멈추지 않았다.

해루의 저고리 고름이 거칠게 뜯겨 나갔다. 몸부림치는 그녀를 위창은 양 무릎으로 짓눌렀다.

굶주린 사나운 맹수처럼 그는 그녀를 향해 거침없이 다가왔다.

어느샌가 두 사람은 들숨과 날숨이 맞닿을 만큼 가까워졌다.

바로 그때.

슉!

바람을 가르는 날카로운 소리와 함께 비단 끈으로 묶여 있던 위창의 머리카락이 풀어져 허공에 나부꼈다.

놀란 위창이 시선을 돌렸다. 이내 벽에 꽂혀 있는 화살이 눈에 들어왔다. 날카로운 화살 끝이 그의 머리를 묶었던 비단 끈을 잘라낸 것이다.

"대체 이것이……."

의문을 떠올리려는 순간.

쾅! 거칠게 문이 부서지며 한 사람이 안으로 들어섰다.

그렁그렁 눈물 고인 해루의 망막에 향의 모습이 맺혔다.

"……저하!"

그릇된 연심은 상처를 남기니……

늦지 않기를 빌고 또 빌었다.

화월루에 위창이 있다는 소식을 듣는 순간, 향의 심장은 빠르게 뛰었다. 왜 갑자기 불안한 마음이 드는 것인지 스스로도 이해할 수 없었다. 그저 불길했다. 이성적인 판단으로는 결코 설명할 수 없는 불편한 느낌. 마음이 다급해졌다. 그는 곧장 궁을 나와 화월루로 말을 달렸다.

"무사해야 한다, 해루야."

간절한 마음으로 길을 재촉하여 마침내 화월루에 도착했다.

가쁜 숨을 다스리기도 전, 활짝 열린 동창 너머로 위태롭게 흔들리는 해루의 그림자를 보게 되었다. 향의 눈에 불꽃이 일었다. 내 여인을 겁박하는 위창의 모습에, 그의 전신에서 살기가 뻗쳐 나왔다.

감히…….

얼음덩이로 가득 찬 듯 차가웠던 머릿속이 순식간에 뜨거워졌다.

향은 활에 화살을 걸었다. 조금의 주저함도 없었다.

어느새 시위를 떠난 화살은 문풍지에 그려지는 위창의 그림자를 향해 날아갔다. 바람을 가른 화살은 그대로 위창의 머리카락을 풀어놓으며 맞은편 벽에 꽂혔다.

치명적인 위협.

그 길로 향은 단숨에 위창의 거처 안으로 뛰어들었다.

"……저하."

두려움에 질린 해루가 그의 눈에 들어왔다. 그리고 그녀를 겁박하는 위창의 모습도.

"당장 그 아이에게서 물러나라."

성난 짐승처럼 향은 분노를 자욱하게 뿜어냈다.

"비키지 않으면……."

말과 함께 두 번째 화살을 시위에 걸었다.

"죽는다."

날카로운 화살이 위창의 심장을 조준했다.

섬뜩한 광경이었건만, 위창은 여전히 해루에게서 물러나지 않았다. 오히려 그의 입가엔 흐린 미소마저 떠올랐다.

"활 솜씨가 대단하시군요."

"그런 줄 알았다. 헌데, 오늘 보니 그렇지도 않은 모양이다. 표적에서 한참 빗나간 것을 보면 말이야."

"실수로 못 맞추셨단 말씀이로군요."

"……."

"무릇 화살이란 짐승에게 쏘는 건 줄 알았습니다만."

위창은 자신을 향해 조준된 향의 활을 눈짓했다.

무심한 얼굴로 향이 대답했다.

"간혹 사람의 모양새를 한 짐승이 있더군."

향의 단호한 대답에 위창의 표정이 딱딱하게 굳었다.

"날 쏘면 조선이 어찌 될지 모르지 않으실 텐데요."

"지금 당장 물러나지 않는다면, 그런 걱정 할 필요도 없는 신세가 될 것이다."

향과 위창. 두 남자의 칼날 같은 눈빛이 한 치의 물러섬도 없이 대치했다. 위태로운 시간이 흘렀다.

"못 당하겠군요."

결국, 머리를 숙인 것은 위창이었다. 그는 양손을 들고 해루에게서 천천히 물러섰다.

기다렸다는 듯 향이 해루를 향해 한 손을 내밀었다.

"이리 와."

그의 말이 떨어지기 무섭게 해루는 향의 곁으로 다가갔다.

금방이라도 터져 나올 듯 얼굴 가득 울음이 들어찼다. 그러나 애써 눈물을 삼킨 그녀는 바르르 떨리는 손으로 향의 팔을 잡았다.

"여긴 어찌 알고……."

답은 엉뚱한 곳에서 들려왔다.

"이보게, 해랑."

열린 문밖에서 비연이 맑은 표정으로 손을 흔들어 보였다.

"비연?"

그녀는 향과 비연을 번갈아 보았다.

아무래도 공갈 저하에게 이곳의 소식을 전한 사람은 비연인 모양이다. 그리고 보니 어제도 비연에게 도움을 받았더랬다. 어쩐지 그의 빈번한 도움이 우연 같지 않았다. 그러나 그런 사소한 궁금증을 풀기엔 상황이 여의치가 않았다.

향은 해루를 숨기듯 등 뒤로 돌려세웠다. 그러고는 사나운 눈길로 위창을 노려보았다.

그 서늘한 눈빛을 받아넘기며 위창이 물었다.

"그거 아십니까? 저하께선 지금 명국의 사신을 위협하는 중이라는 것을요."

"그거 아느냐? 그대는 감히 내 사람을 위협했다는 것을."

"제가 이것을 빌미로 분쟁이라도 일으키면 어찌하려 그러십니까? 아시겠지만 지금의 명국 황실은 복잡한 문제로 소란스럽습니다. 내부의 불만을 바깥으로 돌리고 싶어 안달이 나 있지요. 조선은 그런 역할을 맡기에 더없이 적당한 나라라 판단되는데……. 세자 저하의 생각은 어떠신지 모르겠습니다."

"안팎으로 혼란한 명국에 그런 여유가 있을지도 의문이지만, 그대가 그렇게 치졸한 사람이라고 생각되지도 않는군."

"사랑에 눈이 멀면 무슨 짓이든 하게 되더군요. 고작 여인 하나를 조선의 명운과 저울질하는 세자 저하처럼 말입니다."

위창이 쓸쓸하게 웃었다.

"고작 여인 하나라. 해루에게 고작이라는 표현은 어울리지 않는다. 그녀는……."

향이 해루에게 고개를 돌리며 말했다.

"내 전부이기도 하니까."

"……!"

위험천만한 상황에서도 해루는 향의 달콤한 한마디에 그만 눈물이 솟고 말았다. 향이 조용히 눈물을 떨구는 해루의 손을 잡았다.

"그만 가자, 해루야."

해루는 고개를 연신 끄덕였다.

향과 해루가 손을 잡은 채 방을 나갔다.

그때, 두 사람의 등 뒤로 위창의 목소리가 달라붙었다.

"해루는 나와 일 년을 함께 보냈습니다."

위창의 한마디에 해루의 심장이 덜컥 내려앉았다.

아무 일도 없었습니다. 정말로 아무 일도 없었습니다!

마음 같아서는 소리라도 치고 싶었다.

하지만 과연 자신의 말을 믿어줄까? 사내와 일 년이나 함께 보냈다는 말을 저하께선 어찌 생각하실까?

해루는 조마조마한 심정으로 향을 올려다보았다.

향은…….

아무런 표정의 변화도 보이지 않았다.

그는 위창을 돌아보며 담담한 목소리로 말했다.

"그대와는 일 년을 함께하였지만, 나와는 평생을 함께할 것이다."

"……!"

위창의 얼굴이 일그러졌다.

"……가자, 해루야."

더는 들을 필요도, 가치도 없었다.

향은 해루의 손을 잡고 밖으로 향했다.

어리둥절한 표정으로 뒤따라 나오던 해루가 향에게 물었다.

"어딜 가는 겁니까?"

"돌아가야지."

"그러니까…… 어딜 돌아간단 말입니까?"

해루의 물음에 향은 조금도 망설이지 않고 대답했다.

"네가 돌아갈 곳이 한 곳밖에 더 있겠느냐."

향과 해루가 사라졌다.

텅 빈 방에 남은 위창은 허탈한 표정으로 벽에 등을 기대고 앉았다. 잠시 후, 조심스러운 발소리가 들려왔다.

위창은 고개도 돌리지 않은 채 질문을 던졌다.

"음 선생, 해루는 갔느냐?"

"네."

"그렇군."

위창은 뒤통수를 벽에 기대며 눈을 감았다.

음 선생이 물어왔다.

"해루에게 어찌 그리하셨습니까?"

"글쎄, 왜 그리했을까?"

"태군답지 않으셨습니다."

"그 아이, 해루 말이다……."

위창은 긴 한숨을 흘리며 말을 이었다.

"나와의 약조를 어겼다. 결코, 세자에게 자신이 살아 있음을 말하지 않겠다고 약조하였는데, 결국 다 밝히고 말았어."

"……."

"해루와 일 년을 함께 보냈다. 그 긴 시간 동안 그 아이는 내게 작은 마음 한 조각 내주지 않았어. 내가 그리도 못 미더운 사람이었던가?"

자조 섞인 위창의 물음이 공허하게 울렸다. 그의 표정만큼이나 슬프고 우울한 목소리였다.

음 선생은 낮게 가라앉은 눈으로 태군을 바라보았다.

"감히 한 말씀 올리겠습니다."

"…….."

"이곳에서 많은 사람들을 보았습니다. 또 그만큼 많은 연심(戀心)도 보았지요."

"연심? 연심이라 하였나? 웃음을 파는 이곳에도 연심이 있단 말이냐?"

"사람과 사람이 있으면 자연스레 피어나는 것이 연심입니다. 연심은 사람의 마음을 먹고 자라니까요."

"사람의 마음을 먹고 자란다라……."

"또한, 넓은 세상만큼 사람도 많으니, 연심의 종류 역시 다양하지요."

"……."

"상대의 처지를 알면서도 순수하게 받아들이는 순결한 연심, 오로지 상대를 이용하려는 불미스러운 연심. 그 밖에도 욕심, 탐욕, 슬픔, 고독, 비련, 분노, 오만, 시기, 편파, 질투, 집착……. 연심의 종류는 사람의 감정만큼이나 많았습니다."

"어찌 좋은 것은 하나요, 나쁜 것은 열이나 되느냐?"

"누군가를 사모한다는 게 그런 모양입니다. 좋은 것보다 나쁜 것이 많지요. 이상한 것은 아프고 상처 되고 고통스럽다는 걸 알면서도 한 번 연심의 꽃을 피우면, 지쳐 쓰러질 때까지 끝없이 애원하게 된다는 것이지요."

"……무슨 말이 하고 싶은 건가?"

"사람의 감정은 계곡을 따라 흐르는 물살과 같습니다. 위에서 아

래로 흐르는 물살을 바꿀 수 없듯 사람의 마음도 사람의 힘으로
는 어쩔 수가 없지요."

"……."

"해루의 마음은 이미 길을 잡았습니다. 걷잡을 수도, 이제 와 돌
이킬 수도 없습니다."

"그러니 나더러 포기하란 말인가?"

"해루가 어쩌면 정말로 태군과의 약조를 어겼을지도 모릅니다.
하지만 해루가 어긴 것은 작은 약조입니다. 그에 반해 태군은 큰
것을 어겼습니다."

"……."

"태군께서는 스스로 신뢰할 수 없는 사내임을 증명하셨습니다."

위창은 긴 한숨을 내쉬었다.

음 선생의 말은 날카로운 칼날 같았다.

자리에서 일어난 위창은 누각 위로 올라가 대문 밖을 내다보았다.

향과 나란히 대문을 나서는 해루의 모습이 보였다.

—태군!

해루의 목소리가 들려오는 것만 같았다.

모두가 다가서길 꺼리는 그에게 무람없이 다가온 그녀.

—이 새하얀 버선발을 보고도 아무런 동요가 없단 겁니까? 이
날렵하게 하늘로 치솟은 버선코, 치마 아래로 언뜻언뜻 드러난 하
얀 속사정을 보고도 정녕 괜찮으신 겁니까?

그를 유혹해 제대로 된 여인의 도리를 배우겠다며 버선발을 흔
들어 보이던 해루.

비 오는 날, 산속까지 찾아와 잃어버린 그의 옥패를 손에 쥐여
주던 해루.

312

티끌 하나 없는 그녀의 천진한 웃음이 잔영처럼 떠올라 위창의 눈을 어지럽혔다.

결국, 위창은 두 눈을 질끈 감았다.

태군…….

태군…….

귓가를 맴도는 해루의 목소리.

자신을 바라보던 그 아릿한 눈빛.

그런 그녀가 떠나가고 있었다.

그에게서 멀어지고 있었다.

안 돼! 그럴 수는 없다. 해루야, 널 이대로 보낼 수는 없다.

자신이 무슨 짓을 하였던가. 자신이…… 그녀에게 무슨 험한 짓을 하려 했던가.

쿵!

위창은 주먹으로 누각의 기둥을 후려쳤다.

사납고 거친 주먹질에 피부가 찢어지며 피가 흘렀다.

그러나 그는 상처를 보살피지 않았다. 도리어 그대로 자리를 박차고 나섰다.

음 선생이 급히 그의 소맷자락을 잡았다.

"어딜 가려고 그러십니까?"

"해루를 만나야 한다."

"태군."

"이런 모습으로……. 이리 못난 사내로 기억하게 둘 순 없다."

좋은 사내가 되고 싶었다.

해루에게는……. 그녀에게만은 좋은 사람으로 남고 싶었다.

"그리 급하게 행동하실 일이 아닙니다. 우선은……."

음 선생은 흐릿하게 미소를 지으며 고개를 저었다.

"진정부터 하십시오. 지금은 저 아이에게도 그리고 태군께도 시간이 필요할 듯합니다."

"음 선생……."

"무엇보다 저 아이…… 웃고 있습니다."

위창은 천천히 고개를 돌려 문밖의 해루를 내려다보았다.

화월루의 오색 등롱 아래.

환히 웃는 해루의 얼굴이 보였다.

강샘조차 일지 못할 만큼 그리 행복하게, 그리 편안하게…… 그리 아름답게 웃고 있었다.

그 눈부신 미소에 위창은 허망한 표정을 짓고 말았다.

나는 이리 슬픈데.

나는 이리 괴로운데.

너는 어찌 그리 웃고 있느냐.

어찌 그리 환하게 미소 짓고 있느냐.

널 향한 이 타는 마음을 어찌해야 하느냐.

해루야.

"해루야……."

신루의 밤은 여느 때와 다를 것이 없었다. 밤을 잊은 학사들은 저마다 서책을 뒤적이며 연구에 몰두했다.

그러나 전각의 깊숙한 곳. 향을 도와 하늘 지도를 만드는 김담은 넋이 나간 듯 멍한 표정으로 혼잣말을 중얼거리고 있었다.

"이상하단 말이야, 정말 이상해."

힐끗거리며 김담을 곁눈질하던 양여섭이 기어들어가는 목소리로 심운기에게 속살거렸다.

"심 학사, 저 친구 왜 저러는가?"

"글쎄. 매일 밤 별자리를 관찰한다며 밤하늘을 보다 정신이 나간 건가?"

"내 그런 얘길 얼핏 듣기도 하였네. 별에 미치면 저런 광증을 보이기도 한다던데."

"광증이란 말인가? 큰일이군. 어찌해야 제정신으로 돌아오겠는가?"

"저럴 때는 그저 매가 약일세."

"그건 또 무슨 소린가?"

"그런 말도 못 들어봤는가? 미친개는 몽둥이가……."

딱! 심운기의 주먹이 양여섭의 뒤통수를 내리쳤다.

"아얏! 왜 때리는가?"

"자네가 말하지 않았는가? 미친개는 몽둥이가 약이라고."

"그럼 내가 개란 말인가? 내가 개야?"

"내 우리 집에서 키우는 얼룩이랑 옆집 검둥이, 남촌 송 학사네 흰둥이까지……. 개 소리란 개 소리는 다 들어보았네만, 자네만큼 뛰어난 개소리는 내 들은 적이 없네. 단연 으뜸이야."

흥분하여 외치는 심운기를 향해 양여섭은 통통한 볼을 부르르 떨었다.

"좋으이. 정히 그렇다면 오늘 미친개가 어떤 것인지 내 제대로 한번 보여주지."

작정하고 달려드는 양여섭을 피해 심운기가 책장 뒤로 몸을 숨졌다.

그 와중에도 김담의 광증은 점점 심해졌다. 아니, 이제는 숫제 별을 그리던 종이 한편에 그림까지 그리고 있었다.

"허어어어."

김담의 탄식에 엎치락뒤치락하던 심운기와 양여섭이 슬그머니 그의 곁으로 다가왔다.

"이건 뭔가?"

"이건…… 해루가 아닌가?"

김담이 그린 그림, 다름 아닌 해루의 초상화였다.

"그렇지. 자네들 보기에도 해루 같지?"

"자네 솜씨가 이리 좋은 줄 내 미처 몰랐군. 그런데 우리 해루한 테 어인 사내 복색인가? 이 갓은 또 뭐고?"

심운기가 못마땅한 듯 투덜거렸다.

"사실 내가 그린 건 해루가 아니라네."

"그럼 이자는 뉘란 말인가?"

"관상감 생도라네."

"아, 전에 말했던 해랑인가 뭔가 하는 그 생도 말인가?"

"그렇다네."

"하지만…… 저하께서 그 생도에 대해서는 더는 관심 두지 말라 하시지 않았는가?"

"그래도 말이야, 이리 똑 닮았단 말이야. 여기에……."

김담은 세필 붓을 집어 들었다.

"김 학사."

내내 시큰둥하던 양여섭이 갑자기 김담을 불렀다.

"왜 그러는가?"

"자네, 혹시 그 얼굴에 수염을 그리려는 거 아닌가?"

"그렇네만. 자네가 그걸 어찌 아는가?"

"혹시, 해루를 닮았다는 관상감의 생도가 저리 생겼는가?"

김담과 심운기는 양여섭이 가리키는 곳으로 고개를 돌렸다.

세 사람이 있는 방 안으로 두 사람이 들어섰다.

한 사람은 향이었고, 다른 한 사람은 김담이 그린 사내와 영락없이 닮은 사람이었다.

"그렇다네. 바로 저자……. 응?"

김담의 눈이 커졌다.

"저, 저자. 저자일세. 바로 저 사람일세."

김담이 해루를 가리키며 학질이라도 걸린 사람처럼 몸을 떨었다.

심운기와 양여섭이 자리에서 벌떡 일어났다.

그들의 눈도 경악으로 일그러져 있었다.

김담의 말은 사실이었다. 정말로 해루와 똑 닮은 사내였다. 코에 붙은 수염만 없다면 영락없는 해루라고 생각했을 터였다.

"해루?"

"아니야. 그럴 리 없어. 해루일 리 없잖아. 우리 해루에게 콧수염이 웬 말인가? 해루와 똑같이 생기긴 했지만, 저 사내는 해루가 아닐세. 해루일 리 없어."

양여섭이 부정하듯 고개를 연신 흔들었다.

"언제까지 그걸 붙이고 있을 테냐?"

향이 불현듯 해루의 코밑을 훑었다.

삐뚜름하게 붙어 있는 콧수염이 뚝 떨어졌다.

김담과 심운기 그리고 양여섭의 입이 동시에 벌어졌다.

세 사람이 한목소리로 외쳤다.

"해루야!"

"해루구나."

"해루, 이 녀석."

세 사람은 한달음에 해루에게로 달려갔다.

"역시……. 역시 내가 잘못 본 게 아니었어. 우리 해루구나. 우리 해루가 맞았어."

김담의 눈에 눈물이 고였다.

"해루야, 살아 있었구나. 네가 살아 있었어."

심운기는 어느새 소맷자락으로 얼굴을 훔쳤다.

김담과 심운기의 모습이 영 못마땅한 듯 양여섭이 투덜거렸다.

"뭐가 그렇게 기뻐 눈물까지 보인단 말인가? 흥! 하나 도움도 안 되는 녀석. 저 녀석이 와봤자 꽃이나 따 먹겠지."

그리 말은 하지만 코끝에 맺히는 알싸한 기운은 어쩔 수가 없는 듯했다. 팽, 작게 코를 푸는 양여섭의 눈가에도 눈물이 흐르고 있었다.

저마다 다른 방식으로 환영하는 세 사람의 모습.

해루의 눈가가 흐려졌다. 무언가 뜨거운 것이 심장을 가득 메웠다. 정말 집으로 돌아온 기분.

마치 친오라비들을 만난 듯 든든하기 짝이 없었다.

"김 학사님, 심 학사님, 그리고 양 학사님."

세 사람을 부르는 해루의 목소리가 잘게 떨렸다.

"어디서 무얼 하다 이제 온 것이야?"

"해루야……."

"내 꽃에 손댈 생각은 하지도 마라."

"흐윽."

기어이 해루의 턱 끝으로 눈물이 방울져 흘러내렸다.

자신을 향해 활짝 팔을 벌리고 있는 세 사람을 향해 해루는 웃음을 보였다.

집이다.

집에 왔다.

집으로 돌아온 것이다.

그러니 오늘은……. 그래, 지금 당장은 조금 행복해도 괜찮겠지?

조금, 아주 조금만 행복해야겠다.

불행이 시샘하여 다가오지 않도록, 하여 나의 불행에 이 사람들이 다치지 않도록……. 조금만 행복해지리라.

조금만……. 아주 조금만.

쨍그랑!

명국에서 들여온 귀하디귀한 화병이 산산조각이 난 채 바닥을 뒹굴었다. 파편에 맞은 한 상궁의 뺨에 가는 핏줄기가 흘러내렸다.

그러나 소은의 눈에는 그 어떤 것도 보이지 않았다.

거칠게 숨을 내쉬던 소은은 한 상궁을 향해 다시 눈빛을 세웠다.

"다시 말해 보라. 무엇이 어찌 되었다고?"

"아뢰옵기 송구하오나…… 하명하신 일이 제대로 아니 되었다고……."

퍽! 이번에는 서안 위에 놓여 있던 벼루가 바닥에 내리꽂혔다.

그래도 분이 풀리지 않았는지 소은은 서책을 마구잡이로 내던졌다.

"마마, 고정하시옵소서!"

한 상궁이 달려들어 말렸지만 무소용이었다.

"그깟 것이 무어라고. 고작 계집 하나 지워버리는 간단한 일이다. 그런 것을 처리하지 못해 실패해?"

"……."

"하여, 일을 맡은 자는 어찌 되었느냐?"

"그것이……."

"어찌 대답을 하지 못하느냐?"

"모두 자결하였다 하옵니다."

"……그래?"

날카롭게 벼린 소은의 눈썹이 제자리로 돌아갔다.

일을 벌인 자들이 모두 죽었다니, 실패는 하였어도 뒤탈은 없으리라.

자리에 앉은 소은은 이를 갈았다.

"해루. 해루, 그 아이가 살아 돌아올 줄이야."

관상감에 새로 들어온 생도. 세자 저하께서 웃음을 보인 그 사내.

해루였다. 해루가 분명했다.

그 사실을 확인하고 얼마나 놀랐는지 모른다.

어찌 그 아이가 살았을까. 불구덩이 속에서 어떻게 목숨을 부지했단 말인가?

해루가 살아 있다는 사실을 알게 된 이후로 소은은 단 한숨도 자지 못했다.

불안하였다. 다른 사람도 아닌 세자 저하께서 그 아이와 함께 있다는 사실이 너무도 불안해 견딜 수 없었다.

"네가 어찌하여 정체를 숨기고 사내 노릇을 하는지 모르겠지만,

내 무슨 일이 있어도 널 치워버리고 말 것이야. 두 번 다시 내 앞길을 막지 못하게 할 것이다."

소은은 관상감의 한 사람을 떠올리며 적의를 굳혔다.

그릇된 연심은 상처를 남기고,
치르지 못한 죗값은 불면(不眠)을 남겼다.

오롯한 여인이 되는 방법

고서(古書)의 향기, 책갈피 사이로 스며든 먼지, 온화한 공기의 감촉, 그리고 따뜻한 눈빛.

굳게 닫힌 신루의 문틈 사이로 오랜만에 웃음소리가 새어 나왔다. 해루를 중심으로 둥글게 둘러앉은 신루 학자들의 얼굴에는 반가움과 놀람, 걱정과 안도의 빛이 쉼 없이 교차했다.

"어찌하여 그곳에 있었던 게냐? 이리 멀쩡하게 살아 있었으면서 어찌 나를 보고도 모른 척했던 것이야?"

김담의 물음이 끝나기 무섭게 심운기가 질문했다.

"관상감엔 어떻게 들어간 거야?"

양여섭의 지청구도 이어졌다.

"여인의 몸으로 남자들만 있는 곳에 들어가다니. 간도 크구나."

"그건 오히려 해루답군."

쉴 새 없이 쏟아지는 물음들에 미처 답할 시간조차 없었다. 자신을 향한 초롱초롱한 눈빛들이 좋기도 하고, 부담스럽기도 하였다. 목을 웅크리고 있던 해루는 슬쩍 향을 보았다.

향은 그저 미소를 짓고 있을 뿐이다.

'좀 도와주십시오.'

눈짓으로 부탁했지만, 향은 모르는 척하며 먼 허공으로 시선을 돌렸다.

난 모르겠구나.

해루는 입술을 삐죽였다.

어쩔 수 없었다. 하나씩 차근차근 설명하는 수밖에.

"태군의 도움으로 궁에 다시 돌아올 수 있었습니다. 그렇지만 신루엔 올 수 없었습니다."

"왜?"

"위험하다고 판단했기 때문입니다."

"위험해? 어째서?"

"우리가 널 잡아먹기라도 한단 말이냐?"

해루의 얼굴에 어색한 웃음이 떠올랐다.

"일 년 전, 화재 사건이 있지 않았습니까? 그때……."

해루가 말끝을 흐렸다.

봇물 터지듯 쏟아지던 물음이 더는 이어지지 않았다.

해루가 두문동의 역도들과 연관이 있다는 소문이 궁 안에 파다하게 퍼진 터였다.

물론 그 일을 신루에 있는 모든 사람이 아는 것은 아니었다.

딱 한 사람, 자세히 모르는 이가 있었다.

"일 년 전, 화재 사건이 신루로 돌아오지 못한 일과 무슨 관련인가?”

김담과 양여섭 사이에서 둥근 머리 하나가 불쑥 튀어나왔다.

“비연?”

신루 학자들 사이에서 고개를 내민 이, 다름 아닌 비연이었다.

해루는 어리둥절한 표정으로 비연을 바라보았다.

“이곳엔 웬일입니까?”

“나 역시 이곳 관계자라서 말일세.”

비연이 김담과 심운기의 어깨를 두드리며 껄껄 웃었다. 호탕하게
웃는 그와 달리 신루 학자들은 벌레라도 씹은 듯한 표정이 되었다.

“그러고 보니 해루 너랑 순지, 이 녀석과 제법 친분이 있다던데.
사실이냐?”

김담의 말에 비연이 손가락을 입술 위에 세우며 그를 나무랐다.

“어허, 당분간은 비연이라니까.”

“비연은 무슨! 순지란 자네 이름이 마음에 안 들어서 가명 따위
쓰는 게 아니고?”

“무슨 소리! 내가 그런 허욕에 눈이 먼 사람 같은가? 이게 다 나
라의 중차대한 일을 수행하기 위한 어쩔 수 없는 선택이라네.”

김담과 비연이 이름을 두고 툭탁거렸다.

그 모습을 빤히 바라보던 해루가 입을 열었다.

“비연. 진짜 이름이 순지였습니까?”

“내가 좀 신출귀몰한 면이 있어 이곳에선 순지고, 저곳에선 비연
이고, 또 다른 곳에선 지국이라 불리고 있다네. 별일 아니니 크게
신경 쓸 것 없네.”

이름이 셋이나 되는데, 어찌 신경 쓰이지 않겠습니까?

“그런 얼굴로 볼 것 없어. 내 이름이 무엇이건 중요한 건 내가 자

네의 동무라는 점이지. 하하하."

"뭐?"

"동무?"

해루와 동무를 자처하는 비연의 말에 신루 학자들은 예민하게 반응했다.

"해루야, 너 이 녀석과 정말로 동무가 된 건 아니지?"

"당연하지. 설마 해루가 이 사기꾼 같은 녀석과 동무일 리가 있겠는가? 분명, 이 녀석 혼자서 네게 친한 척하는 거지?"

해루가 눈을 깜빡이며 물었다.

"그러면 안 되는 이유라도 있습니까?"

그녀의 물음에 신루 학자들은 당연한 걸 묻는다는 듯 한마디씩 보탰다.

"당연히 안 되지."

"이 녀석과 동무가 되면 속옷까지 탈탈 털려."

"집안의 재산은 물론이고, 사돈의 팔촌까지 저 녀석 유흥비로 탕진하게 될걸."

"세상엔 절대 상종해선 안 될 종자가 셋 있는데, 하나가 도박하는 종자고, 둘이 남의 여인을 탐하는 작자고, 셋이 바로 비연, 이 녀석이지. 이 녀석은 존재 그 자체만으로도 세상의 큰 해악이다."

해루의 표정이 어색하게 변했다.

학자들이 말한 절대 어울려선 안 되는 세 가지 부류의 사람 모두가 그녀와 친분이 있었다.

나, 인생 잘못 산 건 아닐까?

해루의 고민이 제법 진지해질 때였다.

"이보게들, 어쩌자고 다들 순진한 날 이리 매도하는가?"

자신을 향한 신랄한 평가에 비연은 억울하다는 얼굴로 항변했다. 그러나 신루 학자들의 험담은 멈출 줄 몰랐다.

"해루야, 저 녀석의 말에 속지 마라. 말은 제법 그럴듯하지만 실상 녀석은 남의 말 엿듣기 좋아하고 염탐하는 악취미를 가진 것뿐이니까."

비연이 말도 안 된다며 손사래를 쳤다.

"어허, 그리 말하면 오핼 하지 않겠는가. 절대, 오해 말게. 내가 본래 신루 소속인데, 필요한 때에 따라 신분을 바꾸어 불온한 집단에 잠입하여 음모를 캐내거나 중요한 기밀을 빼내거나 하는 그런 일을 한다네."

영특한 해루는 이내 비연이 어떤 사람인지 깨달았다.

"그러니까 비연은……. 본래 신루 소속인데, 염탐하고 엿듣는 취미가 있어 가명까지 쓰면서 관상감에서 지내고 있단 말씀이신가요?"

신루 학자들이 동시에 고개를 끄덕거렸다.

"바로 그렇다."

"제대로 이해했구나."

"역시 우리 해루는 하나를 알려주면 열을 안단 말이야."

비연은 울상을 한 채 날뛰었다.

"아니란 말이다! 난 그런 사람이 아니야! 난 세자 저하의 명으로 은밀한 임무를 수행하는 그런 사람이란 말이야. 아이고, 답답해라. 저하께서도 그리 보고만 계시지 말고 뭐라 말씀 좀 해주십시오."

비연의 간곡한 청에 향이 드디어 입을 열었다.

"그런 취미가 있는 건 사실인 것 같던데."

"헉! 저하마저 그러실 줄은……."

비연은 탄식하며 몸을 비틀거렸다.

"해, 해랑. 아니, 해루. 아니야. 절대 아니야. 그러니 오해 말게나. 난 절대 그런 사람이……."

그러나 비연의 간절한 목소리는 신루 학자들에게 둘러싸인 해루에게 닿지 못했다.

"해루야, 저 녀석은 신경 쓰지 마라."

"암, 저 녀석은 무시하는 게 상책이지. 그보다 그동안 어딜 갔었던 거냐?"

"일 년 전에 벌어진 화재와 네 출신 때문이라면 오히려 우릴 찾아와서 해결 방도를 물었어야지."

"설마, 꽃 따 먹은 일이 뒤늦게 마음에 걸려 돌아오지 못한 건 아닐 테지?"

또다시 질문이 소낙비처럼 쏟아졌다.

해루의 입가에 해사한 미소가 그려졌다.

톡톡.

가슴속에 따뜻한 물방울이 터졌다.

이제야 안심이 되었다.

높고 단단한 바람벽을 두르고 있는 듯 마음이 든든했다.

어떤 비바람이 몰아쳐도 끄떡없을 것 같았다.

세상 그 무엇도 무섭지가 않았다.

"너무하십니다."

"월권이옵니다, 저하."

자정이 훌쩍 넘은 시각.

화기애애하던 신루의 분위기가 돌변하였다.

시작은 해루의 잠자리 문제를 두고 벌어진 언쟁 때문이었다.

오늘 밤, 해루를 어디서 재워야 할 것인가?

"당연히 우리 집으로 가서 우리 유희와 함께 자야지."

김담의 말에 심운기가 고개를 저었다.

"이리 늦은 시각에 가긴 어딜 간단 말인가? 내 그럴 줄 알고 신루 서고에 잠자리를 마련해 두었으니, 게서 자면 될 것이야."

두 사람을 지켜보던 양여섭이 회심의 미소를 입가에 지으며 말했다.

"이 늦은 밤에 궁을 나가 언제 잠을 잘 것인가. 그렇다고 신루 서고에서 자기엔 요즘 날씨가 너무 추우니, 마침 온실에 자리를 마련해 두었어. 거기라면 따뜻하게 하룻밤 지낼 수 있을 것이야."

김담과 심운기의 얼굴에 패자의 그늘이, 양여섭의 얼굴에는 승자의 미소가 떠오를 때였다.

"해루는 영지당으로 갈 것이다."

향이 입을 떼자 신루 학자 모두가 놀란 표정이 되었다.

"영지당요?"

"영지당이라면 오랫동안 비어 있던 전각이 아니옵니까?"

김담의 물음에 향은 자리에서 일어서며 대답했다.

"이미 치우라고 김 상궁에게 일러두었다. 걱정 마라."

신루 삼인방의 표정이 금세 시무룩해졌다.

"그만 가자."

연신 터지는 하품을 애써 참는 해루에게 향이 속삭였다.

김담과 심운기 그리고 양여섭까지 신루 삼인방의 가시 같은 눈길을 등에 매단 채 향은 신루를 나섰다. 그의 뒤를 따라나서며 해루가 물었다.

"어딜 갑니까?"

"말하지 않았더냐? 영지당이다."

"영지당이 대체 어디입니까?"

"어디긴 어디냐. 앞으로 네가 지낼 처소지."

"제 처소요?"

"그럼 다시 화월루로 돌아가려 하였느냐?"

"그건 아니지만……."

사나운 눈으로 전신을 짓누르던 위창이 생각났다. 세자 저하의 말씀이 옳았다. 태군이 있는 화월루로는 다시 돌아가고 싶지 않다.

"김 상궁에게 준비하라 일러두었다."

"그리하실 필요 없습니다."

"전에도 말했듯, 널 위한 것이 아니다. 나를 위한 거야. 내가 불안해서 그런 것이다."

향의 무심한 목소리에 해루는 말없이 고개를 끄덕거렸다.

신루 뒤쪽의 중문으로 나온 두 사람은 돌다리 건너에 있는 작은 전각으로 향했다.

신을 벗고 전각의 긴 나무 복도로 올라서며 해루가 다시 입을 열었다.

"왜 물어보지 않으십니까?"

"무얼?"

찌륵, 찌륵 오래된 나무 복도는 걸을 때마다 작은 소리를 냈다.

"화월루에서 있었던 일 말입니다. 어찌하여 저를 추궁하지 않으십니까? 누구라도 오해할 만한 장면이었습니다. 어느 사내라도 화를 낼 만한 상황이었지요."

향이 문득 걸음을 멈추고 해루를 뒤돌아보았다.

"내가 화를 낼 만큼 네 마음이 흔들렸더냐?"

"아닙니다."

답하는 해루의 목소리는 바위처럼 단단했다.

"내가 오해할 만큼 태군과 네 사이에 깊은 사연과 곡절이 있느냐?"

"절대 아닙니다. 그렇지만……."

"그렇다면 물어볼 말도, 그리고 해명할 것도 없다. 다만, 한 가지 묻고픈 것은 있구나."

"그것이…… 무엇입니까?"

긴장한 듯 해루의 입안에 단침이 고였다.

한 가지 묻고 싶었던 거? 대체 무엇이려나?

궁금한 찰나.

쓱, 향은 다정한 손길로 해루의 머리를 쓰다듬으며 물었다.

"괜찮으냐?"

"네?"

"너…… 괜찮은 것이냐?"

뜻밖의 물음.

해루는 고개를 들어 향과 눈을 마주했다.

자신을 내려다보는 향의 눈빛.

잔뜩 걱정하는 듯한 그 눈빛 앞에서 차마 놀랐다, 두려웠다 말할 수 없었다.

"괜찮습니다."

그러나 말이 끝나기도 전에 느닷없이 느껴지는 아릿한 통증에 해루는 이마를 왁살스레 찡그렸다.

위창이 거칠게 잡아 쥐었던 팔목. 그 팔목을 향이 지그시 눌렀다.

긴장이 풀린 탓인가? 갑자기 찌르는 듯한 통증이 느껴졌다.

아까는 놀라고 경황이 없어 미처 느끼지 못했던 고통이다. 경직되었던 몸이 느슨해지니 온몸이 아우성을 쳤다.

이대로 푹 바닥에 주저앉고 싶었다. 물먹은 솜처럼 몸이 무거웠다. 등줄기로 와스스 오한이 일었다.

그러나 내색하지 않았다.

대신 얼굴 가득 미소를 지으며 향을 올려다보았다.

"정말로 괜찮습니다. 그러니 너무 걱정하지 마십시오."

잠시 해루를 응시하던 향이 미간을 찡그렸다.

"거짓!"

"무슨 말씀이십니까?"

그의 시선이 해루의 팔목으로 향했다.

"이리 살짝만 만져도 인상을 찌푸리면서 잘도 괜찮다 하는구나."

"제가 그랬습니까?"

해루의 얼굴에 겸연쩍은 표정이 떠올랐다.

문득 향이 고개를 숙여 그녀와 시선을 마주했다.

"말해 봐라."

"무얼요?"

"넌 어찌 내게 의지하려 하지 않는 것이냐?"

"……"

"해루야."

향의 재촉에 못 이긴 해루가 겨우 입을 열었다.

"……짐이 되고 싶지 않습니다."

"무슨 말이냐?"

"저하께 도움이 되지 못할망정 짐이 되고 싶진 않습니다. 저하의 어깨에 제 무거운 삶까지 얹고 싶지 않았습니다. 하지만…… 아무

리 발버둥을 쳐도 이리되고 말았습니다. 저하의 앞길에 거추장스
러운 존재가 아닌 오롯한 여인이 되고 싶었건만."

마음껏 저하를 연모해도 좋을 그런 여인이고 싶었건만…….

혼자 속상하고 애끓었던 못난 마음이었다.

그것을 입 밖으로 올리니 자꾸만 눈가가 축축해졌다.

행여 향이 볼세라 해루는 서둘러 손등을 들어 눈가를 쓱쓱 닦
아냈다.

물끄러미 내려다보던 향이 해루의 귓가에 낮게 속삭였다.

"나의 오롯한 여인이 되는 방법, 아주 없는 것은 아닌데……"

"네?"

향은 톡, 가볍게 해루의 콧잔등을 건드렸다.

해루가 밉지 않게 미간을 찡그렸다.

"그게…… 무엇입니까?"

묻는 모습이 견디기 어려울 만큼 사랑스러웠다.

"감당할 수 있겠느냐?"

"무얼 말입니까?"

"내 오롯한 여인이 되는 방도를 알려주면, 감당할 수 있느냐 물
었다."

향의 눈에 서리는 은은한 열기.

뚫어져라 바라보는 눈빛이 무얼 의미하는 건지 정확히 알 순 없
었다. 그러나 분명 자신이 생각하는 것 이상이리라.

해루는 서둘러 고개를 가로저었다.

"저어, 생각해 보니 지금 당장은 몰라도 될 것 같습니다. 그럼 저
는 이만 자러 가렵니다."

허둥대며 방 안으로 들어서려는 찰나.

향이 그녀의 뒷덜미를 잡았다.

"자러 가기 전에 할 일이 있다."

"무얼요?"

향이 닫혀 있던 전각의 문을 스륵 열었다.

"어?"

낯선 방 안의 풍경에 해루가 멍하니 넋을 잃은 사이, 향이 덜렁 그녀를 안아 올렸다.

"무얼 하려고요? 나중에…… 하면 안 됩니까?"

순식간에 향의 품에 안겨버린 해루는 빠져나오려 바동거렸다.

향은 단호히 고개를 저었다.

안 돼.

해루의 작은 귓불에 미풍을 흘려 넣으며 그가 속삭였다.

"지금 당장 해야 할 일이다."

사방 휘장이 내려진 전각 안쪽에는 고운 이부자리가 깔려 있었다.

설마…….

해루는 걱정과 설렘이 뒤섞인 얼굴로 향을 올려다보았다.

힐끗, 그녀와 눈을 마주친 향의 입가에 미소가 걸렸다.

안 됩니다. 저는 아직 준비가……. 어?

향은 붉은 매화가 수놓인 이부자리를 그대로 지나쳤다. 그러고는 옆방과 이어진 사잇문을 열었다. 사잇문 너머에는 온갖 기화이초가 잔뜩 띄워진 나무 욕조가 놓여 있었다. 향기만 맡아도 몸이 좋아질 것 같은 물속으로 향은 해루를 집어넣었다.

"저, 저하……."

"씻어라."

"……."

"그 물에 오늘 겪은 안 좋은 기억일랑 말끔히 씻어내라. 알겠느냐?"

"감사합니다."

"고마운 줄 알면 더는 이상한 짓 말고 얌전히 있어. 앞으로의 일은 내가 다 알아서 할 것이니."

"당연하지요. 이제부터는 그리하려고 진즉 작정하였습니다. 앞으로는 천상 여인이 될 겁니다."

"그런 건 바라지도 않는다."

불통한 목소리와 달리 해루를 바라보는 향의 눈길은 따스하기만 했다.

"물 식겠다. 어서 씻고 그만 자거라."

꾸벅 고개 숙이는 해루를 뒤로한 채 향은 서둘러 방 밖으로 사라졌다. 미련 없이 사라지는 향의 뒷모습을 보고 있자니 이상하게도 섭섭하였다.

해루는 닫힌 문을 물끄러미 응시했다.

혹여 저 문풍지 뒤에 숨어 계시진 않을까?

그러나 무심한 그림자조차 비치지 않았다.

"가셨네. 진짜 그렇게 가셨네."

아쉬움이 담긴 혼잣말이 저도 모르게 입 밖으로 새어 나왔다.

제 속내에 놀란 해루는 서둘러 입을 막았다.

그나저나 도깨비놀음에 홀린 것도 아니고.

한순간 홀로 남겨진 해루는 젖은 옷을 벗고 나무 욕조 안으로 몸을 깊숙이 담갔다.

뜨거운 열기가 전신을 휘감았다.

노곤해진 몸은 그대로 녹아버릴 듯 풀어졌다.

욱신거리던 팔목과 여기저기 뭉치고 결린 몸뚱이가 나른해졌다.

이대로 푹 잤으면 좋겠다. 이대로 푹…….

세운 무릎에 턱을 괴고 앉아 있으려니 사르르 졸음이 쏟아졌다. 머리를 흔들어 졸음을 털었다. 그러나 그것도 잠시. 해루는 저도 모르게 눈을 감고 꾸벅꾸벅 졸기 시작했다.

그렇게 얼마나 지났을까?

위태롭게 허공을 부유하던 해루의 고개가 한순간 물속을 향해 휘청댔다.

"……!"

제풀에 놀란 그녀는 눈을 동그랗게 치뜨고 사방을 둘러보았다.

여전히 주위는 푸른 어둠으로 가득했다. 쓱쓱 볼을 어루만지던 해루는 몸을 일으켰다.

제법 시간이 흘렀는지, 무겁던 몸이 제법 가벼워졌다.

그녀는 누군가 미리 마련해 둔 마른 옷으로 갈아입고는 서둘러 사잇문을 열고 이부자리로 향했다.

이대로 베개에 머리를 뉘면 그대로 곯아떨어지리라.

햇솜의 따스한 감촉이 손끝에 닿았다.

녹아드는 듯 해루가 이불 속으로 몸을 쏙 집어넣을 때였다.

"이제야 끝난 것이냐?"

덜컥, 방문이 열리는 것과 동시에 익숙한 목소리가 해루의 귓가를 파고들었다.

고개를 돌리는 그녀의 커다란 눈동자에 향의 모습이 또렷하게 맺혀 있었다.

어명이오!

푸른 어둠이 어슴푸레 비쳐 들어오는 방 안.

향과 마주한 해루는 뜻하지 않은 만남에 눈을 동그랗게 떴다.

"저하, 돌아가신 게 아니었습니까?"

문풍지에 아무것도 비치지 않았는데.

길게 고개를 문밖으로 빼 내밀던 해루는 화들짝 놀란 표정을 지었다.

서둘러 옷매무시를 가다듬는 그녀의 앞으로 향이 불쑥 다가왔다.

"다 끝났느냐?"

"네? 네. 그런데 어찌 또 오신 겁니까?"

"기다렸던 건 아니고?"

향의 입꼬리가 짓궂게 말려 올라갔다.

"누가 기다렸단 말입니까?"

속내를 들킨 해루가 홍시처럼 붉어진 얼굴로 반박했다.

"아까 가셨네, 하고 아쉬워하는 듯 말한 소리가 들리는 것 같던데."

"그런 적 없습니다!"

해루의 목소리가 절로 커졌다.

"정말이냐?"

"네! 절대, 절대 아닙니다."

힐끗힐끗 향의 눈치를 살피며 해루가 말했다. 하지만 끝내 말끝을 흐린 채 바닥으로 시선을 떨어뜨리고 말았다.

자신을 바라보는 눈빛.

이미 모든 걸 알고 있다 말하고 있었다.

언제나 이리 쉽게 속내를 들켜버리는 것에 자꾸만 심통이 났다.

해루는 잔뜩 부어오른 얼굴로 불퉁하니 입술을 내밀었다.

"좋지 않군."

그저 자는 모습을 지켜주러 온 것뿐이었다. 행여 사나운 꿈 꿀까 걱정되어 걸음 한 것인데…….

향의 미간에 문득 깊은 주름이 새겨졌다. 새치름 고개를 외로 틀고 있는 해루의 모습. 뾰로통하니 내밀고 있는 붉은 입술이 깨물어버리고 싶을 만큼 탐스러웠다.

좋지 않아.

이러니 태군이 그리 미쳐 날뛰었겠지.

이런 녀석과 일 년을 함께 보냈으니, 그리 안달이 난 것이겠지.

문제는 이 녀석이다. 제가 어떤 얼굴을 하고 있는지, 어떤 모습을 하는지 전혀 모르고 있다. 이런 무자비한 녀석이 세상천지 어디에 또 있을까? 악당도 이런 악당이 없었다. 세상 그 누구보다 잔인한 녀석.

향은 해루의 팔을 휘감듯 잡아당겼다. 그녀의 얼굴이 코끝에 닿을 듯 가까이 다가왔다.

"앗!"

불시에 당한 일이라, 맥없이 향의 품으로 허물어진 해루는 낮게 비명을 토해냈다.

성마른 숨결이 향의 코끝에 닿았다.

순간, 놀라 벌어진 해루의 입술 위로 향의 입술이 불쑥 다가왔다.

"왜……?"

그녀의 물음은 그대로 그의 입안으로 스며들었다.

향은 붉은 앵두처럼 작고 앙증맞은 해루의 입술을 한 입 베어 물었다. 톡톡, 앵두가 터지듯 달고 새큼한 맛이 입안으로 물씬 번져 나갔다. 달콤한 향내가 입안에 가득했다. 향은 해루의 입안에서 끊임없이 솟구치는 샘물을 마시고 또 마셨다. 그래도 기갈이 났다. 아무리 마셔도 마음속의 갈증이 채워지지 않았다.

저 입술을 와작와작 거칠게 머금고 싶은 본능.

그는 사나운 기세로 그녀의 입술을 빨아 당겼다.

"저하."

해루는 저도 모르게 낮게 탄식을 뱉었다.

아릿한 아픔과 함께 야릇한 쾌락이 겹쳐왔다.

그녀는 사납게 휘몰아치는 향의 기습을 밀어내려 했다.

하지만…… 어림없었다.

향은 해루가 뿌리치려 하면 할수록 더더욱 힘껏 그녀를 감싸 안았다. 파르르 도망치는 그녀의 입술은 그의 입 안에 감금당한 채 꼼짝하지 못했다.

그는 성마른 손길로 해루를 어루만졌다.

향은 하얗게 드러난 그녀의 목덜미에 입을 맞추었다. 그의 입술이 지나간 자리마다 붉은 꽃잎이 피어났다.

그녀의 사내가 되고 싶었다.

해루를……. 그녀를 오롯한 자신의 여인으로 만들고 싶은 열망이 향을 지배했다.

문밖에서 무혁의 목소리가 들려오지 않았다면, 그는 정녕 정염의 끝을 보았으리라.

"저하."

"……!"

"저하, 무혁이옵니다. 급한 일이옵니다."

향은 뜨겁게 날뛰는 심장에 시린 얼음물을 끼얹었다.

그는 해루의 목덜미에 얼굴을 묻은 채 뜨거운 머릿속을 애써 수습했다. 제법 시간이 흘렀음에도 향의 가슴은 여전히 더운 기운을 뿜어내며 들썩거렸다.

"곧 돌아오마."

긴 시간이 흐른 후, 마지못해 해루를 떼어놓으며 향이 말했다.

"저하……."

해루는 나른해진 음성으로 향을 불렀다.

이상하게 그의 손을 놓고 싶지가 않았다.

하지만…….

"가보십시오. 두목님께서 저리 찾는 것을 보니, 중한 일인가 봅니다."

"곧 돌아올 것이야. 그러니 기다려라."

향은 양손으로 해루의 얼굴을 감싸 쥐었다. 기억 마디마디 새겨넣듯 오래도록 그녀를 바라보던 그는 떨어지지 않는 몸을 애써 일으켰다.

"다녀오마."

향은 짧은 인사와 함께 푸른 어둠 속으로 사라졌다.

같은 시간.

희미하게 불을 밝힌 빈궁전으로 은밀한 걸음이 들어섰다. 한기를 옷깃에 잔뜩 묻힌 한 상궁은 소은의 침소로 조용히 걸음을 옮겼다.

"어찌 되었느냐?"

침소 문이 열리기 무섭게 소은의 목소리가 한 상궁에게 달라붙었다.

"의금부 도사가 나졸들을 이끌고 신루로 향하는 것을 보고 오는 길이옵니다."

"그래?"

소은의 입가에 비로소 흡족한 미소가 피어올랐다.

그러나 그것도 잠시.

소은은 하얗게 마른 입술을 잘근 씹었다.

"정말 괜찮을까? 행여 그 아이가 그날의 일을 입에 올리면 어쩌지?"

소은의 얼굴엔 불안한 기색이 역력했다.

온갖 화려한 치장을 하였건만, 창백한 안색 때문인지 소은은 조금도 빛나지 않았다.

아니, 손에 놓이는 재물과 권력이 많아지면 많아질수록 예전의 빛은 점점 희미해져 가고 있었다. 안절부절못하는 소은의 앞에 어린 궁녀가 찻상을 내려놓았다.

"따뜻한 차를 드시면 마음이 안정되실 것이옵니다."

"그래?"

소은은 궁녀의 말대로 따뜻한 차를 입에 머금었다. 두려움으로 쿵쿵 뛰던 심장이 조금은 안정되는 듯했다.

그때 어린 궁녀의 목소리가 소은의 귓가를 파고들었다.

"마마, 무슨 일로 불안해하시는지 모르오나, 걱정하실 필요 없습니다. 해루는 역도입니다. 그녀가 빈궁마마에 대해 어떤 말을 한다 한들, 지엄한 궁과 마마에 대한 모함으로 간주될 뿐이옵니다."

"정말 그러할까?"

"의금부란 그런 곳이라 들었사옵니다. 죄인이 지은 죄를 고변하는 곳이 아니라, 자백받는 이가 듣고 싶은 말만 듣고 벌을 내리는 곳이라지요."

"그래, 그렇지."

소은이 비로소 만족한 표정을 지었다.

"너, 이름이 무엇이냐?"

소은의 불안을 덜어준 어린 궁녀가 고개를 숙이며 답했다.

"소쌍이라 하옵니다."

향이 무혁과 신루에 당도했을 때, 신루는 의금부에서 나온 도사 장경원과 그가 이끄는 나졸들에 의해 엉망진창이 된 후였다. 향의 눈에 푸른 불꽃이 튀었다.

"무슨 짓이냐?"

서릿발 같은 그의 고함에 사납게 사방을 휘젓던 나졸들이 움직임을 멈췄다. 그의 앞으로 의금부도사 장경원이 다가왔다.

"세자 저하!"

"의금부에서 이 늦은 밤에 무슨 일이냐?"

"관상감 생도 해랑이 이곳에 있다고 들었사옵니다."

해랑을 찾는다는 소리에 향은 눈살을 찌푸렸다.

"그를 찾는 연유가 무엇이냐?"

"그가 반역을 도모하였다는 발고가 있었사옵니다."

"뭐라?"

"하오니 그자를 내주십시오."

"무슨 이유로 그자가 반역을 도모하였다고 주장하는 것인가? 누가 그런 소릴 했다더냐?"

"아뢰옵기 송구하오나, 소인은 아는 바가 없사옵니다. 다만, 죄인을 의금부로 압송하라는 명을 받았을 뿐이옵니다. 그러니 도와주십시오."

"그럴 수 없다."

"하오나 저하……."

"감히 내 말에 토를 다는 것이냐?"

향의 서늘한 시선에 의금부 도사는 목을 움츠렸다.

그때 그의 등 뒤로 나졸이 다가와 작은 목소리로 속삭였다.

"그자가 어디로 갔는지 본 자가 있습니다."

"그래?"

장경원의 표정이 돌변했다. 그는 서둘러 향을 향해 머리를 조아렸다.

"소란을 피워 송구하옵니다."

이내 장경원은 수하들을 돌아보며 목청을 돋웠다.

"모두 나를 따르라."

우르르 몰려가는 나졸들을 보며 향의 눈빛이 깊어졌다.

"혁아!"

그의 부름이 떨어지기 무섭게 등 뒤로 무혁의 인기척이 다가왔다.

"해루가 위험하다!"

향과 무혁은 지름길을 이용해 영지당으로 향했다.

저들보다 먼저 영지당으로 가서 해루를 안전하게 피신시켜야 한다. 죄지은 것이 없으니 당당하다 하겠지만, 반역을 도모하였다는 발고가 있었다. 형식적이라 할지라도 추국을 면하지는 못하리라. 단 한시도 해루를 그런 곳에 둘 수는 없었다.

향은 마치 나는 듯 해루가 있는 영지당을 향해 달렸다.

"해루야!"

다급히 열어젖힌 문 안쪽은 텅 비어 있었다.

설마, 그사이 잡혀간 것인가?

그러나 저 멀리 달려오는 의금부 나졸들의 불빛으로 보아 아직 잡힌 것은 아니었다.

그렇다면…… 대체 어디로 간 거지?

밤하늘을 올려다보는 향의 눈에 걱정이 가득했다.

"거참, 밀지 마십시오."

궁 문을 나서던 해루는 등을 밀치는 환관을 향해 목청을 돋웠다.

"어허! 어디라고 목소리를 높이는 겐가?"

"아니, 그러니까 제 발로 갈 테니 밀지 말라는 겁니다."

제법 눈빛을 세우던 해루는 이내 시선을 발끝으로 내렸다.

이 야밤에 무슨 일인지. 오늘 밤은 모처럼 두 발 쭉 뻗고 자는가 했더니…….

절로 한숨이 새어 나왔다.

등 뒤를 지키고 선 환관이 영지당으로 들어온 것은 향이 방을 나간 바로 직후였다.

처음에는 왕세자께서 되돌아온 것으로 생각하였다. 곧 돌아오마, 약조하셨기에 정말 곧 돌아오셨구나 반색하였건만. 문을 열고 들어선 것은 낯선 사내였다.

갑자기 불쑥 나타난 사내가 방으로 들어섰을 땐, 심장이 덜컥 내려앉았더랬다.

며칠 전에 받았던 습격이 해루의 뇌리를 스치고 지나갔다.

이번에도 내 목숨을 노린 자들인가?

해루가 날카롭게 날을 세우는 찰나.

"쉿!"

앞을 가로막고 있던 낯선 사내가 낮은 소리를 냈다.

"수상한 자가 아니니, 그리 놀랄 것 없네."

"……."

그렇게 불쑥 튀어나오면 누구라도 놀란단 말입니다.

해루는 가까스로 놀란 가슴을 진정시키며 상대를 살펴보았다.

고개를 잔뜩 숙이고 있던 터라 얼굴을 자세히 볼 순 없었지만, 짙은 녹색의 관복을 입고 있었다. 머리에 쓰고 있는 관모와 녹색의 관복. 여인처럼 가느다란 목소리와 잔뜩 굽은 자세.

환관이 틀림없었다.

"제게 무슨 볼일이라도 있으십니까?"

그녀의 물음에 환관은 고개를 끄덕였다.

"그대의 이름이 해랑이 틀림없겠지?"

"네?"

"그대가 관상감 생도 해랑이 맞느냐 물었네만."

"그렇긴 합니다만……."

대답이 끝나지도 않았건만, 돌연 환관이 소매에서 두루마리를 꺼냈다.

"관상감 생도 해랑은 어명을 받들라."

"네?"

해루의 눈이 휘둥그레졌다.

내가 무얼 잘못 들었나? 어명이라니? 이건 또 무슨 일이야?

"그러니까……. 어명이라 하시면 주상 전하께서 내리는 그 어명……?"

"무얼 하는 겐가? 어명이란 말을 못 들었는가?"

사뭇 엄한 목소리에 해루는 급히 자세를 낮추었다.

"신 해랑, 어명을 받듭니다."

그제야 만족한 듯 환관은 목소리를 가다듬으며 어명을 읽어 내려갔다.

"관상감 생도 해랑은 지금 즉시 궁 밖에 있는 영도교로 가 귀양……. 음, 귀양 가는 죄인과……. 으음, 동행하라. 죄인이 목적지에 잘 도착할 수 있도록……. 흠, 보살피고 귀양지에서 돌아오는 그 날까지 함께 있어야 할 것이다."

어명을 읽는 환관은 도중에 몇 번이나 헛기침하며 말을 더듬었다. 가끔 인상을 찌푸리며 두루마리를 유심히 살피는 모습이 읽기 어려운 글자라도 있는 모양이었다.

환관이 간신히 두루마리의 어명 읽기를 마치자, 지엄한 어명 앞임에도 해루는 고개를 들어 묻지 않을 수 없었다.

"그러니까 지금 귀양 가는 죄인을 따라가란 말씀이십니까?"

"그렇다네."

"……?"

어째서요? 왜 이런 명이 내려온 겁니까?

다른 사람도 아닌 관상감 생도인 자신에게 귀양살이 떠나는 죄인을 따라가라니. 그것도 어명이라니.

이해할 수 없는 사건의 연속이었다. 하지만 이해할 수 없다고 하여 따르지 않을 수도 없었다.

불문곡직. 어명이란 옳고 그름을 따지지 않고 행하는 것이다.

"지엄하신 명이니 한시도 지체하지 말고 지금 즉시 행하란 명이네."

"아, 알겠습니다. 그럼, 길을 떠날 준비를 하겠습니다."

이유가 어찌 되었든 가라 하니 가야 한다.

그 전에 우선 관상감에 어명을 전해야 한다. 과연 믿어줄지 모르지만……. 보고는 해야 하니까. 그리고 세자 저하께도 말씀드려야지. 아, 그분께선 이 일을 어찌 받아들이실까?

신루 학사님들과도 만나자마자 이별이네.

절로 한숨이 새어 나올 때였다.

환관의 엄한 목소리가 다시 들려왔다.

"한시도 지체하지 말라 명하셨네."

"그럼?"

"지금 당장! 곧바로! 즉시! 떠나라 명하시었네."

"바로 말입니까?"

"그렇다네."

"하지만……."

"어허!"

"그럼, 한 사람에게만 말하고 오겠습니다. 그리 긴 시간이 걸리지는 않을 겁니다."

"만약 조금이라도 지체할 시엔 지엄한 국법으로 다스려 참형을 면치……."

"갑니다. 지금 당장 가겠습니다."

재촉하는 환관의 눈빛에 밀려 해루는 궁문 밖을 향해 뛰었다. 뒤를 쫓아오는 환관의 발소리에 감히 뒤도 돌아보지 못했다.

어명이라니? 난데없이 죄인 호송이라니?

대체 무슨 일이 벌어지고 있는 거야?

정신없이 궁문을 나서자 차가운 바람이 해루를 맞이했다. 무언의 압박에 밀려 한달음에 영도교로 달려온 해루는 거친 숨을 헐떡였다. 뒤쫓는 환관의 걸음이 얼마나 빠르던지, 전력으로 달릴 수밖에 없었다.

"그나저나 죄인은 어디에 있는 거야?"

주위를 둘러보았지만 호송해야 할 죄인은커녕 쥐 새끼 한 마리 보이지 않았다.

"저……."

혹시 잘못 아신 거 아닙니까?

해루는 환관에게 조심스럽게 물어보려 하였다.

바로 그때였다.

멀리서 다투는 소리가 들려왔다.

"아니, 그러니까 내가 왜 귀양살이를 가야 한단 말이냐?"

"어명입니다."

"어명이고 나발이고, 대체 내가 무슨 죄를 지어 이 야밤에 도주하다시피 귀양을 가야 하느냔 말이다. 그리고 귀양을 갈 때 가더라도 이유는 알려줘야 할 것 아니냐?"

"어명입니다."

"내가 누군지 알지? 한 번만 더 어명이라고 하면 용서하지 않을……."

"어명입니다."

"혹시, 할 줄 아는 말이 어명이오, 밖에 없느냐?"

목소리가 카랑카랑하고 힘이 넘치는 것으로 보아 제법 권세가 있는 인물인 듯했다.

"누군지는 몰라도 나처럼 영문도 모르고 귀양살이 떠나는 모양이네."

동병상련이 느껴지는 터라, 해루는 안타까운 눈빛으로 목소리가 들려오는 곳을 응시했다.

그때, 푸른 어둠 속에서 터덜터덜 걸어오는 사람들의 모습이 보였다.

짙은 녹색의 관복을 입은 환관과 그에게 등을 떠밀리며 걸음을 옮기는 백발노인이었다.

주름 가득한 얼굴.

깐깐하기 비할 데 없는 눈자위.

콧대는 높으나 살점이 적어 신경질적인 인상의 노인은…….

"아!"

해루의 입에서 놀란 탄성이 터져 나왔다.

노인의 얼굴이 낯익었다.

"으잉?"

해루를 본 노인 또한 눈이 화등잔만 해졌다.

아니, 그는 놀람을 넘어 경악하는 얼굴로 해루를 바라보았다.

"이게 뭐야. 아무래도 내가 꿈을 꾸는 모양이군. 그게 아니고서
야 이미 죽은 사람이 보일 리가…….”

노인은 두 눈을 부릅뜬 채 해루에게 성큼성큼 다가왔다.

뜯어보듯 해루를 살핀 노인의 눈두덩에 경련이 일었다.

"……설마, 진짜냐?"

"…….”

"정말로 해루더냐?"

"……할아버지.”

해루는 신음하듯 중얼거렸다.

노인은 다름 아닌 동구비보에서 인연을 맺은 황 노인이었다.

"귀양살이 가시는 분이 할아버지셨어요?"

"그럼 길잡이로 나선 이가 해루, 너란 말이냐?"

밤과 새벽의 경계.

궁 안의 모두가 깊은 잠의 세계에 발을 디딘 그 시각, 여전히 잠

들지 못한 곳이 있었다.

바로 왕께서 계시는 대전이었다.

"정동아."

"네, 전하."

왕의 부름에 정동이 무릎걸음으로 다가갔다.

"해루와 황가는 잘 갔느냐?"

읽던 서책에서 눈을 떼지 않은 채 왕께서 하문하시었다.

정동의 입가에 미소가 떠올랐다.

"네. 처음에는 못 가겠다 버티기는 했으나, 다행히 출발했다고 하옵니다."

"다행이구나. 그나저나……."

왕은 앞에 놓인 서찰을 물끄러미 내려다보았다.

관상감 생도 해랑을 발고하는 내용이 적혀 있었다.

"누구일까?"

"네?"

왕은 고개를 한쪽으로 기울이며 낮게 중얼거렸다.

"이 서찰을 의금부에 보낸 이, 대체 뉠까?"

지킬 것이옵니다

화려한 가을 색이 궁을 덮었다. 단청의 고운 문양 아래로 서늘한 햇살이 미끄러졌다. 숨 가쁘게 다가오는 겨울을 대비하기 위해 각 전각의 환관과 궁녀들은 각자의 길로 바쁘게 걸음을 옮겼다. 여느 날과 다름없는 아침이 밝았다.

밤사이 화석처럼 굳어버린 일상이 다시 시작되고 있었다. 그 태연한 시작에 간밤의 소란마저 꿈인 듯 착각할 지경이었다. 그러나 꿈은 아니었다.

해루가 사라졌다. 지워버린 듯 그녀의 자취는 궁 그 어느 곳에서도 발견할 수 없었다.

"간밤에 궁을 나간 자들의 명부입니다. 해루의 이름은 없습니다."

김담이 궁의 크고 작은 문을 드나든 사람들의 명부를 향에게 올렸다.

휘리릭, 빠르게 훑어 향은 다시 한 번 명부를 확인했다. 김담의 보고는 한 치도 틀리지 않았다. 명부에 해루와 그녀의 다른 이름 인 해랑은 쓰여 있지 않았다. 정상적으로 궁을 나간 게 아니란 의 미였다.

심운기가 거친 숨을 뿜으며 신루 안으로 들어왔다.

"각 처소의 궁녀들과 환관들을 수소문해 보았지만, 아는 이가 없습니다."

뒤늦게 육중한 몸을 이끌고 들어온 양여섭이 말을 덧붙였다.

"혹여 어디 숨어 있는 것은 아닌가 하여 재직 아이들까지 동원 해 보았습니다. 그러나…… 어디에도 보이지 않습니다."

마지막으로 무혁이 돌아왔다. 그의 표정은 더없이 무거웠다. 굳 이 보고를 듣지 않아도 대답을 짐작할 수 있었다.

해루가 사라진 그 시점부터 신루 학자들은 물론이고 향이 동원 할 수 있는 모든 정보망이 가동되었다. 그리고 그들이 가져온 정보 는 하나였다. 해루가 사라졌다, 그것도 감쪽같이. 흉흉한 분위기를 사전에 눈치채고 달아난 것인가, 아니면 좋지 않은 일을 당하기라 도 한 걸까?

향은 의자 깊숙이 등을 기댔다.

도망친 것은 아니었다.

향은 그리 판단했다.

숨거나 도망쳤다면 어딘가에 흔적이 남아 있어야 했다. 해루라 면 어떻게든 서찰이나 자신만 알아볼 수 있는 작은 표식 정도라도 남겼을 것이다.

그런 표식조차 없다면…….

해루가 사라진 건 자의가 아니란 뜻. 그렇다면 끌려간 것일까?

이번에도 향은 고개를 저었다.

만약 그런 일이 있었다면 저항의 흔적이나 몸싸움한 흔적 정도는 남아 있어야 했다.

제 발로 걸어 나갔다. 그런데 자의는 아니다. 그리고 놀랍게도 궁의 그 어느 곳에도 흔적을 남기지 않았다. 궁을 나가려면 다른 곳은 몰라도 적어도 성문의 명부엔 기록이 남아 있어야 했다. 그런 기록마저 없다면, 아무도 모르는 뒷길을 알고 있거나…….

"그런 법도를 어길 수 있을 만큼의 권력이 개입한 경우겠지."

이 궁에서 그런 일을 할 수 있는 사람은 한 사람.

문득 해루가 갖고 있던 서찰이 떠올랐다.

평범한 사람이라면 쉽게 알아보지 못할 조선 최고의 악필.

내내 무표정했던 향의 얼굴에 균열이 생겼다.

굳게 다물고 있던 입가가 보일 듯 말 듯 길게 늘어졌다.

그런가? 그분께서 개입하신 것인가?

향은 자리에서 일어섰다. 모두의 시선이 향에게로 집중되었다.

"어딜 가십니까?"

김담이 따라 일어서며 물었다.

"해루가 어디로 갔는지, 여쭤봐야겠다."

"네? 그 아이가 어디로 갔는지 아는 사람이 있단 말입니까?"

"한 분 계시지."

향의 시선이 대전의 날렵한 지붕 위로 향했다.

백 년 묵은 고목의 그늘이 서책 위를 나비처럼 팔랑거렸다. 조금

은 졸린 듯한 표정으로 책을 넘기던 왕은 문득 문을 응시했다. 내
내 조용하던 밖이 어지러운 발소리로 소란스러워졌다.

"이제야 오는군."

왕의 혼잣말에 화답하듯 문 앞을 지키는 문차비의 목소리가 들
려왔다.

"전하, 세자 저하 입시……."

문차비의 고하는 소리가 채 끝나기도 전에 문이 열렸다. 성큼성
큼 큰 걸음으로 향이 모습을 드러냈다.

"왔느냐?"

왕은 보던 책을 덮으며 등을 곧게 폈다.

"내 예상보다 반 시진이나 늦었구나."

그 한마디로 향은 제 생각이 옳았음을 깨달았다.

해루의 실종엔 왕의 개입이 있었던 것이다. 팽팽하게 조여졌던
긴장이 조금은 희석되었다. 다른 사람도 아닌 왕께서 손을 쓰신 거
라면 안심해도 되리라. 자신의 철두철미한 성격은 다른 누구도 아
닌, 바로 아버지로부터 물려받은 것이니까.

"어딥니까?"

자리에 앉자마자 향이 불쑥 물었다.

"무엇을 말하는 게냐?"

"해루 말입니다."

"해루?"

왕이 고개를 갸웃했다.

"다 알면서 딴청이십니까?"

"이제 보니 엉뚱한 일로 날 찾아왔구나. 난 모르는 일이다."

"그럼, 어찌하여 소자를 기다리고 계셨사옵니까?"

"최측근…… 닮은 사람에 대해 물으러 올 줄 알았지."

엉뚱한 말에도 향은 당황하지 않았다.

과거 해루가 스스로를 최측근이라 말하고 다닌 사실을 알고 있었다.

"바로 그 최측근의 일이 궁금하여 찾아왔습니다."

"최측근이 아니다."

"방금 최측근이라 하지 않으셨습니까?"

"닮은 사람이라 하였다."

"……."

"콧수염만 빼면 똑같이 생긴 데다 개떡 만드는 솜씨마저 귀신같이 최측근과 똑같으나, 명백히 다른 사람이다. 아무렴, 해가 서쪽에서 뜨지 않고서야 멀쩡한 여인이 수염 단 사내로 변할 수 있을 리가 없지 않으냐?"

"……."

뚱딴지같은 왕의 말에 향은 작게 미소 지었다.

왕께선 사람 놀리길 좋아하셨다. 이런 상황에서도 그 버릇은 여전하셨다.

"좋습니다. 그 최측근 닮은 사람의 근황을 알려주십시오."

"맨입으로?"

"무엇이 필요하십니까?"

"요즘 날이 추워져서 그런가, 온몸이 쑤시고 매사 의욕이 없구나."

"어의를 부르겠습니다."

"몸의 병이 아니다."

"하오면 무엇이옵니까?"

"마음이 편치 않으니, 몸도 편치 않은 것이지."

"무엇이 전하의 마음을 불편하게 하는 것이옵니까?"

"강원도의 민심이 어지럽다고 하는데, 그걸 해결하는 것이 다소 성가시고 어려워……."

왕께서 은근히 속내를 드러내 보이셨다.

향은 지체하지 않고 고개를 끄덕였다.

"소자가 해결하겠사옵니다. 그러니 이제 말씀해 주시옵소서. 어딥니까?"

"그보다 말해 보아라."

"무얼 말입니까?"

"어떻게 할 생각이냐?"

"무슨 말씀이시옵니까?"

"쉽지 않은 일이다. 그 아이의 존재를 아는 순간, 조정 대신들의 반발이 들불처럼 일어나겠지. 상소문이 빗발치고 궁 앞에선 연일 그놈의 '통촉하시옵소서'가 쏟아지겠지. 그렇지 않아도 왕실을 흔들고 싶어 안달 난 사대부들은 하늘이 내린 기회라 여기고 부나방처럼 달려들 것이다."

"그걸 아시면서도 그 아일 숨긴 분이 아니십니까."

"그러기에 숨긴 것이다. 그러기에 네가 영영 찾지 못하길 바라는 마음도 한 자락 있다."

"……."

"이쯤에서 그만두는 것은 어떠하냐? 이쯤에서 그 아이의 손을 놓는다고 해도 그 아인, 웃으며 널 보내줄 게다. 내가 아는 그 아이는 그런 아이니까. 그러니 향아……."

"지킬 것이옵니다."

향이 숙였던 고개를 들었다. 그는 왕을 직시하며 말을 이었다.

"상실의 고통, 이미 넘칠 만큼 겪었사옵니다. 다시는 잃기 싫다 다짐하였사옵니다. 그러니 지킬 것이옵니다. 그 어떤 고난이 닥쳐도, 곁에서 내주지 않을 것이옵니다."

향은 곧은 눈으로 아비를 바라보았다.

그 눈빛을 오롯이 받은 왕이 소리 없는 웃음을 터트렸다.

"참으로 오랜만이구나. 네 그런 눈빛."

"아바마마."

"영월이다."

원하던 대답을 들은 향은 미련 없이 자리에서 일어섰다. 물러서는 그에게 아비의 목소리가 들려왔다.

"나도 잃었느니라."

"……?"

향이 고개를 돌렸다.

"네가 느낀 상실의 고통, 나도 잃었느니."

"해루 때문입니까?"

"최측근이다. 그 아이가 사라지고 입맛을 잃어버렸어. 다행히 하늘의 도움인지 똑 닮은 사람을 발견했구나. 그 사람은 잃지 않으면 좋겠구나."

왕의 말에 향은 미소를 지었다.

"잃어버린 아바마마의 입맛을 소자가 찾아드리겠사옵니다."

그의 어깨 위로 늙은 아비의 목소리가 는개비처럼 내렸다.

"나는 지키지 못했다."

"……."

"내 아버지의 뜻이 두려워 장인이 죽임을 당해도 눈 감고 귀 막왔다. 네 어머니가 홀로 눈물 흘릴 때 나는 차마 미안하다, 한마디 못 했다. 어린 여식이 죽어가도 나는 왕이기에 눈물조차 흘리지 못 했다. 일족의 죽음마저 무심히 봐야 했던 왕, 그것이 나였다. 그러니 향아, 너는 그런 왕이 되지 마라."

"아바마마."

"서둘러라. 이리 오래 홀로 두면 어디로 튈지 모르는 녀석이다. 그러니 서둘러야 할 것이야. 그리고 행방을 알려준 대가로 약조한 것도 잊지 말도록 하여라."

어느새 평소의 장난기 가득한 모습으로 되돌아간 왕은 서책으로 고개를 돌렸다.

"감사합니다, 아버지."

그곳에 있는 것은 왕과 왕세자가 아니었다.

그저 평범한 아비와 아들.

따스한 시선으로 아비를 뚫어져라 쳐다보던 아들은 밖으로 나갔다.

눅눅해진 눈으로 서책을 읽는 아비의 얼굴에 모처럼 환한 미소가 피어났다.

"휴우."

아궁이 앞에 앉은 해루의 입에서 긴 한숨이 흘러나왔다.

"어린놈이 웬 한숨이냐?"

그 곁에 나란히 쪼그리고 앉은 황 노인이 기다렸다는 듯 지청구를 날렸다.

해루는 그런 황 노인을 게슴츠레한 눈으로 바라보았다.

"왜 그런 눈으로 바라보는 게야?"

불온한 기색에 황 노인은 쌍심지를 세웠다.

"이놈이, 어디라고 그런 눈빛이냐!"

"제가 안 그러게 생겼습니까? 대체 이번엔 뭡니까? 무슨 잘못을 하셨는데, 이리 깊은 산골짜기로 귀양살이 오신 겁니까?"

어명이라는 말에 등 떠밀려 온 곳은 강원도 영월.

정 판수와 함께 세상천지 안 가본 곳 없는 해루였지만, 이곳만큼 외진 곳은 또 처음이었다. 첩첩산중이라는 말은 들었지만, 정말로 이런 산골짜기가 있을 줄은 상상도 못 했다. 산세는 또 어찌 이리 높고 험한지. 손을 머리 위로 들어 올리면 하늘이 온통 가려질 지경이었다. 병풍처럼 둘러싼 산세 덕에 하늘이 좁아진 탓이다. 그런 산골짜기에 갇힌 지 오늘로 사흘이 훌쩍 지났다.

미틈달 초하루.

겨울이 오려면 아직 시간이 남았지만, 이 깊은 산골엔 성급하게 찾아온 동장군의 흔적을 어렵지 않게 발견할 수 있었다. 이제나저제나 다시 궁으로 돌아갈 날만 손꼽고 있었건만. 하는 양으로 보아 쉽게 돌아갈 수 있을 것 같지도 않았다.

인편으로 세자 저하께 저간의 사정이라도 말해 볼까, 궁리도 해 보았다. 하지만 그것도 오가는 사람이 있어야 부탁이라도 할 수 있지 않은가. 아침저녁으로 보이는 것은 하늘을 나는 수리매뿐이었다.

"대체 어떤 잘못을 해야 이런 곳으로 올 수 있단 말입니까?"

분개하는 해루에게 황 노인의 애달픈 목소리가 들려왔다.

"내 죄는 그저 이 나라를 지극히 사랑한 것이라 말하고 싶구나."

"지나가는 개가 다 웃겠습니다."

"고얀 놈. 어디라고 어르신 말씀에 그런 버르장머리 없는 대답을 하는 것이냐?"

"이 나라를 사랑했다는 분이 어찌 귀양살이를 밥 먹듯 하신단 말입니까?"

"그게 다 변덕이 죽 끓듯 하는 어떤 분 때문이지. 내 이래서 그 집안하고 다시는 상종하지 않으려 하였건만."

"대체 어떤 분이기에 그렇게 변덕이 죽 끓듯 한단 말입니까?"

해루의 물음에 황 노인은 어이없다는 표정으로 그녀를 보았다.

"왜 그리 보십니까?"

"아니다. 그냥 신기해서."

"뭐가요?"

"가끔은 네가 바보인지 똑똑한 것인지 헷갈리는구나. 그리 만나고, 경험하고도 아직 눈치를 못 채다니 말이다."

"대체 무슨 말씀입니까?"

"뭐, 그런 것이 있다. 어쨌든 잘됐다. 기왕에 풍광 좋은 곳에 왔으니, 맘 편하게 살다가 아예 여기서 뼈를 묻으련다."

황 노인의 말에 해루는 펄쩍 뛰었다.

"무슨 그런 말도 안 되는 말씀을 하십니까! 여기서 뼈를 묻으시다니요? 그럼 저는요? 할아버지 귀양살이하시는 동안 저도 여기 있어야 한단 말입니다."

"상황이 이리되었으니, 어쩔 수 없지 않으냐? 너도 여기에 뼈를 묻을 수밖에."

"지나가는 말씀이라도 그런 끔찍한 말씀 마십시오. 저는 궁으로 돌아갈 겁니다."

"거긴 뭐하러?"

"할 일이 있습니다."

"할 일? 네놈이 거기서 할 일이 무어가 있어?"

"세자 저하를……."

저도 모르게 가슴 깊이 숨겨두었던 속내를 꺼내던 해루는 얼른 입을 닫았다.

힐끗, 그녀를 바라보며 황 노인은 고개를 절레절레 저었다.

"아서라, 말아라. 내 입이 닳도록 말하지 않았느냐? 그 아비에 그 아들이다. 죽 끓듯 하는 아비의 변덕이 아들에게 이어지지 않았겠느냐? 괜히 나처럼 상처받지 말고, 마음 접어라."

"우리 저하는 그런 분 아닙니다."

"우리 저하? 그새 너희 저하가 되었느냐?"

"그리고 그러시는 거 아닙니다."

"내가 뭘 어찌하였다고?"

"뭐, 주상 전하께서 귀양살이 몇 번 시키긴 하셨지만, 그래도 그분 덕에 영의정인지 뭔지, 평생 맡아놓고 하셨다면서요? 궁인들 하는 말을 듣자 하니 할아버지 안 계실 적엔 아예 그 자릴 공석으로 비워두셨답니다."

"그만큼 내가 일 처리를 잘했다는 걸 왜 몰라?"

"아무리 능력이 뛰어나도 좋은 주인을 만나지 못하면 다 쓸데없는 것이라 하였습니다."

"궁 물 좀 먹더니 아주 말이 청산유수구나."

"어쨌든 그분 덕에 여태껏 호의호식하셨으면서, 틈만 나면 뒷이야기십니까?"

"뭐냐? 개떡 좀 나눠 먹었다고 역성드는 게냐?"

"개떡이라뇨?"

저도 모르게 비밀 아닌 비밀을 폭로하던 황 노인은 얼른 입을 닫았다.

"어쨌든 너도 냉수 먹고 속 차려라. 그 집안하고 엮여서 좋을 것 하나도 없다."

툭툭, 옷자락에 묻은 먼지를 털며 부엌을 나서던 황 노인은 문 득 해루를 돌아보았다.

"너, 혹시 세자 저하께 딴마음 품은 건 아니지?"

"네?"

"행여 그런 거라면 꿈도 꾸지 마라."

쐐기 박듯 말한 황 노인은 자신의 방으로 들어가버렸다.

찰나간에 당한 일이라, 적당히 할 말을 찾지 못한 해루는 붕어처 럼 입만 벙긋거렸다. 그러다 한참이 지난 후에야 입술을 불퉁하게 내밀며 혼잣말을 중얼거렸다.

"누가 딴마음 품었답니까? 저는 그저…… 세자 저하를 보호하 려는 것뿐입니다."

그것뿐입니다. 정말 그것뿐입니다.

그런데 왜 이렇게 마음 한구석이 아픈 걸까?

자꾸만 시린 바람이 느껴졌던 터라, 아궁이를 휘젓는 손길이 거 칠었다.

괜히 미운 생각에 해루는 황 노인의 방을 흘겨보았다. 그래도 속 이 풀리지 않자 노인이 들어간 방 아궁이의 장작을 두어 개 빼버 렸다. 그제야 조금 마음이 풀렸다.

황 노인이 자는 방을 향해 혀를 쏙 내밀던 해루는 쪼르르 제 방 으로 걸음을 옮겼다.

"으으으, 춥다."

서둘러 깔아놓은 이부자리를 파고들었다.

"내일 일은 내일 고민하고, 오늘은 우선 자자."

귀양살이하러 왔건만, 두 사람을 기다리는 건 낡은 초가 한 채와 보름 치 식량뿐이었다. 땔감 같은 호사는 꿈도 꾸지 못했다. 그 바람에 여기 도착한 첫날엔 그야말로 개 떨듯 떨며 잠을 청해야 했다.

그날 이후로 황 노인과 함께 아침에 눈을 뜨기 무섭게 땔감부터 구했다. 덕분에 긴 하루가 쏜살같이 흘러갔다.

해루는 이불 속에서 길게 몸을 늘였다.

하루가 쉽게 흘러가는 것은 좋았으나, 안 하던 노동을 하려니 몸이 천근만근이었다.

참으로 간사한 것이 사람이라 하였던가. 그사이 나도 궁 사람 다 되었네. 고작 며칠 땔감 좀 구하러 다녔다고 이리 몸이 나른하니. 스스로가 생각해도 어이없는 일이라, 절로 헛웃음이 터져 나왔다.

그러나 그것도 잠시.

금세 시무룩해진 해루는 향을 떠올렸다.

우리 저하, 지금쯤 나 찾고 계실 텐데. 내일 날이 밝으면 골짜기 아래로 내려가 사람 있는 곳으로 가봐야겠다. 어떻게든 소식을 전해야지. 그리고 어떻게든 이곳에서 벗어날 궁리를…….

이불 속 포근한 온기에 의식이 희미해져 갔다. 나른한 잠의 나락으로 한 발 덥석 디뎠다.

그러다 한순간.

수마에 잠기던 해루가 두 눈을 떴다.

갑자기 코끝이 차게 식는가 싶더니, 등줄기를 타고 섬뜩한 느낌이 스멀스멀 기어올라온 까닭이었다. 더불어 무언가 차가운 것이 발치를 더듬더니 곧 이불 속으로 파고들어왔다.

안개에 뒤덮인 듯 아득하던 의식이 번쩍 돌아왔다.

뭐지? 혹시 산짐승이라도 들어온 것일까?

그러나 산짐승이 아니었다.

발끝에서 명치끝으로 단숨에 훅 올라오는 숨결.

이건 분명…… 사람!

"할아버지?"

서둘러 이불을 젖히며 해루가 물었다.

"쉿!"

이불 밖으로 낯선 사내가 고개를 내밀며 옴츠린 목소리로 속삭였다.

"누구냐?"

소리치는 찰나, 사내가 제 검지를 해루의 입술 위에 세웠다.

해루의 눈이 휘둥그레졌다.

이윽고 희미하게 스며든 달빛이 사내의 얼굴을 비췄다.

사내에게 반쯤 막힌 해루의 입술 사이로 놀란 목소리가 흘러나왔다.

"다, 당신은……."

방울로는 부족하구나

어둠이 짙게 드리운 방.

차가운 공기와 훈훈한 아랫목의 열기가 한데 섞이며 아늑한 온기로 승화되었다. 곧장 이부자리 속으로 파고들어 노곤한 피로를 녹이고 싶어졌다. 그러나 정작 방의 주인인 해루는 신경을 날카롭게 세우고 있었다. 제 몸 위에 반쯤 올라탄 불청객 때문이었다.

"누, 누구냐?"

"쉿!"

해루의 물음에 불청객은 연신 입술 사이로 바람 새는 소리를 냈다.

"내 딱한 사정이 있어 숨어든 것이오. 나쁜 짓을 할 생각은 아니니, 잠시만 이대로 있어주오."

다급한 기색이 역력한 음성이었다.

적어도 허튼짓을 할 생각으로 숨어들어온 게 아니라는 사실만은 분명해 보였다. 이부자리를 꼭 끌어안고 물러서던 해루는 그제야 상대를 확인할 여유를 찾을 수 있었다.

창으로 은은히 스며든 달빛에 사내의 얼굴이 조금씩 엿보였다.

짙은 눈썹, 좌우로 길게 늘어진 눈매, 흑백이 선명한 눈동자, 곧게 선 코와 조금 튀어나온 광대뼈, 그리고 두툼한 귓불.

사내의 모습을 살피던 해루는 문득 미간을 찌푸렸다.

이 사람, 어딘지 모르게 낯이 익었다.

정 판수를 따라 조선 팔도를 유랑하며 판수 일을 한 덕에 해루는 관상을 조금 볼 줄 알았다. 또한, 여간하면 한 번 본 얼굴은 잊지 않았다.

다행히 해루는 불청객이 누구인지 어렵지 않게 떠올릴 수 있었다. 스쳐 지나가듯 만난 인연이었지만, 워낙 인상이 강하게 남은 까닭이었다.

언젠가 향과 함께 광대패 놀이를 구경하러 가다 만난 도모(掏摸, 소매치기). 세상 그 누구도 훔칠 수 없는 보물을 가장 많이 가진 사람이 될 거라며 큰소리치던 사내. 아마도 이름이……. 삼문이라 하였지?

"아직도 도모 짓 하는가 봅니다?"

해루의 입에서 실망이 뒤섞인 목소리가 흘러나왔다.

"나를 알아?"

삼문이 놀란 표정으로 물었다.

난 널 모르는데, 넌 어찌 날 아느냐 하는 눈빛이었다.

"잘 알지는 못하지만, 안면은 있습니다만."

"누구……?"

눈가를 찌푸리던 삼문이 기억을 더듬었다. 그러다 이내 눈을 반짝거린다.

"그러고 보니…… 그때 시전에서 봤던 그 여인? 해루라고 했던가?"

"아주 머리가 나쁜 분은 아니시군요. 그런데 아직도 이러고 다니십니까?"

"그러는 당신은 왜 여기 있는 거요? 행색은 또 왜 이 모양이고? 여긴 귀양살이하는……."

갑자기 말을 뚝 멈춘 삼문이 이불을 푹 뒤집어썼다.

"지금 뭐 하는 겁니까?"

"쉿! 조용히."

그때, 멀지 않은 곳에서 발소리가 들려왔다. 문풍지 위로 노르스름한 횃불의 그림자가 그려졌다. 곧이어 사나운 발소리들이 우르르 몰려들었다.

이거 어디서 본 듯한 장면인데.

해루가 이불을 슬쩍 들추며 소곤거리듯 물었다.

"쫓기고 있습니까?"

"그렇소."

"이번엔 뭘 훔친 겁니까?"

"책."

이불 밖으로 머리만 쏙 내민 삼문이 무에 잘한 짓이라고 씨익 미소까지 지었다.

해루의 얼굴에 어이없다는 표정이 떠올랐다.

"하다 하다 이젠 책까지 훔칩니까? 어째서요?"

책은 귀하지만 금이나 귀금속에 비할 바는 아니었다. 남의 주머니나 탐내던 사람이 어쩌다 책을 훔치는 기이한 도둑이 되었단 말인가?

"그때 말했잖소. 세상에서 가장 귀한 것을 훔치는 도모가 되겠다고."

"그래서 책을 훔쳤단 말입니까?"

"그날 이후로 골똘히 생각했지. 세상에서 가장 귀한 것이 무얼까. 또 기왕이면 훔쳐도 죄가 되지 않는 게 무얼까 말이오."

"남의 것을 훔치고 어찌 죄가 되지 않을 수 있습니까?"

"처음엔 나도 그리 생각했는데, 있었소."

"그게 책이란 말입니까?"

"정확하게는 책 속에 든 것이오."

해루는 곧 삼문의 말을 이해할 수 있었다.

"지식이란 말이로군요."

"그렇소. 책 속에 든 것을 훔치면, 훔쳐도 죄가 되지 않고, 남에게 다시 빼앗기지도 않을 테니, 이처럼 남는 장사가 또 어디 있겠소?"

삼문의 말에 해루는 어이없다는 듯 웃음을 터트렸다.

"기왕이면 남들처럼 공부를 하지, 어찌 그리 훔칠 생각만 하십니까?"

"내 근본이 그러한 걸 어쩌겠소. 훔쳐서 보는 것이 아니면 영 흥미가 생기지 않는 것을."

"당신의 생각은 대충 납득이 갑니다만, 아무래도 오늘은 크게 실수하신 모양입니다. 책에 담긴 내용만 훔치셔야 하는데, 그만 책도 훔치셨으니 말입니다."

"급한 마음에 어쩌다 보니 이렇게 됐소. 조용히 보고 몰래 돌려

놓을 생각이었는데, 저리 득달같이 달려들 줄 누가 알았소? 예로
부터 책 도둑은 도둑이 아니라고 하였는데 말이오."

"하지만 문밖에 있는 사람들은 생각이 다른 것 같은데요."

어느새 횃불이 방문 앞까지 바싹 다가와 있었다.

잠시 상황을 망각했던 삼문의 표정이 돌변했다.

그는 서둘러 해루에게 조용히 하라는 시늉을 해 보였다.

그 모습이 어쩐지 낯설지 않았다.

그래, 그랬다. 처음 향을 만난 날.

그날의 상황이 지금과 똑같았다. 밤 고양이처럼 향이 잠들어 있
던 방으로 숨어든 자신의 모습이 떠올랐다.

문득 해루의 입가에 짓궂은 미소가 피어올랐다.

그녀는 숨겨달라 소리 없이 애원하는 삼문을 향해 작은 목소리
로 말했다.

"제가 그쪽을 숨겨주면 제가 얻을 이익은 무엇입니까?"

"이익?"

느닷없는 물음에 삼문이 어리둥절한 표정을 지었다.

"옷깃만 스쳐도 인연이라 했는데. 이미 통성명까지 한 사이에 이
익 운운하는 건 너무 정 없는 거 아니오?"

"인연이 아니라 악연이겠지요. 이런 악연이라면 이쯤에서 끊어
내는 것이 좋겠습니다."

해루가 자리에서 일어서는 시늉을 했다.

놀란 삼문이 그녀의 다리에 매달렸다.

"좋소, 좋아. 뭐든 말하오. 숨겨만 준다면 뭐든 들어줄 테니. 원하
는 게 뭐요?"

"정말 원하는 건 뭐든 들어준다 하셨지요?"

"사내대장부가 한 입으로 두말하겠소?"

"그럼⋯⋯."

해루가 돌연 방 한구석에 놓인 서안을 앞으로 끌어당겼다.

느닷없는 상황에 어리둥절한 삼문을 앞에 두고 해루는 빠르게 세필 붓을 움직였다.

❀

"이걸 꼭 해야겠소?"

삼문이 마뜩잖은 표정을 지었다.

"싫으면 마십시오."

해루가 손에 들고 있던 문서를 도로 접었다.

그때, 문밖에서 굵직한 목소리가 들려왔다.

"이보시오! 안에 아무도 없소?"

삼문의 낯빛이 하얗게 질렸다.

"이번에 잡히면 나는 끝장이오. 그러니 제발 한 번만 도와주시오."

"물론, 도와드려야지요. 이곳에 수인만 하면 말입니다."

"그래도⋯⋯."

"정히 못 한다면 할 수 없지요."

해루가 문고리를 잡았다.

순간.

"하겠소. 하겠단 말이오. 아니, 꼭 하고 싶소."

삼문이 기어들어가는 목소리로 말하며 해루의 손에 들린 문서를 낚아챘다.

누가 도모 아니랄까 봐, 낚아채는 모양새가 그야말로 번개처럼 재빨랐다. 서둘러 손바닥에 먹을 묻힌 삼문은 문서에 수인했다.

해루는 흡족한 표정으로 그것을 소맷자락 깊숙이 갈무리했다.

"여기, 문 뒤에 바싹 붙어 계십시오."

작게 속삭인 그녀가 문을 벌컥 열었다.

문밖에는 사령복을 입은 사령 넷이 눈에 불을 켜고 있었다.

"누구십니까?"

막 자다 일어난 듯 기지개를 켜며 묻는 그녀의 앞으로 우두머리 사령이 다가왔다.

"관아에서 나왔소."

"관아요?"

"도둑을 쫓고 있소. 혹시 낯선 자를 본 적 없소?"

"낯선 자요? 글쎄요. 잠을 자던 터라, 그런 사람은 본 적 없습니다만."

해루가 말했지만, 우두머리 사령은 믿는 눈치가 아니었다.

"안을 좀 살펴보고 싶은데……."

말은 제법 정중했지만, 행동은 전혀 달랐다. 우두머리 사령은 신도 벗지 않고 툇마루 위로 올라섰다. 해루가 허락하지 않아도 방 안으로 뛰어들 태세였다.

바로 그때였다.

"무슨 일이냐!"

버럭 고함과 함께 옆방 문이 벌컥 열렸다. 꼬장꼬장한 인상의 황 노인이 시퍼렇게 날을 세운 얼굴로 방 밖으로 나왔다.

"예가 어디라고 그 더러운 발을 디디는 것이야?"

벼락같은 호통에, 기세등등하던 사령들의 어깨가 움츠러들었다. 눈치를 살피던 우두머리 사령도 주춤주춤 툇마루 아래로 내려섰다.

"어르신."

"뭐 하는 놈들인데 이 야심한 시각에 남의 집을 난장판으로 만드는 것이냐?"

"그것이 아니라……."

"너, 내가 누군지 모르지?"

"네?"

"내, 지금은 비록 귀양살이하고 있으나, 며칠 전까지 육조를 호령했던 사람이다."

"송구합니다."

궁벽한 시골이라도 소문은 빠른 법이다. 도성의 높디높은 권세가가 귀양살이 왔다는 소문은 이미 영월 바닥에 파다했다. 더더구나 관아에 소속되어 있는 사령들임에야, 모를 리 없었다.

우두머리 사령이 넙죽 바닥에 엎드렸다. 힐끔힐끔 서로 눈치를 보던 사령들도 덩달아 무릎을 꿇고 고개를 조아렸다.

그제야 조금은 노기가 풀린 듯 황 노인이 말했다.

"이제 알았으면 그만 돌아가거라."

"하, 하지만……."

그래도 해야 할 일은 해야겠기에, 우두머리 사령은 주저주저하며 다시 입을 열었다.

"이곳으로 도모 놈이 숨어든 것을 본 사람이 있습니다. 그러니 그자를 잡을 수 있게 도와주시면……."

그의 말에 황 노인이 해루에게로 고개를 돌렸다.

"그런 자를 본 적 있느냐?"

해루는 고개를 절레절레 저었다.

"본 적 없습니다. 만약 그런 자가 나타났다면 제가 모를 리 없습니다."

황 노인이 우두머리 사령에게로 시선을 옮겼다.

"들었느냐? 저 아이도 본 적이 없다 하질 않느냐?"

"그럼 잠시만 집 안을 둘러볼 수 있게……."

우두머리 사령이 해루의 방 안을 살펴볼 요량으로 몸을 일으켰다.

"어허! 어디라고 감히 다 큰 아녀자의 방 안을 살핀단 말이냐?"

"네?"

우두머리 사령이 사내 복색을 한 해루와 황 노인을 번갈아 보았다.

곱상한 사내인 줄로만 알았더니, 여인이라고?

황 노인이 그럴 줄 알았다는 표정으로 말을 이었다.

"저 아이, 비록 행색이 저렇지만, 엄연한 여인이다. 그런데 어디라고 네놈들이 여인의 방을 함부로 들어간다는 말이냐?"

"소, 송구합니다, 어르신."

"알았으면 그만 물러가봐라."

"……."

"어허! 어서 물러가래도. 아니면 내 당장 관아로 갈까? 아랫것들 단속을 어찌하기에 감히 아녀자의 방 안을 함부로 뒤지느냐, 네놈들 상관에게 한번 따져 물어봐야 정신을 차리겠느냐?"

연이어 떨어지는 불호령에 우두머리 사령이 서둘러 몸을 일으켰다.

"아닙니다, 아닙니다. 물러갑니다, 물러가고 있습니다."

좀도둑 하나 잡다가 일자리를 잃을 수는 없었다. 사령들은 급한 걸음으로 왔던 길을 되돌아갔다.

작은 초막은 금세 정적에 휩싸였다.

내내 못마땅한 얼굴로 툇마루 끝에 서 있던 황 노인이 해루를 돌아보았다.

"정녕, 아무도 없느냐?"

"……네."

문 뒤에 그림자처럼 찰싹 붙어 있는 삼문을 보며 해루는 마지못해 대답했다.

잠시 그녀를 지켜보던 황 노인이 헛기침을 하며 자신의 방으로 사라졌다.

"휴, 살았다."

재빨리 방문을 안으로 닫은 해루는 바닥에 털썩 주저앉았다.

고기도 먹어본 놈이 더 잘 먹는다고, 남의 집에 숨기는 많이 해봤어도, 누굴 숨겨준 적이 있었어야지. 때마침 황 노인이 나타나지 않았다면 상황이 정말 곤란해질 뻔하였다.

그래도…….

소맷자락에서 문서를 꺼낸 해루는 흡족한 미소를 떠올렸다.

"독하군. 궁지에 몰린 사람에게 기어이 그런 것을 받다니……."

그녀의 맞은편에 자리를 틀고 앉은 삼문이 억울하다는 표정으로 중얼거렸다.

"그 마음, 저도 잘 압니다."

답답하고, 분하고, 억울하지요? 제가 그 마음 잘 알지요. 암요, 어찌 모를 리 있겠습니까? 지금 당신이 당한 그대로 제가 당했는데 말입니다.

삼문의 시무룩한 얼굴을 보며 해루가 만족한 표정을 지을 때였다.

"알긴 네가 무얼 아느냐?"

닫혀 있는 방문 위로 긴 그림자가 드리워졌다.

잠시 후, 벌컥 문이 열렸다.

마주 앉아 있던 해루와 삼문의 눈이 휘둥그레졌다.

"어?"

"……저하!"

"……저하?"

한동안 멍하니 향을 올려다보던 해루가 신음하듯 중얼거렸다.

"그래, 내가 누군지는 알고 있는 모양이구나."

짐짓 엄한 표정으로 내려다보던 향이 자리에 앉았다. 그제야 정신을 차린 듯 해루가 깜짝 놀란 표정을 지었다.

"저하. 여, 여긴 어쩐 일이십니까?"

"그건 내가 묻고 싶은 말이다. 네가 왜 여기 있느냐?"

"그것이……."

답하기 궁색한 물음이었다. 아니, 설명하기 어렵다 하는 것이 맞는 표현이리라.

실은 자신도 어쩌다 이리되었는지 제대로 알지 못했다.

"그게 어떻게 설명해야 할지 난감합니다. 어쩌다 보니…… '어명이오'라는 소리에 끌려가듯 나와 황 할아버지를 만났는데, 어찌어찌 걷고, 뛰고, 말 타다 정신을 차려보니 이곳이었습니다."

횡설수설하는 해루의 변명에 향의 입가가 비틀어졌다. 웃음을 참기 어려웠다.

해루의 난감하다는 표정 하나만으로도 어떤 일을 겪었는지 충분히 알 수 있었다. 하지만 그는 냉정한 표정을 잃지 않았다.

"무슨 소리를 하는지 하나도 모르겠구나."

"저도 제가 무슨 말을 하는지 모르겠습니다."

느닷없이 나타난 향의 모습. 이게 꿈인지 생시인지 헷갈릴 지경이었다.

"저자는 누구냐? 네 손에 든 문서는 또 뭐고?"

향이 삼문을 턱짓하며 물었다.

삼문은 고양이 앞의 쥐처럼 바닥에 넙죽 엎드린 채 몸을 벌벌 떨고 있었다.

해루가 향을 '저하'라 칭했기 때문이다.

범상치 않은 기운을 지닌 사내라, 평범한 사람은 아닌 줄 알았지만, 설마 그리 대단한 사람일 줄이야. 운이 없어도 이리 없을 수가. 승냥이를 피하려다 범을 만난 격이었다.

덜덜 몸을 떨며 처분만 기다리는 삼문에 비해, 해루는 조금씩 여유를 되찾아가고 있었다.

"혹, 기억나십니까? 예전에 시전에서 만났던 도모입니다."

"도모?"

향은 미간을 찡그렸다.

"시전에서 제 돈주머니를 훔치려 했던 사람이 있지 않았습니까?"

해루의 설명에 그제야 그는 고개를 끄덕였다.

"생각났다. 그런데 그자가 여기 왜 있느냐?"

"제가 잠을 청하려 막 누웠는데, 글쎄 누가 제 이부자리 속으로 파고들지 않겠습니까? 깜짝 놀라 비명을 지르려 했는데, 어딘지 낯이 익은 겁니다. 그래서 자세히 보았더니…….”

해루의 말은 더 이어지지 못했다.

철컥!

어느 샌가 향의 손에 수노기가 들려 있었다. 작은 화살을 활에 장전하는 그를 보며 해루가 물었다.

“지금 뭐 하십니까?”

“남녀가 유별하거늘, 어디라고 감히 여인의 방으로 숨어든단 말이냐!”

향의 표정이 전에 없이 서늘했다.

“그거, 정말로 쏘실 건 아니죠?”

“내가 쓸데없는 짓 하는 것 보았더냐?”

하는 양으로 봐서는 정말로 쏠 태세였다.

“할아버지! 황 할아버지!”

해루는 목청껏 황 노인을 불렀다.

이윽고 사잇문이 열리며 심드렁한 표정의 황 노인이 들어섰다.

“밤중에 웬 소란이냐? 왜? 사령들이 찾던 도모라도 본 게냐?”

투덜거리며 방으로 들어서던 황 노인이 뒤늦게 향을 보았다.

“오셨습니까?”

황 노인이 향에게 고개를 숙였다.

예전부터 낮도깨비처럼 불쑥불쑥 나타났던 향이기에 이제는 이런 상황에 꽤 익숙했다.

그 바람에 애가 타는 사람은 해루였다.

“그리 편하게 인사나 주고받을 때가 아닙니다. 저하 좀 말려보십시오. 저러다 큰일 나겠습니다.”

"그게 무슨 소리냐?"

황 노인이 고개를 들고 향과 삼문을 번갈아가며 살펴보았다. 그리고 뭐가 잘못되었냐고 묻는 시선으로 해루를 다시 보았다.

"보아하니 저하께서 도둑을 사로잡으신 모양이구나."

"단순히 사로잡으실 생각이 아니신 게 문제란 말입니다."

"그래?"

상황을 대충 이해한 황 노인이 헛기침을 하며 향의 곁에 섰다.

"저하, 세상엔 무릇 격에 맞는 쓸모라는 게 있는 법이옵니다."

"무슨 말입니까?"

"이런 녀석 하나 처리하는 데 굳이 세자 저하께서 나서실 필요가 없다는 말이지요."

말과 함께 황 노인은 삼문의 뒷덜미를 낚아챘다.

"온화하신 세자 저하께서 저리 성화를 내시는 걸 보니, 네놈이 죽을죄를 지은 모양이구나. 이리 나오너라. 내, 무슨 죄를 지었는지 들어보고 네놈을 벌할 것이다."

삼문을 끌고 사잇문 뒤로 사라지는 황 노인의 입에서 낮게 구시렁대는 소리가 흘러나왔다.

"아버지는 귀양을 보내고, 아들은 또 찾아왔네. 아이고, 내 팔자야, 저 집안하고 엮이는 게 아닌데. 내가 전생에 나라를 팔아먹은 게 틀림없음이야, 에휴."

황 노인의 탄식은 문이 닫히는 그 순간까지 이어졌다.

사잇문이 닫히고 잠시 정적이 흘렀다.

"휴."

삼문이 사라지자 해루는 안도의 한숨을 쉬었다.

"장난이 지나치십니다."

"장난?"

"고작 도모에게 죽인다 위협하는 게 장난이 아니면 그럼 무엇입니까? 버릇을 바로잡아주실 생각이었다 해도 많이 과하셨습니다."

"그 녀석의 버릇을 바로잡기 위해서 그런 게 아니다."

"그럼, 무엇 때문입니까?"

순진한 얼굴로 묻는 해루의 눈빛에 향은 입을 닫았다.

"아무것도 아니다. 그보다 그건 무어냐?"

"이거 말입니까?"

해루가 문서를 들어 보였다.

"그래."

"그저, 배운 대로 했을 뿐입니다."

해루는 문서에 시선을 주며 희희낙락한 표정을 지었다.

"뭐라?"

"예전에 저하께서 저한테 이리하지 않으셨습니까?"

반듯했던 향의 이마가 다시 찌푸려졌다.

생각해 보니 그런 일이 있기는 했다. 감히 자신의 이부자리 속으로 숨어든 발칙한 녀석. 흥미가 솟아 엉뚱한 문서를 받아냈었지.

이제 보니 도모를 상대로 그때 일을 흉내 낸 모양이다.

"그래서 저자를 네 것으로 만들었단 말이냐?"

해루가 자랑스레 고개를 끄덕였다.

"지금 이걸 자랑이라고 하는 것이냐?"

"그래도 한 사람 목숨을 살린 것이 아닙니까?"

"대체 무슨 죄를 지었기에, 남의 방으로 숨어든 것이냐?"

"사소한 것을 하나 훔쳤다고 합니다."

"사소한 것?"

"책을 훔쳤다고 합니다."

"책?"

"책 도둑은 도둑이 아니라는 말도 있잖습니까. 하여, 도와준 것뿐입니다."

"자애롭기가 부처님보다 더하구나."

향이 냉랭한 표정으로 코웃음을 쳤다.

자신과 같은 처지의 사람을 도왔다고는 하나, 제 이부자리 속으로 파고드는 녀석에게 그런 온정이라니. 마음에 들지 않았다. 저 순진한 녀석을 어찌한다?

"너는 도대체 어찌 된 녀석이냐? 하루도 조용한 날이 없으니."

"억울합니다. 오늘 일은 제 탓이 아니지 않습니까."

변명하는 해루에게 향이 쓱 상체를 기울였다. 긴 그림자가 해루의 머리 위로 드리워졌다.

해루는 반사적으로 슬금슬금 뒤로 몸을 물렸다.

그러나 해루가 물러난 만큼 다가서며 향이 말을 이었다.

"그날 영지당에서 곧 돌아오마 하였다. 그러니 기다리라 하였다. 얌전히 기다리라, 그리 신신당부하였거늘."

"저도 어쩔 수가 없었습니다. 갑자기 어명이라 하니, 받들지 않을 수가 없었습니다."

슬금, 다시 한 번 뒤로 물러났다.

성큼, 그만큼 다시 향이 다가왔다.

"그럼 내게 말을 했어야지."

"그러고 싶은 마음, 굴뚝이었습니다."

"헌데?"

툭, 더는 물러날 곳도 없었다. 차가운 벽의 감촉을 느끼며 해루는 난감한 표정을 떠올렸다.

좀 전엔 어리숙한 도모에게 활을 겨누고 죽일 듯 협박하시더니, 이번엔 말을 듣지 않았다 야단하시며 슬금슬금 다가온다.

얼음처럼 차가웠다, 불처럼 뜨거웠다.

잠깐 사이에 분위기가 하늘과 땅을 오가며 크게 변했다.

평소엔 이러지 않는 분이 갑자기 왜 이러실까? 황 할아버지 말씀대로 아버지를 닮아 변덕이 죽 끓듯 하시는 걸까? 그럼, 지금까지 본 온화한 성품은 대체 뭐란 말인가.

"방울로는 부족한 듯싶구나."

"네?"

"잠시만 한눈을 팔아도 이리 사라져버리니……."

그리 사라진 해루를 찾느라 자신은 애가 탔었다.

심장이 바싹 말라 숨도 쉬어지지 않았다.

그런데 너는 어찌 이리 말간 표정이냐? 어찌 이리 아무렇지도 않아?

게다가 지금 자신을 올려다보는 해루의 표정은 범을 만난 토끼, 딱 그 모양새였다.

관계의 추가 심하게 기울어져 있었다.

좋지 않아.

어찌해야 네가 나를 원하게 할 수 있을까?

어찌해야 네가 내게 묶여 꼼짝달싹하지 않을 수 있을까?

"잊지 마라. 너는 나의 것이다. 누구도 함부로 건드려선 안 된다는 걸 잊지 마."

말과 함께 향의 고개가 해루를 향해 다가왔다.

거친 숨결이 해루의 정수리를 지나 이마 위로 불쑥 다가왔다. 그것은 곧장 볼을 타고 흘러내려 입술 언저리를 맴돌았다.

긴장한 해루가 꼴깍, 침을 삼켰다.

향의 입가에 다시 미소가 그려진다.

아직은 아니야.

안착할 곳을 찾아 서성거리던 그의 입술은 그대로 그녀의 목덜미 위를 덮쳤다.

흡반처럼 조여오는 감각에 해루는 몸을 옴츠리며 눈을 꼭 감았다.

잠시 후.

향이 입술을 뗐다.

눈처럼 하얀 해루의 목덜미에 붉은 꽃잎이 피어났다.

나만의 여인이라는 표식.

향의 얼굴에 만족스러움이 떠올랐다.

그러나 그것도 잠시.

그의 표정이 딱딱하게 굳어졌다.

이어 해루의 귓가에 나직한 음성으로 속삭였다.

"그자가 훔친 것이 책이라 했느냐?"

"네? 네. 분명 책이라고 하였습니다. 그런데 왜……?"

궁금증은 곧 풀렸다.

향은 해루의 등 뒤에 있는 동창 문을 조금 열었다.

열린 창 사이로 환한 불빛이 새어 들어왔다.

횃불들이 몰려오고 있었다. 적어도 수십 개. 좀 전 사령들과는 비교도 안 되는 많은 수였다.

"고작 서책 하나 도둑맞은 것치곤 지나치게 요란하군."

해루는 향의 시선을 좇아 고개를 돌렸다.

횃불을 들고 우르르 몰려온 사내들이 초막을 둥글게 둘러쌌다.

그 성난 기세에 해루는 등줄기가 꼿꼿해졌다.

책 도둑은 도둑이 아니라 하였습니까? 삼문, 당신 이야기는 틀렸습니다. 어떤 사람에겐 책 도둑이 불구대천의 원수 같은 모양입니다. 적어도 당신에게 책을 도둑맞은 사람에겐 그런 모양입니다.

삼문을 떠올리는 해루의 귓가에 향의 혼잣말이 들려왔다.

"대체 어떤 책을 빼앗기면 저리 필사적이 될까?"

어둠 속에서 향의 눈이 예리하게 빛나고 있었다.

탐하지 못한 미지의 영역

수십 개의 햇불이 작은 마당을 가득 채웠다. 대낮처럼 환한 햇불 아래 불청객들의 성난 얼굴이 명암을 드리웠다. 적게는 이십 대 초반부터 많게는 이순(耳順)의 노인까지 다양한 나이의 사내들이었다. 그런 사람들이 무려 서른 명 가까이 되었다.

땟물이 가득한 옷차림, 닳아빠진 짚신, 얼룩진 두건. 옷매무새만 보아서는 그저 평범한 백성들이었다. 그러나 그들의 얼굴에 한결같이 서린 것은 증오와 분노였다.

"고작 책 때문에?"

툇마루로 나가 사람들의 면면을 살핀 향은 곤혹스러운 표정을 지었다.

책 때문이라고 보기엔 사람들의 흥분이 지나친 듯했다. 허면, 대체 무슨 이유로 이 야심한 시각에 저리 흉악한 표정으로 몰려온 것일까?

"무슨 일이냐?"

향이 사내들을 둘러보며 물었다.

험상궂은 사내 수십을 상대하는 것임에도 그의 눈매는 조금도 흔들리지 않았다. 그 당당함에 오히려 불청객들이 당황했다.

"저 사람은 누구래요?"

"이 집엔 노인과 젊은 아새끼만 하나 있다 하지 않았더래요?"

"내가 어떻게 아나?"

"저치가 책 훔쳐 간 사람이 아니래요?"

"도둑놈치곤 너무 멀끔하지 않아요?"

사투리 섞인 목소리들이 쑤군거렸다.

향이 목소리를 높여 다시 물었다.

"묻질 않느냐? 너희는 누구고, 또 무슨 일로 이 야밤에 소란을 부리는 것이더냐?"

다그치는 듯한 향의 물음에 맨 앞에 서 있던 중년의 사내가 입을 열었다.

"도둑맞은 물건을 찾으러 왔소!"

"도둑맞은 물건이라……. 대체 그것이 무엇이기에 이리 야단인가?"

"책요."

사내의 대답에 향은 미간을 찌푸렸다.

워낙 분위기가 험악해 다른 일 때문에 몰려온 줄 알았더니, 결국엔 책 때문이었다.

대체 무슨 책이기에 이러는 걸까? 의문이 깊어졌다.

"고작 책 한 권에 이 많은 사람이 몰려들었단 말이냐?"

"고작 책이 아니오. 그건……."

중년 사내 옆에 선 젊은 청년이 크게 소리쳤다.

"그건 우리 신물이래요."

"신물?"

향의 고개가 한쪽으로 기울어졌다.

전혀 예상 밖의 대답.

"야! 니는 그걸 말하면 우태하나?"

뒤에서 날아든 종주먹이 소리친 청년의 뒤통수를 후려쳤다.

청년이 울상을 지었다.

"아, 왜 때려요? 그럼 신물을 신물이라 하지, 뭐라고 하드래요?"

"니는 신녀님이 하시는 말씀도 못 들었나? 그거 함부로 말하랬나, 하지 말랬나."

"저눔의 시끼, 주둥아리 나불거릴 때부터 알아봤다."

"아! 맞다. 그걸 깜빡했네. 이걸 우태하나?"

뒤늦게 정신이 든 듯 청년이 제 입을 막았다.

"조용!"

중년 사내의 한마디에 술렁거림이 잦아들었다.

사내가 향에게 손을 내밀었다.

"어쨌든 우리 물건이나 내놓으시지."

향이 사내에게 물었다.

"물건을 찾으면 훔쳐 간 사람은 어떻게 할 생각인가?"

중년 사내가 들고 있던 곡괭이를 흔들어 보였다.

"감히 신물에 손을 댔으니 죽여버려야지."

그의 말이 끝나기 무섭게 흥분한 사람들은 일제히 손에 든 괭이며 낫을 들고 소리쳤다. 여기저기서 목을 친다느니 배를 가른다느니 하는 살벌한 말들이 튀어나왔다.

묵묵히 그들의 이야기를 듣던 향이 고개를 저었다.

"줄 수 없다."

"뭐?"

사람들의 표정이 더더욱 험악해졌다.

향은 담담한 표정으로 말을 이었다.

"내게 없으니, 주고 싶어도 줄 수 없지 않은가?"

사실이었다.

책은 향이 아니라 삼문에게 있었다. 아니, 설사 책이 있다 해도 넘겨줄 수 없었다.

일단, 고작 책을 훔쳐 간 이유로 사람을 죽여야겠다는 그들의 광기가 이해되지 않았다. 엄연한 국법이 있음에도 다짜고짜 사람을 죽이겠다니. 더더구나 그들이 책을 신물이라 주장하는 배경도 궁금했다.

중년 사내의 눈빛이 돌변했다.

"남의 물건을 훔쳐 가놓고 줄 수 없다고?"

흥분한 사람들에게 향의 말은 명백한 '거절'의 의미로만 들렸다.

"그러게 내 뭐라고 했드래요. 이 집구석 그냥 태워버리자고 했지 않았더래요."

사람들이 분노를 터트렸다.

인상을 일그러뜨리고 선 중년인이 나직하게 중얼거렸다.

"이놈들, 이제 보니 다 한통속이구나. 불을 질러라."

"진짜 질러요?"

젊은 청년이 조금은 불안한 듯 되묻자 주위의 사람들이 너 나 할 것 없이 소리쳤다.

"니는 신녀님 말씀도 못 들었나? 되찾아 오지 못하면 차라리 세상에서 흔적도 없이 지워버리라고 하셨지 않았나!"

"그래도요."

"뭣들 하는 거냐? 저 썩을 놈과 함께 이 망할 집구석도 모조리 태워버려."

중년 사내의 명이 떨어졌다.

누군가 들고 있던 횃불을 초목의 지붕으로 던졌다. 한 사람이 시작하자 주위 모두가 앞다퉈 횃불을 던져댔다.

한동안 가물었다. 가을치곤 박할 정도로 비가 내리지 않았다. 바싹 마른 초목은 제 몸 위로 떨어진 횃불을 열렬히 환영했다.

화르륵.

불길이 삽시간에 지붕을 따라 번졌다.

향의 얼굴이 일그러졌다.

"네 이놈들!"

그의 소맷자락에서 수노기가 빠져나왔다.

"저하!"

조마조마한 심정으로 지켜보던 해루가 얼른 향의 팔을 붙들었다.

"왜 그러느냐?"

"저 사람들 모두를 쏴 죽이실 것입니까?"

"본보기로 몇 사람만 아프게 만들 생각이다."

"저 사람들을 보십시오. 아무것도 모르는 이들입니다. 무슨 이유로 저리 흥분하였는지는 몰라도 활로 위협해도 물러서지 않을 기세입니다."

해루의 판단이 옳았다. 분노한 사람들의 눈에는 향의 수노기는 보이지도 않는 듯했다. 행여 누군가 다친다고 해도 물러갈 기미가 전혀 보이지 않았다.

"그럼, 어찌한단 말이냐?"

"불붙는 기세가 심상치 않습니다. 저들이 물러가길 기다리다 자
칫 연기에 질식하게 될지도 모릅니다. 싸우기보단 피하는 게 좋을
것 같습니다."

해루의 말을 증명이라도 하듯 어느새 초막 안으로 불길이 스며
들었다.

초막을 통째로 집어삼킬 듯 거대해진 불길을 보며 향은 미간을
찡그렸다.

지금은 싸울 때가 아니란 게 확실해 보였다.

하지만 어디로 피한단 말인가?

집은 불타고 있고, 앞마당은 흥분한 사람들로 가득했다.

"저하! 이게 무슨 일이랍니까? 잠깐 자리를 비운 사이 대체 무슨
일이 벌어진 거란 말입니까?"

호들갑스러운 목소리와 함께 건넛방에서 황 노인이 얼굴을 내밀
었다. 그 곁에 삼문도 있었다.

"지금 당장 여길 빠져나가야 합니다."

"아이고, 이게 무슨 난리란 말입니까. 젊어 고생하면 늙어 편안
할 줄 알았더니. 이리 늙어서까지도 고생하게 될 줄 알았으면 애초
에 관직에 나서지도 않았을 텐데. 아이고, 내 팔자야."

황 노인은 연신 하소연을 하며 황급히 걸음을 옮겼다.

그때였다.

화르르륵, 쿵.

황 노인의 머리 위로 불에 탄 서까래가 무너져 내렸다.

"할아버지!"

놀란 해루가 반사적으로 황 노인을 향해 몸을 날렸다.

그 순간, 누군가 해루의 뒷덜미를 낚아챘다. 향이었다. 해루를 제
뒤로 끌어당긴 그는 그녀 대신 황 노인에게 몸을 날렸다.

쿵!

단숨에 황 노인의 곁으로 달려간 향은 노인을 옆으로 밀쳤다.

"아이쿠!"

바닥을 구른 황 노인이 앓는 신음을 냈다. 그러나 이내 쩍 벌어
진 입으로 아무 소리도 낼 수 없었다.

쿠르르르, 쿵! 무섭게 무너진 불기둥이 그대로 향을 덮친 것이다.

"저하!"

해루의 새된 비명이 화염에 휩싸인 공기를 뒤흔들었다.

멀리서 바람 소리가 들려왔다. 둔중한 통증이 머리를 짓눌렀다.

"으음."

향의 입에서 낮은 신음이 흘러나왔다. 전신을 대바늘로 찌르는
것처럼 몸 이곳저곳이 아팠다.

"정신이 드십니까?"

염려 섞인 무거운 목소리가 그의 귓가를 파고들었다.

"혁이더냐?"

향은 감고 있던 눈을 떴다.

흐릿한 시야에 초췌한 무혁의 얼굴이 들어왔다.

"조금 더 안정을 취하셔야 합니다."

무혁이 일어나려는 향을 만류했다.

"아니다."

향은 기어이 자리에서 일어났다. 주위를 둘러보니 낯선 방이었다.

"여긴 어디더냐?"

"암자입니다."

"암자?"

"황 대감께서 귀양 오신 초옥에서 멀지 않은 곳입니다."

"귀양이라……"

혼탁한 뇌리로 몇몇 기억이 주마등처럼 스쳐 지나갔다.

달갑지 않은 도모와의 재회, 횃불, 도둑맞은 책, 광기 어린 자들의 방화, 그리고…….

위험에 처한 황 노인을 구하려 해루가 달려들었었지. 겁도 없는 녀석. 거기가 어디라고…….

다급한 마음에 해루를 밀치고 대신 몸을 날렸다. 다행히 늦지 않게 황 대감을 구할 수 있었다. 그리고 곧이어 무언가 무너지는 소리가 들려왔다. 향의 기억은 거기까지였다.

"어찌 된 것이냐?"

"무너지는 불기둥에 깔리셨습니다. 깊지는 않으나 등에 화상을 입으셨습니다."

무혁의 말에 향은 시선을 아래로 내렸다.

이제야 상의가 벗겨져 있는 것이 이해되었다. 등에 느껴지는 후끈한 열기는 아마도 화상 때문이리라.

"내가 정신을 잃었더냐?"

"밤새 혼절하셨사옵니다."

"허면, 그자들은……."

"송구하옵니다. 놓치고 말았습니다."

"아니다. 홀로 그 많은 사람들과 싸웠을 터. 너는 어디 상한 곳은 없느냐?"

"괜찮사옵니다."

괜찮다는 말과 달리 무혁이 입은 옷 이곳저곳에 사투의 흔적이 남아 있었다.

"다행이구나. 그래, 다른 사람들은 어찌 되었느냐? 다들 무사하냐?"

"다친 사람은 없사옵니다."

"그럼 해루는⋯⋯?"

향의 물음에 무혁이 고개를 돌렸다. 그를 따라 시선을 옮기던 향의 얼굴에 어이없는 웃음이 피어올랐다.

"저 녀석⋯⋯."

향의 발치에 동그랗게 몸을 만 채 잠든 해루의 모습이 보였다.

"밤새 한숨도 자지 않고 저하의 곁을 지키다가 조금 전에 잠들었사옵니다."

"그랬구나."

향은 해루에게서 시선을 떼지 않은 채 고개를 끄덕였다.

해루의 옷자락이며 얼굴에 그을음이 가득했다.

문득 향의 눈에 푸른 불꽃이 피어올랐다.

"혁아."

"네, 저하."

"너는 이 길로 나가 그자들에 대해 알아봐야겠다. 그 책은 무엇이고, 왜 사람들이 신줏단지 받들듯 하는지. 어찌하여 그리 흥분하였는지도 말이다."

"명 받잡겠나이다."

무혁이 고개를 숙인 채 방을 나갔다.

항상 궂고 험한 일만 무혁에게 시키는 것 같아 마음이 편치 않았다. 하지만 어렵고 힘든 상황일수록 믿을 수 있는 사람이 바로 무혁이었다.

무혁이 사라진 방으로 정적이 내려앉았다.

향은 제 다리를 끌어안은 채 잠든 해루를 물끄러미 응시했다.

"해루야."

낮은 부름에도 해루는 아무 반응도 보이지 않았다.

깊이 잠든 모양이다. 하긴 그 난리를 겪었으니, 많이 놀랐겠지. 그나저나 이 녀석, 내 다리를 언제까지 붙들고 있을 생각인 거냐?

저린 감각에 향은 슬그머니 다리를 움직였다.

"으음."

무에, 세상에 다시없는 보물인 듯 해루는 향의 다리를 다시 꼭 끌어안았다. 얼마나 꼭 껴안았던지, 다리를 움직이면 움직이는 대로 이리저리 끌려왔다. 그 모습이 어린 짐승처럼 한없이 사랑스러웠는지라, 향의 입가에 미소가 피어났다.

"해루야."

다시 부르며 향은 무릎을 천천히 제 가슴 쪽으로 끌어당겼다. 그의 다리에 매달린 채 끌려오며 해루는 콧등을 찡그렸다. 어느새 지척까지 다다른 그녀를 그는 가만 내려다보았다.

가볍게 볼을 잡아당기자 싫은 태가 역력한 얼굴로 인상을 찌푸렸다.

작은 잠투정마저 어찌 이리 귀여울까.

"이 녀석이……."

꾸짖는 말과 달리 해루의 머리를 쓰다듬는 향의 손길은 더없이 부드러웠다.

한 번, 두 번……. 다정한 손길을 느낀 것일까?

내내 깊이 잠들어 있던 해루가 게슴츠레 눈을 떴다.

그런 그녀를 향해 향의 지청구가 날아들었다.

"간호한다는 녀석이 그리 잠만 자면 어찌하느냐?"

머리 위로 떨어지는 음성에도 해루는 끔뻑끔뻑 눈만 껌뻑일 뿐 대답이 없었다.

"아직 정신이 들지 않은 것이냐?"

향의 물음에 해루는 튕기듯 자리에서 일어났다.

"저하!"

동그란 그녀의 눈에 놀라고 기쁜 기색이 가득했다. 마치 개구리가 폴짝 뛰어오르듯 뛰어오른 해루는 그대로 향을 향해 달려들었다.

그 기세에 향은 바닥에 벌렁 눕고 말았다.

갑작스러운 공격에 당황하는 향과 달리, 그의 가슴팍에 매달린 그녀는 쉼 없이 질문을 해댔다.

"정신이 드셨습니까? 괜찮으십니까? 어디 아픈 데는 없습니까? 피가 났습니다. 아주 많이요. 정말 괜찮으세요? 제가 누군지 알아보시겠습니까?"

"한 번에 하나씩 물어봐라."

"지금 그게 중요한 게 아니지 않습니까? 한번 움직여보십시오. 어디 몸이 이상하거나 감각이 사라진 곳은 없습니까?"

"옴짝달싹할 수가 없다."

"네?"

해루의 낯빛이 창백해졌다.

"어딥니까? 어디가 안 좋은 겁니까?"

그녀는 급한 눈길로 향을 훑었다. 그 커다란 눈에 금세 눈물이 가득 들어찼다.

"어디가 안 좋은지 알고 싶어도 그럴 수가 없을 것 같구나."

"왜요?"

"네가 이리 내 위에 올라타서 짓누르고 있으니, 숨도 제대로 못 쉬겠구나."

그제야 해루는 자신을 돌아보았다. 누워 있는 향을 거의 포박하다시피 끌어안았다. 아니, 협박하듯 위에 올라탄 채 정신없이 환자를 흔들고 있었다.

"아무래도 내가 죽게 된다면 틀림없이 네 탓일 것 같구나."

향은 농 섞인 말을 해루에게 건넸다.

순간.

"흐으윽."

해루가 갑자기 그의 가슴에 콕, 얼굴을 박은 채 울음을 터트렸다.

"죽는 줄 알았습니다. 저하께서 정말로 어찌 되시는 줄 알고……. 흐윽……. 제가……. 어어엉. 얼마나……. 흐윽."

뜨거운 눈물이 향의 가슴을 흥건하게 적셨다.

향의 얼굴에 난감한 표정이 떠올랐다.

자각(自覺).

이 녀석에게 필요한 것은 바로 자각이었다.

상의를 벗은 사내에게 매달린 여인이 어떤 모습인지 그녀는 조금도 자각하지 못하고 있었다. 그저 순수하게 그를 걱정할 뿐이다.

좋지 않아. 정말 좋지 않아.

향은 낮게 한숨을 쉬었다.

"괜찮다. 괜찮아."

그는 해루의 머리를 부드럽게 쓸어주었다.

여린 새를 품은 듯 작은 떨림이 연신 손끝으로 전해졌다.

그 떨림이 좋았다. 심장을 파고드는 짜릿한 온기에…… 행복했다.

나뭇잎 사이로 저녁 햇살이 파고들었다. 제법 차가운 바람이 머리카락을 나부꼈다.

향과 해루는 어깨를 나란히 한 채 암자 뒷마루에 앉아 있었다.

"참으로 별일이 다 있습니다. 느닷없이 어명을 받고 귀양지로 오질 않나, 고작 책 한 권 때문에 이 난리를 겪지 않나. 대체 이게 무슨 조화인지 모르겠습니다."

"그러고 보니 그 책을 훔친 자……. 이름이 뭐라 하였지?"

"제 것 말입니까?"

"네 것?"

마음에 들지 않는다는 듯 향이 한쪽 눈썹을 올렸다.

"남녀가 유별하거늘."

"하지만 계약이 그렇습니다. 계약은 엄한 겁니다. 한 번 하면 반드시 지켜야 한다고 저하께서 제 귀가 닳도록 말씀하시지 않았습니까? 절대로 어길 수 없습니다."

"……어찌 그런 건 이리 잘 배우는 것인지."

"세상 사는 게 다 그런 겁니다."

"그래서? 네 그…… 녀석은 어디에 있느냐?"

사내를 해루의 것이라고 하고 싶지는 않았다.

그렇다고 속내를 고스란히 드러낼 수 없었던 터라, 향은 삼문을

'그 녀석'으로 호칭하며 물었다.

"왜 그러십니까? 혹여…… 벌이라도 내리려 그러십니까?"

해루가 향의 눈치를 살피며 물었다.

"걱정되느냐?"

"뭐, 딱히 걱정된다기보단……. 그래도 저하, 그 녀석이 많은 도움이 되었습니다. 저하께서 의식을 잃고 쓰러졌을 때, 그 녀석이 저하를 업고 내내 뛰었으니까요."

"그자가 나를 업어?"

"두목님은 사람들하고 싸우느라 정신이 없었거든요. 그 녀석이 없었으면 정말 큰일 날 뻔했다니까요."

이 모든 사달이 삼문이 훔친 책 한 권에서 비롯된 일이었다. 행여 벌이라도 받을까 싶어 해루는 제 딴에는 열심히 삼문을 옹호했다.

향은 마음에 들지 않는다는 듯 한쪽 눈썹을 올렸다.

"알았느니. 그자에게 벌을 내리진 않으마. 다만, 궁금은 하구나. 대체 그자가 훔친 책이 무엇인데 이런 소란이 벌어진 걸까?"

향의 눈빛이 날카로워졌다.

책을 찾겠답시고 방화까지 서슴지 않던 사내들.

그들의 행동엔 범상치 않은 구석이 많았다. 향이 이해할 수 없는 것은 그들의 그런 행동이 고작 책 때문이라는 점이었다.

"신물, 신물이란 말이지?"

향이 지난밤의 일을 되새길 때였다.

"일어나셨습니까?"

부드러운 목소리에 향이 고개를 들어 보니 중년의 비구니가 입가에 인자한 미소를 머금은 채 다가오고 있었다.

합장하는 그녀를 해루가 반갑게 맞이했다.

"스님 오셨습니까?"

비구니에게 인사를 건넨 해루는 향에게 설명했다.

"저희에게 이 암자를 빌려주신 스님이십니다. 스님 덕에 필요한 약초를 쉽게 구할 수 있었습니다."

향은 비구니를 향해 가볍게 고개를 숙였다.

"고맙소."

"당연한 일을 했을 뿐입니다."

비구니가 다시 합장하며 말했다.

무척 고운 인상의 여인이었다. 비록 속세를 등지고 부처의 길을 택하였으나, 그녀의 선한 얼굴 곳곳에 고귀한 기품이 가득했다.

비구니가 향을 보며 물었다.

"몸은 괜찮으십니까?"

"덕분에 괜찮소."

"배가 고프지는 않으십니까?"

"아니……."

아니라고 대답하려는 찰나.

꼬르륵.

옆에 있는 해루의 배에서 천둥 벼락이 쳤다.

조금은 부끄러운 듯 해루가 배시시 미소를 지었다.

"이런, 그러고 보니 아가씨께서도 도통 무얼 드시지 못한 듯한데."

비구니의 얼굴에 은은한 미소가 감돌았다.

"함께 가시지요. 찬은 변변찮으나, 간단히 요기할 만한 것을 챙겨 드리겠습니다."

"저는 괜찮습니다만, 환자는 잘 먹어야 한다는 말을 들었습니다."

향을 핑계 삼아 해루는 비구니의 곁에 나란히 섰다. 소리 없이 웃음을 터트리며 비구니는 해루를 바라보았다.

"이참에 옷도 좀 갈아입으시지요."

"옷요?"

해루는 고개를 내려 제 매무새를 살폈다. 옷 군데군데 불에 타고 찢긴 흔적이 역력했다.

"하하하, 이제 보니 형편없네요. 그런데 제가 가진 옷이 없어서요."

어명으로 급히 귀향길에 오른지라, 옷을 챙기지 못했다. 그나마 이곳으로 오는 도중 구한 옷들도 초옥과 함께 모조리 불타고 말았다.

"좀 살 만하면 가진 걸 모두 잃어버리니. 아무래도 전 편하게 살 팔자가 아닌 모양입니다."

해루가 푸념 아닌 푸념을 했다.

"이런."

잠시 생각하던 비구니가 해루에게 손을 내밀었다.

"마침 소승에게 주인 없는 옷이 있습니다. 함께 가시지요."

"이리 신세를 져도 되겠습니까?"

겸양하는 말과는 달리 해루는 어느새 걸음을 옮기고 있었다. 그 모습에 향과 비구니의 얼굴에 웃음이 걸렸다.

산속의 밤은 유달리 빨리 찾아오는 법.

노을이 펼쳐지나 싶더니, 어느덧 밤이 내려앉았다.

비구니와 함께 사라진 해루는 아직 돌아오지 않았다. 홀로 남은 향은 생각에 잠겼다. 그의 앞에는 삼문이 훔쳐 온 책이 있었다.

『논어(論語)』.

공자의 행적과 제자들과의 대화를 수록한 책.

유가의 성전이라 할 수 있는 사서의 하나이나, 그만큼 유명하고 필사도 많이 되어 어디서나 흔히 구할 수 있는 서책이기도 하였다. 고작 이 책을 되찾겠다고 그 많은 사람이 움직였다는 것이 이해되지 않았다.

"신물이라……"

성난 사내들은 이 책을 신물이라 하였다.

신물. 말 그대로 신과 통하는 성스러운 귀물이란 뜻.

보통 오래된 나무나 바위를 신령스럽게 떠받드는 경우는 종종 본 적 있었다. 그런데 책이라니. 그것도 필사된 지 오래되지 않은 책. 대체 무얼까? 이 책에 어떤 비밀이 숨겨진 것일까?

분명 겉으로 보이지 않는 그 무언가가 있는 것이 틀림없었다.

뚫어져라 책을 보고 있자니, 한 줄기 서늘한 바람이 불어왔다.

"저하."

무언가를 잔뜩 안은 채 해루가 방으로 들어왔다.

"어찌 이리 늦었느냐?"

향의 물음에 해루는 보란 듯 갖고 온 것을 내보였다.

"밤에 출출하실까 봐 이것저것 얻어 왔습니다. 이건 떡이고요, 그리고 이건 느릅나무 껍질을 우린 물입니다. 상처가 덧나지 않도록 해준답니다."

열심히 종알거리는 해루의 목소리는 하나도 들리지 않았다.

지금 향의 오감은 온통 해루의 모습에 집중되었다.

멍하니 바라보는 그 시선을 느낀 것일까?

해루가 말을 멈추고는 향을 마주 보았다.

"왜 그러십니까?"

"너, 어찌 된 것이냐?"

그저 깨끗한 옷으로 갈아입고 오는 줄로만 알았다.

하지만 해루의 모습은 향이 보아왔던 그 어느 때보다 눈부셨다.

곱게 땋아 내린 머리, 잇꽃으로 물을 들인 듯 붉디붉은 치마, 설산에 꽃망울 틔운 듯 붉은 꽃잎이 수놓인 하얀 저고리.

유명한 장인의 손길로 만들어진 듯한 옷의 아름다움에 해루의 모습이 아득하게 느껴졌다.

"예쁘지요? 글쎄, 이리 고운 옷이 이런 깊은 산중에 있을 줄 누가 알았습니까?"

"이 암자에 그런 옷이 있었단 말이냐?"

"저도 깜짝 놀랐습니다. 입어도 될지 망설였는데, 스님께서 권하시는 바람에 어쩔 수 없이 입었습니다. 그보다 이 떡 좀 보십시오. 누가 시주한 거라는데, 솜씨가 보통 아닙니다. 궁에서 먹던 것에 비하면 부족할지 몰라도 시장이 반찬이라 하지 않습니까?"

제 모습이 어떤 줄도 모른 채 해루는 여전히 먹는 타령이었다.

이 순진한 녀석을 어찌하면 좋을까?

저도 모르게 한숨을 쉬자니, 그의 턱밑으로 해루가 하얀 얼굴을 불쑥 들이밀었다.

"어디 또 아프신 겁니까?"

날다람쥐처럼 해루는 쪼르르 향의 등 뒤로 돌아갔다.

"화상 입은 곳이 아프신 겁니까? 아직도 화끈거리십니까?"

호호, 낮게 입김을 불며 해루가 물었다.

그녀의 입김이 몸에 닿을 때마다 향은 저도 모르게 긴장했다.

"괜찮다. 다만……."

향은 등 뒤에 있는 해루에게 고개를 돌렸다.

"왜요?"

"네 치장 말이다."

"이상합니까?"

"이상하진 않다만……."

"역시 이상한 모양입니다. 면경에 비친 제 모습을 보고 저도 쑥스러워 혼났습니다. 스님의 손재주가 여간 대단하신 게 아닙니다. 쓱쓱, 머리를 만져주시니 이리 곱게 땋아지지 않겠습니까? 게다가 이 옷은 어찌나 고운지. 너무 과한 것이라 받지 않으려 하였는데, 자꾸만 입으라 하시니 어쩔 수 없이 입었습니다. 그래도 역시 제게는 어울리지 않는가 봅니다."

"……."

침묵하는 향을 해루는 곁눈질로 살폈다. 그러다 문득 불퉁하게 입을 내밀었다.

"너무하십니다."

"무어가?"

"아무리 보기 이상해도, 말만이라도 괜찮다 하시면 얼마나 좋습니까? 어찌 그리 불편한 표정으로 계속 보십니까?"

"……."

"그 녀석은 그래도 어여쁘다 하던데."

불퉁한 중얼거림이 향의 등에 닿았다.

향의 미간이 일그러졌다.

"그 녀석?"

"그 도모 있잖습니까?"

"그 녀석이 네게 어여쁘다 하였다고?"

끄덕끄덕.

해루는 대답 대신 고개만 위아래로 끄덕였다.

향의 눈에 불꽃이 튀었다.

"내게 오기 전에 그 녀석을 먼저 보았더냐?"

이 모습으로?

"네. 오는 길에 스님께 얻어 온 음식을 황 할아버지와 그 녀석에게도 나눠 줬거든요."

"너는……."

문득 뜨거운 것이 목구멍을 타고 올라왔다.

여전히 해루는…… 전혀 자각하지 못하고 있었다. 남녀의 구별은 물론이고, 자신이 얼마나 어여쁜지. 또, 순진한 눈망울이 얼마나 사람을 설레게 하는지.

녀석은 아무것도 모르고 있었다.

그래서 화가 났다.

그래서 불안했다.

그녀는 그를 끊임없이 불안하게 만들었다.

또한, 끊임없이 흔들어놓고 있었다.

어째서 모르는 것일까?

어째서 몰라주는 것일까?

향의 표정이 굳어졌다.

그런 사정도 모른 채 해루는 화상을 입은 향의 등에 연신 바람을 불어댔다.

호, 호, 호.

옅은 미풍이 향의 등을 쓸어내렸다.

주먹을 말아 쥔 채 가슴속에 이는 풍랑을 잠재우던 향은 급기야 팔을 돌려 해루를 제 앞으로 끌어당겼다.

"그만해라."

"조금만 더 하겠습니다. 조금만 더⋯⋯."

"그만⋯⋯하라 하였다."

"저하⋯⋯."

해루가 눈을 동그랗게 뜬 채 향을 올려다보았다.

"제가 무어 잘못하였습니까?"

"잘못하였다."

탁하게 갈라진 목소리가 향의 입에서 흘러나왔다.

"무얼 잘못하였⋯⋯."

해루의 말이 채 끝나기 전.

와락, 향이 해루의 팔목을 잡아당겼다.

단숨에 그녀를 끌어안은 향의 눈길이 사나웠다.

"저하, 놔주십시오. 답답합니다."

향의 품에 안긴 해루가 어린 짐승처럼 바동거렸다. 빠져나가려 애쓰는 그녀를 향은 더더욱 세게 끌어안았다.

"어림없다. 내가 놓아줄 것 같으냐?"

열린 바라지창 사이로 유백색의 달빛이 스며들었다.

달빛에 물든 해루는 눈이 시리도록 아름다웠다.

향은 그런 그녀와 나란히 서 있는 자신을 상상해 보았다. 그녀와 함께 일평생을 살아가는 모습을 그려보았다.

상상하는 것만으로도 가슴이 벅차올랐다.

머릿속에 그리는 것만으로도 가슴이 따뜻했다.

해루와 함께 살아가고 싶었다.

그녀와 함께 늙어가고 싶다.

"이제 네가 뭐라 하여도 절대 놓아주지 않을 것이다."

언제나 그를 옥죄고 있던 무언가가 툭, 하고 끊어졌다.

뜨거운 불길이 향을 뒤덮었다.

무서운 정념이 그를 부추겼다.

그녀의 모든 것을 소유하리라. 작은 날숨 하나마저도 소유하리라.

아직 탐해 보지 못한 미지의 세상을 향해 향은 거침없이 나아
갔다.

조금의 주저함도, 조금의 망설임도 이제는 없었다.

냉철한 논리와 이성으로 점철되었던 그의 완벽한 세계가 조금씩
무너져 내렸다.

향은 달을 향해 치달리는 늑대처럼 해루만을 바라보았다.

오늘 밤, 그는 그녀의 사내가 될 것이다.

그리고 그녀는 진실로 온전한 그의 여인이 되리니……

스륵.

단단하게 매여 있던 해루의 저고리 고름이 향의 손길에 맥없이
풀어졌다.

너가 싫으냐?

"저하……."

뜨거웠다.

살갗에 와 닿는 향의 체온은 불을 삼킨 듯 뜨거웠다. 자신을 바라보는 향의 눈빛이 다른 때보다 더 깊었다. 수렁처럼 꿈틀대는 시선 너머로 간절한 염원이 느껴졌다.

원한다.

너를 원한다.

향이 말했다. 아니, 결코 입 밖으로 소리 내어 말한 건 아니었다. 다만, 느껴졌다. 높은 곳에서 낮은 곳으로 물이 흐르듯.

내려다보는 그의 바람이 홍수처럼 범람해 이윽고 해루에게까지 이르렀다.

알 수 없는 긴장감이 해루를 짓눌렀다.

해루는 저도 모르게 꼴깍, 마른침을 삼키고 말았다.

"저, 저하는…… 배가 고픈 겁니다. 배가 고프면 뭐든 원하게 되니까요. 저도 그랬습니다. 예전에 한참을 굶고 장터에 나간 적이 있었습니다. 그랬더니 보이는 족족 먹고 싶어졌습니다. 떡도 먹고 싶고, 감도 먹고 싶고. 심지어는 길에 굴러다니는 돌까지 먹고 싶어졌습니다. 그러니까……. 그러니까……."

주절주절 쉼 없이 횡설수설하는 그녀의 이마로 향의 입술이 떨어졌다.

미풍처럼 부드럽게 쓸어내리는 감촉.

이상하게 발바닥이 간질거렸다. 자꾸만 숨이 가빠지고 달음박질이라도 한 것처럼 가슴이 쿵쾅거렸다. 해루의 말이 더 빨라졌다.

"그러니까…… 저하는 배가 고픈 것이 틀림없습니다. 배가 고프니까……. 배가 고파서……."

이마를 쓸어내리던 향의 입술이 미끄러지듯 아래로 내려왔다.

조잘대던 그녀의 입술은 한순간에 그에게 함락당했다.

발바닥을 간질이는 야릇한 감각은 등줄기를 타고 올라왔다. 저도 모르게 어깨를 움츠린 해루는 얌전히 무릎 위에 올리고 있던 손을 동그랗게 말아 쥐었다. 손바닥에 손톱자국이 생기도록 주먹을 꼭 쥔 채 그녀는 눈을 감았다.

잘 익은 과일을 머금은 듯한 혀가 그녀의 입술 사이로 파고들었다.

달콤한 향내, 아득한 감촉, 은밀한 손길.

나른한 열기가 전신을 휘감았다. 얼굴을 뒤덮은 홍조는 들불처럼 전신으로 번져 나갔다. 갑자기 온몸에 힘이 빠졌다.

맥없이 휘청거리는 그녀를 향이 부축했다.

어깨를 타고 하얀 저고리가 흘러내렸다. 바닥에 살포시 내려앉는 그것의 정체를 해루는 미처 깨닫지 못했다.

하얗게 바래진 머리로는 아무것도 생각할 수 없었다. 그저 향이 이끄는 대로 흔들릴 뿐이다.

사랑하고 싶었다.

사랑받고 싶었다.

명멸하는 별처럼 바스러지고 싶었다.

하지만…… 작고 동그란 어깨에 차가운 바람이 닿는 순간, 두려움이 생겨났다.

해루는 눈을 떴다.

한바탕 폭풍처럼 들이닥친 열기에 가슴은 연신 들썩거렸다. 마주 보는 향의 눈 속엔 그녀가 담겨 있었다. 말간 얼굴을 한 채 그를 염원하는 제 모습이…….

해루는 아랫입술을 지그시 깨물었다.

아니다. 이건…… 아니야.

갑자기 열 길 벼랑 끝에 서 있는 기분이었다.

원하여 얻을 수 없는 사람임을 누구보다 잘 알고 있었다. 저분과 나는 나란히 설 수 없음을…… 알고 있었다. 그걸 알면서도 돌아온 것은 오직 하나, 지키고 싶어서였다. 어떻게든 저분의 미래를 바꾸고 싶어서였다.

하지만 이래서는 지킬 수 없잖아. 오롯한 여인이 되어서는 저분 곁에 머무를 수가 없으니. 이리되어선 안 돼. 저분을 원해서는 안된다. 나는 저분의 여인이…… 되어서는 안 돼.

향과 마주하던 해루의 고개가 푹 아래로 떨어졌다. 동그란 어깨가 작게 떨렸다.

느닷없는 행동에 향이 놀란 표정으로 그녀를 바라보았다.

"왜 그러느냐?"

"……"

"해루야, 왜……?"

"싫습니다."

"뭐?"

향은 자신이 잘못 들은 거라 생각했다.

그러나.

"싫습니다. 싫다 하였습니다."

거듭된 단호한 거절.

"내가…… 싫으냐?"

묻는 향의 목소리가 깔깔했다.

별안간에 허를 찔린 듯 머릿속이 아득했다.

내가 싫어? 내가 싫단 말이냐?

그런 건 한 번도 생각해 본 적 없었다. 해루의 마음도 저와 같을 거라 생각했다.

그런데 아니었던가? 향의 눈동자에 파문이 일었다. 가슴에서 돋아난 날카로운 칼날이 그의 심장을 가차 없이 베어내는 듯한 격통이 느껴졌다.

향은 고개를 숙이고 있는 해루의 얼굴을 두 손으로 감싸 쥐었다.

차마 그와 시선을 마주할 수 없어 해루는 할 수 있는 최대한 고개를 돌려 그를 외면했다.

그것이 향을 화나게 하였다.

"날 봐."

자꾸만 밀어내는 해루의 손길을 제 손아귀에 결박한 채 그는 소리쳤다.

"날 보라 하였다."

해루의 시선은 고집스레 바닥을 향해 있었다. 앙다문 입술이 금방이라도 울음을 터트릴 듯했다. 작은 어깨가 연신 흔들렸다. 그 모습이 위태롭게 느껴졌다.

그럼에도 향은 끝끝내 해루의 고개를 자신을 향해 돌려놓았다. 그녀의 눈을 직시하며 뜨거운 목소리로 물었다.

"대답해라. 내가 싫으냐?"

"저는……. 저는……."

"분명히 대답해라. 내가 싫으냐?"

"저는……."

해루의 눈가에 눈물이 흘러내렸다.

"싫습니다. 저하께서 이러시는 것이 정말로……. 진실로 싫습니다."

마음에도 없는 말이 해루의 입을 뚫고 나왔다.

문득 향의 입가에 미소가 그려졌다.

"거짓."

속삭이듯 향이 말했다.

그는 자신을 밀어내는 해루를 품속 깊숙이 끌어안았다.

"하지 마십시오. 하지 마십시……."

"소용없다."

"저하."

"발칙한 녀석. 평소엔 그리 잘 웃고, 떠들고, 속삭이더니, 정녕 중요한 순간엔 엉뚱한 말로 피하려 하는구나."

"피하는 것이 아닙니다. 전 정말로 저하를……."

"거짓. 너는 내가 싫지 않다."

쐐기처럼 귓가에 꽂히는 향의 목소리에 바동거리던 해루의 움직임이 얼음처럼 굳어버렸다.

"아닙니다. 아닙니다."

다시 한 번 부정해 본다.

그러나 그것은 향에게도 그리고 자신에게조차 통하지 않았다. 물색없는 마음은 자꾸만 요동치고 있었다. 그에게 가라, 그녀를 등 떠밀었다.

"……흑."

해루의 입에서 기어이 울음이 터져 나왔다.

"안 됩니다. 이리되면 안 됩니다. 이리되면……"

떠날 수가 없질 않습니까?

"아니. 이리되어야 한다. 그러지 않으면 내가 살 수 없다."

해루가 물기 가득한 눈을 들어 향을 올려다보았다.

"무슨 말씀입니까?"

"몰랐느냐? 이제는 네가 없이는 내가 살 수 없다. 그렇게 되었다."

"저하……"

"나를 이리 만들어놓고 설마, 도망이라도 치려 했더냐?"

"……."

침묵의 의미는 긍정이었다.

향의 눈매가 심술궂게 올라갔다.

"설마 너, 나를 또 떠나려 하였더냐?"

향이 물었다.

해루의 눈에 눈물이 고였다.

"벌을 받는 것이 틀림없습니다."

"뭐라?"

"분명 저도 모르는 사이, 누군가에게 큰 잘못을 저지른 것이 틀림없습니다. 그러니 벌을 받는 것입니다. 그러지 않고서야 이런 마음이 될 리가 없습니다."

"그 마음이 무엇인데 그러는 것이냐?"

"욕심이…… 생깁니다."

"……."

"자꾸만 욕심이 생깁니다. 그러면 안 되는 줄 뻔히 알면서도 자꾸만 욕심이 자라납니다. 떠나야 하는데……. 떠나야만 하는데……. 그래야 저하께서 편안하실 터인데……. 자꾸만 곁에 있고 싶어집니다. 자꾸만 머물고 싶어집니다. 자꾸만……. 자꾸만 저하의 여인이 되고 싶어집니다. 이 욕심을 어찌하면 좋겠습니까? 나중에 무슨 벌을 받으려고 이런 못된 욕심을 부리는 것인지…… 정말 모르겠습니다. 이러면 안 되는데. 정말 안 되는데……. 흡."

눈물을 흘리던 해루의 입술 사이로 다급한 숨소리가 흘러나왔다.

어느덧 향의 입술이 해루의 입술을 덮고 있었다. 놀라 동그래진 눈에서 맺혀 있던 눈물이 또르르 뺨을 타고 굴렀다.

"순순히 가게 놔둘 줄 알았더냐?"

어쩌면 너는 밤이 그려낸 환상일지도 모른다.

영원히 잡을 수 없는 아득한 신기루일지도 모른다.

그래서 놓을 수 없다.

한번 잡은 이 손, 절대 놓치고 싶지 않았다.

어딘가 멀리 사라지기 전에 묶어두리라. 다시는 떠나지 못하도록, 오직 내 곁에서만 맴돌게 하리라.

해루를 향한 향의 눈 속에 뜨거운 열망이 들어찼다.

이 커다란 눈동자 속에 오직 자신의 모습만 맺히게 하고 싶었다.

그녀의 붉은 입술을 탐하는 것은 오직 자신의 입술뿐이게 하고 싶었다.

향은 해루의 몸을 천천히, 부드럽게 어루만졌다.

눈물로 얼룩진 눈가와 땀방울로 맺힌 작은 콧방울, 가파르게 달싹이는 입술을 따라 손길을 움직였다. 희고 가는 목덜미를 어루만지던 손길이 파문이 이는 가슴으로 내려갔다. 해루의 가슴팍이 더욱 거칠게 오르내렸다.

"행여 떠난다 하여도 상관없다. 내가 가면 되니까. 그래, 너는 그냥 네가 가고 싶은 곳으로 가거라. 그러나 나를 떨쳐낼 수는 없을 거야. 네 시선 닿는 곳에 반드시 내가 있을 테니까."

향은 바르르 떨리는 해루의 손을 맞잡았다.

연신 흔들리는 그녀의 눈을 바라보며 그가 단호히 말했다.

"연모한다."

단단한 고백에 해루는 놀라 숨 쉬는 것도 잊었다.

시간이 멈춰버린 그녀에게 향이 다시 속삭인다.

"너를 연모한다."

"저는……. 저는 그럴 자격이 없습니다. 존귀한 분의 연모를 받기엔 제가…… 너무 부족합니다. 형편없습니다."

"연모에 자격이 필요한 줄은 몰랐느니. 그러나 정히 그런 것이 필요하다면 만들면 되겠구나. 만들자. 그래, 그깟 자격, 이 밤에 만들면 되는 것이다."

향의 손이 해루의 가슴께로 향했다.

사각거리는 비단 옷자락이 해루의 발밑에 소복이 쌓였다.

세상은 깊은 잠의 수렁에 빠져 있었다.

그러나 한 곳.

암자의 작은 방은 달뜬 열기로 잠을 이루지 못했다.

해루의 하얀 나신이 향의 눈동자에 가득 맺혔다. 유백색 교교한 달빛 아래 드러난 그녀의 모습은 밤이 그려낸 신기루인 듯 아득했다.

잠깐 한눈이라도 팔면 그대로 사라져버릴 듯한 아름다움.

문득 향의 가슴에 조급함이 들어찼다.

하여, 그는 차마 숨조차 쉬지 못한 채 해루를 바라보았다.

그 올곧은 시선에 해루는 발개진 얼굴을 외로 틀었다.

양손을 그러모은 채 어찌할 바를 모르던 그녀는 기어이 향의 눈길을 피해 이불 속을 파고들었다. 날다람쥐처럼 재빠른 그 모습에 향의 입에서 핫, 작은 실소가 터져 나왔다.

그러나 그것도 잠시.

향은 눈을 빛냈다. 그는 서둘러 제 여인의 자취를 뒤쫓았다.

"숨도록 버려둘 줄 아느냐?"

조금은 짓궂은 웃음이 그의 입가에 맺혔다.

향은 해루가 머리끝까지 뒤집어쓰고 있는 이불을 끌어내렸다. 이내 겁먹은 듯한 작은 얼굴이 드러났다.

그녀의 커다란 눈동자에 향의 모습이 또렷이 맺혔다.

오직 한 여인만을 원하는 사내의 모습이.

"두려우냐?"

"두렵습니다."

"원한다면 그만두마. 너 정히 그리 두렵다면……."

문득 해루가 이불 밖으로 손을 뻗었다. 그 작고 하얀 손이 향의 얼굴을 어루만진다.

"두렵지만 참을 겁니다."

"해루야……."

"행여 이 밤을 후회하는 날이 오더라도…… 감내할 겁니다."

"후회하지 않을 것이다. 절대 후회하도록 내버려두지 않아. 내, 약조하마."

향은 파르르 떨리는 해루의 속눈썹에 입을 맞추었다.

해루는 고개를 끄덕였다.

"네."

비록 하룻밤의 맹세라 하여도 상관없었다. 눈 뜨면 사라질 춘몽이라 하여도 이 밤엔, 기꺼이 그의 여인이 되고 싶었다. 그와 꽃잠을 나누고 싶었다.

해루는 가만가만 다가오는 향의 감촉에 자신을 내맡겼다. 향의 입술이 몸에 닿을 때마다 이상하게도 발바닥이 간지러웠다. 살갗엔 오소소 소름이 돋아났다.

어찌 몸이 이리 간질거리는지 알 수 없었다.

몸속에 피어난 작은 불씨가 혈관을 따라 흘렀다. 이내 전신에 나른한 열기가 돌았다. 아릿한 감촉이 등줄기를 더듬었다.

숨이 가빠졌다.

혈관을 타고 흐르는 불씨는 어느덧 불덩이가 되어 온몸 구석구석을 훑었다.

처음으로 경험하는 생경한 감각에 왈칵 두려움이 일었다.

해루는 와락 허공을 잡쥐었다.

"저하……."

저도 모르게 향을 찾는 그녀의 귓가에 그의 속삭임이 들려온다.

"나 여기 있느니."

그러니 두려워 마라. 겁내지 마.

향은 애처로이 허공을 휘젓는 그녀의 양손을 지그시 내리눌렀다. 파르르한 두려움이 그에게 전해진다. 향은 그대로 몸을 낮춰 해루의 입술에 입맞춤했다. 달콤하게 불어오는 날숨 속에 그의 마음이 전해졌다.

두려움에 움츠러들었던 해루의 몸이 금세 느른하게 풀어졌다. 팽팽한 열기가 다시 그녀를 가득 채웠다. 해루의 등줄기가 활처럼 길게 휘어졌다.

허공을 허방 짚은 듯 아찔한 부유감이 가슴을 날뛰게 했다. 전신이 바스러지는 듯한 고통과 함께 기묘한 감각이 밀물처럼 밀려들었다.

해루의 잇새로 별빛 같은 탄식이 흘러나왔다.

몽혼한 감각에 그녀는 아랫입술을 말아 물었다. 금방이라도 이지를 상실해 버릴 것만 같았다.

그 모습을 내려다보는 향의 얼굴에 환희가 들어찼다.

작은 티끌조차도 숨기지 못하는 제 여인이……. 온전히 그에게 자신을 내맡긴 소중한 정인이 그를 부추겼다.

향의 등줄기로 땀방울이 맺혔다. 응축된 공기가 당장에라도 터져버릴 듯했다.

해루를 안고 있는 손등에 힘줄이 불거졌다. 시간이 지날수록 억누르고 있던 향의 인내심이 바닥을 드러냈다.

조금만 더…….

닿을 수 있는 끝까지 해루에게 닿고 싶었다.

조금만 더…….

소유할 수 있는 그녀의 모든 것을 소유하고 싶었다.

그에게 그녀가 전부이듯…… 그 역시 해루의 전부가 되고 싶었다.

아취니(我取你).

너는 나의 것이다, 영원히…….

뱃속 깊숙한 곳에서 시작된 정염이 머릿속을 아득하게 만들었다.

아찔한 열망에 숨이 목까지 차올랐다.

향은 달빛을 향해 달리는 늑대처럼 치달리기 시작했다.

조금만 더, 조금만 더, 조금만 더…….

들숨과 날숨이 밤공기를 거칠게 뒤흔들었다.

그러다 한순간, 뜨거운 열기가 향과 해루, 두 사람을 동시에 관통했다.

시(時)와 공(空)이 사라졌다.

모든 것이 사라진 진공의 공간 속으로 억겁의 시간이 흘렀다.

거듭되는 전생의 기억이 해일처럼 밀려왔다 사라졌다.

세상 끝과 끝을 맴돌다 겨우 만난 두 사람은 맞잡은 손을 놓지 않았다.

사랑은 찬란하였다.

민낯으로 마주했기에 아름다웠으며, 오직 하나……, 마음만을 앞세웠기에 그 무엇보다 부유(富裕)했다.

도저한 사랑은 계절이 무르익고 세월이 흘러갈수록 더욱 깊어지리라.

그것이 사랑이었고, 그러기에 사랑이었다.

"밤이 늦었는데, 안 주무시고 예서 무얼 하고 계십니까?"

먼 데서 밤 부엉이 울음소리가 들려왔다.

암자의 그늘진 구석에 쪼그리고 앉아 있는 황 노인의 곁으로 삼문이 다가왔다.

"쉿!"

황 노인이 입술 위에 검지를 세우며 삼문을 끌어당겼다.

얼결에 노인의 곁에 쪼그리고 앉은 삼문은 어리둥절한 표정을 지었다.

"왜요? 뭔데요?"

"시끄럽다. 조용히 해라."

"뭘 그리 보십니까?"

삼문은 황 노인의 시선을 좇아 눈길을 돌렸다.

"저건……."

세자 저하께서 거하시는 곳이었다.

불이 꺼져 컴컴하기만 한 방을 어찌 이리 보는 것일까?

의문에 고개를 갸웃거리는 찰나.

흐린 시야로 댓돌 위에 놓인 신발이 들어왔다.

"저건 제 주인의 신이 아닙니까?"

"주인?"

"이렇게 생기고, 요렇게 입술을 내밀고 요런 표정을 짓는……."

"해루 말이냐? 해루가 네 주인이냐?"

"살기 위해 숨다 보니 엉뚱한 문서에 그만……."

"허어, 그 녀석. 나쁜 것만 배웠구나. 그런데 그깟 종이 쪼가리 때문에 정말로 해루를 주인으로 섬길 작정이냐?"

"장부가 어찌 한 입으로 두말할 수 있겠습니까? 아무리 다급한 사정이 있었다곤 하나, 일단 약조를 하였으니 목숨이 다하는 날까지 지켜야겠지요."

"아무리 약속을 금쪽같이 여긴다 하여도 그렇지, 어찌."

'너는 내 것이다'라는 황당한 문서에 수인한 사내의 당당한 모습에 황 노인은 고개를 절레절레 젓고 말았다.

혹시 은근히 즐기는 거 아니야?

황 노인이 삼문을 향해 의심의 눈길을 보낼 때였다.

"하하하. 그게……. 읍!"

황 노인이 크게 소리 내어 웃는 삼문의 입을 급히 틀어막았다.

"시끄럽다."

작게 웅얼거리며 황 노인은 삼문을 끌고 그 자리를 벗어났다.

"휴우, 결국 저리되고 말았구나. 이 일을 어찌한다?"

중얼거리는 황 노인의 얼굴에는 수심이 가득했다. 문득 태평하게 미소 짓는 왕의 얼굴이 떠올랐다.

불현듯 한 가지 생각이 뇌리를 스치고 지나갔다.

"혹시……!"

황 노인의 미간이 좁아졌다.

해괴한 핑계로 난데없이 이런 벽지로 해루와 함께 유배를 보낸 것이 혹 이렇게 되길 유도한 것은 아닐까? 말도 안 되는 소리라 치부하기엔, 그분의 성격이 너무도 치밀하고 음흉했다.

"하여간 그 집안하고 엮여서 좋을 게 하나도 없다니까."

괜스레 버럭 고함을 질렀다.

"그 집안요? 어떤 집안 말입니까?"

"그런 집안이 있다. 아주 공갈 협박을 밥 먹듯이 하고, 툭하면 사람을 괴롭히는 그런 집안이."

"그런 상종 못 할 집안이 다 있습니까? 그런 집안이라면……."

쿵!

황 노인의 주먹이 삼문의 뒤통수를 가차 없이 후려갈겼다.

"어디다 대고 험담이냐?"

"아니, 저는 그냥……."

그저 하는 말에 추임새만 넣은 것뿐인데. 왜 저러실까?

금세 태도를 바꾼 황 노인은 뚫어져라 삼문을 흘겨보고는 처소 안으로 들어섰다.

"뭐야? 왜 저러셔? 무슨 못 볼 꼴이라도 보신 거야?"

억울한 얼굴로 뒤통수를 긁적이며 삼문도 따라 들어갔다.

부엉이 울음소리에 뒤섞여 어디선가 개 짖는 소리가 들려왔다.

그렇게 밤은 깊어갔다.

나른한 햇살이 눈두덩 위를 뒹굴었다.

어린 고양이처럼 둥글게 몸을 만 채 잠들어 있던 해루는 가늘게 실눈을 떴다.

"잘 잤다."

모처럼 몸이 가벼웠다.

한바탕 전쟁이라도 치른 듯 여기저기 욱신거리긴 했지만, 이상하게도 가뿐한 기분이다.

그런데…… 여긴 어디지?

흐릿한 눈을 비비며 그녀는 주위를 둘러보았다.

잠시 후, 익숙한 암자의 풍경이 눈에 들어왔다. 소박한 방 안엔

가구라곤 아무것도 없었다. 바닥에 놓인 것은 다친 향을 위한 탕약과 젖은 수건이 전부였다. 아니, 그것이 전부여야 했다.

그런데…….

해루는 손등으로 잠이 붙어 있는 눈가를 다시 한 번 비볐다.

소복하게 쌓인 여인의 옷가지……?

저건 어젯밤 스님에게서 받은 옷이었다.

저게 왜 저기에 쌓여 있지? 아니, 그보다 저게 저기에 있다는 건……!

해루는 이불 속으로 고개를 쏙 집어넣었다.

"헉!"

마른 비명이 절로 튀어나왔다.

벗고 있다. 벗고 있었어.

잠에 취해 느릿했던 기억이 빠르게 지난밤을 되짚었다.

옷을 갈아입고 돌아온 자신의 모습이, 그런 그녀를 바라보던 향이 떠올랐다.

그리고, 그리고…….

비로소 지금의 상황을 이해할 수 있었다. 그렇다고 부끄러움이 사라진 것은 아니었다.

아니, 사실을 인지한 이후로는 얼굴뿐만 아니라 전신이 붉게 달아올랐다.

지난밤엔 어둠 속인지라 어찌어찌 견딜 수 있었지만, 지금은 날이 훤하게 밝았다. 곁에 누워 있는 향의 속눈썹이 들여다보일 만큼.

어쩌지?

해루는 눈동자를 굴리며 서둘러 생각을 짜냈다.

바로 그때였다.

"흠."

향이 가볍게 뒤척이는 소리가 들려왔다.

해루는 고개를 푹 수그린 채 눈을 꼭 감았다.

"해루야."

낮은 부름.

"자느냐?"

"……."

"아직 자느냐?"

다시 묻는 물음에 해루는 잠든 척 꿈쩍도 하지 않았다.

아쉬운 한숨 소리가 들리는가 싶더니 향이 해루를 등 뒤에서 끌어안았다.

"헛!"

새어 나오는 비명을 가까스로 삼킨 해루는 눈을 감고 숨을 죽인 채 잠자는 시늉을 했다.

그렇게 얼마나 지났을까?

향의 숨소리가 고르게 오르내렸다.

다시 잠이 드신 모양이다.

다행이다.

해루는 살며시 눈을 뜨고 제 가슴께에 둘린 향의 팔을 내려다보았다. 가볍게 몸을 움직여 그의 품에서 벗어나려 하였다. 하지만 단단한 결박은 좀처럼 풀리지 않았다.

잠이 든 와중에도 향은 그녀를 꼭 끌어안은 채 풀어주지 않았다.

"집요하시네."

낮게 투덜댔지만, 싫은 건 아니었다.

절로 입가가 길게 늘어지며 미소가 맺혔다.

힐끗, 잠든 향을 돌아보던 해루는 간밤에 그가 했던 말을 입에 담았다.

"연모한다."

그저 말일 뿐이다.

어떤 형상이나 온도를 가진 것도 아닌데…….

입에 담는 순간, 따뜻한 온기가 몸을 뒤덮는다.

아련한 그리움이 가슴을 파고들었다.

수줍고 벅찬 마음에 얼굴이 붉어졌다. 괜스레 푸스스 마른 웃음을 흘리던 해루는 그의 팔을 내려다보며 속삭였다.

"저도요. 저도……."

연모합니다.

마지막 말은 차마 입 밖으로 내지 못한 채 붉은 입술을 꼬옥 오므릴 때였다.

그녀의 뱃속에서 꼬르륵 천둥소리가 들려왔다.

"눈치라곤 약에 쓰려고 해도 없지."

해루는 때와 장소를 가리지 않는 제 배에 대고 불퉁하게 한 마디 뱉었다.

피식.

어쩐지 등 뒤에서 웃음소리가 들려오는 듯했다.

"깨셨습니까?"

힐끗 고개를 돌렸지만, 향에게서는 답이 들려오지 않았다.

여전히 깊게 잠든 듯 보였다.

잘못 들었나 보다.

그나저나 어쩌지? 앞으로 어찌 저하의 얼굴을 본단 말인가?

아니, 그보다 지금 당장 이곳에선 어찌 달아날 수 있을까?

해루는 머리 위로 깊게 파고든 햇살을 보며 입술을 잘근 씹었다.

시간이 지날수록 근심은 태산처럼 쌓여갔다.

엎친 데 덮친 격으로 밖에서 저벅저벅 발소리마저 들려왔다.

쿵쿵, 가슴이 뛰었다.

이내 무혁의 목소리가 문 건너에서 들려왔다.

"저하! 무혁이옵니다."

이대로 문이 벌컥 열릴 것 같았다.

문을 열고 들어온 두목님께서 이 광경을 보신다면…….

아, 생각하고 싶지 않다.

'저하, 일어나십시오. 어서 일어나십시오.'

소리치고 싶었지만, 자는 척하는 중인지라, 해루는 죽은 듯 눈을 감고 있었다.

그러나 속마음은 그야말로 전쟁터였다.

아, 사라지고 싶다. 쥐구멍이라도 있으면 숨어들고 싶다. 아니, 이대로 바닥으로 푹 꺼질…… 응?

그녀를 옥죄고 있던 향의 팔이 스르륵 풀렸다. 차마 크게 눈을 뜨지 못한 해루는 실눈을 뜨고 향을 훔쳐보았다.

어느새 그는 말끔한 얼굴로 팔에 저고리를 꿰고 있었다.

다행이다.

속으로 안도하는 그녀의 귓가에 향의 목소리가 들려왔다.

"무슨 일이냐?"

무혁에게 묻는 음성이 이제 막 잠에서 깬 사람답지 않게 청명했다.

게다가 입꼬리에 물려 있는 저 미소.

잠들지 않으셨던 거야. 내가 한 말을 다 듣고 계셨어.

해루는 세상을 다 잃어버린 듯한 얼굴로 눈을 질끈 감았다.

공갈 저하께서 자신이 하는 양을 지켜보고 있었을 거라 생각하니, 부끄러워 쥐구멍에라도 숨고 싶었다.

해루는 몸을 한껏 만 채 이불을 푹 뒤집어썼다.

"녀석."

향은 부드러운 손길로 이불 위를 도닥거렸다.

그녀를 사랑스러운 눈길로 쳐다보며 그가 말했다.

"다음에는 내 눈을 보고 '그 말' 해다오."

"……무, 무슨 말 말입니까?"

이불 속에서 웅얼거리는 목소리가 새어 나왔다.

"연모한다."

"……!"

해루는 차마 아무 말도 하지 못했다.

잠시 후.

아쉬운 한숨을 내쉬며 향은 방을 나섰다.

그가 툇마루로 나오기 무섭게 무혁이 부복했다.

"저하!"

"무슨 일이더냐?"

"그들을 잡았습니다."

"……!"

일순간, 향의 눈빛이 날카로워졌다.

역시 그랬었어

농밀한 햇살이 머리카락을 적셨다.

길 떠날 준비를 마친 황 노인과 삼문이 향의 처소 마당에 모습을 드러냈다.

"저하, 몸은 좀 어떠십니까?"

황 노인의 물음에 툇마루에 앉아 있던 향이 가볍게 고개를 끄덕였다.

"많이 좋아졌습니다."

"다행입니다. 흠흠."

황 노인의 표정이 어쩐지 맑지 않았다.

그 표정을 놓칠 향이 아니었다.

"할 말이라도 있습니까?"

"그것이……."

"말해 보세요."

향의 말에 연신 헛기침을 흘리던 황 노인이 자세를 바로 했다.

"기어이 일을 치르셨더군요."

노인의 목소리엔 질책이 담겨 있었다.

"아셨습니까?"

"방 앞에 놓인 신발 두 개가 나란히 밤을 지새웠는데, 어찌 모를 수 있겠습니까?"

"그렇군요."

"어찌하실 생각이십니까?"

"순리대로 풀어가야지요."

황 노인이 한숨을 쉬며 대답했다.

"순리대로 풀릴 일이 아니니 걱정하는 게 아니겠습니까?"

"그리 걱정되십니까?"

"아시지 않습니까? 험한 길이 될 것이옵니다."

"험한 길이기에 함께 가려는 겁니다."

"종종 가슴 아픈 일도 생길 겁니다."

"저 사람을 잃어 생기는 아픔보다는 덜 하겠지요."

"그 마음 변치 않으실 자신 있으십니까?"

황 노인의 말에 향은 담담한 미소를 지었다.

긍정도 입바른 대답도 없었지만, 황 노인은 저도 모르게 고개를 끄덕였다.

확신하는 표정이다. 다짐하고 또 다짐한 얼굴이다.

노인은 잘 알고 있었다.

왕세자께서 저런 얼굴일 때 결심한 것은 무슨 일이 있어도 관철하고 해낸다는 것을.

모두가 반대한 신루의 창설 때 그러했고, 무기를 개발한다 했을 때도 그러했고, 명국으로 학자들을 대거 보낼 때도 향은 지금과 같은 표정을 지었다.

그리고 다시 한 번, 황 노인 앞에서 그런 표정을 짓고 있었다.

지킵니다. 설사, 제 목숨이 다하는 그 날이 오더라도.

향의 담담한 눈빛은 그리 말하고 있었다.

하지만 그것만으로는 부족했다.

향과 해루, 두 사람이 함께 가는 여정은 생각보다 험난하리라.

황 노인은 뒷짐을 진 채 향을 바라보았다.

"오랜 시간을 함께 보낸 것은 아니지만……. 저 녀석, 제게는 손녀 같은 아이입니다. 모두가 싫다 하는 저를, 저 녀석만이 묵묵히 받아주었습니다. 그러기에 저 녀석 우는 꼴, 저는 못 봅니다."

"협박으로 들립니다."

"그러니 울리지 마십시오."

"대감 무서워서라도 조심하겠습니다."

"다치지 않게 곁을 지켜주십시오. 언제까지고 함께해 주시겠다 약조하십시오."

한 나라의 왕세자에게 올리기엔 무람한 말들.

그러나 향은 기꺼이 고개를 끄덕였다.

"약조합니다. 아니, 맹세하지요."

향의 단단한 맹세에 비로소 황 노인의 표정이 밝아졌다.

그 모습이 향을 기쁘게 하였다.

"해루는 든든하겠습니다. 이리 무서운 할아버지가 계시니 말입니다."

"어디 할아버지뿐이겠습니까? 개떡으로 의기투합한 최최측근도 있는걸요."

"최최측근……."

굳게 닫힌 방문을 돌아보는 향의 입가에 피식, 웃음이 매달렸다.

참으로 묘한 녀석.

마치 온몸에 보이지 않는 아교풀이라도 묻었는지, 주위의 사람들을 죄 끌어들여 제 편을 만드는구나.

그때, 기다리다 지친 듯 황 노인이 안쪽을 향해 소리쳤다.

"뭐 하는 게야? 아직도 멀었느냐? 빨리 안 나오면 너 두고 우리끼리 간다."

반협박이 담긴 외침이 통한 것일까?

내내 닫혀 있던 문이 빠끔 열렸다.

"뭐 하느라……."

잔소리할 태세를 갖추던 황 노인은 입을 벌린 채 아무 말도 하지 못했다.

"너, 꼴이 그게 뭐냐?"

황 노인은 검은 면포를 머리에 뒤집어쓴 해루를 보며 물었다.

"그것이……. 추워서 말입니다."

말도 안 되는 변명을 하며 해루는 깡충 툇마루 아래로 내려섰다.

향의 얼굴을 마주 볼 자신이 없었다. 저도 모르게 자꾸만 얼굴이 홍시처럼 붉어졌던 까닭이었다. 그렇다고 내내 고개를 돌려 외면할 수도 없으니.

하여, 아침 내내 고심 끝에 생각해 낸 방도였다.

이리 면포를 뒤집어쓰고 있으면 붉어진 얼굴을 들킬 염려가 없었다.

"아무리 추워도 그렇지. 그래서야 앞이라도 제대로 보이겠느냐?"

"염려 마십시오. 이렇게 구멍을 내놔서 잘 보입니……. 앗!"

자신만만하게 말하는 찰나.

휙!

향이 그녀가 뒤집어쓰고 있는 면포를 벗겨냈다.

"이 작은 머릿속에는 어찌 이런 괴상한 생각밖에 없느냐?"

마음에 들지 않는다는 듯 불퉁한 목소리.

그러나…….

"하하하, 그럴 줄 알았습니다."

면포 속에 또 하나의 면포를 뒤집어쓰고 있던 해루는 날다람쥐처럼 쪼르르 저만치 달아났다.

"저, 저, 망아지 같은 녀석을 보았나."

황 노인이 낮게 혀를 쯧쯧 찼다.

그가 향을 돌아보며 걱정스러운 표정으로 물었다.

"아무래도 제 질문이 잘못된 모양입니다. 저 녀석, 감당하실 수 있으시겠습니까?"

향이 난감한 얼굴로 대답했다.

"좀 전까진 자신이 있었는데, 이젠 걱정됩니다. 그래도 어쩌겠습니까?"

"네?"

"이제 이 몸의 주인은 제가 아니라 저 사람입니다."

해루의 뒤를 쫓으며 향이 태연하게 대답했다.

몸도 마음도 이미 어젯밤 그녀에게 모두 내주고 말았다.

"허허허……."

졌다는 듯 황 노인이 고개를 절레절레 저었다.

그의 곁에서 멀뚱멀뚱 지켜보던 삼문이 진지한 얼굴로 물었다.

"설마, 당한 것입니까?"

"무얼?"

난데없는 삼문의 물음에 황 노인은 카랑한 음성으로 되물었다.

"저하 말입니까? 저하께서도 설마…… 계약서에 수인한 겁니까?"

"뭐?"

이놈이 뭐라는 거야?

황 노인의 얼굴에 어이없다는 표정이 떠올랐다.

그러거나 말거나 삼문은 심각하게 말을 이었다.

"저하는 무엇입니까? 제가 주인의 노예가 되기로 하였으니, 저하는 뭐가 되기로 하셨을까요? 개입니까? 고양입니까? 그것도 아니면……. 아얏!"

날아드는 황 노인의 발길질에 정강이를 채인 삼문이 울상을 지었다. 그를 버려둔 채 황 노인은 종종걸음으로 향의 뒤를 쫓았다.

"신세 많았습니다."

산 아래까지 배웅 나온 비구니와 어린 동자승을 돌아보며 해루는 합장을 했다. 머리에 쓰고 있던 면포는 향에게 벗겨진 후였다.

"신세라고 할 것이 무엇이겠습니까? 이리 인연을 맺어준 것도 모두 부처님의 뜻. 언제고 인연이 닿으실 때 다시 한 번 들러주십시오."

비구니가 정갈한 미소를 입가에 담았다.

"그런데 이 옷 말입니다."

해루가 입고 있는 옷을 내려다보며 난색을 표했다.

"급한 마음에 덥석 받아 들긴 했지만, 아무래도 귀한 것 같습니다. 돌려드려야 하는 건 아닌지요?"

비구니는 고개를 저었다.

"인연입니다."

"인연…… 이라고요?"

"세속을 잊은 사찰에 화려한 옷은 어울리지 않는 법입니다. 진즉 없애버렸어야 할 옷인데, 어째선지 내키지 않았지요. 이제 보니 때를 기다렸던 모양입니다. 이렇게 새로운 주인이 나타날 때를 말이지요."

"그래도……."

"귀한 옷이 고운 분을 만났으니, 참으로 잘된 일이 아닙니까. 그러니 아무 걱정 마세요. 혹여, 그래도 마음 불편하시다면 자주 입어주십시오. 그 옷도 누군가 자주 입어준다면 아마 기뻐할 겁니다."

"그리 말씀하시니 염치 불고하고 입겠습니다. 잘 입겠습니다. 귀하게 여기겠습니다."

"아미타불."

작게 불호를 읊조리며 비구니는 다시 합장했다.

마주 합장한 해루는 천천히 걸음을 옮겼다. 아니, 옮기려 하였다.

그런데 이상하게도 발길이 떨어지지 않았다.

무언가…… 중요한 것을 놓고 가는 기분이었다.

그게 무얼까?

"뭐 하는 게야? 안 갈 게야?"

뒤에서는 연신 재촉하는 황 노인의 음성이 들려왔다.

그러나…….

해루는 멀지 않은 곳에서 은은하게 미소 짓고 있는 비구니를 돌아보았다.

"왜 그러느냐?"

좀처럼 보지 못한 해루의 모습에 향이 다가왔다.

"아, 아닙니다. 그냥……. 그냥요. 며칠 사이 정이 들었나 봅니다."

해루는 향을 향해 웃음을 보였다.

마침내 그녀는 그를 따라 걸음을 옮겼다.

황 노인의 유배지에 불을 지른 사람들이 영월 관아에 잡혀 있다고 하였다. 무혁을 따라 앞서 걷는 사람들을 쫓아 해루는 부지런히 걸었다.

그러나 저도 모르게 자꾸만 뒤를 돌아본다. 저 멀리 비구니의 모습이 들어왔다.

마치 바닥에 뿌리를 내린 나무인 듯 그 자리를 지키고 있는 그녀가…… 자꾸만 해루의 눈에 밟혔다. 보이지 않는 넝쿨이 자꾸만 발을 붙드는 것만 같았다.

무언가…… 잊어서는 안 될 것을 잊은 느낌이었다.

바람이 귓불을 스치고 지나갔다. 제법 차가운 기운에 코끝이 발갛게 붉어졌다.

"스님……."

제자리에서 종종걸음을 치던 동자승이 비구니를 불렀다.

"네, 스님."

비구니는 여전히 해루의 뒷모습에서 시선을 떼지 못하고 있었다.

"이제 그만 돌아가요. 춥습니다."

"이런. 우리 스님 추운 줄도 모르고 제가 이리 늑장을 부렸습니다."

그제야 시선을 돌린 비구니는 동자승의 작은 고사리손을 양손에 품었다.

호호, 따뜻한 입김을 불어넣으니 어린 동자승의 얼굴에 천진한 웃음이 피어올랐다.

"그런데 스님."

암자가 있는 산길을 오르며 동자승이 입을 열었다.

"네."

"아까 아가씨가 입고 간 그 옷 말입니다. 스님께는 소중한 것이 아닙니까?"

"그리 보였습니까?"

"매일 밤 그것을 쓰다듬는 것을 보았습니다."

"……."

"그리 소중한 물건을 아무에게나 주어도 되는 겁니까?"

"아무에게나 줄 수는 없지요."

"그런 것을 왜?"

동자승의 물음에 비구니는 뒤를 돌아보았다.

"아무나가 아닙니다."

해루와 그녀의 일행은 어느새 산 아래로 사라져 더는 보이지 않았다.

그래도 시선을 떼지 못한 채 비구니는 낮게 중얼거렸다.

"늦게라도 옷이 주인을 만났으니, 다행입니다. 정말…… 다행입니다."

쓸쓸하게 미소 짓는 비구니의 뇌리엔 해루의 모습이 가득했다.

향과 해루, 그리고 황 노인과 삼문이 영월 관아에 도착했을 땐 이미 저녁노을이 지고 있었다.

앞서 기다린 무혁이 일행을 발견하고 한달음에 달려왔다.

"저하."

"어찌 되었느냐?"

"모든 준비를 끝내고 기다리고 있었사옵니다."

"알았느니."

가볍게 고개를 끄덕인 향이 돌연 황 노인을 돌아보았다.

"대감."

"네, 저하."

"하나 부탁할 것이 있습니다."

"부탁요?"

황 노인은 미심쩍은 눈길로 향을 올려다보았다.

향이 품에서 한 장의 서찰을 꺼내 건넸다.

"대감께서는 이 길로 도성으로 돌아가주십시오. 가셔서 전하께 이것을 전해주십시오."

"이건⋯⋯."

황 노인은 향과 서찰을 번갈아 보았다.

"여기서의 일이 끝나는 대로 도성으로 돌아갈 겁니다. 그때는 아바마마와 대감의 말씀대로 한바탕 태풍이 불겠지요. 이 서찰이 거센 풍랑을 조금이나마 줄여줄 것입니다. 그러니 대감께서 저를 대신하여 그것을 주상 전하께 올려주십시오."

"허참. 하지만 저하, 소신은 유배 중이라……."

"그 유배는 이미 풀렸습니다."

"네?"

"제가 영월에 당도한 그 시점부터 대감의 유배는 풀린 겁니다."

"허허허. 역시, 그랬었군. 역시 그랬었어."

황 노인의 입에서 의미가 불분명한 중얼거림이 흘러나왔다.

향은 이어서 삼문에게로 시선을 돌렸다.

"너는 저분을 모시고 도성으로 가야겠구나."

"저 말입니까?"

"그래. 바로 너."

"아뢰기 송구하나 그 명, 받잡지 못하겠습니다."

"뭐라?"

"제 주인은 따로 있는지라……."

삼문이 해루를 보았다.

그 눈길을 좇던 향이 한쪽 눈썹을 들썩거렸다.

그렇게 나온단 말이지?

향이 부스럭거리며 품에서 무언가를 꺼냈다.

팔랑, 흔들리는 종이에 쓰인 글자를 삼문은 더듬거리며 읽었다.

"그건 뭡니까? 너는 내 것?"

"그래."

"그게 저와 무슨 상관인지요?"

"저기, 네가 주인이라 칭하는 이와 내가 맺은 계약이지. 그러니까 다시 말하자면, 저 아이가 네 주인이듯, 저 아이의 주인은 나란 뜻이다. 핵심을 콕 집자면, 내 뜻이 곧 네 주인의 뜻이니, 너는 이

436

길로 황 대감과 함께 도성으로 가야 한다는 말이다."

향의 말에 삼문의 눈이 커졌다.

"저, 정말입니까?"

삼문이 해루를 보며 진의를 확인했다.

해루가 어색하게 웃으며 고개를 끄덕거렸다.

"마, 말도 안 돼. 이런 법이 어디 있습니까?"

항의하듯 소리쳤지만, 아무 소용도 없었다.

그들을 남겨둔 채 향은 해루와 함께 무혁을 따라 관아 안으로 자취를 감추었다.

남겨진 삼문이 억울하다는 표정을 지었다.

"주인이 생긴 것도 억울한데, 그 위에 주인이 더 있으니 이걸 어쩌란 말인가."

그 모습을 가만 바라보던 황 노인이 혀를 끌끌 찼다. 삼문의 표정과 말이 남의 일 같지 않았다.

"운이 나빴구나. 어찌 되었건 이리되었으니 나와 도성으로 가자꾸나."

"하아."

"그리 한숨 쉬기는 이르다."

"또 무어가 더 남아 있습니까?"

"아무렴. 도성으로 올라가면 조심해야 할 것이 있다."

"그게 뭡니까?"

"바로 저 집안을 조심하는 것이다."

"그럼 어르신께서 상종 못 할 집안이라고 말하던 것이……?"

삼문의 물음에 황 노인이 고개를 끄덕였다.

"그래. 저 집안에 한번 말리면 일평생을 소처럼 일만 해야 한다.

문서 한 장으로 사람을 옴짝달싹 못 하게 만들기로 정평이 난 집안이지."

"그 말이 사실이라면……."

삼문이 잿빛이 된 얼굴로 울상을 지었다.

"이제 저는 어찌합니까? 저 독하신 분이 주인의 주인이니."

"한마디로 말해 코 꿰인 거지."

"……"

"뭐 하느냐? 서둘러라. 행여 늦었다간 무슨 치도곤을 당할지 몰라."

"네, 갑니다, 가요."

치도곤이라는 말에 덜컥 겁을 먹은 삼문이 잰걸음을 옮겼다.

그의 곁에 서 있던 황 노인의 입가에 의미심장한 미소가 걸렸다.

같은 시각.

향과 해루는 무혁의 안내를 받아 동헌(東軒) 마당에 다다랐다. 마당에는 형틀에 매인 죄인들로 가득했다.

대청마루에 앉은 사또의 목소리가 거칠었다.

"네 이놈들! 이실직고하지 못할까? 그 신물이라는 것은 무엇이냐? 그리고 너희의 배후에 뉘 있는 것이야?"

"우리가 무슨 죄가 있다고 이래 난리래요?"

형틀에 매여 있던 죄인 하나가 억울하다는 듯 우는소리를 했다.

"아직도 너희가 지은 죄를 알지 못한단 말이냐? 너희는 감히 국법을 어기고 미신을 신봉하였다. 그것도 모자라 사사로운 감정으로 사람을 해하려 하였으니……."

"먼저 도둑질을 한 것은 그들이오."

황 노인의 초옥을 태우는 데 앞장섰던 중년의 사내가 큰 목소리
로 외쳤다.

"그건 또 무슨 헛소리냐?"

사또가 기가 막힌다는 듯한 표정으로 물었다.

"그들이 먼저 우리 물건을 훔쳐 갔소."

"저, 저놈이 아직 정신을 못 차리고……."

사또가 흥분한 표정으로 반쯤 자리에서 일어났을 때였다.

잔잔한 목소리가 마당으로 걸어 들어왔다.

"그렇다고 사람을 죽이려 하였더냐?"

차분한 신색으로 주위를 쓸어 보는 사람은 다름 아닌 향이었다.

무혁의 눈짓을 받은 사또가 한달음에 달려 내려와 향의 앞에 머
리를 조아렸다.

"저, 저하……."

사또의 입에서 흘러나온 한 마디에 동헌 마당에 술렁임이 일었다.

"저하?"

"저하라면 나라님 아들 아니냐?"

의문과 불안이 섞인 말소리가 여기저기서 터져 나왔다.

수군거리는 목소리들을 밟으며 향은 대청마루로 올라섰다. 그는
무심한 시선으로 죄인들을 둘러보았다.

"누구냐? 너희가 믿는다는 그 신녀라는 자."

"신녀님은 아무 죄도 없습니다. 그리고 우리도 죄가 없습지요. 우
리는 그저 우리의 신물을 지키려고 한 것뿐입니다."

"신물?"

향이 손을 내밀었다. 곁에 선 무혁이 그의 손 위에 서책을 올려놓았다. 삼문이 훔친 바로 그 서책이었다.

"이것은 그저 어디서나 구할 수 있는 서책이다. 이런 범상한 물건이 어찌 신물이 될 수 있단 말이냐?"

그때, 젊은 청년의 목소리가 튀어나왔다.

"아니래요. 그건 신물이 맞드래요. 그것만 있으면 언제 비가 오는지, 언제 날이 개는지 알 수 있다니까요. 신녀님이 그랬다니까요."

"뭐라?"

향의 미간이 한데로 모였다.

그가 본 서책은 분명 『논어』였다.

어디서나 쉽게 구할 수 있는 서책.

그것이 어찌 날씨를 알아맞힌단 말인가? 어떻게……?

그의 사고가 빠르게 회전되었다.

그러다 한순간.

무언가 짚이는 것이 있는 듯 그는 서책을 넘겼다. 빠르게 책장을 넘기던 향은, 손끝에 느껴지는 감촉에 온 신경을 집중했다.

두껍다.

보통의 서책보다 두꺼웠다.

그렇다면…….

서슴없이 서책 중 한 장을 찢었다.

부욱!

묵직한 소리를 내며 종잇장이 뜯겨 나갔다. 뜯어낸 낱장을 허공에 비추던 향의 입가에 마른 웃음이 피어올랐다.

그러나 그것도 잠시.

그의 표정이 딱딱하게 굳어졌다.

"이건……."

바로 그때였다.

"천벌을 받을 것이야!"

동헌 마당으로 서리처럼 차가운 음성이 날아들었다. 그와 동시에 짙게 화장을 한 여인이 모습을 드러냈다.

"시, 신녀님."

형틀에 묶인 사람들의 얼굴에 희망이 떠올랐다.

달콤합니다

한 여인이 동헌 마당으로 걸어 들어왔다. 머리에 고깔을 쓰고, 한 손엔 종을 들고 있었다. 바르게 편 다른 손엔 쌀알이 가득했다.

"신녀님이 오셨다. 우리는 이제 살았다."

세자 앞에서도 뻣뻣했던 사람들이 하늘님이라도 만난 듯 고개를 조아렸다.

신녀에 대한 사람들의 믿음은 생각보다 깊었다.

그 믿음에 보답이라도 하듯, 신녀의 걸음걸이는 당당했다.

"저 여인을 잡아라!"

잠시 멍해 있던 사또가 뒤늦게 명을 내렸다.

그제야 형방과 나졸들이 그녀에게 급히 달려들었다. 신녀는 저항하지 않았지만, 그녀를 결박하는 나졸의 손길은 거칠었다. 쌀알이 바닥으로 쏟아졌다. 하얀 고깔이 땅을 구르고, 종 역시 남의 손에 넘어갔다.

사또가 신녀의 앞으로 나아갔다.

"네가 이자들을 현혹한 신녀더냐?"

"내가 신녀라 불리는 건 사실이오. 하지만 누군가를 현혹한 적은 없소."

포박을 당한 상태에서도 신녀의 기세는 수그러들지 않았다.

사또가 윽박지르듯 다시 말했다.

"현혹하지 않았다? 허면, 저자들이 신물이랍시고 서책을 찾아다닌 것은 어찌 설명할 것이냐? 또한, 네가 시킨 일을 들먹이며 불을 지르고, 사람을 죽이려 한 건 어떻게 설명할 것이야?"

"나는 단 한 번도 이들에게 그런 불길한 일을 사주한 적 없소."

"사주한 적 없어? 그럼, 이자들이 시키지도 않았는데 알아서 그런 일을 저질렀단 말이냐?"

사또의 말에 신녀는 괴이한 주문을 중얼거리며 대답했다.

"내 가끔 신기가 동하여 내 몸이 내 것이 아니고, 내 입 또한 내 것 같지 않을 때가 있소. 접신하여 말을 할 적엔 비록 내 입으로 나왔어도 내가 한 말이 아니오."

신녀의 말이 끝나자마자 사람들이 너도나도 앞다퉈 신녀를 변호했다.

"아니래요. 우리 신녀님은 그런 말 한 적 없드래요."

"맞아요. 우리가 그냥 믿은 것뿐이래요."

"모두 하늘님이 시킨 일이래요."

"신녀님은 아무 잘못 없어요."

그것 보라는 듯 당당한 표정의 신녀가 다시 입을 열었다.

"난 그저 신의 뜻을 접하고, 받들고, 행한 것밖에 없소. 그것이 어찌 잘못이고 국법을 어겼단 말이오? 오히려 천하 만물에 깃든 위대한 뜻을 알아보지 못하는 그대들이 잘못된 것이오."

말을 마친 신녀가 다시 중얼중얼 괴이한 주문을 외웠다.

잡혀 온 사람들도 웅얼거리며 주문을 따라 하니 어느새 동헌 마당은 그들의 괴이한 주문 소리로 가득 찼다.

"미신을 섬기고 혹세무민하는 일은 국법으로 엄히 금하였거늘."

사또의 검은 눈썹이 하늘로 추켜올라갔다.

신녀를 향한 사람들의 어리석은 믿음은 깊게 뿌리내려 있었다.

"미련하구나. 바라는 게 있으면 발로 뛰고 손으로 찾아야지. 어찌 하늘만 보고 그리 중얼거리기만 하는 것이냐? 너희가 그런다고 정말로 바라는 게 이루어질 줄 아느냐? 하늘은 스스로 돕는 자를 돕는다 하였다. 원하는 게 있으면 노력을 해야지."

사또의 목소리가 높아질 때였다.

"에라이, 캬악!"

형틀에 매여 있던 노인이 누런 가래침을 뱉었다.

사또의 눈이 튀어나올 듯 휘둥그레졌다.

"이, 이놈이 미쳤나!"

"노력? 노력! 웃기는 소리 하고 자빠졌네. 이 손 보이나? 일평생을 한 번도 쉬지 않고 일만 했더니 손가락이 굽어 펴지질 않아. 그런데 노력을 안 해? 뭔 노력을 어떻게 더 해야 하나? 해도 뜨지 않은 시퍼런 새벽에 나가 돌밭을 일구다 집에 오면 캄캄한 밤이야. 다리 한번 쭉 펴고 자본 적 있는 줄 아나? 바닥에 등짝 붙이고 잠 좀 자고 싶어도 배가 고파 잠이 안 와. 그래도 내일은 오늘보다 좀 더 낫겠지, 다음 계절에는 지금보다는 좀 더 나아지겠지. 내년에는……. 후년에는……. 그래, 나 때에는 호의호식하지 못하더라도 내 새끼들은 잘살겠지. 그런 마음으로 몇 십 년을 산 줄 아나? 그런데 뭐? 노력? 손톱이 빠지도록 노력해 봤고, 어미 찾는 새끼들 떼어놓고 개처럼 바닥을 뒹굴며 그렇게 일했어. 그래도 그날이 그날이고, 배고픈 건 마찬가지였어."

"아무리 그렇다고 해도 너희는 조선의 백성이 아니더냐. 국법을 어겨서는 아니 되는 것이다."

"뭐, 국법? 그게 뭐냐? 그게 쌈 싸 먹는 거냐? 국에 말아 먹는 거냐? 나라니 뭐니 그딴 거, 우리한텐 싹 다 필요 없어."

"어허! 어느 안전이라고 할 말, 못 할 말 가리지 못하느냐? 그리 무식하니 어리석게도 미신에 빠져드는 것이 아니냐?"

"미신에 빠지면 안 되나? 왜 안 되나? 우리 신녀님 덕에 내일 비가 올지, 해가 뜰지 알 수 있게 됐는데 왜 안 되나? 언제 씨를 뿌리고, 언제 걷어야 하는지 알게 됐는데, 우태 고마워하지 않을 수 있나. 매일 굶주리던 배때기에 그래도 풀칠이라도 하게 된 게 다 우리 신녀님 덕인데, 믿으면 안 되나? 나라가 우리한테 뭘 그렇게 해 줬다고 이래라저래라, 하는 거나?"

"그런 거라면 관청에 와서 자문을 구하면……?"

"지랄하고 자빠졌네. 관청에서 알려주면 뭐하나? 만날 틀리는데. 내일 비 온다고 해서 종자 다 뿌려놓으면 몇 날 며칠 해가 쨍쨍 나서 다 말라 비틀어지게 하는 게 관청인데. 그래 놓고도 꼴에 관청이라고 뜯어가는 건 얼마나 많은지. 흉년에도 세금은 까먹지도 않고 떼가는 관청을 우태 믿으라는 거나?"

"미신을 믿는 건 어리석은 짓이다. 네놈들은 아무 죄도 없는 사람을 죽이려 하였다. 그건 살인이다."

"우리가 하면 살인이고, 니들이 하면 대업이나? 니들은 멀쩡한 고려 무너뜨리고 조선을 세우면서 사람 죽이기를 밥 먹듯이 했으면서. 왜 우리는 하면 안 되나? 우리같이 힘없는 사람은 때리면 때리는 대로 맞고, 죽이면 죽으라는 거냐? 왜 죽이려고 했냐고? 살라고 그랬다. 죽이지 않으면 내가 죽으니까. 그래서 그랬다."

"뭐라?"

"뭐, 부패한 왕조를 무너뜨리고 새로운 나라를, 만백성이 잘살 수 있는 그런 나라를 세우겠다고? 그래서 뭐가 달라졌냐? 아냐, 똑이다. 고려나 조선이나 그 나물에 그 밥이야. 고려에서 배고픈 놈들은 조선에서도 배고프긴 마찬가지더라."

"……."

"니들 눈에는 우리가 다 미친 연놈들 같지? 그래, 우리 미쳤다. 왜 미친 줄 아냐? 먹을 거라곤 눈을 씻고 찾아봐도 없는데……. 어린 새끼는 밥 달라 우는 거 봤나? 아니, 차라리 울기라도 하면 낫지. 그 어린 것이 하루하루 죽어가는 게 빤히 보이는데……."

노인의 주름진 눈가에 눈물이 얼룩졌다.

"그거 보고 미치지 않으면 그게 사람이냐? 나는 내 배부르게 해주는 사람이 하늘님이고, 내 새끼 입에 먹을 거 넣게 해주는 사람이 임금님이다."

"역도다. 이자들은 역모를 꾸민 자들이 틀림없다. 당장 저놈의 입을 막아라. 이 자리에 있는 자들을 모조리 투옥하라."

사또가 자리에서 방방 뛰며 명을 내렸다.

그러나 소용없었다.

노인은 마지막 발악이라도 하듯 부르짖었다.

"이 나라가 니들 나라지 우리들 나라냐. 국법이라는 게 니들 살기 좋으라 만들어진 거지, 우리 좋으라 만들어진 거냐? 지들 필요할 땐 백성이 하늘이라고 입에 발린 소리 하던 놈들도 필요 없어지니 버러지보다 못하게 취급하는 게 니들 아니냐? 니들이 언제 우리 사는 데 눈길 한번 돌린 적 있나? 행여 조금만 다가가도 더러운 버러지 보듯 고개 돌린 놈들이 이제 와서 왜? 우리가 딴 데 한눈파는 게 그렇게 분하냐? 그리 고깝냐? 여태 우리한테 고개 돌린 놈들이 누군데?"

"네 이놈!"

"그만!"

향이 손을 들어 노인을 때리려는 나졸을 막았다.

"놔두어라."

그의 한 마디에 나졸들이 노인에게서 주춤주춤 물러섰다.

향의 눈빛이 깊게 가라앉았다.

그는 천천히 자리에서 일어섰다. 그리고 말했다.

"신문을 끝낸다."

"네?"

느닷없는 왕세자의 명에 사또를 비롯한 사람들이 어리둥절한 표정을 지었다.

향은 묵직한 얼굴로 주위를 둘러보았다.

"하, 하오나……."

어찌할 바를 모른 채 양 손바닥을 비비고 있는 사또를 뒤로 한 채 향은 동헌 마당을 벗어났다. 내당으로 이어진 중문으로 들어서는 그의 등 뒤로 긴 그림자가 따라붙었다.

"저하."

무혁이 불안한 얼굴로 향을 불렀다.

"혼자 있고 싶구나. 그러니 아무도 따라오지 마라."

힘없는 목소리로 말한 향은 비틀비틀 걸음을 옮겼다. 그의 발걸음에서 지독한 무게가 느껴졌다.

차마 따르지 못한 무혁은 그대로 서서 멀어져가는 향을 지켜보았다. 언제나 당당하던 왕세자의 어깨가 아래로 축 늘어져 있었다. 언제나 크고 단단했던 그의 하늘이 지금은 바람결에 부서질 듯 아스라하게만 느껴졌다.

쿵! 쿵! 쿵!

벽을 내리치는 향의 주먹에 검푸른 피멍이 가득했다.

쿵! 쿵!

살이 찢기고 검붉은 핏물이 흘러내려도 향은 조금의 고통도 느낄 수가 없었다.

너무 높은 곳에 있었는가 보다.

그러니 백성들이 어찌 사는지 제대로 들여다보지 못했지.

나는 정녕…… 별만 쫓고 있었는가 보다.

하늘의 별만 쳐다보다 정작 땅 위에 발붙이고 살아가는 내 백성은 미처 보지 못했다. 저들이 얼마나 굶주렸는지, 저들이 얼마나 헐벗었는지……. 내 상처가 아프다는 핑계로 저들이 얼마나 아프게 살아야 하는지 외면하고 있었다.

저들에게 죄가 있다면……. 이 나라의 백성으로 태어난 죄. 힘없는 자로 태어난 죄.

그러나 그들은 죄인이 아니었다.

진짜 죄인은…… 바로 나.

가장 높은 곳에서 군림만 했던 어리석은 나였다.

이 죄를 어찌 갚아야 하나. 이 죗값을 어찌 치러야 하나.

쿵! 쿵! 쿵!

주먹이 너덜너덜해지도록 향은 벽을 치고 또 쳤다.

그래도 갑갑함이 풀리지 않았다.

쿵쿵쿵!

미친 듯 벽을 내리치는 주먹 사이로 작은 손이 파고들었다.

"저하."

해루였다.

그녀의 작은 손이 핏물로 범벅된 향의 손을 가만히 그러잡았다.

향은 차마 눈조차 마주치지 못한 채 낮은 쇳소리를 흘렸다.

"……가라."

"저하."

"물러가라 하였다."

이런 모습, 네게 보이고 싶지 않다.

그러나 해루는 고집스럽게 향의 곁에서 물러나지 않았다.

"하지 마십시오."

해루가 향의 손을 조심스럽게 감싸 쥐었다.

"그리 자책하지 마십시오."

그녀의 눈동자가 서글픈 빛으로 향을 올려다보았다.

"바보십니다. 천하에 다시 없는 똑똑한 분인 줄 알았는데, 이제 보니 저하는 최고의 바보십니다."

"뭐?"

"그리 자책만 하면 무얼 합니까? 자책하고 혼자 아파하는 것은 아무 도움이 되지 못합니다. 저라면 말입니다, 그럴 시간에 무엇이

든 해볼 겁니다. 저하는 왕이 되실 분이 아닙니까? 무엇이든 하실 수 있는 분이 아닙니까? 그러니 저들이 배고프지 않도록……. 저들이 헐벗지 않도록 하시란 말입니다. 저하는 하실 수 있잖습니까. 길의 끝에 벼랑이 있어도 가는 분이 아닙니까?"

"……."

"가시덤불이 있으면 치워버리고 가면 된다 하신 분이 바로 저하십니다. 그러니 무엇이든 해주십시오. 지금부터라도 저들을 위해 살아주십시오."

"……!"

향은 둔중한 것에 뒤통수를 맞은 듯 잠시 멍해졌다.

정지된 듯한 시간이 흘렀다.

그렇게 얼마나 지났을까?

향은 문득 해루의 손을 얼굴 가까이 가져왔다.

향긋한 분내도, 여린 보드라움도 없는 거친 손.

그러나 삶의 흔적이, 그 치열한 인생이 고스란히 녹아 있었다, 이 손에는.

이것이 백성의 손인가? 이리 거칠고 척박한 것이 이 땅을 살아가는 사람들이더냐?

저릿한 감각이 가슴 근처를 묵직하게 짓눌렀다. 베이고 헤집어져도 치유할 틈도 없이 다시 삶을 살아야 했던 여인에 대한 존경과 미안함이 그의 고개를 무겁게 내리눌렀다.

"나는……."

이를 악문 향의 어깨가 가늘게 떨렸다.

그때, 해루의 입술이 향의 눈가로 다가왔다. 여린 입술은 눈가에 맺혀 있는 물기를 살며시 어루만졌다.

마치 어미가 상처 입은 어린 새끼를 보듬듯 그리 정성스럽게……

"따뜻합니다. 그리고……."

　해루는 입술 사이로 스며든 그의 눈물을 삼키며 말을 이었다.

"달콤합니다."

"……."

"이것이 저하의 마음일 겁니다. 이리 따뜻하고 다디단 것이 백성을 바라보는 저하의 마음입니다. 이런 저하의 마음이 좋습니다. 그래서 제가 저하를…… 연모하는가 봅니다."

　향이 고개를 들어 해루를 바라보았다.

"무어라고 하였느냐?"

"연모합니다. 연모가 무엇인지 정확히는 알지 못합니다. 그러나 이런 마음이 연모라면……. 이리 가슴 아파하시는 저하의 모습에 숨이 쉬어지지 않는 마음이 연모라면……. 네, 저는 저하를 연모합니다."

"너는, 너는 대체……."

"감히 연모할 수 없는 분이라는 걸 알고 있습니다. 저 같은 것이 감히 연모해선 안 된다는 것도 알고 있습니다. 그래도…… 연모합니다. 연모하게 되었습니다. 그러니 가라 하지 마십시오."

　당당한 말과는 달리 해루의 얼굴은 붉게 물들어 있었다. 저도 모르게 말해 놓고 보니 한없이 수줍고 부끄러운 마음인지라, 해루는 고개를 푹 숙이고 말았다.

"해루야."

　향은 해루의 작고 거친 손을 맞잡았다.

"내가 너를 보낼 성싶으냐?"

"네?"

"아니 보낸다. 가라 하지 않는다."

말과 함께 그는 그녀를 힘껏 품에 안았다.

이제야 숨통이 트였다. 내내 갑갑했던 그의 마음이 조금은 가벼워졌다.

❀

다음 날 아침.

동헌 마당은 다시 사람들로 가득했다.

향이 대청마루로 올라섰다.

무슨 벌이 내려질까, 사람들은 잔뜩 긴장한 채 향의 목소리를 기다렸다.

이윽고 위엄 가득한 왕세자의 목소리가 공기 중에 묵직한 파문을 그렸다.

"저들을…… 풀어줘라."

"네?"

사또가 감히 고개를 번쩍 들어 올렸다. 그러다 이내 자신이 범한 잘못을 깨닫고 다시 머리를 조아렸다.

놀란 건 사또만이 아니었다. 벌을 기다리던 사람들의 얼굴에도 놀람이 가득했다.

홀로 태연한 표정을 한 채 향이 다시 말했다.

"저들을 풀어줘라. 저들에겐 아무 죄가 없다. 또한, 지금 즉시 곳간을 열어 저들에게 곡식을 나눠 주도록 하라."

"저, 저하……."

사또의 얼굴에 당혹감이 피어올랐다.

감히, 세자 저하를 위해하려 한 자들이었다. 또한, 국법으로 금지한 미신을 믿고, 스스로 이 나라의 백성 되길 거부했던 자들이다. 엄히 다스려 일벌백계해야 마땅함에 오히려 곡식을 나눠 주라니.

"저, 저하. 곡식은……."

"곡식을 나눠 주되, 그냥 주지는 않겠다."

향은 쏠어 보는 눈길로 마당을 내려다보았다.

"봄이 되면 너희에게 농사를 지을 수 있는 땅과 종자를 나눠 줄 것이다."

"하, 하지만……."

"그때, 궁에서 사람이 내려올 것이야. 그들이 너희가 농사짓는 땅에 적당한 곡식을 정해줄 것이고, 그것을 어찌 키울지에 대해 세세히 알려줄 것이다. 그리고 가을에 추수가 끝나면 관아에서 빌려 간 곡식과 종자에 이자를 더해 받아낼 것이다."

동헌 마당에 침묵이 흘렀다.

사람들의 눈에는 작금의 상황을 믿을 수 없다는 불신이 가득했다.

쏠쏠한 미소가 향의 얼굴에 떠올랐다.

아직은 믿을 수 없겠지. 그러나 믿게 하리라. 믿을 수밖에 없게 하리라.

의지를 다진 그는 이번에는 신녀에게로 고개를 돌렸다.

"저 여인은 의금부로 압송한다."

"왜……? 저들에게 죄가 없다면서 왜 나를 잡아간단 말입니까?"

신녀가 체머리를 흔들며 소리쳤다.

"거짓으로 무지한 사람들을 현혹한 죄. 감히 하늘을 앞세워 사람 위에 군림하려 한 죄. 이것이 너의 죄다."

"거짓이라니요? 저는 거짓말을 한 적이 없습니다."

"정녕 거짓을 말한 적이 없느냐?"

향의 날카로운 눈빛이 신녀를 향했다.

"없, 없습니다."

"듣자하니 넌 사람들에게 비 올 시기를 알려주었다지?"

"그랬습니다. 제가 도와준 덕분에 종자를 뿌리고 수확하는 시기를 점칠 수 있었고, 홍수와 가뭄에 대비할 수도 있었습니다. 이런 내게 상을 내리지 못할망정……."

"과연, 네 말만 들으면 나라에서도 못한 훌륭한 일을 한 듯하구나."

"다, 당연히……."

"그럼, 대가로 무얼 받았느냐?"

"네?"

"날씨를 알려주고, 하찮은 신수나 봐주면서 그 대가로 무얼 얼마나 받았느냔 말이다."

"그, 그건……."

"어젯밤, 사람들을 조사하였다. 터무니없는 대가를 요구했더구나. 전답은 물론이고, 심지어 저들의 삶도 저당 잡았다지?"

"시, 신을 접하는 일을 어찌 금전으로 계산할 수 있겠습니까?"

"신?"

향이 피식 웃으며 말을 이었다.

"네가 말하는 신이라는 게 이것이냐?"

향은 사람들이 신물이라고 철석같이 믿고 있는 서책을 신녀의 발치로 던졌다.

"그, 그건⋯⋯."

"책장 사이 사이에 월력(月曆, 달력)이 숨겨져 있더구나. 네가 날씨를 예측할 수 있었던 것은 네가 믿는 신이 아니라 월력 덕분이었다. 아니더냐?"

신녀의 눈이 휘둥그레졌다.

동시에 여기저기서 웅성거림이 이어졌다.

"월력이 뭐냐?"

"내가 그걸 우태 아나? 그런데 그게 날씨랑 뭔 상관이나?"

우왕좌왕하는 목소리가 여기저기서 터져 나왔다.

그러나 한양에서 파견된 사또를 비롯한 몇몇 아전들은 향의 말뜻을 알아듣고 고개를 끄덕였다.

"이 월력. 이 나라 물건이 아니더구나."

"⋯⋯!"

"이런 산골에서 어찌 이런 물건을 구할 수 있었더냐?"

향의 질문에 신녀는 대답하지 않았다. 그저 사시나무 떨듯 몸을 벌벌 떨 뿐이었다.

의미심장한 눈길로 신녀를 노려보던 향이 무혁에게로 시선을 돌렸다.

"혁아, 당장 저 여인을 의금부로 압송하라."

"네, 저하."

명을 받은 무혁이 재게 몸을 움직였다.

"나는 죄가 없소. 나는 하늘의 뜻을 받은 사람이외다. 나를 다치게 하면 천벌이 내릴 것이오. 천벌, 천벌을⋯⋯."

발버둥 치며 신녀가 끌려 나갔다.

향이 그녀를 바라보며 싸늘한 목소리로 중얼거렸다.

"접신하면 네 몸이 네 것이 아니고, 네 입도 네 것이 아니라 하였더냐? 과연 네가 섬기는 신이 널 위해 어떤 변명을 하는지 들어봐야겠다."

❀

한바탕 소란이 휩쓸고 지나간 동헌에 깊은 침묵이 흘렀다.

그 침묵을 뒤로 한 채 향은 해루와 함께 도성으로 걸음을 옮겼다. 황량한 가을 풍경이 두 사람 곁으로 흘러갔다.

"해루야."

향의 나지막한 부름에 뒤를 쫓던 해루가 쪼르르 달려와 그와 어깨를 나란히 했다.

힐끗, 향의 눈치를 살피던 해루는 궁금해 못 견디겠다는 얼굴로 입을 열었다.

"어찌 아셨습니까?"

"무얼 말이냐?"

"그 서책이 월력이라는 것 말입니다."

"네 덕분이다."

"제 덕요?"

"그래. 네가 얼굴에 그 기이한 면포를 썼던 덕에 알 수 있었다. 신물이라 불린 서책의 책장이 여느 것보다 유난히 무거웠거든. 네가 두 겹으로 면포를 뒤집어썼듯이 서책의 책장은 각기 두 장으로 만들어져 있었다."

"그랬습니까? 저는 까맣게 몰랐습니다."

탄복한 듯 대답하던 해루가 잠시 생각에 잠겼다.

"그런데 책장 사이에 교묘하게 숨겨져 있으면 어찌 월력을 볼 수 있을까요? 매번 다시 붙였다 떼어냈다 하기도 쉽지 않을 텐데 말입니다."

"삼문이라는 녀석이 책을 훔친 곳은 명국을 드나들며 장사를 하는 상인의 창고였다더구나. 월력은 해가 바뀌면 변하기 마련이라, 아마도 신녀라는 여인은 매년 명국에서 월력을 몰래 들여온 모양이다."

"아! 그럼, 상인에게서 신녀에게 전해지려던 책을 때마침 그 녀석이 훔친 거로군요."

"그렇다. 당연히 그 서책은 한 번도 쓰인 적이 없었던 게지."

"그래서 겉으로 보기엔 이상한 점을 찾을 수 없었던 거고요."

"책을 잃어버린 사실을 뒤늦게 깨달은 상인은 급히 신녀에게 사실을 전했을 테고, 후환이 두려웠던 신녀는 무지한 사람들을 선동하여 찾아오게 한 것이다."

"……."

해루가 눈빛을 반짝거리며 향을 올려다보았다.

"왜 그런 눈으로 보는 것이냐?"

"놀랍고 뿌듯해서요."

"무엇이 놀랍고, 무엇이 뿌듯한 것이냐?"

"고작 그런 작은 실마리로 서책의 비밀을 알아낸 것이 놀랍고, 그런 분이 제…… 사내라는 것이 뿌듯합니다."

해루는 홍조 가득한 얼굴을 아래로 푹 숙였다.

이상했다.

요즘은 툭하면 수줍어지니. 병이다, 병이 틀림없다.

그런 그녀를 사랑스레 바라보던 향이 살며시 손을 잡아왔다.

"앞으로 하고 싶은 일이 많다."

"무얼 하고 싶습니까?"

"월력을 만들 생각이다."

"월력요? 월력이라면 이미 있지 않습니까?"

"현재의 월력은 명국에서 가져온 것이다. 하여, 우리나라의 계절 주기와 맞지 않는다. 계절 주기가 맞지 않으니 농사에 적합하지 않은 건 물론이고. 그러니 월력을 새로 만들어야겠다. 이 나라에 맞는 월력을 말이다."

"그리되면 농사를 짓는 데 많은 도움이 되겠습니다. 더불어 관청에 대한 불신도 사라지겠고요."

"하찮은 무당이나 미신에 현혹되는 일도 없어지겠지. 내 백성들이 하찮은 무당이나 미신에 현혹되지 않도록 든든한 나라를 만들 생각이다."

"참으로 훌륭하신 생각이십니다."

"그러나 월력을 만드는 일보다 먼저 해야 할 일이 하나 있다."

"무엇입니까?"

"궁에 돌아가면 말이다……."

문득 향의 얼굴에 웃음이 떠올랐다.

그가 해루의 귓가에 무슨 말인가 작게 속삭였다.

"네? 지금 무어라고 하셨습니까?"

무에 잘못 들었는가 하여 해루는 제 귀를 만졌다.

허리를 굽혀 해루와 눈높이를 맞춘 향이 한 자, 한 자 또박또박 다시 말했다.

"못 들었느냐? 너와 혼례를 올린다고 하였다."

"혼례요?"

뜻밖의 말에 해루의 눈이 휘둥그렇게 커지고 말았다.

어찌 알았을까?

백악산 중턱에 저택 한 채가 펼쳐져 있었다.

오래된 고목의 가지처럼 풍광과 자연스럽게 어우러진 저택.

그 저택의 높은 담벼락 아래로 긴 수레가 열을 지어 섰다. 먼 곳에서 들여온 교역품과 한양에서 사들인 물품. 그리고 저택에서 소비될 물건들이었다.

저택의 살림을 도맡아보는 최 마름이 수레에 담긴 물품을 확인했다. 장부에 적힌 숫자와 실제 품목을 번갈아 보며 꼼꼼하게 확인하는 그의 곁으로 젊은 흑의인이 다가왔다.

먼 곳에서 온 듯 지친 기색이 역력한 흑의인이 등 굽은 최 마름에게 무언가 귓속말을 속삭였다.

좋지 못한 소식이라도 들은 것일까?

최 마름의 표정이 단박에 일그러졌다.

장부를 소맷자락에 갈무리한 최 마름은 저택 안으로 들어섰다. 아홉 개의 중문을 지나 심처에 도착한 그는 안쪽을 향해 조심스럽게 인기척을 흘렸다.

"단주 어르신."

문풍지 너머로 보이는 흐릿한 그림자가 대답했다.

"말하게."

"이번에 들여온 물품의 정리를 끝냈습니다."

"들어오게나."

문을 열고 들어서니 문방사우를 정리하는 민안선의 모습이 보였다.

그의 앞에서 크게 절을 한 최 마름은 장부를 민안선에게 건넸다.

민안선은 고개를 끄덕이며 장부를 서탁 위에 올려놓았다.

"물건은 틀림없고?"

장부 내용은 보지 않고 최 마름을 향해 물었다.

"평소보다 다소 시간이 걸리긴 하였으나, 빠짐없이 다 들여왔습니다."

"고생했네."

"그리고……."

평소와 달리 미적대는 최 마름에게 민안선이 물었다.

"할 말이라도 있는가?"

"강원도에서 소식이 왔습니다."

"강원도?"

"영월에서 활동하던 연화신녀가 의금부로 압송되었다고 합니다."

"저런……."

민안선이 낮게 혀를 찼다.

영월은 그가 특별히 신경을 쓰던 지역 가운데 하나였다.

한양에서 멀리 떨어진 데다 산세가 험하고 길도 좋지 않아 중앙의 관리가 허술했다. 그러기에 일을 도모하는 데 큰 도움이 될 지역이었다.

연화신녀는 영월 지역의 핵심 인물이었다. 그녀가 의금부로 압송되었다는 건 오랜 시간 공들인 일이 모두 허사가 되었다는 것을 의미했다.

그럼에도 민안선의 얼굴에는 아무런 동요가 없었다.

"무슨 일로 그리되었는가?"

"미신으로 백성을 혹세무민한 죄라 하옵니다."

"신녀는 떠났어도 그녀가 뿌린 씨앗은 이미 싹을 틔워 사방에 뿌리내렸으니……. 오히려 이번 일로 백성의 반감만 키운 격이 될 걸세."

민안선은 대수롭지 않은 듯 느긋하게 말했다.

그러나 그 느긋함은 얼마 가지 못했다.

"단주 어르신."

다시 부르는 최 마름의 목소리에 불안한 기색이 묻어났다.

"서책을…… 빼앗겼다 합니다."

"……!"

반듯하던 민안선의 이마에 주름이 새겨졌다.

"서책이라면……. 월력 말인가?"

"송구합니다."

"허허."

민안선이 허탈한 웃음을 흘렸다.

"평범한 책 속에 꽁꽁 숨긴 것을 어쩌다 들키게 되었을꼬."

"어쩌다 책을 도둑맞았는데, 그것이 왕세자의 손에 들어간 모양입니다."

"밤손님이 많은 책 중에서 하필 그 책을 훔쳐 갔는데, 그 물건이 다른 사람도 아닌 왕세자의 손으로 흘러들어갔단 말인가?"

"네, 그렇습니다."

"혹, 왕세자가 처음부터 관여된 것은 아닌가?"

"사건의 정황으로 보아 단순한 우연인 듯합니다."

"아무래도 왕세자와 난 악연인 듯하군. 질긴 악연. 아마 앞으로도 이리 얽히고 저리 얽히게 되겠지. 허면, 어찌하면 좋을까?"

민안선의 표정이 차갑게 가라앉았다.

왕세자보다 한발 앞서 도성으로 귀환한 황 노인은 성안으로 발을 들이기 무섭게 내관의 방문을 받았다.

"고생하셨습니다."

늙은 내관이 고개를 숙였다.

황 노인은 그를 게슴츠레 뜬 눈으로 노려보았다.

"그리 말하는 걸 보니 역시 작정하고 나를 귀양 보내신 것이 틀림없군."

넉살 좋은 내관은 태연한 얼굴로 왕의 명을 전했다.

"돌아오시는 대로 강녕전으로 뇌시라는 분부가 있으셨습니다."

"영월에서 돌아온 지 채 반 식경도 되지 않았네."

"오시는 대로 곧바로 궁으로 뇌시라 하셨습니다."

부아가 끓었지만, 어쩔 수 있나.

오라면 오고, 가라면 가야 하는 처지인 것을.

결국, 황 노인은 내관을 따라 왕의 침전으로 향했다.

"잘 다녀왔는가?"

황 노인을 본 왕이 부드러운 미소를 지었다.

"불행하게도 죽지 못해 무사히 돌아오고 말았습니다."

"죽지 않고 무사히 돌아왔으면 좋은 게지, 어찌 불행하다 하는가?"

"이 기구한 운명은 아마도 죽어야 끝날 듯하여……."

"원 사람 참, 속 좁기는."

고작 귀양살이 한 번 보낸 일 갖고 꿍해 있느냐는 왕의 말에 황 노인의 눈가에 바르르 경련이 일었다.

"영월은 무척 먼 곳이었습니다."

"그렇겠지."

"길도 험하고 사람들의 인심도 각박하였지요."

"자고로 사람의 인심이란 넉넉한 곳간에서 시작된다 하였네. 그곳 형편이 그리 좋지 않으니, 사람의 인정을 바라기도 어려웠겠지."

"덕분에 얼어 죽는 줄 알았습니다."

"그랬는가? 그러고 보니 요즘 제법 날이 추워졌구먼."

"전하께선 따뜻한 곳에 계시어 모르셨겠지만, 찬 바닥에서 멋모르고 자다 황천 구경하는 줄 알았습니다."

"그건 참 아쉽군. 다음에 구경하게 되면 어떤 곳인지 말해 주게."

황 노인의 얼굴에 침울한 표정이 떠올랐다.

"역시 전하께선 이 늙은 신하가 죽길 바라시는 것 같사옵니다."

"말 같지 않은 소리. 그대를 아끼는 내 마음은 하늘이 알고 땅이 알고 있음이야."

"조금 덜 아껴주십시오."

"그래야 할 터인데, 내 마음이 허락지 않는군. 눈을 뜨고 있어도, 감고 있어도, 그대 생각뿐이니. 어찌하겠는가?"

황 노인이 한숨을 푸욱 내쉬었다.

말로는 도무지 이길 수 없는 사람이었다.

그때, 왕이 화제를 돌렸다.

"그보다……. 세자가 나한테 전할 말이 있다고 하진 않았는가?"

힐끗, 왕께서 눈치채지 못하게 눈을 흘긴 황 노인은 앞섶에서 서찰을 꺼냈다.

"저하께서 보낸 것이옵니다."

기다렸다는 듯 왕은 서둘러 서찰을 건네받았다.

"그곳에서 이런 일이 있었군."

서찰을 읽는 왕의 얼굴에 은은한 미소가 피어올랐다. 서찰엔 영월에서 있었던 미신과 관련한 사건과 해루에 대한 이야기가 적혀 있었다.

왕께서 관심을 보인 건 해루에 대한 내용이었다.

"네. 결국, 그리되었사옵니다. 그런데……."

황 노인은 매처럼 눈매를 날카롭게 뜨며 말을 이었다.

"놀라는 기색이 아니시옵니다. 마치 이런 일이 있을 줄 기대하고 부러 저하를 그곳으로 보내신 것 같습니다."

"아이쿠, 놀라는 중일세. 그 뻣뻣한 세자에게 이런 면모가 있을 줄이야. 그 누가 상상이나 했겠는가. 허허허허."

왕의 뻔뻔한 태도에 황 노인은 입을 삐죽거렸다.

늙은이를 그 먼 곳까지 귀양살이 보낸 연유가 명명백백 밝혀졌다.

해루, 그 아이를 숨기고 더불어 세자 저하의 마음을 확인하려 했던 것이 틀림없었다.

이건 왕께서 판을 깔아준 일이나 다름없었다.

어쩐지 저하께서 호언장담하시더라니. 두 부자께서는 미리 작당하신 거구나.

쪼글쪼글 주름진 입술 사이로 다시 깊은 한숨이 흘러나왔다.

"허허허, 좋은 일을 앞에 두고 웬 한숨인가?"

"앞날이 캄캄한 밤이니, 한숨이 어찌 아니 나오겠습니까?"

"밤이 지나야 아침이 오고, 바람이 거세야 뿌리가 깊어지는 법일세."

"어찌 전하마저 그리 말씀하시옵니까? 세자 저하야 젊은 혈기로 그리 행하신다 하여도, 전하께서는 말리셔야지요."

황 노인의 투덜거림에 왕은 넉넉한 미소를 입가에 올렸다.

"우리 향이가 처음으로 아비를 찾아와 청한 일이라네."

"정녕 이 일을 밀어붙일 작정이십니까?"

"아들이 아비를 믿고 있으니, 이 아비가 든든한 바람벽 노릇 한 번 해야 하지 않겠는가. 허허허."

왕은 땅이 꺼져라 한숨을 내쉬는 노인을 앞에 두고도 웃음을 멈추지 않았다.

그러다 무슨 생각인지, 갑자기 벌떡 자리를 털고 일어섰다.

"어딜 가시옵니까?"

"쇠뿔도 단김에 빼렸다고. 본디 이런 일은 뒤로 미뤄서는 아니 되는 것이야."

"하여, 어딜 가시려고요?"

덩달아 일어서며 황 노인이 물었다.

"내명부의 일이니, 중전의 동의가 있어야 할 터."

중궁전으로 향하는 왕의 걸음이 구름 위를 나는 듯 가벼웠다.

"에구구구."

그 뒷모습을 보는 황 노인의 시름은 깊어만 갔다.

"허허허."

유쾌한 웃음소리가 중궁전 담벼락을 따라 이어졌다.

"오늘 기분 좋은 일이 있으신 것 같사옵니다."

중전은 왕의 안색을 살피며 고개를 갸웃했다.

"허허허, 내가 그리 보이오?"

"네. 그리 보이십니다. 무슨 일이신지요?"

"아마도 중전과 함께 있으니 흥이 절로 나는가 보오."

"말뿐인 줄 알면서도 기분이 좋습니다."

"내 어찌 말뿐인 소릴 하겠소. 험험."

"그런데 어인 일이시옵니까? 조강(朝講)에 드셔야 할 시간에 중궁전까지 걸음을 하시고……."

"오늘은 조강 작파하라 하였소. 가는 세월 미처 깨닫지 못했건만, 어느새 산이고 들이고 단풍이 가득하오. 모처럼 중전과 함께 후원이나 거닐까 하는데. 어떻소?"

왕의 말에 중전은 고요한 시선으로 그를 바라보았다.

"어찌 그리 사람을 뚫어지게 보오?"

"무슨 일이시옵니까?"

"일은 무슨 일?"

"전하와 평생을 함께 살아온 저입니다. 전하께서 그런 표정을 지으실 때는 딱 두 가지 경우지요. 무슨 일을 저지르려 하시거나, 혹은 무슨 일을 이미 저지르셨을 때."

"허허허, 그럴 리가."

"말씀해 보십시오. 저지르신 겁니까? 아니면 저지르실 겁니까?"

"……중전의 눈은 좀처럼 속일 수가 없구려."

왕은 겸연쩍은 얼굴로 입맛을 다셨다. 힐끗 중전의 눈치를 살피던 왕이 슬금슬금 품속에서 서찰을 꺼냈다.

"이게 무엇입니까?"

"읽어보오."

미심쩍게 왕을 살피던 중전이 내키지 않는 표정으로 서찰을 읽어 내려갔다.

잠시 후.

"이, 이게……."

중전의 손끝이 가늘게 떨렸다.

문득 주위를 획획 둘러보던 중전은 잔뜩 목소리를 낮춘 채 왕에게 물었다.

"정말 세자가 이런 서찰을 쓴 것이옵니까?"

"그렇소."

"우리 향이가요?"

왕은 대답 대신 고개를 끄덕거렸다.

"이런……. 무슨 꿍꿍이속인지 모르겠습니다."

"꿍꿍이는 무슨."

"하지만 이걸 어찌 믿는단 말입니까? 우리 세자가 어떤 사람인 줄은 전하와 제가 그 누구보다 잘 알고 있사옵니다. 혹여 이 서찰, 세자의 필체를 흉내 낸 다른 자의 소행은 아닐까요?"

"당대 명필이라 불리는 세자의 필체를 그 누가 흉내 낼 수 있단 말이오?"

"그럼 세자가 무에 먹지 말아야 할 것을 먹은 것이 틀림없사옵니다. 그렇지 않고서야……."

도저히 믿을 수 없다는 듯 중전은 고개를 내저었다.

그때, 왕의 목소리가 중전의 귓전을 파고들었다.

"세자는 지금 여인에게 빠진 것이라오. 생전 처음으로 말이오."

"정말…… 세자가 연모를 깨달았단 말입니까? 여인 보기를 돌같이 하던 세자가 말입니까?"

"그런 모양이오."

확신하는 듯한 왕의 대답에 중전은 서찰을 다시 찬찬히 읽어 내려갔다.

문득 그녀의 눈에 눈물이 고였다.

"어찌 그러시오?"

느닷없는 눈물에 왕이 놀라 물었다.

"송구합니다. 신첩, 너무 놀라고 안심이 되어서요."

"놀라고 안심이 되다니? 그게 무슨 말이오?"

"걱정하였습니다. 어린 시절부터 줄곧 바르기만 하던 세자가 아니었사옵니까. 행여 어미의 마음 다칠세라 말 한마디조차도 함부로 뱉지 않던 아이였습니다. 한 번도 무얼 해달라 조른 적도 없었지요. 어린아이답지 않게 늘 의젓하고, 늘 반듯했지요."

"그러했지."

"그것이 걱정이었습니다. 마치 보이지 않는 틀이 우리 세자의 몸을 억압하는 듯 보여 안쓰러웠습니다. 우려가 현실이 된 듯, 가례를 올릴 나이가 되어서도 여인에게는 도통 관심이 없고, 오직 국사와 나라 걱정만 하였습니다. 이러다 자칫 후대를 잇지 못하는 건 아닐까 근심하였지요. 혹, 빈궁을 들이면 나아질까 기대도 하였습니다. 하오나, 세자는 여전히 여인에겐 눈길조차 돌리지 않으니, 어미의 눈엔 그저 안타깝고 아팠습니다."

"그랬소?"

"그런 아이가 이런 서찰을 보냈으니 놀랄 수밖에요. 믿지 못할 수밖에요."

"허허허, 나 역시 놀라고 믿기지 않소."

"다행입니다. 정말 다행……."

길게 입가를 늘인 채 고개를 끄덕이던 중전의 낯빛이 갑자기 어두워졌다.

"이런, 이걸 어찌합니까?"

"무얼?"

"너무 엄청난 일이라, 빈궁을 깜빡 잊고 말았습니다."

"빈궁?"

"빈궁이 이 일을 알면 마음 아파할 것이 아니겠습니까? 그 아이, 궁에 들어온 지 얼마 되지 않았는데."

지아비의 오롯한 여인이 될 수 없음은 왕실 여인의 운명이리라. 궁궐의 여주인, 화려한 세계의 수장인 그녀에게도 그것은 어쩔 수 없이 받아들여야 하는 아픔이었다.

세자빈 역시 왕실 여인이기에 그 운명에 순응하여 살아라, 말해야 했다.

하지만…….

중전은 세자빈이 감내해야 할 고통의 크기를 가늠했다.

그 여린 것에게 어찌 말해야 덜 아플 것인가?

중전의 고민이 깊어질 때였다.

"중전마마, 빈궁전에서 아침 문안 들었사옵니다."

호랑이도 제 말 하면 온다더니.

세자빈의 출현에 왕과 중전의 얼굴에 난색이 가득했다.

"중전마마⋯⋯."

들이라, 마라, 기척이 없자 지밀상궁이 다시 한 번 안쪽을 향해 고하였다.

"들어오라."

서둘러 서찰을 갈무리한 중전이 등을 꼿꼿이 펴며 말했다.

이내 문이 열리고 곱게 단장한 소은이 안으로 들어섰다.

사각사각, 비단 스치는 소리와 함께 나비처럼 가벼운 걸음이 왕과 중전의 앞에 멈춰 섰다.

"주상 전하."

왕을 발견한 소은이 놀란 표정을 지었다.

그러나 그것도 잠시.

소은은 입가에 은은한 미소를 지으며 궁의 법도와 예절에 맞춰 절을 올렸다.

지켜보는 왕과 중전의 얼굴에는 흡족함이 가득했다.

"아바마마, 어마마마, 밤새 강녕하셨는지요?"

새치름 눈을 내리깐 채 소은이 고운 목소리로 안부를 여쭈었다.

왕이 연신 고개를 끄덕이며 입을 열었다.

"늙은이들의 밤이야 그날이 그날이지. 그래, 빈궁은 어찌 지냈느냐? 듣자니 요즘은 여사(女師)에게서 『열녀전(列女傳)』을 배우고 있다지?"

"송구하오나, 학식이 미천하여 배움에 큰 진도가 없사옵니다."

"괜찮다. 천천히, 느리게 가더라도 상관없다. 옛것을 교훈 삼아 매사 조심하고 경계하라는 의미로 네게 그것을 배우라 한 것이니, 너무 조급하게 생각하지 마라."

"황공하옵니다. 하온데 아바마마, 어찌 용안의 빛이 어둡사옵니다."

"내가 그러하더냐?"

왕은 손을 들어 마른세수를 했다.

"요즘 밤에 잠을 설쳤더니, 그것이 이리 티가 났나 보구나."

아무렇지 않게 말하는 왕과는 달리 소은의 얼굴에 속상한 빛이 떠올랐다.

"어찌 그런 표정인고?"

왕이 물었지만, 소은은 가만 고개만 저을 뿐이었다.

"아니옵니다."

"말해 보아라. 너와 내가 비록 남남으로 세상에 태어났으나, 지금은 시아비와 며느리로 묶인 사이가 아니더냐. 아비에게 못할 말이 무어가 있겠느냐?"

"그저…… 속상하여서요."

"속상해?"

궁금증이 생긴 중전이 소은을 채근했다.

"무슨 일이 있더냐? 혹여 세자가 네 마음을 상하게 한 것이냐?"

중전의 물음에 소은은 서둘러 고갯짓을 했다.

"아니옵니다. 그런 일, 없사옵니다."

"헌데, 무슨 일로 네가 속상하다는 것이야?"

"그것이……."

"말해 보라."

"아바마마께서 큰 시름 하시는 연유를 짐작하오나, 마땅히 제가 할 수 있는 일이 없기에 속상하옵니다."

왕이 상체를 소은에게 기울였다.

"내가 시름하는 연유를 네가 안단 말이더냐?"

"아녀자가 무얼 알겠습니까만, 사특한 저의를 품고 궁에 숨어들어 온 자 때문에 아바마마께서 밤잠을 이루지 못하신다는 말을 들었사옵니다."

"그 이야기가 네 귀에까지 들어갔구나."

"그자는…… 어찌 되었는지요? 잡혔는지요?"

소은의 물음에 왕은 시침을 뚝 떼며 대답했다.

"아직이다. 의금부에 명을 내려 잡아오라 하였으나 이미 자취를 감추었다 하더구나."

"어머나."

소은이 겁에 질린 듯 눈을 커다랗게 떴다. 그녀의 어깨가 가늘게 떨렸다.

"어찌 그러느냐?"

"송, 송구합니다. 다만, 그런 자가 도망을 쳤다 하시니 소첩 너무 무서워……."

"이런 이런."

안쓰러운 듯 소은의 곁으로 다가간 중전이 그녀의 손을 가만히 잡아주었다.

"이리 여린 것을 보았나. 걱정 마라. 예가 어디더냐? 궁이 아니더냐. 행여 나쁜 일일랑은 생기지 않을 것이니, 빈궁은 너무 심려 마라."

"궁녀들이 수군대는 소릴 들었사옵니다. 참으로 무서운 자라 하였나이다. 여인의 몸으로 관상감의 생도가 되었다 들었사옵니다. 그 대범함과 냉정함이라니. 배후에 누군가 있을지도……. 어쩌면 일 년 전과 같은 일이 벌어질지도 모른다 생각하니 절로 몸이 떨리옵니다."

중전은 비에 젖은 어린 새처럼 연신 몸을 떠는 소은을 살며시 안아주었다.

"네가 걱정이 많았구나."

토닥토닥, 안심시키는 손길에 소은의 떨림이 점차 잦아들었다.

"빈궁, 이제 괜찮으냐?"

내내 말없이 그 모습을 지켜보던 왕이 한없이 자애로운 얼굴로 물었다.

"송구하옵니다. 못난 모습을 보이고 말았습니다."

"아니다. 내가 너를 걱정하게 하였구나. 그러나 너무 근심 말라. 나와 세자가 있으니, 사특한 자들도 감히 어찌하지 못할 것이야."

"네, 아바마마."

머리를 조아리는 소은의 매무새가 참으로 곱고 단정하였다. 그 모습이 눈에 넣어도 아프지 않은지라, 중전은 연신 입가에 웃음을 떠올렸다.

고부간의 정다운 대화는 그 후로도 계속 이어졌다.

오랜만에 중궁전에 웃음꽃이 만발했다.

그렇게 얼마나 시간이 지났을까?

문안을 끝낸 소은이 중궁전을 떠났다. 열린 동창 너머로 마당을 가로지르는 세자빈의 뒷모습이 들어왔다.

중전의 입에서 낮은 한숨 소리가 흘러나왔다.

"어인 한숨이오?"

왕이 마지막 찻물을 머금으며 물었다.

"저 가여운 것을 어찌해야 할지 모르겠습니다. 세자가 저 아이에게도 정을 주면 좋으련만."

중전을 바라보는 왕의 입가에 의미심장한 미소가 떠올랐다.

"가여운 것은 모르겠으나, 우리가 참으로 대단한 아일 며느리로 들인 건 확실한 듯하오."

"그게 무슨 말씀이시옵니까?"

왕은 중전의 물음에 답하지 않았다. 대신 그는 붉은 중문 밖으로 사라지는 세자빈의 뒷모습을 돌아보며 중얼거렸다.

"어찌 알았을까? 관상감의 생도가 여인이라는 것을……. 그건 의금부에서 올린 문서에도 쓰여 있지 않은 일인 것을."

소은을 바라보는 왕의 눈빛이 날카로웠다. 언제나 입가에 드리우고 있던 웃음이 지워진 듯 사라져버렸다.

"두목님, 힘들지 않으십니까?"

속삭이는 듯한 목소리가 무혁의 등 뒤에서 들려왔다. 그저 가벼이 흘려버리려는데 다시 예의 속삭이는 소리가 들려왔다.

"벌써 두 시진 넘게 쉬지 않고 걷질 않았습니까? 이리 쉼 없이 걸으면 틀림없이 탈이 날 겁니다. 그러니 이쯤에서 잠시 쉬어 가는 게 어떻겠습니까?"

무심하던 무혁의 얼굴에 귀찮은 기색이 떠올랐다. 한 시진 전부터 쉬자는 해루의 속삭임이 쉬지 않고 들려왔던 까닭이었다.

체력이라면 어지간한 장부보다도 더 대단한 해루가 아니었던가.

오늘따라 왜 저리 칭얼거리는 걸까?

하지만 무혁은 못 들은 척 묵묵히 걸음을 옮겼다.

"두목님, 천천히요. 천천히 가십시오. 이번에 가면 이런 풍광을 또 언제 구경할 수 있겠습니까? 발길을 잠시 늦추시고, 주위를 둘러보십시오. 풍경이 아주 대단합니다. 무릉도원이 따로 없어요."

이번엔 풍경 타령이다.

급기야 무혁은 발걸음을 멈추고 말았다.

생생한 목소리로 보아 지친 것 같지는 않은데, 어찌 이리 귀찮게 구는지 모를 일이다.

미간을 한데 모은 채 무혁이 입을 열려는 찰나였다.

"무슨 일이냐?"

무혁이 하고자 했던 말이 딱 그 말이었다.

앞서 걷던 향이 저벅저벅 무혁을 향해 다가왔다.

하지만 향의 시선은 무혁을 향하지 않았다. 무혁의 등 뒤에 재빠르게 숨은 작은 그림자를 향하고 있었다.

작은 그림자의 정체, 바로 해루였다.

향이 고개를 돌리기 무섭게 해루는 그의 시야에서 벗어날 심산으로 무혁의 등에 달라붙어 있었다.

나름 숨는다고 애쓰는 모습에 향은 물론 무혁도 어이없다는 듯 한숨을 내쉬었다.

영월을 떠난 이후 내내 이런 모습이었다.

갑자기 내외하기로 작정한 것처럼 해루는 향을 피해 다녔다.

그런 해루의 행동은 향의 심기를 건드리기에 충분했다.

불만스럽기는 무혁도 마찬가지였다.

팔자에도 없는 담벼락 노릇이라니.

무혁은 못마땅하다는 듯 해루를 돌아보았다.

그 속내를 아는지 모르는지, 무혁과 눈이 마주치자 해루는 방긋 웃었다.

두 사람 사이로 향이 얼굴을 들이밀었다.

순간, 해루는 고개를 획 돌려 향의 시선을 외면했다.

"저 녀석이……."

낮은 중얼거림과 함께 향의 눈총이 애꿎은 무혁을 향했다.

그러거나 말거나 해루는 무혁의 등 그늘에 따개비처럼 딱 달라붙은 채 나올 생각을 하지 않았다.

무혁의 입에서 한숨이 절로 나왔다.

이 말썽꾼을 어찌해야 한단 말인가.

예전부터 특이하고 이상한 아이라는 것은 알고 있었지만, 이렇게 엉뚱한 줄은 상상도 못했다.

무혁이 해루의 괴이한 행동에 난감한 표정을 감추지 못할 때였다.

"혁아."

"네, 저하."

"너는 먼저 궁으로 돌아가라."

"하오나……."

"예서 궁까지 얼마 남지 않았으니, 먼저 돌아가 있어라. 내 곧 뒤쫓아 가마."

힐끗, 향과 해루를 번갈아 보던 무혁이 고개를 숙였다.

"명 받잡겠나이다."

스윽, 해루를 흘겨보던 무혁이 험한 수풀 사이로 모습을 감추었다.

"헉!"

든든한 담벼락이 한순간에 사라지자, 해루가 울상을 지었다.

그런 해루를 향해 향이 성큼 다가서며 물었다.

"뭐냐? 무엇 때문에 날 피하는 것이냐?"

향이 물었지만 해루는 슬며시 고개만 돌릴 뿐이었다.

"해루야."

참다못한 향이 해루의 작은 얼굴을 양손으로 잡았다.

이제는 피하려야 피할 수도 없는 상황.

"왜 이러는 건지 말해라. 무엇이 불만이냐? 무엇 때문에 나와는 시선도 마주치려 하지 않느냐?"

향은 해루의 눈을 들여다보며 물었다.

순간, 해루의 얼굴이 홍시처럼 붉어졌다. 동시에 또르르 커다란 눈망울이 먼 허공을 향했다.

그대로 보아 넘길 향이 아니었다.

그는 집요하게 해루의 눈동자에 자신의 모습을 담았다.

더는 피할 수 없음이라.

해루는 풀 죽은 표정으로 입을 열었다.

"이상합니다."

"무엇이?"

"아무래도…… 이상한 마귀에 쓰였나 봅니다."

"마귀?"

향의 눈에 의문이 피어올랐다.

"네. 그렇지 않고서야 이럴 리가 없습니다."

"무엇이 어찌 되었는데 그러느냐?"

"……."

"해루야."

"그러니까…… 저하를 보면……."

"나를 보면?"

"이상한 마음이 듭니다."

"이상한 마음이라니?"

"자, 자꾸만 손을 잡고 싶고, 그리고 자꾸만⋯⋯."

해루의 눈동자가 저도 모르게 향의 입술을 향했다.

그녀의 눈동자에 맺힌 제 얼굴을 들여다보며 향은 싱긋 미소를 지었다.

이 녀석, 왜 이리 엉뚱하게 구는가 했더니.

"입이라도 맞추고 싶은 것이냐?"

정곡을 찔린 듯 해루의 얼굴이 붉다 못해 까매졌다.

몸을 채우고 있는 모든 혈액이 뜨거운 화염이 되어 머리 쪽으로 쏠리는 듯했다. 불에 덴 듯 얼굴이 화끈거렸다. 땅속으로 파고들 기세로 해루는 고개를 한껏 숙였다. 말갛게 드러난 뒷덜미에도 붉은 기운이 꽃처럼 피어났다.

"마귀입니다. 제가 마귀에 쓰인 것이 틀림없습니다."

웅얼거리는 목소리가 흘러나왔다.

내려다보는 향의 얼굴에 짓궂은 장난이 걸린다.

동시에 사내의 정염도.

"알려주랴?"

눈을 반짝이며 향이 말했다.

"무얼요?"

기어들어가듯 해루가 물었다. 그 와중에도 자신을 향한 향의 시선을 피하려 고개를 요리조리 피하고 있었다.

향과 눈빛을 마주할 용기가 없었다.

그 속내를 아는지, 모르는지 향은 예의 개구쟁이 같은 표정으로 해루를 응시했다.

"대체 무얼 알려주신단 말입니까?"

"네게 쓰인 마귀, 몰아낼 방도 말이다. 알려주랴?"

"그런 방도가 있습니까?"

해루가 반짝 눈을 뜨고 그를 올려다보았다.

순간, 촉.

향의 입술이 해루의 입술에 맞닿았다.

느닷없는 기습에 해루의 눈이 동그래졌다. 이내 말캉한 혀끝이 그녀의 입술 사이를 파고들었다. 놀란 해루는 상체를 뒤로 물렀다. 그러나 향의 손에 뒷머리를 포박당한 상태였다.

옴짝달싹하지 못한 상황에 당황하는 사이, 달콤한 감각이 이촉을 두드렸다. 어금니를 물어 벽을 세워보지만 어림없었다. 두드리고, 어루만지고, 간질이고, 다그치는 붉은 혀끝에 애써 쌓은 방어벽이 무너졌다.

결국, 입술이 열없이 벌어졌다.

무너진 둑을 넘어 붉은 불꽃이 해일처럼 밀려들었다. 내뿜고 들이마시는 향의 숨결이 고스란히 그녀에게로 전해졌다.

저릿한 감각이 등줄기를 훑어내렸다. 눈앞이 아득해져 해루는 두 눈을 질끈 감았다.

발끝에 힘이 들어갔다. 명치 아래로 뜨거운 공기가 차올랐다.

두근대는 심장 소리가 머릿속을 가득 메웠다.

일순간, 무방비 상태가 되어버린 해루는 향의 목덜미에 팔을 둘렀다.

참으로 이상한 일이었다.

세상에서 가장 달고 맛난 건 궁에서 맛보았던 다식인 줄만 알왔다.

그러나 아니었다. 연신 입안을 휘젓는 향의 숨결만큼 달콤하진 않았다. 그의 붉은 혀끝만큼 기묘한 맛을 자아내는 것은 지금껏 경험한 적 없었다.

해루는 기갈난 아이처럼 향에게 매달렸다. 그가 주는 아찔한 감각에 발을 동동 굴렀다.

다시 그에게 안기고 싶었다. 이대로 다시 그의 여인이 되어…….

"아앗!"

저도 모르게 향의 가슴을 힘껏 밀쳐낸 해루는 급기야 길옆에 서 있는 나무 뒤로 몸을 숨겼다.

어쩌자고 이런 마음을 품는 것일까?

감히 뉘를 상대로…….

"해루, 너!"

향의 고함이 해루의 등 뒤에 따라붙었다.

화나셨나?

걱정스럽게 돌아보자니, 미소를 지은 채 다가오는 향의 모습이 들어왔다.

위엄과 권위로 무장한 향의 얼굴에서 언뜻언뜻 천진한 개구쟁이의 표정이 보였다. 흑백이 선명한 눈동자 아래엔 고단한 그늘이 그려져 있었지만, 오히려 그것이 그를 더 매혹적으로 만들었다.

하늘의 별인 듯 미려한 아름다움을 품은 사내.

그리 대단한 사내가 자신을 보고 있었다. 다른 사람도 아닌 자신을 향해 미소 짓고 있었다.

쿵쿵, 심장이 뛰었다.

이제야 알았다, 내게 쓰인 마귀의 정체.

모두 저하 탓이었다.

공갈 저하가 만든 마귀가 틀림없었다.

분하지만, 어쩔 도리가 없는지라, 해루는 두 주먹만 불끈 쥐었다.

그 와중에도 심장은 연신 미친 듯 두근거렸다.

이 물색없는 심장아, 어쩌자고 이리 날뛰는 것이야?

괜히 죄 없는 심장에게 불퉁한 지청구를 날리며 해루는 향의 입술이 닿았던 제 입술을 만지작거렸다. 얼굴이 다시 도홧빛으로 물들었다.

그사이, 등 뒤로 바싹 다가온 향이 해루를 잡아당겼다.

"엉뚱한 짓 그만하고, 이리 와."

향은 버둥거리는 해루의 손을 반쯤 강제로 맞잡았다. 해루와 맞잡은 손에서 뜨거운 열기가 느껴졌다. 자신과 어깨가 스칠 때마다 해루는 연신 등을 꼿꼿이 세웠다.

나무토막인 듯 뻣뻣하게 굳은 해루를 보며 향은 낮게 웃음을 터트렸다.

이 녀석을 어찌하면 좋을까. 이 몸서리쳐지게 어여쁜 녀석을……

향은 사랑이 듬뿍 담긴 눈으로 제 여인을 내려다보았다.

도성이 가까워지는 것이 마냥 아쉬웠다.

그러나 아쉽다고 하여 평생 길 위에서 살 순 없었다.

향은 해루와 함께 느리게 걸음을 옮겼다.

그렇게 얼마나 걸었을까?

"자, 이제 다 왔느니."

고개를 푹 숙이고 걷는 해루에게 향이 말했다.

"벌써요?"

저도 모르게 속내를 뱉은 해루는 얼른 입을 다물었다.

얼마 걷지도 않았는데, 벌써 다 왔다니.

그녀는 노을빛으로 물든 거리를 둘러보았다.

"저하, 또 길을 잃으신 겁니까? 여긴 궁이 아니질 않습니까?"

해루의 물음에 뜻밖의 대답이 들려왔다.

"넌, 궁으로 돌아갈 수 없다."

"그게 무슨 말씀입니까?"

"오늘부터 넌 여기서 지낼 것이다."

향의 말에 해루는 다시 한 번 주위를 찬찬히 살펴보았다.

이윽고 그녀의 눈이 화등잔만 해졌다.

"여긴……!"

그래도 되겠느냐?

해루는 노을빛으로 물든 거리를 둘러보며 물었다.

"저하, 이곳은 어디입니까?"

"지금 궁이 어수선하다."

"알고 있습니다. 누군가 생도 해랑이 반역을 도모하였다고 의금부에 발고하였다지요?"

"그래. 그런 이유로 너는 당분간 궁으로 돌아갈 수 없을 것 같구나."

"그렇긴 합니다만……."

해루의 표정이 어두워졌다.

그저 궁으로 돌아갈 수 없다는 말뿐이었건만, 이상하게도 가슴 한구석이 욱신거렸다.

그 마음을 알기라도 한 걸까?

향이 커다란 손으로 해루의 머리를 쓸어내렸다.

"네가 지낼 곳을 마련해 두었다."

그의 따뜻한 손길은 걱정 마라, 속삭이고 있었다.

문득 해루는 눈가가 알큰해졌다.

저주받은 운명이라 생각했다.

자신과 함께하는 사람에겐 불행만이 있을 거라 생각했다.

하여, 향을 위해서도 그리고 자신을 위해서도 서로 가까이하지 않는 게 좋으리라 생각했다.

그리움을 가슴에 묻어둔 채, 그의 곁에 다가서길 두려워했다.

하지만 향은 달랐다.

애초에 그는 두 사람이 함께하지 않는 앞날 따위 생각조차 하지 않았다. 아니, 오히려 한 걸음 더 나아가 함께 걸어갈 앞날에 필요한 모든 것을 차근차근 준비하고 있었다.

비록 야단스럽게 연모를 입에 올리진 않았지만, 마음 깊은 사내였다.

그래, 이젠 고민하지 말자. 이젠 두려워 말자.

향에 대한 신뢰감이 더욱 견고해졌다.

그런데…….

"이곳은 어디입니까?"

해루는 주위를 두리번거리며 물었다.

"이곳이 어딘지 모르겠느냐?"

향이 미소를 지으며 반문했다.

"모르겠습니다. 예전에 온 적이 있던 곳입니까?"

"아무래도 네 길눈도 예전만 못한 모양이로구나. 날 따라오너라. 이 골목만 지나면 네가 잘 아는 바로 그……."

향의 목소리가 잦아들었다.

자신만만하던 그의 표정은 골목을 빠져나온 순간 딱딱하게 굳어버렸다.

"이럴 리가 없는데."

골목 밖은 장터였다.

도성의 시전처럼 사람들이 북적대지는 않았지만, 구경하는 사람들과 호객을 하는 상인들로 제법 떠들썩했다.

"왜 그러십니까?"

까치발을 들고 향의 어깨 너머를 살피던 해루가 물었다.

"우리가 여길 왔었습니까?"

아무리 생각해도 기억에 없었다.

머리를 긁적이는 해루의 머리 위로 향의 대답이 떨어졌다.

"……없다. 아마도."

"그런데 어찌 제가 잘 안다고 생각하신 겁니까?"

"그건……."

"왜 그런 표정으로 계십니까? 이곳이 대체 어디……. 혹시, 길을 잃어버리신 겁니까?"

향이 고개를 슬그머니 돌렸다. 해루가 그의 고개를 따라 움직이며 집요하게 다시 물었다.

"길을 잃으신 겁니까?"

향은 마지못한 표정으로 고개를 끄덕였다.

"아하! 역시 그런 것이로군요."

"……화내지 않느냐?"

힐끗, 곁눈질로 해루를 보며 향이 물었다.

"제가 어찌 감히 저하께 화를 내겠습니까? 잘못이 있다면 오히려 제게 있겠지요."

"그게 무슨 말이냐?"

"워낙 자신만만하게 길을 가시는지라 저하께서 어떠한 분이신지 잠시 잊었습니다."

해루는 혼잣말로 '천하제일 길치'라고 작게 중얼거렸다.

향이 헛기침을 하였다.

"사람이 무릇 일을 도모하다 보면 이따금 실수할 때가 있지."

"물론 그렇지요."

문제는 그 실수가 '이따금'이 아니라 '자주'라는 것이 문제였다.

그래도 기분이 나쁜 것은 아니었다. 아니, 이리 길을 헤매는 바람에 함께하는 시간이 늘어나니, 오히려 입가에 미소마저 그려졌다.

"어느 곳으로 가면 됩니까? 알려주시면 제가 가는 길을 찾아보겠습니다."

해루의 물음에 향은 하늘을 올려다보았다. 산세와 노을이 펼쳐진 방향을 가늠하더니 한 방향을 가리켰다.

"저쪽으로 가면 될 것이다."

"확실합니까?"

해루가 미심쩍은 표정으로 묻자 향이 틀림없다는 표정으로 대답했다.

"내 비록 고민이 깊고 생각이 많아 길을 잃어버리는 경우는 많으나, 방향마저 모를 정도로 어리숙한 것은 아니다. 그러니 의심하지 마라."

향이 노을이 깊어지는 곳을 가리키며 확고한 목소리로 말했다.

"바로 저쪽이다."

땅거미가 지고 밤이 찾아왔다.

수풀을 헤치던 해루가 향을 돌아보며 물었다.

"혹, 색다른 경험을 하고 싶으신 겁니까?"

"색다른 경험?"

"추운 날에 노숙하다 얼어 죽을 뻔한 경험이라든가. 그것이 아니면 산짐승에게 잡아먹힐 뻔한 경험이라든가."

향은 불편한 헛기침을 했다.

해루의 구시렁거림이 이어졌다.

"길치일지는 모르나, 방향치는 아니라 하시고선."

그녀가 불만을 토로하는 이유는 단순했다.

향이 자신만만하게 가리킨 방향으로 열심히 걷자 인가는커녕 울창한 숲을 만난 것이다.

몇 걸음 옮기던 해루가 다시 물었다.

"대체 어딥니까? 절 위해 마련해 두셨다는 거처가. 설마, 집도 절도 없는 이 캄캄한 산속에서 산사람처럼 살라는 말씀이셨습니까?"

"그럴 리가 있겠느냐?"

"그럼, 이곳은 대체 어디일까요?"

"이곳이 어디인지는 모르겠구나. 하지만 방향은 이쪽이 확실하다."

"한 시진 전에도 그리 말씀하셨지요."

"내 일전에도 말하지 않았더냐, 둘러 가는 일은 있어도 목적지에 당도하지 못한 경우는 없다고. 그러니 나만 믿어라."

"대신 하루면 갈 길을 이레를 헤매기도 하셨지요."

"땅의 길을 보는 대신 하늘의 길을 보다 보니 간혹 그럴 때가 있었구나."

"높은 곳은 그만 보시고 이젠 땅을 보십시오. 얼어 죽겠습니다."

으스스 한기가 느껴지는 어깨를 감싸 안으며 해루가 말했다.

어느새 밤이 깊어졌다. 조용한 숲엔 안개와 함께 농밀한 적막이 차올랐다. 어디서 뭐라도 툭 튀어나올 것 같은 밤이었다.

한 치 앞을 가늠할 수 없어 걸음이 더디기만 했다.

두려움이 잡초처럼 자라났다. 발끝에 무언가 밟힐 때마다 저도 모르게 움찔 놀라곤 했다.

'쉽게 가는 길이 없구나.'

그때, 해루의 손을 조용히 맞잡는 따뜻한 온기가 있었다.

향이었다.

고개를 돌리니 나뭇가지를 뚫고 들어온 희미한 달빛 아래, 향의 미소 지은 얼굴이 어렴풋이 보였다.

"무서우냐?"

"그, 그럴 리가 있겠습니까?"

해루는 힘차게 고개를 저으며 부정했다.

사실은 불안하고 두려웠습니다.

하지만 이젠 괜찮습니다.

해루는 향의 손을 꼭 쥐었다. 그의 당당함이 손의 온기와 함께 팔을 타고 심장까지 스며드는 것만 같았다.

불현듯 지난밤의 일이 떠올랐다.

해루의 뺨이 발갛게 달아올랐다.

어둠 속이지만 향이 보고는 있지 않을까, 해루는 흘끔 그를 올려다보았다.

다행히 향은 그녀를 보고 있지 않았다.

그는 미간을 찌푸린 채 먼 곳을 보고 있었다.

"어딜 보고 계십니까?"

"불빛을 찾고 있다."

"불빛을 찾는다고요?"

해루의 물음에 향은 싱긋 미소를 지었다.

"너도 알다시피 난 길눈이 조금 어둡구나. 길을 잃고 헤맨 경우가 수없이 많았지. 하지만 그 덕에 얻은 것도 있다."

"길치라 얻는 것이 있단 말입니까?"

"세상만사 모든 것이 배움이고 경험이다. 실패를 해봐야 성공의 단맛도 안다 하지 않더냐?"

"숱하게 길을 잃으신 중에 무엇을 얻으셨습니까?"

향이 손가락으로 관자놀이를 짚으며 대답했다.

"감(感)."

"감이라고요?"

"이쯤 되면 길잡이가 되어줄 불빛 하나가 나타날 때가 되었다는 그런 느낌 말이다."

"에이, 말도 안 됩니다. 그런 불빛이 짠하고 나타날 리가……."

"나타났다."

"네?"

"불빛이다."

향이 어둠 속을 가리켰다.

해루는 까치발을 하고 향이 가리킨 곳으로 고개를 돌렸다.

향의 말대로였다. 숲 저편에서 희미한 불빛이 아른거렸다.

"정말 불빛입니다. 우리 이제 살았습니다."

해루는 너무도 기뻐 저도 모르게 손뼉을 마주쳤다.

그런 해루를, 향은 물끄러미 바라보았다.

"어서 가봐요. 네?"

해루가 향의 손을 잡아당겼다.

향은 걸음을 옮기는 대신 엉뚱한 이야기를 입에 올렸다.

"예전에도 이런 일이 있었다. 내 아우와 함께 사냥을 나섰다가 길을 잃었었지. 게다가 비까지 내려 참으로 난감한 상황이었다. 그런데 거짓말처럼 불빛이 나타났다. 누군가 걸어놓은 등롱이었지."

"……"

해루는 아무 말도 할 수 없었다.

그녀의 눈을 들여다보며 향은 말을 이었다.

"내가 그 등롱을 보며 너를 떠올렸었다."

"또 이상한 말씀 하십니다. 날이 많이 찹니다. 이러다 고뿔이라도 걸리면 큰일입니다."

해루는 서둘러 향의 팔을 잡고 앞서 걸었다.

그녀를 따라가는 향의 입가에 미소가 피어올랐다.

해루가 틀림없다.

그때 비 내리는 산중에 등롱을 걸어놓은 사람, 해루가 틀림없었다.

언제부터인가 저 작은 여인이 그의 앞길을 밝혀주고 있었다.

향의 진정한 길잡이.

그녀와 함께 가는 길이라면 어디든 상관없었다.

행여 갈 길을 몰라 헤매더라도 저 아이가 알려주리라.

"왜 그리 느긋하십니까? 빨리 가야 합니다."

해루의 재촉에 향은 큰 걸음을 옮겼다.

"그래, 그러자꾸나."

향은 잡고 있는 해루의 손을 놓지 않았다.

숲을 밝힌 희미한 불빛은 사람이 밝힌 등이 아니었다. 구름 사이로 고개를 내민 달빛이 폭포에 반사된 것이었다.

불행 중 다행인 건, 폭포 옆에 작은 너와집이 있었다는 것이다. 사냥꾼이 만들어놓은 임시 거처인 모양이었다. 대충 세운지라 누추하고 지붕 곳곳이 무너져 밤하늘이 고스란히 보였다.

그래도 이 산중에 바람이라도 피할 곳이 있으니.

이곳이라면 산짐승도 함부로 덤비지는 못하리라.

해루는 서둘러 너와집 안으로 향을 이끌었다. 그러나 안으로 들어서는 순간, 그녀의 표정은 굳고 말았다.

좁았다. 너와집은 한 사람이 겨우 운신할 정도로 좁았다.

만약 이런 곳에서 둘이 밤을 지새운다면…….

문득 지난밤의 일이 떠올랐다. 겨우 제자리를 찾던 안색이 다시 도홧빛으로 물들었다.

해루는 서둘러 밖으로 나가려 하였다.

"어딜 가려느냐?"

"찾아보면 여기보다 더 나은 곳이 있을 것 같습니다."

"이 산중에서 무얼 더 찾을 수 있겠느냐? 잔말 말고 이쪽으로 오너라."

향은 지붕과 벽이 온전한 곳에 엉덩이를 걸치며 해루에게 손짓했다.

"아닙니다."

향과 조금 떨어진 곳에 자리 잡으며 해루가 말했다.

"하늘을 보아하니 곧 비라도 내릴 것 같구나. 거기 있다간 꼼짝 없이 비에 젖을 거야."

"괜찮습니다. 그렇지 않아도 제가 열이 좀 많아서 시원한 곳을 좋아합니다."

해루는 손부채까지 흔들어 보였다. 하지만 가늘게 어깨를 떠는 그녀의 모습이 향의 눈에 비쳤다.

"어서 이리 오라니까."

향은 해루의 손을 잡고 힘을 주어 당겼다.

"어? 어?"

당황한 소리와 함께 해루는 엉겁결에 향의 품에 안기고 말았다.

"놓아주십시오."

그의 품에서 해루가 말했다.

"비가 온다."

향은 해루를 풀어주는 대신 뚫린 지붕으로 스며드는 빗줄기를 응시했다.

"정말 비가 오네요. 그런데 저하, 이거 좀 풀어주십시오."

"싫다."

"어찌 이러십니까?"

"아직도 모르느냐? 넌 이미 내가 펼쳐둔 덫에 걸렸느니. 사냥꾼이 잡은 토끼를 놓아주는 법이 있더냐?"

"제가 토끼란 말입니까?"

"내 눈엔 귀여운 토끼구나."

향의 장난기 섞인 말에 해루는 입술을 삐죽거렸다.

"그러다 잡아먹겠다는 소리까지 하시겠습니다."

"……그래도 되겠느냐?"

"네?"

문득 고개를 들고 향을 올려다보던 해루는 한껏 상체를 뒤로 물렸다.

그러나 그의 품에 안긴 터라, 무의미한 행동에 불과했다.

"시, 싫습니다. 저항하겠습니다. 저항하고 싶습니다."

"네 마음이 어떻든 이미…… 늦었다."

붉은 입술이 해루를 향해 곧장 나아갔다.

그 따뜻한 입맞춤에 추위로 경직되었던 해루의 몸이 봄눈처럼 녹아내렸다. 작게 저항하던 그녀는 금세 항복을 선언했다.

향의 체온에 맥이 풀린 해루는 허물어지는 몸을 지탱하려 그의 목 뒤로 팔을 둘렀다.

수줍게 마주해 오는 그 모습이 향을 기쁘게 하였다. 그의 입가에 흡족한 미소가 그려졌다.

작게 콩콩대는 해루의 심장 소리가 천상의 노랫소리인 듯 아득하게 들려왔다.

빗줄기가 거세어졌다.

하지만 은밀한 속삭임을 주고받는 두 사람은 비가 내린다는 사실마저 까맣게 잊어버렸다.

이튿날 아침, 거짓말처럼 비가 그쳤다.

향보다 일찍 일어난 해루는 씻기 위해 폭포로 향했다. 밤이라 자세히 보지 못한 폭포는 생각보다 장관이었다. 높이가 대단하지는 않았지만, 폭이 넓고 수량이 많아 병풍을 두른 것과 같은 풍경이 장관이었다.

무엇보다 폭포 아래 위치한 용소(龍沼)가 훌륭했다.

찬물에 손을 담그던 해루는 물속에 비친 제 모습을 멍하니 들여다보았다.

늦가을.

산은 곧 다가올 동절을 위해 옷을 껴입고 있었다. 나무는 겨울을 나기 위해 아낌없이 제 것을 떨구었다. 나무에서 떨어진 나뭇잎이 산을 빈틈없이 가득 메우면, 비로소 동장군이 찾아오리라.

하나둘, 바람이 불 때마다 낙엽이 눈송이처럼 용소 위로 떨어졌다. 그때마다 가늘게 그려진 동심원들이 수면에 그려진 얼굴을 어루만졌다.

흔들리는 얼굴이 제 마음처럼 느껴졌다.

해루는 흔들리고 있었다.

향과 함께하는 시간이 길어질수록 들끓는 희망이 해루를 괴롭혔다. 헛된 꿈일 뿐이라고 치부할수록 더더욱 간절히 원하는 자신을 발견했다.

그러나…….

물속을 들여다보며 해루는 아랫입술을 깨물었다.

귓가에 향의 목소리가 울리는 듯했다.

'혼례를 올릴 생각이다.'

향은 돌아가면 혼례를 올린다 하였다.

'너와 나, 이미 마음을 합하였으니, 혼례를 올리는 것은 당연한 일이 아니더냐.'

"저도 그렇습니다."

저도 공갈 저하와 함께하고 싶습니다.

그럼에도 자꾸만 피하고 말았던 것은 그와 나란히 걷는 길이 험하고 거친 길이었기 때문이었다. 하지만…….

해루는 물속에 손을 넣어 제 얼굴을 마구 흩트려놓았다.

더는 고민하지 않을 것이다.

공갈 저하께서 날 믿고 기다려주었듯, 나와 함께하리라 추호도 의심하지 않았듯, 나 또한 그분과 함께하는 것만을 생각할 것이다.

더는 도망가지 않아.

사나운 운명 따위 거침없이 뛰어넘으리라.

그것이 날 믿어준 그분에 대한 보답이며, 또한 날 위해 죽어간 덤이를 위한 길일 테니까.

행복해지자, 해루야.

감히 불행이 다가오지 못할 만큼 행복해지자.

필사적으로 그리되도록 노력하자, 해루야.

해루는 마음으로 다짐 또 다짐했다. 그리고 열심히 아침 소세를 했다.

등 뒤에서 향의 목소리가 들려왔다.

"무슨 소세를 그리 힘차게 하느냐?"

해루가 활기찬 얼굴로 돌아보며 대답했다.

"갈 길이 멀지 않습니까? 그러니 힘을 내야지요. 저하께서도 빨리 씻으십시오. 날이 저물기 전에 이 산을 넘을 것입니다. 아! 이번엔 제가 앞장서겠습니다."

방긋 웃는 해루를 향해 향이 고개를 끄덕였다.

"알겠다. 오늘은 네가 앞장서거라."

"무엇이?"

소은이 서탁을 내리치며 되물었다.

"방금 뭐라 했느냐?"

중궁전에서 흘러나온 은밀한 이야기가 빈궁전에까지 이르렀다.

불길한 소문을 전해준 한 상궁은 감히 고개도 들지 못한 채, 더듬더듬 말을 이어나갔다.

"후궁을 들일 거라 하옵니다."

"후궁이라니? 뉘의 후궁 말이냐?"

한 상궁은 대답하지 못했다.

그러나 하얗게 변한 안색만으로도 대답을 알 수 있었다.

소은의 거친 손길에 서탁 위의 서책이 무참히 구겨졌다.

어찌 이럴 수 있단 말인가?

빈궁전의 주인인 내가 있는데. 단 한 번도 내겐 따뜻한 온정 한 번 주지 않으시더니, 어찌 다시 새로운 여인을 들이신단 말인가.

내가 그리도 싫단 말인가? 내가 그리도 부족하단 말인가?

소용돌이치는 투기와 질시가 당장에라도 목구멍 밖으로 튀어나올 것만 같았다.

"누구냐?"

소은이 표독스런 목소리로 물었다.

"어떤 계집이 저하를 흔들었느냔 말이다!"

"그것까진 쇤네도 잘 모르겠습니다. 다만, 암암리에 도는 소문으로는 정체도 불분명하고 심지어 역도라는 말까지 나오고 있습니다."

"역도?"

소은이 미간이 사납게 일그러졌다.

역도라면……. 해루다.

해루가 틀림없다.

달리 누가 있으랴.

그 목석같은 사내의 마음을 흔들 수 있는 여인이, 해루 말고 또 누가 있단 말인가.

언젠가 관상감을 찾았을 때, 향과 나란히 서서 웃고 있던 해루의 모습이 떠올랐다. 사내의 복색을 하고서도 그녀는 그를 웃게 하였다.

"해루. 네가 결국……. 결국……."

업보.

자신을 살려준 그 아이를 죽이려 한 업보.

잔혹한 심성이 결국 세자빈이라는 지고의 자리마저도 위태롭게 만든단 말인가?

"아니야."

소은은 세차게 고개를 저었다.

그럴 리 없다.

업보라니.

하늘의 벌이라니.

웃기는 소리다. 만약, 진정 하계를 내려다보는 자가 있다면, 세상이 이리도 엉망으로 굴러갈 리 없지 않은가? 선한 자가 밟히고, 비정한 자가 부와 명예를 축적하는 일 따윈 애초에 있지도 않으리라.

막을 것이다.

내 자리를 위협하는 일 따위는 언감생심 꿈도 꾸지 못하게 하리라.

무슨 짓을 해서라도 해루의 입궁을 막고야 말겠다.

냉정을 되찾은 소은은 한 상궁에게 명했다.

"지금 즉시 아버님께 연통을 넣어라. 내가 긴히 뵙잔다고 전하거라."

"알겠사옵니다."

한 상궁이 급히 빈궁전을 나섰다.

홀로 남은 소은은 서늘한 눈빛으로 이를 갈았다.

"그때 없애버렸어야 했는데, 바보 같은 녀석들. 그깟 여인 하나를 어찌하지 못하고 잡히다니."

미간을 찡그린 채 혼잣말을 중얼거리던 그녀는 주먹을 말아 쥐었다.

"방도를 찾아야 해. 어찌한다? 어찌한다?"

고민하던 소은이 문득 문밖으로 고개를 돌렸다.

문풍지에 비치는 그림자를 향해 그녀가 목소리를 높였다.

"소쌍이, 게 있느냐?"

"네. 마마."

"들어오너라."

문이 열리며 왜소한 소녀가 방 안으로 들어왔다. 눈에 띄게 예쁘지는 않으나, 유난히 몸피가 작고 가냘파 눈길이 가는 아이였다.

소쌍에게 가까이 오라 손짓한 소은은 작은 목소리로 속삭였다.

"일전에 네가 말했었지. 나를 만나고 싶어 하는 이가 있다고. 그 사람이라면 나를 위해 무슨 일이든 해줄 것이라고."

"그렇사옵니다. 하온데 왜 갑자기……."

"필요한 일이 있어 그런다. 그가 어떤 사람인지 소상히 말해 보

아라. 어떤 일을 하고, 또 나를 위해 어떤 일까지 해줄 수 있는 사
람인지."

이제 보너 뻔뻔하군

푸른 안개가 태양 빛에 밀려 사방으로 흩어졌다. 일렁이는 햇살은 궁궐의 지붕을 타고 내려와 촘촘하게 그려진 대전의 문살 틈을 비집고 들어갔다.

대전 단상 위에는 왕께서 자리하고 있었고 단상 아래에는 영의정을 비롯한 조정 대신들이 자리했다.

대전의 공기는 그 어느 때보다 무거웠다.

한 사람의 날 선 목소리가 더께처럼 내려앉은 침묵을 흔들었다.

"대감, 그 무슨 말씀이외까?"

좌의정의 날카로운 목소리가 맞은편에 앉아 있는 영의정에게로 향했다.

"숙연한 대전에서 큰 목소리로 한 말을 설마 못 들으셨소이까?"

영의정 황희가 낮은 목소리로 말했다.

"내 하도 어이없는 이야기를 들어 무에 잘못 들었나 하여 다시 물은 것이외다."

"어이가 없다니요. 이곳이 어떤 자리인데 그런 망발을 하시오?"

좌의정의 과격한 반응에 날카롭게 대응한 그는 단상 위에 앉아 있는 왕을 힐끔거렸다.

얄밉게도 모든 문제를 황희에게 미뤄버린 왕은 마치 강 건너 불구경하듯 한 걸음 물러선 채 대신들의 논쟁을 지켜보고만 있었다.

황희는 한숨을 폭 내쉬었다.

아무래도 오늘 일도 쉽게 끝나지 않을 모양이다.

흥분한 대신들의 화를 어찌 다스려야 한단 말인가.

"일단 이야기를 끝까지 들어보십시다. 얼핏 듣기로는 말이 안 되는 소리인 듯하나, 자세한 내막을 들어보면 사정이 달라질 수도 있지 않겠소?"

우의정이 중재에 나섰다. 하지만 좌의정의 흥분은 가라앉을 기미도 보이지 않았다.

"그것도 어느 정도라야 참고 들을 게 아닙니까? 지금 영의정께서 하는 말이 어디 가당키나 한 말이랍니까? 지난 세자빈 간택에 나섰던 권 대감 댁 여식이라면, 일 년 전 궁에 큰 겁화를 일으킨 역적들과 한패로 밝혀진 계집이 아닙니까?"

좌의정의 말을 시작으로 대신들의 외침이 꼬리에 꼬리를 물었다.

"그런 불온한 계집을 궁에 들이겠다니. 그것도 세자 저하의 후궁으로 말입니다. 이게 어디 말이나 되는 소리입니까?"

"말도 안 되는 이야기입니다. 말도 안 되는 이야기예요."

"당장 잡아다 문초를 해도 모자를 역적을 동궁전의 후궁으로 들이다니요. 이게 가당키나 한 소리란 말입니까?"

대신들은 하나같이 고개를 흔들었다.

황희가 입을 열었다.

"그 아이가 역모를 꾸민 자들과 한패라는 정확한 증좌는 없지 않소이까."

"역도들의 품에서 그 아이의 초상화가 나왔습니다. 또한, 하나같이 입을 모아 말했지요. 그 아이 두문동 출신이라고요."

"그건 어디까지나 역도들의 이야기가 아니오? 그들이 그 아이를 모함하려 한 것일 수도 있소."

"시기상으로도 적절치 않습니다. 빈궁전에 주인이 들어온 지 얼마나 되었다고 후궁을 들인단 말입니까?"

"빈궁께 아직 태기가 없으니, 내 걱정이 되어 그러는 것이 아니외까. 이 모든 것이 이 나라의 종묘사직을 위한 일이란 걸 왜들 모르시오?"

"영의정께서 그리 종묘사직이 걱정되셨다면 다른 규수를 찾으셔야지요. 어쩌자고 역적의 씨앗을 입에 올리느냔 말입니까?"

좌의정의 칼날 같은 한마디에 황희를 제외한 조정 대신들의 고개가 미리 약조라도 한 듯 위아래로 끄덕여졌다.

그때였다.

"그 여인이 역적의 씨앗이라고 누가 그랬습니까?"

세 치 혀로 치열한 공방을 이어가는 대전으로 저음의 목소리가 울려 퍼졌다.

문이 열리고 붉은 용포 자락을 휘날리며 향이 모습을 드러냈다.

"저, 저하."

세자의 등장에 기세등등했던 대신들이 주춤했다.

단상 오른쪽 아래에 놓인 의자에 향이 앉았다.

"좌의정."

그의 낮은 목소리가 유달리 날카로운 반응을 보인 좌의정을 향했다.

"그 여인이 역적이라고 누가 단정 지었습니까?"

"저하, 이미 알 사람은 다 알고 있는 사실이옵니다."

어쩐 일인지 세자만 보면 이상하게도 오금이 저린 좌의정인지라, 이마에 맺힌 식은땀을 닦으며 변명처럼 대답했다.

향이 그런 좌의정에게 다시 물었다.

"역도들의 증언입니다. 그들의 말을 어찌 곧이곧대로 받아들인단 말입니까?"

왕세자의 반박에 좌의정은 잠시 눈동자를 굴리며 생각에 잠겼다.

듣고 보니 세자 저하의 말씀도 틀리지 않았다.

그렇다고 여기서 저하의 말씀이 옳습니다, 하고 수긍할 수는 없는 노릇이었다.

무엇보다 눈빛으로 부추기는 세자빈의 아비인 봉여를 무시할 수 없었다.

"저하, 그자들의 말을 무작정 믿을 수 있는 건 아니지만, 그렇다고 무턱대고 무시할 수도 없사옵니다. 무엇보다 역도들이 하나같이 같은 말을 하고 있으니, 더더욱 신중할 필요가 있사옵니다."

"증좌가 있습니까?"

"증좌요?"

잠시 웅성거림이 대전에 일었다.

순간, 한쪽 구석에서 걸걸한 음성이 터져 나왔다.

"증좌라면 있습니다."

자리에서 일어선 사람은 이조참의로 세자빈의 먼 인척이었다.

향의 눈매가 날카로워졌다.

"증좌가 있다 하였습니까? 그게 무엇입니까?"

"저하, 알고 계시겠지만 요즘 의금부에서 쫓는 죄인이 하나 있사옵니다. 얼마 전 관상감에 새로 들어온 생도 해랑이라는 자이옵니다. 그자로 말씀드리자면 사특한 역심을 품고 궁에 들어온 자입니다."

"어허, 그것이 이 일과 무슨 관련이 있다고 그러는가?"

황희가 미간을 찡그리며 이조참의를 노려보았다.

"영의정 대감, 아직 모르셨습니까? 그 관상감의 생도가 바로 권대감의 여식으로 가장하여 세자빈 간택에 참여했던 바로 그 해루라는 계집이랍니다."

"뭐요?"

황희는 저도 모르게 자리에서 벌떡 일어섰다.

그는 황급히 왕과 세자의 안색을 살폈다.

두 부자 모두 태연한 것을 보니 이미 알고 있는 눈치였다.

어쩐지 귀향길에 만났을 때, 요상한 콧수염을 달고 있더라니.

또 저 두 부자의 말에 속아 말려들었다고 생각하니 갑자기 부아가 치밀었다. 그러나 황희가 할 수 있는 일이라곤 소맷자락 안으로 불끈 주먹을 쥐는 일 외엔 아무것도 없었다.

다행이라면 대전에 모인 중신들 대부분이 해루가 관상감 생도 노릇을 하고 다닌 것은 몰랐던 모양이었다.

여기저기서 혀 차는 소리가 들려왔다.

무서운 자라느니, 사특한 악의 근원이라며 어깨를 부르르 떠는 이도 더러 보였다.

'해루 이 녀석, 대체 무슨 짓을 벌이고 다녔던 게냐? 그보다……'

문득 뇌리를 스치고 지나가는 생각에 황희는 이조참의를 정면으로 응시했다.

"이조참의."

"네."

"헌데 이조참의는 어찌 그리 소상히 알고 있는 겐가? 내 듣기로는 의금부에서는 아직 그 생도의 행방조차도 모른다 하던데."

"그, 그것이……."

"말해 보시게. 대체 어디서 들은 이야긴가?"

황희의 추궁에 이조참의는 말을 더듬었다.

"어디서 듣고 자시고 할 일도 아니었소. 이미 궁 안팎으로 소문이 자자합니다."

"소문?"

"궁인들 사이에 그자에 대해 모르는 사람이 없습니다. 관상감 생도 해랑이 사실은 사내가 아니라 계집이라 하더이다. 생긴 모습이 해루라는 그 계집과 흡사하였다 하더군요. 그럼 무어겠습니까? 해루라는 그 계집이 신분을 감추고 관상감 생도 해랑의 노릇을 한 것이 아니겠습니까?"

황희가 눈빛을 빛냈다.

"이조참의, 들어보니 소문과 그대의 추측이 뒤섞여 있는 듯한데. 어디까지가 소문이고 어디까지가 자네의 추측인가?"

영의정의 날카로운 질문에 이조참의는 꿀 먹은 벙어리가 되었다. 어찌 대답해야 하나, 궁리하는 기색이 그의 얼굴에 떠올랐다.

그때, 내내 침묵하던 향이 자리에서 일어섰다.

"영의정 대감."

"네, 저하."

"이조참의의 말은 사실입니다."

"네. 네?"

느닷없는 수긍에 황희를 비롯한 대전에 모인 대신들 모두 놀란 눈으로 향을 바라보았다.

❀

대전 안에 정적이 흘렀다.

향의 말은 그만큼 충격적이었다.

설마, 다른 사람도 아닌 향이 해루의 정체를 밝힐 줄이야. 이 자리에 있는 그 누구보다도 그녀의 정체를 숨겨야 할 사람이 아닌가? 시냇물처럼 사방에서 뻗어 나온 복잡한 시선들이 향의 입술로 모였다.

향은 착 가라앉은 목소리로 마침내 입을 열었다.

"관상감 생도 해랑은 여인이 확실합니다."

기다렸다는 듯 흥분한 반응이 사방에서 튀어나왔다.

"이런!"

"변괴입니다. 참으로 쾌씸한 계집이 아니옵니까?"

"계집이 감히 국법을 어기고 관상감의 생도가 되었다니. 이는 필시 불온한 마음을 품은 것이 틀림없습니다."

여기저기서 앓는 듯한 신음과 비난하는 목소리가 불거졌다.

서리가 내린 듯 차가운 시선으로 대신들을 한 사람, 한 사람 둘러보던 향이 손을 들어 소란을 잠재웠다.

"그 여인이 국법을 어긴 것은 틀림없으나, 이는 내 명으로 그리 한 것이니, 죄를 논하려면 우선 나의 죄부터 짚어야 할 겁니다."

"저, 저하. 어찌하여 그 여인을 그리 감싸는 것이옵니까? 저하께서 그런 명을 내리셨다니요? 그건 말이 되질 않사옵니다. 소신은 그 말씀을 믿을 수가 없사옵니다."

이조참의의 말에 여기저기서 작게 동조하는 목소리가 들려왔다.

향이 닫혀 있는 대전 문밖으로 고개를 돌렸다.

"들라."

목소리가 공기 중에 번져 나가고 얼마 지나지 않아 젊은 문관이 안으로 들어섰다.

"신, 부르심을 받고 달려왔사옵니다."

왕과 향을 향해 허리를 깊게 숙이는 문관은 바로 비연이었다.

향이 비연을 바라보며 입을 열었다.

"여기 있는 중신들에게 소속과 이름을 밝혀라."

비연은 몸을 돌려 조정 대신들을 향해 섰다.

"소신은 승무원 교리 이순지라 합니다."

우의정이 알은체를 했다.

"자네는 사헌부장령 이맹상의 아들이 아니던가."

"네, 그러합니다."

그때, 좌의정이 궁금하다는 듯 물었다.

"이 교리와 이 일이 어떤 관계가 있사옵니까?"

좌의정의 물음에 답하는 대신 향은 다시 이순지에게 질문했다.

"너의 또 다른 직책과 이름은 무엇이냐?"

비연, 아니 이순지의 얼굴에 긴 웃음이 그려졌다. 사람 좋은 미소를 가득 머금은 채 그가 입을 열었다.

"며칠 전까지 소신은 관상감 생도 비연이었사옵니다."

"뭐라?"

혼란에 빠진 듯 조정 대신들은 멍한 표정을 지었다.

그들을 돌아보며 비연이 말을 이었다.

"그리고 그전에는 성보라는 이름으로 명국과 서역을 다녀왔사옵니다."

비연의 말에 대신들은 혼란에 빠졌다.

사람은 하나인데, 이름과 신분은 몇 개나 되지 않던가.

"어, 어찌 이런 일이……."

"무언가 착오가 있었던가?"

"지금 저자가 감히 신분을 제멋대로 속여왔다 말하는 것인가?"

어수선한 가운데 향이 다시 입을 열었다.

"제멋대로 신분을 속인 게 아닙니다. 이 교리는 지금까지 신분을 감춘 채 내 명을 수행해 왔습니다."

"어허! 이런 해괴한 일이 있을 수가 있나. 저하의 명으로 신분을 속이다니요. 설마, 이 교리가 세작이라도 된단 말입니까?"

좌의정의 물음에 향이 고개를 끄덕였다.

"그렇소."

대신들의 입이 떡 벌어졌다.

세작이었다니! 그것도 다른 사람도 아닌 세자 저하의 명으로 세작이 된 사람이 나타났다!

"무, 무슨 이유로 그런 일을 지시했단 말입니까?"

향이 대신들을 둘러보며 뜨거운 목소리로 입을 열었다.

"세상은 빠르게 변하고 있습니다. 저마다 제 나라에 틀어박혀 내일 먹을 것만 신경 쓰던 시대가 아닙니다. 명국을 보십시오. 이미 서역을 비롯하여 천하 각국과 교류를 맺고 새로운 문물을 나누며 눈부시게 발전하고 있지 않습니까? 우리라고 언제까지 정저지와

(井底之蛙) 할 수는 없는 노릇입니다."

"신문물이 필요하면 정당하게 교역을 하면 될 것을 어찌 세작을 쓴단 말입니까?"

"교역이 정당히 이루어지고 신문물을 자유롭게 받아들일 수 있으면 어찌 편법을 사용하겠습니까? 알다시피 명국을 비롯한 각국은 새로운 기술은 은밀히 감추고 좀처럼 알려주려 하지 않으니, 정당한 대가를 치르고도 구걸하듯 얻어야 하는 형편입니다."

"그래서 세작을 부렸단 말입니까?"

"세작이라 하나 남의 것을 훔쳐 오라 보낸 것이 아닙니다. 공부하고 배워 오라 보낸 것이지요."

"그럼 어찌 신분은 물론이고, 이름까지 바꾸라 한 것입니까?"

그에 대한 대답은 이순지가 대신했다.

"명국만 해도 자국의 학사들에겐 대수롭지 않게 알려주는 것도 유독 타국의 학사들에겐 까다롭게 구는 일이 다반사입니다. 나라에서 그리하지 않아도 이득을 틀어쥔 상인과 교역인들이 이권을 독점하고 놓아주려 하지 않습니다. 그러니 부득이하게 신분을 숨길 수밖에 없었던 것입니다."

"허면, 해랑이라는 이름으로 관상감 생도 노릇을 했던 여인 역시 그런 경우란 말입니까?"

향이 고개를 끄덕였다.

"바로 그렇습니다."

잠시 물러났던 좌의정이 고개를 들며 말했다.

"이상합니다. 말이 안 됩니다."

"무엇이 말이 안 된단 말입니까?"

"세자 저하께오선 타국의 신문물을 받아들이기 위해 어쩔 수 없이 신분을 바꾼다 하였습니다. 그러나 관상감은 타국이 아니지 않습니까? 헌데 어찌하여 관상감에 다른 사람도 아닌 여인을 세작으로 넣어둔단 말입니까?"

"물론, 관상감은 타국이 아니지요. 하지만 세작이 할 일이 꼭 타국의 신문물을 빼 오는 것만도 아닙니다."

"그럼 관상감에서 무엇을 하였단 말이옵니까?"

"모두 일 년 전의 사건을 잊으셨습니까? 두문동의 역도들로 인해 겁화가 일어난 사건을."

좌의정이 고개를 갸웃했다.

"그 일과 세작이 무슨 관계란 말입니까?"

"일 년 전 그 사건의 시작을 관상감으로 보고 있기 때문입니다."

대전의 어수선함이 높아졌다.

"설마, 세자 저하께오선 일 년 전 역모의 배후에 관상감이 있다 생각하신 겁니까?"

"물론, 아닙니다. 허나, 관계가 없다고도 생각하지 않습니다."

"연유를 말씀해 주십시오."

"모두가 알다시피 궁에 사람을 들일 때는 반드시 관상감을 거치게 되어 있습니다. 일 년 전 겁화에 무려 수십 명의 역도가 궁 안을 버젓이 활보했습니다. 한두 명도 아닌 수십 명의 역도가 멀쩡히 들어왔으니, 관상감을 의심하는 게 당연한 일 아니겠습니까? 그리하여 굳이 두 명의 세작을 넣어 관상감을 살펴보라 한 것입니다."

"그런 일이면 다른 사람을 써도 될 터인데, 굳이 여인을 넣으신 것은 여전히 석연치 않습니다."

"그 여인은 사람 보는 눈이 탁월합니다. 그 사람만 한 눈썰미를 가진 사람을 아직 발견하지 못하였으니, 불편한 줄 알면서도 무리

510

한 것이지요."

향의 대답은 청산유수처럼 막히는 법이 없었다.

조목조목 따지던 대신들도 결국 꿀 먹은 벙어리가 되었다.

하지만 모두가 포기한 것은 아니었다.

"세자 저하의 말씀대로라면 해루라는 여인이 관상감에 숨어든 이유를 알 수 있을 것 같습니다. 하지만 그럼에도 그 여인이 역도라는 사실은 변하지 않습니다. 두문동 출신입니다. 겁화를 일으킨 불온한 무리와 같은 곳에서 태어나고 자란 사람이란 말입니다. 그런 여인이 어찌 후궁이 될 수 있겠사옵니까?"

이조참의의 말에 대신들이 다시금 고개를 들었다.

그렇다. 세자 저하께서 아무리 감싼다 하여도 해루가 역도와 같은 고장 출신이라는 사실엔 변함이 없었다. 동궁전의 후궁이 될 사람에겐 치명적인 흠이었다.

바로 그때였다.

"누가 역적이란 말이외까?"

벼락같은 소리와 함께 대전 안으로 누군가 들어섰다.

권전이었다.

성큼성큼 대전으로 들어선 그가 왕과 세자에게 절을 하고 대신들을 향해 큰 목소리로 말했다.

"해루, 그 아이는 역적이 아니오. 왜냐하면……."

권전이 잠시 숨을 고르고 말을 이었다.

"그 아이는 내 여식이기 때문이외다."

별안간 떨어진 권전의 발언에 단단하게 멈춰 있던 공기가 다시 흐르기 시작했다.

분노에 찬 권전의 시선이 조정 대신들을 향했다.

"해루, 그 아이는 바로 내 여식이오. 내 친자를 누가 감히 역적으로 몰아간단 말이오?"

그는 억울한 일을 당한 사람처럼 대전에 모인 사람들을 노려보았다.

그 서슬 퍼런 시선에 대신들은 당황한 표정을 감추지 못하였다.

두문동 출신의 해루가 권 대감의 친자식이라니. 이건 또 무슨 소리란 말인가.

"권 대감!"

향이 권전을 반갑게 맞이했다.

"주상 전하, 세자 저하, 소신의 무례를 용서하시옵소서. 하오나 저자들의 소행을 더는 참고 보기가 힘들었사옵니다."

왕께서 고개를 저었다.

"우리 사이에 무에 그런 일로 무례를 언급하겠는가. 그대는 염려 말고 하고 싶은 이야기가 있다면 속 시원하게 털어놓도록 하라."

애써 무심한 척했지만, 왕의 눈은 호기심으로 가득 차 있었다.

왕의 허락까지 받았겠다, 더는 두려울 것이 없다는 듯 권전은 이를 부득 갈며 대신들에게 눈총을 보냈다.

"내 여식이 무에 어찌 되었다고 대전에서 이 야단이란 말이외까?"

"여식이라니? 하늘에서 뚝 떨어진 여식도 여식이외까? 그 아이가 대감의 수양딸인 건, 알 사람은 다 아는 사실이외다. 우리가 문제 삼은 것은 그 아이의 출신이외다."

좌의정의 물음에 권전은 고개를 저었다.

"모두 잘못 알고 있습니다."

"잘못 알고 있다니요?"

"내 차마 입에 올리기 민망하여 그동안 감추었건만, 일이 이 지경이 되었으니 밝혀야겠소이다. 사실, 해루 그 아인, 내 젊은 시절의 혈기로 생긴 분명한 내 자식이외다."

"거짓말!"

즉시 좌의정이 부정하고 나섰다.

"내가 그렇다는데 좌의정 대감은 무슨 근거로 내 말이 거짓이라 하는 것이외까?"

"상황이 그렇지 않소이까?"

"내 보기엔 내 말을 믿지 않는 좌의정이 더 이상하외다. 내가 내 입으로 차마 입에 담기 어려운 과거까지 들춰 보였건만, 어찌 그리 의심만 한단 말이오. 그 아이가 내 친자식이 아니라면 역적이라는 꼬리표가 붙은 그 아이를 위해 내가 이렇게까지 나설 이유도 없질 않겠소."

"그건 분명 그렇소만……."

"내 무슨 영광을 보겠다고 생판 남을 위해 이러한 위험을 감수한단 말이오."

"그럼 지금까지 침묵한 연유는 무엇이오?"

"알지 못했소. 내자의 병이 갑자기 깊어져 경황없이 시골로 떠났던 터라, 조정에서 무슨 일이 있었는지 미처 모르고 있었소이다. 만약 이런 황당무계한 일이 벌어지고 있는 줄 알았더라면……."

권 대감은 주먹을 부르르 떨었다.

"어떤 자가 감히 내 여식에게 죄를 덮어씌운단 말이오?"

이렇게까지 나오자 다들 혼란에 휩싸였다.

권전의 말을 무작정 믿을 수도, 그렇다고 아니 믿을 수도 없었다.

"허면, 역도들의 증언은……."

이조참의가 기어들어가는 목소리로 말했다.

"그거야말로 황당한 소리외다. 그 증언을 누가 했소? 역도들이 하지 않았소? 대담하게도 궁에 불을 지르며 망국의 영광을 되찾겠다 소리친 독한 자들이오. 그들이 내 여식 해루를 모함하였다면, 오히려 해루에게 죄가 없다는 증거가 아니겠소? 그자들이 원한 것은 해루가 삼간택에서 떨어지는 것이었을 것이외다. 의심을 하려면 오히려 다른 간택인들을 살펴봐야 하지 않겠소?"

권전의 대답에 마침내 이조참의마저 입을 닫고 말았다.

의심은 가는데 명확한 물증이 없었다.

게다가 권 대감이 명예와 가문의 모든 것을 걸고 해루를 비호하고 나섰으니, 함부로 속단할 수도 없다.

"그리되었군."

대전에 침묵이 찾아오자 비로소 어좌에 앉은 왕께서 입을 열었다.

대신들의 고개가 일제히 왕에게로 향했다.

왕은 대신들을 둘러보았다.

"나는 여기 있는 세자와 권 대감의 말을 믿소."

"하, 하오나……."

"누구 이에 대해 확실한 증좌를 갖고 증명할 사람이 있소?"

왕께서 특별히 '확실한 증좌'라는 말에 힘을 주자 모두 아무 말도 할 수 없었다.

그 틈을 놓치지 않고 왕세자 향이 말을 보탰다.

"권 대감의 여식이자 관상감 생도인 그 여인은 내 사람입니다.

앞으로 내 사람을 모함하는 자가 있다면 나도 더는 조용히 두고 보지만은 않을 겁니다."

조용하지만 무서운 겁박이 실린 말이었다.

단상 위에서 향의 뒤통수를 내려다보던 왕의 얼굴에 희미하게 미소가 떠올랐다.

왕은 툭툭 자리를 털고 일어섰다.

"그럼 이 일은 영의정의 말대로 행하는 걸로 알겠소."

말인즉, 해루에게 후궁 교지를 내리겠다는 뜻이 담겨 있었다.

우왕좌왕하는 대신들을 남겨둔 채 왕은 단상 아래로 걸음을 옮겼다.

향의 곁을 지나며 왕은 작은 목소리로 속삭였다.

"제법 많은 준비를 하였구나. 시골로 요양 떠났던 권 대감까지 불러들일 줄이야. 덕분에 저 얼치기들이 넋이 나갔구나."

왕의 칭찬에 싱긋, 세자의 얼굴에 미소가 떠올랐다.

그러나 그것도 잠시뿐.

이내 표정을 지운 향은 조용히 허리를 조아렸다.

그 모습에 왕은 고개를 절레절레 저었다.

"정동아."

대전 대청마루에 서서 상선이 바치는 신을 발에 꿰며 왕은 말을 이었다.

"너도 들었느냐? 내 사람이라 하였다. 내 사람. 허허허, 표정 하나 바꾸지 않고 그런 말을 잘도 하는구나. 내 저리 뻔뻔한 사내는 처음 보았느니. 세자 저 아이는 대체 뉘를 닮아 저리 뻔뻔한 것이더냐?"

왕의 물음에 정동이 반대편 신을 올리며 작게 중얼거렸다.

"……부전자전이옵니다."

"뭐?"

"아니옵니다."

"원, 싱거운 녀석을 보았나."

댓돌 아래로 내려선 왕은 고개를 저으며 대전 마당을 가로질렀다.

"우리 세자, 이제 보니 뻔뻔하군. 아주 뻔뻔해."

"……."

뻔뻔하기로 치자면 전하께서 한 수 위이옵니다.

정동은 목구멍까지 올라온 말을 애써 삼키며 왕의 뒤를 종종걸음으로 따랐다.

궁내의 소문은 전장의 급보보다 빠른 법이다.

대전에서 해루를 두고 벌어진 논쟁과 결론은 이내 궁 곳곳으로 퍼졌다.

그리고 급기야 한 남자.

세자의 동생인 진양대군에게도 소문이 날아들었다.

"소식 들었소?"

별실로 들어서며 진양이 물었다.

"무슨 소식 말이어요?"

바느질을 하던 여인, 자화가 고개를 들었다.

"교지를 내린다 하오. 형님께서 새로 후궁을 들인다 하오. 그 목석같은 분이 후궁이라니, 아무래도 내일은 해가 서쪽에서 뜨려나 보오."

단아한 자태로 이야기에 귀를 기울이던 자화가 입을 열었다.

"후궁 교지를 받는 여인이 혹 누구인지 알고 계십니까?"

듣는 사람의 기분을 절로 좋게 만드는 차분한 목소리였다.

진양대군이 허리를 펴며 대답했다.

"물론 알고 있소."

"누군지요?"

"놀라지 마시오. 그 사람은 바로 얼마 전까지만 해도 관상감에 있었던 해랑…… 아니지. 원래 이름은 해루라고 하고, 놀랍게도 여인이라 하더군. 저하의 밀명으로 신분을 감추고 관상감에 숨어 있었다 하오. 내 처음 볼 때부터 범상치 않은 느낌을 받았지만, 설마 그 여인이 그리 간 큰 사람인 줄은 몰랐소. 여인의 몸으로 관상감이 숨어들다니, 과연 대단한 여인이 아니오?"

"아! 그 여인의 이름이 해루였군요."

"별일이군. 당신이 놀란 표정을 짓다니 말이오. 왜? 그 해루라는 여인을 알고 있소?"

"아니요. 처음 듣는 이름입니다."

자화의 미소가 짙어졌다.

〈4권에 계속〉

해시의 신루 3

초판 1쇄 2016년 10월 20일
초판 5쇄 2022년 6월 30일

지은이 | 윤이수
펴낸이 | 송영석

주간 | 이혜진
기획편집 | 박신애 · 최미혜 · 최예은 · 조아혜
외서기획편집 | 정혜경 · 송하린 · 양한나
디자인 | 박윤정 · 유보람
마케팅 | 이종우 · 김유종 · 한승민
관리 | 송우석 · 전지연 · 채경민

펴낸곳 | (株)해냄출판사
등록번호 | 제10-229호
등록일자 | 1988년 5월 11일(설립일자 | 1983년 6월 24일)

04042 서울시 마포구 잔다리로 30 해냄빌딩 5 · 6층
대표전화 | 326-1600 **팩스** | 326-1624
홈페이지 | www.hainaim.com

ISBN 978-89-6574-568-6
ISBN 978-89-6574-565-5(세트)